Dana Sheen

The Make Up Girl • Vor der Kamera

Dana Sheen

The MAKE UP Girl

Vor der Kamera

Aus dem Englischen
von Dagmar Schmitz

cbt

Dieses Buch ist auch als E-Book erhältlich.

FSC
www.fsc.org
MIX
Papier aus verantwortungsvollen Quellen
FSC® C014496

Verlagsgruppe Random House FSC® N001967

1. Auflage
Deutsche Erstausgabe Oktober 2016

With special thanks to Crystal Velasquez

Aus dem Englischen von Dagmar Schmitz
Lektorat: Kerstin Kipker
Umschlaggestaltung: *zeichenpool, München
unter Verwendung eines Motivs von
© Agencja FREE/Alamy
he · Herstellung: AJ
Satz: KompetenzCenter, Mönchengladbach
Druck und Bindung: GGP Media GmbH, Pößneck
ISBN: 978-3-570-31073-1
Printed in Germany

www.cbt-buecher.de

1

Also, wenn ich nicht hundertprozentig sicher wäre, dass meine Freunde gnadenlos über mich ablästern würden, wenn ich auf dem Weg zur Arbeit eine Schnulze aus den Achtzigern sänge, würde ich jetzt aus voller Kehle »Walking on Sunshine« schmettern. So sauwohl fühle ich mich. Ich würde sogar einen irischen Stepptanz aufführen – das heißt, wenn ich eine Ahnung hätte, wie das geht. Aber seitdem ich mit Tia und Bruno zusammenwohne, sind die beiden wie Geschwister für mich, was bedeutet, jeglicher Katzengesang meinerseits würde sofort lautes Prusten und alberne Frotzeleien zur Folge haben. Ohhh Mann. Allein bei dem Gedanken wird mir schon ganz warm ums Herz.

Ich begnüge mich damit, vergnügt vor mich hin zupfeifen, als ich in Richtung Studioparkplatz abbiege, der für die Mitarbeiter der Comedyshow *Late Night Live mit Larry Stone* reserviert ist. Vor dem Tor bremse ich ab, zücke meinen Mitarbeiterausweis und wedele damit Raoul in der Pförtnerkabine zu, der daraufhin die Schranke öffnet und uns durchwinkt.

Während ich mit gespitzten Lippen mehr oder weniger melodische Töne von mir gebe und den Wagen beschwingt in die nächstbeste Lücke steuere, nehme ich aus dem Augenwinkel wahr, dass sich Bruno fast den Hals verrenkt, um mit Tia auf dem Rücksitz unauffällig einen »*Was ist denn mit der los?*«-Blick zu wechseln.

»Okay, Little Miss Sunshine«, sagt Bruno schließlich in beinahe schon argwöhnischem Tonfall. »Was liegt an? Was soll die Disney-Prinzessinnen-Nummer?«

»Ja, das frage ich mich auch, Kimcita«, wundert sich Tia. »Ich hab zwar schon davon gehört, dass manche Leute bei der Arbeit fröhlich vor sich hin pfeifen, aber doch nicht schon auf dem Weg dorthin, bevor wir überhaupt den ersten Kaffee getrunken haben – das ist echt *loco*.« Die Ellbogen an die Kopfstützen gelehnt schiebt sie den Kopf zwischen die Vordersitze und mustert mein Gesicht im Rückspiegel. »Ah, jetzt weiß ich es! Unser lieber Rotschopf muss einen Übernachtungsgast gehabt haben! Das würde jedenfalls das Leuchten auf ihren Wangen erklären. Ganz schön raffiniert, Kimcita. Ich hab keinen Ton gehört. Und? Raus mit der Sprache, wer ist es? Bist du am Ende doch den Verführungskünsten dieses gewissen Gitarristen mit superheißen Tattoos und dem lässigsten Nackenknoten aller Zeiten erlegen? Er betet dich ja geradezu an.« Sie zieht ein paar Mal hintereinander schnell die Augenbrauen hoch und grinst vielsagend.

Sie spricht natürlich von Rob Reyes, dem Lead-Gitarristen der Showband bei *Late Night Live mit Larry Stone*. Er ist neunzehn wie ich und supercool. Und wenn ich ehrlich bin, hat er schon mehr als einmal eine tragende Rolle in meinen erotischen Tagträumen gespielt. Mehr aber auch nicht.

Ich seufze hörbar, als ich den Motor ausschalte und den Schlüssel aus dem Zündschloss ziehe. »Was meine Wangen zum Leuchten bringt, ist ein neues Puder-Rouge mit Perlmuttpigmenten, das ich heute zum ersten Mal ausprobiere. Freut mich, dass es dir gefällt. Und was Rob anbelangt, habe ich dir schon eine Million Mal gesagt, dass er und ich bloß Kumpel sind. Außerdem weißt du genau, dass mir momentan nicht danach ist, jemand Neues kennenzulernen oder so.«

Schon allein der Gedanke verpasst meiner strahlenden Laune einen leichten Dämpfer. Es ist noch gar nicht so lange her, dass ich mich von meiner großen Liebe Frankie Mackay getrennt habe. Und es tut immer noch weh, dass unsere Beziehung nach jahrelangem Liebesglück – und wenigen Monaten Fernbeziehungshölle – in die Brüche gegangen ist. Der Gipfel ist, dass noch nicht mal die übliche Kontinent-plus-Ozean-Entfernung zwischen uns lag, als es passiert ist! Zum Zeitpunkt unseres Beziehungs-Crashs waren wir beide hier in L. A. wieder glücklich vereint und ich schwebte auf Wolke sieben … jedenfalls, bis er mich mit irgendeinem schlecht geschminkten Groupie betrogen hat. Das Ganze ist passiert, nachdem er mit The Fource, einer hektisch zusammengecasteten Boygroup, gerade mal seit gefühlten drei Minuten berühmt war. Er hat abgewartet, bis wir im selben Stadtbezirk waren, um zu vergessen, dass ich existiere.

Aber egal. Es heißt, die beste Art der Rache wäre, es sich gut gehen zu lassen, und genau das tue ich. Als Allererstes bin ich bei meiner nervigen Cousine Laura ausgezogen und wohne nun mit Tia und Bruno zusammen (#AbsoluteVerbesserung). Tia, Bruno, Rob und Jess sind mittlerweile meine besten Freunde geworden. Ich habe den Unterrichtsstoff aus meinem Kurs nachgearbeitet und bin an der *Akademie für SFX-Maskenbild* jetzt wieder hundertprozentig bei der Sache. Und es ist mir sogar gelungen, meinen Job als Make-up Artist bei *Late Night Live mit Larry Stone* zu behalten. Mit jedem Tag komme ich meinem Traum, eine in ihrem Stil unverwechselbare Maskenbildnerin für Special Effects beim Film zu werden, ein Stückchen näher. Nach einer zugegebenermaßen ziemlichen Pechsträhne läuft es inzwischen wieder richtig gut bei mir.

»Schon klar.« Tia wirft mir einen skeptischen Blick von der Seite zu, als wir den Hintereingang zum *Late-Night*-Studio ansteuern. »Und warum bist du dann so glücklich? Hast du was genommen?«, hakt sie nach.

»Um Kanye West zu zitieren: Mein Leben ist meine Droge«, erkläre ich und stoße die Tür auf.

»Oh Gott«, stöhnt Tia und folgt mir ins Studio. »Jetzt zitiert sie schon Kanye West und spricht von Drogen. L. A. hat sie komplett verdorben.«

Bruno zieht mich kurz an seine breite Brust und drückt mir einen Kuss auf den Scheitel. »Erinnere mich daran, dass ich mich um einen Therapieplatz für dich kümmere. Du bist viel zu jung, um in Hollywood in der Gosse zu enden.«

Ich stoße ihn mit gespielter Entrüstung von mir weg. »Warten nicht irgendwelche halb nackten Promis auf dich, denen du dringend die Kleider rauslegen musst?«

Bruno seufzt tief. »In der Tat! Als Kostümassistent reißt die Arbeit einfach nicht ab. Bis später, KC!« Er hält zwei Finger zu einem V-förmigen Friedenszeichen hoch und verschwindet den Flur zur Garderobe entlang. Tia schließt sich dem Strom der Leute an, die zur Hauptbühne unterwegs sind, und winkt mir im Weggehen zu. Sie wird ihre Kamera in Position bringen.

»Schätze, ich sollte langsam auch auf Gefechtsstation gehen«, murmele ich vor mich hin und mache noch kurz einen Abstecher zur Informationstafel, um einen Blick auf die Gästeliste für diese Woche zu werfen. Erfreut stelle ich fest, dass ein paar echte Berühmtheiten auf dem Plan stehen – eine Schauspielerin, die schon einen Oscar gewonnen hat, eine sehr sehr junge Sängerin, deren Stern gerade am Countryhimmel aufgeht, und ein Tennis-Champion – um nur einige zu nennen.

Kaum zu glauben, wie kalt mich das alles lässt, denke ich, als ich in die Maske trete und meinen Arbeitsplatz herzurichten beginne. Nicht, dass ich es nicht aufregend finde, all den Promis auf der Liste zu begegnen, aber noch vor einem Monat hätte mich das total umgehauen. Ich hätte bei dem Gedanken, Menschen, die ich bisher nur von Leinwand und Fernsehen kenne, persönlich zu begegnen, hyperventiliert wie eine Zwölfjährige im Fan-Modus. Aber seit ich vom Runner zum Make-up Artist der *Late Night Show* befördert wurde, habe ich genügend große Stars geschminkt, um zu einer überraschenden Erkenntnis zu gelangen: Promis – selbst wenn sie so überirdisch schön sind, dass sie vermutlich einen Pakt mit dem Teufel geschlossen haben, und auf einer Beauty-Skala von eins bis zehn mindestens bei zwölf liegen – sind auch nur Menschen. Wer hätte das gedacht?

Wenn ich jetzt einen Star vor mir in meinem Sessel sitzen habe, ist das Einzige, was mir durch den Kopf geht, wie ich es hinbekomme, ihn so makellos wie möglich aussehen zu lassen.

Gerade summt in meiner Hosentasche mein Handy. Ich ziehe es heraus und stelle fest, dass ich über Snapchat eine Bild-Nachricht erhalten habe – und zwar von keinem Geringeren als Brett Curtis. *Apropos makellos ...*

Es fällt mir immer noch schwer zu glauben, dass der extrem umwerfende Brett Curtis – weltgrößter Filmschauspieler, weltgrößter Mädchenschwarm – und ich Freunde sind. Aber so sieht mein Leben dieser Tage nun mal aus.

Wir haben uns gleich von dem Moment an, in dem er als Gast bei *Late Night Live mit Larry Stone* in meinem Sessel saß, gut verstanden. Obwohl wir dank einer abstrusen Zusatzklausel in seinem Vertrag nicht miteinander sprechen durften (eine Idee seiner Freundin, die wohl als eine Art Werbegag gedacht war) und uns deshalb nur per Post-it-Gekritzel verständigen konnten, haben wir uns richtig gut unterhalten und uns gegenseitig zum Lachen gebracht. Und kurze Zeit später hat Brett dann Larry Stone und mir aus einer schwierigen Situation geholfen, die leicht in einer Katastrophe für die ganze Show hätte enden können. Das war die Nacht, in der Brett und ich uns beinahe geküsst hätten.

Ich bekomme immer noch Schnappatmung, wenn ich daran denke. Obwohl ich diejenige war, die es nicht zum Kuss hat kommen lassen, frage ich mich manchmal, was wohl passiert wäre, wenn Brett zu dem Zeitpunkt nicht mit Jessabel zusammen gewesen wäre und ich nicht mit Frankie. Wenn wir es einfach zugelassen hätten. Wahrscheinlich hätte man mich mit einem chirurgischen Eingriff von seinen Lippen entfernen müssen. Aber der Moment ist vorbei. Und auch wenn Frankie mittlerweile von der Bildfläche verschwunden ist, Brett ist nach wie vor mit Jessabel liiert. Für mich bedeutet das: Gehe nicht über Los. Ziehe nicht jedes Mal, wenn er seine Arme um deine Taille legt, zweihundert prickelnde Schauer ein. Mach keine Dummheiten. Brett spielt in einer völlig anderen Liga, die so viele Lichtjahre von meiner entfernt ist, dass ich schon einen *Millennium Falcon* wie in *Star Wars* bräuchte, um zu ihm zu gelangen. Außerdem war es ernst gemeint, als ich zu Tia sagte, ich sei noch nicht bereit für eine neue Beziehung. Brett und ich haben uns in der Gute-Kumpel-Zone eingerichtet. Alles ist bestens.

Ich tippe aufs Handy, um seine Nachricht zu öffnen. Es ist ein Foto von einer kleinen gelben Haftnotiz, die auf einem Fernsehbildschirm klebt. Es erinnert mich an unsere erste Post-it-Unterhaltung und ich muss unwillkürlich lächeln. Aber als ich genauer hinschaue, sehe ich, dass auf dem Post-it »OMG ☹« steht.

Was ist los?, schreibe ich alarmiert zurück, bekomme aber keine Antwort. Ich will ihn gerade anrufen, um nachzuhören, was Brett, der sonst so optimistisch ist, dazu bringt, finster dreinblickende Smileys zu malen, als ich hinter mir eine Stimme fröhlich »Hey, Süße!« rufen höre.

Für den Bruchteil einer Sekunde denke ich, es wäre Frankie. Er hat mich nämlich immer Süße genannt. Aber er hat einen irischen Akzent, und das »Süße« gerade kam in einem näselnden Südstaatler-Tonfall, den man in Dublin eher selten hört. Ich drehe mich nach der Stimme um und sehe mich einer Blondine um die vierzig gegenüber, mit einer Oberweite, die Sophia Vergara vor Neid erblassen lassen würde. Die glitzernden Fransen an ihrer Bluse schwingen bei jedem ihrer Schritte fröhlich hin und her und ihre hellblauen Hotpants schmiegen sich knalleng um die Rundungen ihres wohlgeformten Hinterns. Ihr könnt einpacken, ihr zwanzigjährigen It-Girls. Country-Legende Georgia Nash ist im Studio!

Aber was macht sie hier? Ich wusste, dass die dreizehnjährige Priscilla Nash diese Woche jeden Abend mit unserer Band auftreten und die Songs von ihrem ersten Album vorstellen wird, aber im Ablaufplan für diese Woche stand nichts davon, dass auch ihre mega-berühmte Mom kommen würde! Ich habe keine Ahnung von Countrymusic, aber selbst ich weiß, dass Georgia Nash die ungekrönte Königin des Countrysongs ist.

»Sehr erfreut, Sie kennenzulernen, Ms Nash!«, stoße ich hervor und schüttle ihre Hand ein bisschen zu enthusiastisch. Schon spüre ich meine neue Kayne-West-Coolness versickern und einen Anfall extremer Kim(berly)-Cassidy-Uncoolness nahen.

Georgia Nash lächelt liebenswürdig. »Die Freude ist ganz meinerseits, Süße.« Sie beugt sich näher zu mir vor. »Aber Vorsicht mit meiner Hand. Ich brauche sie noch, um Gitarre zu spielen. Schütteln dürfen Sie sie, aber nicht gleich brechen.« Sie bricht in ein dröhnend lautes Lachen aus, das den ganzen Raum erfüllt.

Ich mag sie auf Anhieb – auch wenn sie eine Alkoholfahne hat, bei der vermutlich sofort das ganze Studio in Flammen aufgehen würde, sollte jemand auf die Idee kommen, ein Streichholz anzuzünden. Dem Geruch nach könnte Georgia Nash mit einem Alkoholiker durchaus mithalten. Ich lasse ihre Hand los und trete einen Schritt zurück. »Oh! Verzeihung.«

»Georgia Nash, wie sie leibt und lebt!« Larry Stone betritt den Raum mit einem strahlenden Lächeln. »Dein großartiges Lachen ist unverkennbar.«

»Warum sollte man etwas mittelmäßig tun, wenn man es ebenso gut großartig machen kann!«, erwidert sie grinsend und mit einem Augenzwinkern. »Jetzt komm endlich und lass dich umarmen, Larry.«

Erst als Georgia ihn an sich zieht und fest in ihre Arme schließt, bemerke ich das stille Mädchen, das hinter ihm steht. Priscilla ist eine einen Hauch zeitgemäßer gekleidete Miniaturausgabe ihrer Mutter. Sie trägt ebenfalls eine Bluse mit Fransen, nur ist ihre blütenweiß und hat schwarz glänzende Knöpfe, die perfekt zu ihren schwarzen Satin-Pants und kniehohen schwarzen Cowboy-Boots passen. Sie sieht toll aus, stiert aber teilnahmslos vor sich hin und zwirbelt so geistesabwesend ihre Haare, dass ich mich unwillkürlich frage, ob sie überhaupt hier sein will. Wahrscheinlich hat sie einfach Lampenfieber. Ich jedenfalls wäre wahnsinnig nervös, wenn ich da rausgehen müsste und wüsste, dass ein Millionenpublikum vor den Bildschirmen sitzt – ganz zu schweigen von den Zuschauern im Studio, die die Show live ansehen. Und als ob das nicht genug wäre, sind da auch noch die kritischen Blicke des berühmten Larry Stone und der Superstar-Mom.

»Ich hab dich ewig nicht mehr gesehen«, verkündet Georgia, als sie Larry endlich aus ihrer Umarmung entlässt. »Wo hast du gesteckt?«

Larry zuckt mit den Schultern und schiebt eine Hand in die Tasche seiner dunkelgrauen Anzughose von Brooks Brothers. Er ist offenbar bereits von Bruno ausgestattet worden, der ihn wie gewöhnlich tadellos eingekleidet hat. »Hauptsächlich war ich hier. Du kennst mich doch – Arbeit, Arbeit, immer nur Arbeit.«

»Ha! Das klingt aber nicht wie der Larry Stone, den ich kenne. Weißt du noch, wie wir in Vegas unser Gewicht in Scotch getrunken und anschließend das Hotel Bellagio aufgemischt haben? Oh Mann, was für eine Nacht! Hast du nicht sogar einen der Wachmänner niedergeschlagen?«

»Das war ich nicht!«, erwidert Larry lachend. »Das war Dante DeSilva. Der Wachmann hielt es für eine gute Idee, ihm zu erzählen, dass er im letzten Actionfilm von DeSilva eingeschlafen sei. Daraufhin hat ihm DeSilva eine verpasst.«

»Ach ja, richtig!« Georgia schlägt belustigt die Hände zusammen. »D. D. war schon immer ziemlich aufbrausend. Hast du von seiner Scheidung gehört?«

»Wie sollte ich nicht, bei dem ganzen Medienrummel heutzutage«, erwidert Larry. »Die Gute muss ihn ganz schön ausgenommen haben, wie man hört.«

»Geschieht ihm nur recht, wenn er glaubt, ein Mädchen heiraten zu müssen, das kaum älter ist als meine Priscilla«, sagt Georgia seufzend. »Apropos – wir sollten langsam mal loslegen, schließlich hat meine Kleine gleich ihr Talkshow-Debüt!«

»Schon klar. Dann lasse ich euch jetzt allein. Ihr seid bei Kim hier in den allerbesten Händen. Sie ist eine Zauberin in Sachen Make-up und wird sich gut um euch kümmern, hab ich nicht recht, Ms Cassidy?«

Ich spüre, wie meine Wangen bei dem Kompliment zu glühen beginnen. Es ist schon etwas Besonderes, wenn jemand wie Larry Stone deine Arbeit lobt. Allein die Tatsache, dass er meinen Namen kennt, haut mich immer noch um! »Selbstverständlich«, bringe ich mit knapper Not zustande.

»Bis nachher, Larry.« Bevor er sich abwenden kann, hält ihn Georgia am Arm zurück. »Aber wir zwei gehen doch heute Abend noch was trinken, oder? Wir haben einiges nachzuholen, altes Haus!«

Larry zögert einen Moment lang. »Ich kenne da ein wunderbares Restaurant auf dem Sunset Strip«, sagt er schließlich. »Großartige Steaks und eine erstklassige Bar. Ich lasse uns einen Wagen kommen, wenn du so weit bist. Wie klingt das?«

»Nach einem verdammt guten Plan«, erwidert Georgia und haucht Larry einen freundschaftlichen Kuss auf die Wange.

Für mich klingt es allerdings nach verdammt großem Ärger. Nachdem Larry bei der Sammy-Awards-Gala so sturzbetrunken war, dass er beinahe seine Karriere ruiniert und eine Woche später in alkoholisiertem Zustand fast die

Show hätte platzen lassen, schien er eingesehen zu haben, dass er mit dem Trinken aufhören musste. Er hat einen Entzug gemacht und jetzt geht es ihm wieder richtig gut. Aus diesem Grund kann ich mir nicht vorstellen, dass es eine so tolle Idee ist, eine Bar aufzusuchen. *Aber wir reden hier vom großen Larry Stone,* ermahne ich mich. *Er hat seinen eigenen Kopf und wird sicher in der Lage sein, Nein zu sagen.* Hoffe ich jedenfalls.

Aber jetzt muss ich jeden Gedanken daran erst einmal ausblenden. Auf mich wartet Arbeit. Priscilla Nash sitzt vor mir im Sessel. Ihr glatter heller Teint und ihre honigblonden Haare werden vom gleißenden Licht der Glühbirnen, die den riesigen Spiegel über der Arbeitsfläche umsäumen, ausgeleuchtet. »Also, Ms Nash«, beginne ich und schaue Priscilla im Spiegel an. »Wie möchten Sie denn geschminkt werden? Haben Sie an einen besonderen Stil gedacht?«

Priscilla öffnet den Mund und will etwas sagen, aber Georgia kommt ihr zuvor. »Sie soll auf der Bühne so richtig strahlen! Ich will, dass sie wie eine Country-Diva aussieht – natürlich passend zu ihrem Alter. Aber auf keinen Fall so klebrig süß wie diese kleinen Mädchen bei den Schönheitswettbewerben. Wissen Sie, was ich meine?«

»Sicher«, sage ich. »Lassen Sie mich nur machen.« Ich versinke schweigend in meinen Arbeitsmodus und blende alles andere aus. Als Erstes befeuchte ich einen Wattepad mit einem milden Toner und ziehe ihn sanft über Priscillas Gesicht, um ihrer Haut den Glanz zu nehmen. Anschließend mische ich auf meinem Handrücken eine cremig helle Foundation zusammen, die perfekt zu ihrem Teint passt und sämtliche Rötungen abdeckt, auch das verdächtige Anzeichen für einen aufblühenden Pickel. Für ihre Lippen nehme ich kein dunkles Rot, wie es ihre Mom trägt, sondern ein mattes Rosé und darüber einen leicht pinkfarbenen Gloss, was sie glamourös und unschuldig zugleich aussehen lässt. Nachdem ich mich beim Mund sehr zurückgehalten habe, entscheide ich mich dafür, die Augen ein wenig stärker hervorzuheben. Oberen und unteren Wimpernkranz betone ich mit einem Hauch schwarzem Eyeliner und trage dann auf dem Oberlid verschiedene Blau-Schattierungen auf, um das Himmelblau von Priscillas Augen noch mehr zum Leuchten zu bringen. Von den falschen Händen aufgetragen, kann blauer Lidschatten schnell billig und altbacken wirken, aber von einem Profi wie mir geschminkt, sieht es einfach nur atemberaubend aus. Der Smokey-Eyes-Effekt verleiht ihren Augen einen Hauch von Reife und sehr viel Teen-Vogue-Coolness. Zum Schluss verstreiche ich auf ihren hohen Wangenknochen noch ein natürlich wirkendes, leicht schimmerndes roséfarbenes Rouge und trete dann zurück, damit Priscilla das Resultat im Spiegel bewundern kann.

»Ist denn das die Möglichkeit!«, ruft Georgia beim Anblick ihrer Tochter. »Sie sieht hübscher aus als Taylor Swift!« Sie bricht wieder in ein dröhnendes Lachen aus, das den ganzen Raum erbeben lässt. »Es ist absolut perfekt. Wir können Ihnen gar nicht genug danken. Stimmt's, Prissy?«

»Ja, danke«, murmelt Priscilla leise und mit ausdrucksloser Miene. Ich glaube zwar nicht, dass sie es furchtbar findet, aber ob es ihr wirklich gefällt, weiß ich auch nicht so genau. Vielleicht ist in der Nähe einer so großen Persönlichkeit wie der ihrer Mom kein Platz für ihre eigene.

Nachdem unsere Hairstylistin Liz Priscilla die Haare gemacht hat, erkläre ich Mutter und Tochter noch den Weg zur Garderobe. Sie sind kaum aus der Tür, als auch schon Daniel auf der Schwelle erscheint. Total atemlos. Gott, der Arme! Er arbeitet als Runner für die Show, eine Art Mädchen für alles. Um mich zu ersetzen, hat man zwar noch Andy als zweiten Runner eingestellt, aber er hat sich bisher nicht als besonders große Hilfe erwiesen. »Krisensitzung«, stößt Daniel mühsam hervor und versucht keuchend, wieder zu Atem zu kommen. »In Norton Stanleys Büro. Sofort!«

Ich werfe Liz einen Blick zu, die nur genervt die Augen verdreht und einen schweren Seufzer ausstößt, wie um anzudeuten, dass ihr Leben ECHT HART ist. »Was ist denn jetzt schon wieder?«, schnaubt sie gereizt. »Wir haben wirklich Besseres zu tun, als blöd rumzustehen und Norts Geschwafel zu lauschen.« Sie schießt mir einen herablassenden Blick zu. »Jedenfalls *ich* für meinen Teil.«

Tja, die Atmosphäre zwischen uns ist immer noch recht eisig. Genau genommen könnte Liz mit ihrem Verhalten mir gegenüber die Erderwärmung wahrscheinlich im Alleingang rückgängig machen. Aber die Art, wie sie sich auf die Unterlippe beißt, verrät mir, dass sie zumindest einen Hauch verunsichert ist. Wir fühlen uns beide daran erinnert, wie wir damals zusammengerufen wurden, als Debbie, meine Vorgängerin in der Maske, gefeuert worden war, weil sie angeblich gegen die Verschwiegenheitsklausel in ihrem Arbeitsvertrag verstoßen hatte.

Ohne mir die Zeit zu nehmen, erst noch meine Arbeitsfläche aufzuräumen, folge ich Daniel zu Norton Stanleys Büro, wo schon fast die ganze Crew auf dem Flur wartet. Ich zwänge mich zu meinen Freunden durch – Bruno und Tia stehen vor dem Wasserspender und neben ihnen Rob und Jess. Rob nickt mir stumm zu und Jess hebt zur Begrüßung kurz ihre Drumsticks. Auch die Abteilungsleiter sind erschienen. Chefautor William O'Halloran lehnt an der Wand neben der Tür, und Mistress Sandra, Brunos Chefin und ehemaliges Model, unterhält sich leise mit Larrys Assistentin Rachel Cohen. Mir drängt sich der Gedanke auf, dass ich ja eigentlich auch eine Abteilung leite. Okay, ich bin zwar die Einzige, die in besagter Abteilung arbeitet, trotzdem bin ich doch irgendwie die Chefin. *Nicht schlecht, Kim Cassidy*, denke ich und erröte vor Stolz.

Endlich taucht Norton mit Larry an seiner Seite aus seinem Büro auf. Er lässt kurz den Blick über die Köpfe schweifen, wie um sich zu vergewissern, ob auch wirklich alle da sind. Offenbar zufrieden mit seiner Zählung, räuspert er sich und legt los. »Es gibt diese Woche eine Änderung im Produktionsablauf. Die Lesereise für Vivian Chalettes neuesten Liebesroman wurde unvorhergesehen verlängert, sodass sie ihren geplanten Auftritt bei uns kurzfristig absagen musste.«

»Schade«, raunt mir Tia ins Ohr. »Ich hätte sie gern kennengelernt. Sie schreibt echt toll.«

»Aber zum Glück ist in letzter Minute jemand für sie eingesprungen, auf den wir uns mindestens genauso freuen«, fährt Nort fort. »Hector Oshiro wird am Mittwoch stattdessen bei uns zu Gast sein und …«

Nort erläutert jetzt mit Sicherheit elementar wichtige Dinge, denen Profi-Make-up-Artist Kim Cassidy, die ihre eigene Abteilung leitet, unbedingt lauschen sollte, aber ich bin vollauf damit beschäftigt, tief ein- und auszuatmen und mein Herz daran zu hindern, Saltos zu schlagen. Gerade als ich dachte, nicht mehr jedes Mal vor Ehrfurcht zusammenbrechen zu müssen, sobald ich einem Star gegenüberstehe, erfahre ich, dass Hector Oshiro in die Show kommt? Ich fasse es nicht! Hector Oshiro?! Kein Geringerer als mein *absoluter* Lieblingsregisseur (gleich nach Tim Burton, versteht sich). Man stelle sich den geballten Wahnsinn eines *Tarantino* der *Pulp-Fiction*-Ära vor, versetzt mit der fein nuancierten Kunstfertigkeit eines *Guillermo del Toro* und dem albtraumhaften Ansatz eines frühen *Wes Craven* – das alles vereint in der kaum eins siebzig großen Gestalt eines Amerikaners mit japanischen Wurzeln –, dann weiß man, wer Hector Oshiro ist. Seine Horrorfilme sind epochal und brechen jedes Mal sofort alle Rekorde an den Kinokassen. Sie sind nicht nur dermaßen gruselig, dass man sich vor Angst fast in die Hose macht, sondern die Special Effects darin sind die besten, die es gibt – besonders die hammermäßigen Prosthetiks. Ich meine, als dem Protagonisten seines letzten Schockers *Öffne nicht die Tür* der Kopf abgetrennt wurde, sah das absolut echt aus. Ich hätte den Schauspieler am liebsten auf der Stelle gegoogelt, um mich zu vergewissern, ob er noch am Leben ist.

»Natürlich wird der Sketch, den wir für Vivienne Chalette geplant haben, mit Hector Oshiro nicht funktionieren«, sagt Larry verdrießlich. Das kann man laut sagen. Larry wollte sich eine Perücke im Stil der muskelbepackten Liebhaber aufsetzen, die mit wehenden Haaren die Cover von Vivienne Chalettes Buchtiteln zieren, um mit ihr eine der Liebesszenen aus ihrem Roman nachzuspielen – superdramatischer Dialog und Windmaschine inklusive. »Wir werden uns also etwas Neues überlegen müssen, Will.«

Chefautor William O'Halloran und die anderen Texter und Drehbuchschreiber haben sofort ein paar tolle Sketch-Ideen auf Lager, aber Larry zerreißt ihre Vorschläge einen nach dem anderen in der Luft, weil sie angeblich alle schon einmal in der Show gebracht wurden. »Ich will etwas völlig Neues und Überraschendes«, sagt er. »Also lasst euch schnell was einfallen, Leute!«

Wie aus dem Nichts durchzuckt mich ein Geistesblitz. Ich hebe zögernd und ein wenig nervös die Hand, um meinen Einfall vorzubringen, etwas, das ich noch nie in einem dieser Meetings gewagt habe.

»Spinnst du jetzt komplett?«, höre ich Tia flüstern.

Bruno beginnt, die Sache in bester Baseball-Sportreporter-Stimme zu kommentieren. »Gerade frisch von der Bank aufs Feld geholt und schon setzt der Rotschopf zum Schlag an. Vielleicht nicht unbedingt der schlaueste Spielzug, liebe Zuschauer …«

Aber Larry nickt ermutigend. »Kim?«

»Na ja … also … wie wäre es, wenn wir jemanden als

Creep verkleiden? Er könnte mitten ins Interview hineinplatzen und Oshiro erschrecken.«

Der *Creep*, eine Mischung aus *Frankensteins Monster* und *Predator*, ist Oshiros berühmteste und gruseligste Kreatur.

Larry reißt beide Arme hoch wie ein Schiedsrichter, der ein Tor verkündet. »Großartig, Kim. Du regelst das mit dem Make-up und Rachel wird dir einen Freiwilligen suchen, der sich dafür zur Verfügung stellt.«

»OHHH! Seht euch das an! Der Rotschopf schlägt und der Ball ist nicht zu halten! Cassidy spielt auf Sieg!«, schwadroniert Bruno, bis ich ihm unauffällig den Ellbogen in die Seite stupse. Aber insgeheim kann ich selbst nicht glauben, dass ich eins der hammermäßigen Geschöpfe meines großen Idols nachbilden darf. Wie cool ist das denn? Schon überlege ich mir, welche Form ich verwenden soll, um den unförmigen Kopf des Monsters hinzukriegen.

»Respekt, Kim!« Rob klopft mir mit einem anerkennenden Lächeln auf die Schulter und lässt seine Hand eine Sekunde länger dort verweilen, als es streng genommen nötig wäre. »Du hast dich mal wieder als Retterin in der Not entpuppt. Eine Art rothaarige Superheldin.«

»Ach, das war doch nichts Besonderes«, scherze ich und folge den anderen über den Flur, als wir uns wieder auf den Weg an unsere Plätze machen.

»Kim! Würdest du bitte noch einen Moment bleiben?«, ruft Norton und winkt mich in sein Büro.

Uh-oh. Habe ich mich etwa zu früh gefreut? Bekomme ich jetzt einen Anpfiff, weil ich mit meiner verrückten Idee zu vorwitzig war? Wenigstens erteilt er ihn mir nicht vor versammelter Mannschaft.

Wie ein Lachs, der gegen den Strom schwimmt, bahne ich mir einen Weg zurück zu Norton, der mit vor der Brust verschränkten Armen auf mich wartet. Seine Miene ist unmöglich zu deuten. »Sie möchten mich sprechen?«

Norton nickt und geht in sein Büro, wo er hinter seinem Schreibtisch Platz nimmt und auf den Stuhl ihm gegenüber deutet. »Kim, soweit ich weiß, neigt sich deine Ausbildung an der Maskenbildner-Akademie allmählich dem Ende zu, was bedeutet, dein Visum wird auch demnächst ablaufen, richtig?«

Mist. Bisher habe ich es geschafft, diese Tatsache erfolgreich auszublenden. »Ja, das stimmt. Ich lasse die Show nur ungern im Stich, aber wenn mein Visum nicht verlängert wird, werde ich wohl bald nach Irland zurückkehren müssen.« Hat er mich etwa herzitiert, weil man schon einen Ersatz für mich einstellen will? *Liz wird begeistert sein*, denke ich bitter. Ich hatte gehofft, ein Arbeitsvisum zu ergattern, aber vielleicht hat Liz ja recht, wenn sie behauptet, es wäre geradezu tragisch, wie grün ich noch hinter den Ohren bin.

»Was, wenn ich dir sage, dass du bleiben könntest?«, fragt Norton. »Käme das für dich in Betracht?«

»Wie bitte? Ich verstehe nicht.«

»Ich habe bereits mit Larry und den andern Ressortchefs darüber gesprochen. Wir möchten, dass du bei uns bleibst, und sind bereit, ein Arbeitsvisum für dich zu beantragen.«

»Was? *Echt?*« Wenn ich eine Comicfigur wäre, würden mir jetzt die Augen aus dem Kopf hervortreten.

»Echt«, sagt Norton und grinst. »Dann könnest du drei weitere Jahre in den Vereinigten Staaten bleiben. Es gibt nur eine Bedingung.«

»Egal. Ich würde alles tun!«, platze ich heraus. Sich mit etwas einverstanden zu erklären, ohne zu wissen, was es ist, erscheint vielleicht riskant, aber als Runner für die Show habe ich schon einmal einen ganzen Abend damit zugebracht, mit einer Pinzette Schokosplitter aus einer Schüssel Eiscreme zu zupfen. Also viel schlimmer kann's doch eigentlich nicht werden, oder?

»Du wirst einen Vertrag unterschreiben müssen, in dem du dich verpflichtest, die nächsten drei Jahre ausschließlich bei *Late Night Live mit Larry Stone* zu arbeiten.«

»Ähm … toll! Das ist toll!«, erwidere ich mit einem breiten Lächeln, das nicht ganz echt ist. »Ich muss nur erst mit meinen Eltern darüber sprechen. Sie haben sich schon so darauf gefreut, dass ich bald wieder nach Hause komme.«

Norton nickt und faltet vor sich auf dem Schreibtisch seine großen Pranken ineinander. »Natürlich. Dafür habe ich vollstes Verständnis. Ich schlage vor, du denkst ein paar Tage darüber nach und gibst mir dann Bescheid, okay?«

Ich nicke wie eine Wackelkopffigur, bedanke mich noch einmal bei Norton und kehre leicht benommen in die Maske zurück. Endlich habe ich die Nachricht erhalten, auf die ich schon so lange gehofft hatte. Ich werde bleiben und weiterhin in Hollywood leben und arbeiten können, etwas, das ich mir immer gewünscht habe. Ich mag die Crew und liebe meine Freunde hier. Warum kann ich mich dann nicht so richtig über das Angebot freuen?

»Superidee, das vorhin mit Oshiro«, ruft mir Daniel zu und unterbricht meine Grübeleien. Er kommt mir mit einem Tablett voller Mocha Frappuccinos entgegen, auf denen mit schwarzem Filzstift die Namen diverser Leute aus der Produktion gekritzelt stehen. »Scheint so, als würde Andy dein freiwilliges Opfer werden. Ich kann es kaum erwarten zu sehen, wie du ihn in etwas Superekliges verwandelst!« Mit einem schadenfrohen Grinsen eilt er an mir vorbei.

Genau. Das ist es. *Das ist der Grund,* warum ich so neben der Spur bin. Ich bin nicht nach Hollywood gekommen, um Berühmtheiten für die Kamera aufzuhübschen. Ich träume davon, sie komplett verwandeln – zum Beispiel in die blauen Wesen aus *Avatar* oder in die *Weißen Wanderer* aus *Game of Thrones.* Deshalb besuche ich tagsüber Kurse an der *Akademie für Special-Effects-Maskenbild.* Aber daraus wird nichts, wenn ich für die nächsten drei Jahre in einer Talkshow festsitze. Auch wenn es natürlich ein schönes Gefühl ist, gebraucht zu werden. Genau genommen ist es ein absolut berauschendes Gefühl. Ich beschließe, mich für den Rest des Tages darauf zu konzentrieren.

Kaum, dass ich die Maske betrete, stößt Liz einen langen gequälten Seufzer aus. »Muss echt anstrengend sein, ständig krampfhaft im Mittelpunkt stehen zu wollen«, begrüßt sie mich mit einem verächtlichen Schnauben.

Wieder einmal stehe ich vor der Wahl. Was soll ich tun? Liz einen fetten Batzen von der öligsten Foundation aus meinem Profi-Schminkkoffer ins Gesicht klatschen oder ihr mit Silikon und Wachs die Lippen zukleben? Beides klingt verlockend, finde ich. Ich befürchte nur, dass ich auf Fahndungsfotos nicht besonders gut aussehen werde, deshalb ignoriere ich sie komplett und beginne einfach damit, meinen Arbeitsbereich für den nächsten Gast vorzubereiten. Ich kann es nicht ändern, dass sie mich hasst, weil man ihrer Freundin Debbie gekündigt und mich stattdessen zur Maskenbildnerin der Show befördert hat – und das, obwohl ich erst neunzehn bin. Lange habe ich versucht, Liz mit extremer Freundlichkeit zu besänftigen, aber inzwischen ist mir ihr feindseliges Verhalten total egal. Soll sie mich doch hassen, wenn sie unbedingt will. Ich weigere mich jedenfalls, mir von ihr die Freude darüber verderben zu lassen, dass ich bei Norton offenbar sehr hoch im Kurs stehe.

Ich bin gerade mit dem Reinigen meiner Pinsel fertig, als erneut mein Handy in der Hosentasche vibriert. Gleich vier Mal hintereinander. Alle vier Nachrichten sind von Brett. Ich muss an das traurige Smiley von vorhin denken, und mir dreht sich beim Lesen vor Sorge fast der Magen um.

War gerade bei Premiere von »Auf der Überholspur«. Bin jetzt auf After-Show-Party.

Auf der Überholspur ist der Titel von Bretts und Jessabels neuestem Film, der morgen landesweit anläuft.

Film ist absolut preisverdächtig. Sicherer Kandidat für die Razzies. ☺

Oje! Die Razzies! Die Verleihung der Goldenen Himbeere, ein Preis, mit dem die schlechtesten Filme und Schauspieler des Jahres ausgezeichnet werden, sozusagen eine Art Anti-Oscar. Brett hat der Nachricht zwar ein lächelndes Smiley hinzugefügt, als habe er nur einen Scherz gemacht, aber die Begeisterung der Medien hielt sich in Anbetracht dieses Film ehrlich gesagt ziemlich in Grenzen. Einige Kritiker prophezeien dem Streifen die größte Pleite seit *Waterworld* und das will echt was heißen. Macht sich Brett ernsthaft Sorgen um seine Karriere?

Ich Glückspilz darf mich jetzt allein mit der Presse herumschlagen. Jess ist geflüchtet.

Hier hat er ein Emoji von einer winzigen Frau in einem roten Kleid hinzugefügt, die mit wehenden Haaren davonrennt.

Wer braucht in solchen Zeiten schon eine Freundin, die zu einem steht? Ich doch nicht. Nö.

Das ist schlecht. Er spricht mir gegenüber zwar nicht oft von Jessabel, aber er hat auch noch nie durchblicken lassen, dass es schon mal richtig Ärger im Paradies gegeben hätte. Am liebsten würde ihn jetzt anrufen und trösten. Er ist ein guter Freund, und es ist mir zuwider, ihn niedergeschlagen zu sehen. Aber bevor ich dazu komme, steht schon der zweite Gast des heutigen Abends auf der Schwelle – eine junge Frau um die zwanzig mit braunen Haaren und in schwarzen Chinos, einem schwarzen taillierten Blazer und einem witzigen magentafarbenen Bolero mit Tupfenmuster.

Sie klopft verlegen an den Türrahmen. »Hi … ähm … bin ich hier richtig? Ist das hier die Maske?«

»Ja, genau«, erwidere ich mit strahlendem Lächeln. Ich lasse das Handy in der Gesäßtasche meiner Skinny Jeans verschwinden und streiche mir ein paar vorwitzige Locken aus dem Gesicht. Heute habe ich mir meine kupferroten

Locken zu einem seitlichen Pferdeschwanz zusammengebunden, sodass sie mir über die linke Schulter fallen. Hängt wohl mit meinem Achtziger-Feeling zusammen. »Sie müssen Dr. Singh sein. Kommen Sie doch herein.«

»Sie kennen mich?« Ihre Augen weiten sich überrascht. Ehrlich gesagt, nein, nicht wirklich, ich habe bei der Crew-Besprechung, in der wir darüber informiert wurden, wer diese Woche bei der Show zu Gast sein wird, das erste Mal von ihr gehört. Aber jetzt weiß ich natürlich Bescheid.

»Selbstverständlich! Sie sind doch die Wissenschaftlerin, die an der Weltraumsonde der NASA mitarbeitet, oder? Bitte nehmen Sie Platz.«

Sie lässt sich lächelnd im Sessel nieder. »Genau. Ich glaube, wir stehen kurz vor einem großen Durchbruch.«

»Oh.« Ich befeuchte einen Wattepad mit Gesichtstoner und beginne, ihre Haut zu reinigen. »Das heißt also, Sie sind ein echter Star. Dann werde ich Ihnen zu dem entsprechend glamourösen Auftritt verhelfen. Fangen wir gleich damit an, dass wir Ihren Augen einen Hauch Drama verleihen.«

Ich strecke meine Hand nach der Schachtel mit den Kajalstiften aus … aber greife ins Leere. Vorhin stand sie noch neben den Foundations. Wo ist sie hin?

Plötzlich ertönen auf dem Flur überlaut und deutlich zwei schrille Stimmen mit Südstaatenakzent.

»Was zum Teufel machst du da, Kleines?«

»Ich mache, was ich will, Mom! *Und ich bin nicht dein Kleines!*«

Ich werfe Liz einen verwunderten Blick zu. Sie wirkt

hocherfreut, dass in unmittelbarer Nähe der Maske etwas Interessantes passiert. Sogar ihr Hass auf mich scheint kurzzeitig vergessen.

»Sehen wir doch mal schnell nach«, flüstert Liz und eilt zur Tür. Dr. Singh schaut mich an, zuckt stumm mit den Schultern und steht dann auf, um Liz zu folgen. Obwohl ich in letzter Zeit sorgsam darauf achte, mich aus den Angelegenheiten der Gäste herauszuhalten (seit ich vor nicht allzu langer Zeit meine Nase in Dinge hineingesteckt habe, die mich eigentlich nichts angingen, bin ich ein gebranntes Kind!), siegt meine Neugier. Das würde doch wohl jedem so gehen, oder etwa nicht? Na also.

Wir spähen alle drei vorsichtig auf den Flur hinaus und sehen Georgia Nash schräg gegenüber am Türrahmen zu Priscillas Garderobe stehen.

»Was hast du denn mit deinem Gesicht angestellt, Prissy?«, ruft Georgia entsetzt.

Erst jetzt bemerke ich im Spiegel ihrer Garderobe Priscillas verpfuschtes Make-up. Anstelle der von mir geschminkten sagenhaften Smokey Eyes sind ihre Augen plötzlich mit schwarzem Kajal umrahmt, der noch dazu total verschmiert ist, sodass ihr Look an den eines nassen Waschbären erinnert. Der sanft schimmernde Roséton auf ihren Lippen ist verschwunden, stattdessen leuchtet dort ein hartes Ziegelrot, das sie wie dreißig aussehen lässt. In ihrer zur Faust geballten Hand hält sie einen zerbrochenen Kajalstift – *meinen* Kajalstift!

»Ich weiß nicht, was du für ein Problem hast!«, ruft Priscilla.

»Mein Problem«, sagt Georgia betont langsam, »ist, dass du dein wunderschönes Make-up ruiniert hast und wie eine nasse Sumpfratte vor die Kamera treten willst!«

Und was ist mit der Tatsache, dass sie meine teuren Kajalstifte geklaut und einen davon zerbrochen hat? Ist das etwa kein Problem, Süße?

Priscilla steht auf und starrt ihrer Mutter ins Gesicht. »Ich wollte bloß, dass es nicht so vorsintflutlich wirkt. Mit dem Look hätte ich ja eher zu Granny ins Altersheim gehört.«

Was? Dieses kleine … Nie im Leben habe ich sie zu altbacken geschminkt! Genau genommen habe ich alles getan, um sie so stylish wie möglich aussehen zu lassen. Es war der perfekte Look für eine aufstrebende Pop-Prinzessin, wenn ich das mal so sagen darf. Und offensichtlich muss ich das ja wohl.

»Ich weiß nur, dass du so, wie du jetzt aussiehst, auf keinen Fall die Bühne betrittst, hast du mich verstanden? Wir gehen jetzt sofort noch mal in die Maske und lassen dich neu schminken. Los, beweg dich. Ich werde das nicht zweimal sagen.«

»Nein!«, ruft Priscilla.

»Nein?« Georgia Nash starrt ihre Tochter an, als hätte sie sich in eine Außerirdische verwandelt.

»Du kommandierst mich ständig nur rum und triffst Entscheidungen, ohne mich überhaupt zu fragen«, schreit Priscilla. »Nie geht es darum, was *ich* möchte. Ich hab's satt! Aber so was von!« Jedes der letzten sieben Worte wird vom Knacken eines zerbrechenden Kajalstifts begleitet. *Knack.*

Olivgrün. *Knack.* Kobaltblau. *Knack.* Aubergine. *Knack.* Petrolblau. *Knack. Knack. Knack.* Rotbraun. Schwarzbraun. Nachtblau. Es ist ein regelrechtes Gemetzel. Entsetzt schaue ich zu, wie sie die Überreste meiner kostbaren Stifte auf den Boden schleudert und mit den Absätzen ihrer Cowboystiefel zerstampft. Was hier mit meinen unersetzlichen Schminkutensilien passiert, ist schlimmer als alles, was ich aus Oshiros Horrorfilmen kenne. Ganz im Ernst. Mir wird kotzübel.

»Wer interessiert sich schon für Make-up!«, schreit Priscilla und schlägt Georgia die Tür vor der Nase zu.

2

Jetzt weiß ich, wie sich die Stiere in Pamplona fühlen müssen. Weil ich nämlich im Moment nur noch Rot sehe und Priscilla Nash am liebsten in den Boden stampfen würde. Oder sie zumindest so lange anbrüllen möchte, bis ich keine Stimme mehr habe. Ich komme zu dem Entschluss, dass diese Variante weniger mörderisch, aber beinahe genauso befriedigend ist, und schiebe mich an Liz und der NASA-Wissenschaftlerin vorbei. Mit geballten Fäusten und einem drohenden Knurren steuere ich auf den Ort des Verbrechens zu.

Kurz bevor ich Priscillas Tür aufstoßen und süße, süße Rache üben kann, taucht Rob neben mir auf, hält mich am Ellbogen fest und zieht mich in den nächstliegenden Abstellraum, in dem alte Kamerateile und Bühnenrequisiten vor sich hin modern. Plötzlich bin ich umgeben von ausgemusterten Teleprompptern, Monitoren und schiefen Gestellen.

»Hey, hey, langsam … was hast du vor?«, fragt Rob.

»Das verwöhnte Biest zusammenfalten! Oder ihr den Hals umdrehen. Das habe ich noch nicht entschieden.«

Er nickt nachdenklich, ein paar Locken sind aus seinem schludrigen Nackenknoten entwischt und fallen ihm ins Gesicht. Wenn ich nicht so wütend wäre, würde ich zu würdigen wissen, wie anbetungswürdig er aussieht. »Klar,

Superidee … Sofern du unbedingt wieder gefeuert werden willst.«

Autsch. Okay, das bringt mich dann doch dazu, kurz innezuhalten. Ich habe gerade erst meinen Job wieder zurück. Will ich ihn wegen dieser kleinen Zicke wirklich noch mal aufs Spiel setzen?

»Ähm … ich glaube, du hast recht«, räume ich widerstrebend ein, die Hände immer noch zu Fäusten geballt. »Aber … hast du gesehen, was sie getan hat? Sie hat meine Kajalstifte kaputtgemacht! Ganz zu schweigen von dem tollen Look, den ich ihr verpasst habe. Irgendjemand muss dieses kleine Miststück doch mal auf Linie bringen, und wenn ihre Mom es nicht tut, dann …«

Ich will mich an Rob vorbeidrängen, aber er packt meine Arme und hält mich sanft, aber bestimmt fest.

»Jetzt komm mal runter, Kim. Ich würde mich an deiner Stelle da lieber nicht einmischen.«

»Ach? Und warum nicht?«, schnaube ich gereizt.

»Du bist nicht die Einzige, die unter den beiden zu leiden hat. Die zwei streiten sich schon seit dem Soundcheck. Die süße kleine Prissy hat in einem Tobsuchtsanfall schon zwei Mikros zertreten und einen von Jessies Drumsticks zerbrochen.«

Ich keuche entsetzt auf. Wer Jessie kennt, weiß, dass ihre Drumsticks ihr größter Schatz sind. Für sie haben sie einen ähnlichen Stellenwert wie der Ring für Gollum.

»Das ist nicht dein Ernst, oder? Sie hat einen von Jessies Drumsticks auf dem Gewissen? Wie kommt es, dass Prissy noch am Leben ist?«

Rob schenkt mir ein schiefes Lächeln, was ein winziges Grübchen auf seine linke Wange zaubert, das ich vorher noch nie bemerkt habe. »Jep, Jessie fand das überhaupt nicht lustig. Eigentlich keiner von uns. Ich glaube, jeder aus der Crew hätte den beiden gern die Meinung gesagt. Aber …« Er zuckt mit den Achseln. »Wir werden uns hüten. Georgia Nash und Larry sind so miteinander.« Er kreuzt Zeige- und Mittelfinger. »Und du weißt, was das heißt.«

Ich seufze. »Die Promis bekommen, was sie sich wünschen, und haben immer recht – ganz besonders wenn sie gute Freunde von unserem Chef sind?«

»Du kapierst schnell, Cassidy. Ich wusste, dass du nicht bloß ein hübsches Gesicht, sondern auch ein helles Köpfchen hast – egal was andere behaupten.« Er lacht.

Ich bin noch immer wütend, aber es ist schwer, sauer zu sein, wenn Rob mich so verführerisch angrinst.

»Okay, schön. Du hast gewonnen. Ich werde keinen Aufstand machen. Aber was soll ich denn jetzt bloß tun? Priscilla hat alle meine Kajalstifte geklaut. Und ich spreche hier von hochwertigen Stiften, die ein Vermögen kosten und nach denen ich ewig lange suchen musste. Ich brauche sie für Dr. Singhs Make-up. Ganz abgesehen davon, dass ich jetzt auch Priscilla noch mal neu schminken darf …«

Vor Anspannung trete ich von einem Fuß auf den anderen. Wenn ich mir noch fester auf die Unterlippe beiße, fängt sie an zu bluten. Aber da streicht mir Rob über die Arme und drückt beruhigend meine Hände. Seine Berührung besänftigt mich sofort – zumindest hören meine

Gedanken auf, sich wie wild gewordene Hamster im Kreis zu drehen.

»Hey, jetzt flipp nicht gleich aus«, sagt er mit weicher Stimme. »Irgendjemand hier wird dir doch sicher einen Eyeliner leihen können.«

Ich schüttele den Kopf. »Das dürften nur die üblichen Drogeriemarkt-Produkte sein. Damit kann ich nichts anfangen. Diese hochauflösenden Kameras sind zu gnadenlos.«

»Wenn du es sagst.« Rob nickt nachdenklich, dann leuchten seine bernsteinfarbenen Augen plötzlich auf wie Weihnachtskerzen. »Hey, du hast mir doch neulich am Set von *Lumberjack Hotel* eine Gitarrensaite besorgt, weißt du noch? Vielleicht kannst du dir ja dort in der Maske ausborgen, was du brauchst.«

Natürlich! Wieso bin ich nicht selbst darauf gekommen? »Du bist ein Genie, Rob. Danke!«, rufe ich und falle ihm um den Hals. Einen Moment lang ist er wie erstarrt und rührt keinen Muskel. Aber dann erwidert er meine Umarmung ganz langsam, legt seine Arme um meine Taille und zieht mich näher an sich. Gleich darauf streichen seine Hände über meinen Rücken und verweilen auf meinen Hüften. Seine Wange liebkost meine und direkt unter meinen Ohrläppchen streift sein Atem meinen Hals und jagt mir einen Schauer über den Rücken. »Oh Mann«, flüstert er.

Wow, was geht denn hier ab?, denke ich. Das ist mein Kumpel Rob, von dem ich immer beharrlich behaupte, er wäre nur ein guter Freund. Warum fühle ich mich dann plötzlich, als hätte mir jemand einen Stromstoß durch den Körper gejagt? Die Luft um uns knistert regelrecht. Als ich den Blick hebe und ihm in die Augen sehe, weiß ich, dass er es auch spürt.

»Kim«, durchbricht er leise die Stille. »Ich will dich das schon lange fragen … ich meine, ich weiß, es ist vielleicht ein blöder Zeitpunkt, aber … ach, was soll's. Wollen wir nicht mal zusammen was unternehmen? Nur wir beide, meine ich?«

Einen kurzen Moment lang bin ich zu perplex, um etwas zu sagen. Rob Reyes will sich mit mir verabreden? Zu einem Date? Damit hätte ich am allerwenigsten gerechnet, als ich heute Abend ins Studio kam. Nachdem mich Frankie erst vor Kurzem in aller Öffentlichkeit betrogen hat, sind romantische Gefühle eigentlich das Letzte, wonach mir der Sinn steht. Irgendwann habe ich beschlossen, dass es produktiver ist, mich mit Schule und Arbeit von meinem Kummer abzulenken – Hauptsache ich muss nicht ständig darüber nachgrübeln, welches Groupie mein Exfreund wohl diese Woche mit seinem Boygroup-Charme verführt. Aber warum sollte ich weiterhin allein zu Hause hocken, wenn ich mit einem tollen Typen eine schöne Zeit verbringen kann? Und Robs sanften Lippen und der Art nach zu urteilen, wie seine Berührung jede einzelne meiner Zellen zum Tanzen bringt, würde eine Verabredung mit ihm *sehr* sehr schön werden. Bei dem Bild, das jetzt vor meinem geistigen Auge aufpoppt, beginnen meine Wangen zu glühen, und ich spüre, dass ich knallrot anlaufe.

Ich bete, dass mir meine nicht ganz jugendfreien Gedanken nicht ins Gesicht geschrieben stehen, bedecke aber sicherheitshalber meine Wange mit der Hand. »Ja, klar. Gern«, erwidere ich heiser.

Rob lächelt mich erleichtert an. »Ja? Cool.«

Ein weiterer traumhafter Moment verstreicht – meine Arme liegen immer noch um seinen Nacken und seine Hände auf meinen Hüften. Unsere Gesichter sind einander gefährlich nahe … bis ich zufällig kurz den Blick hebe und auf die Wanduhr über uns schaue. »Oh verdammt, ist es wirklich schon neun?«, rufe ich erschrocken.

Ohne eine Antwort abzuwarten, reiße ich die Tür auf und sause den Flur entlang. Georgia und Priscilla Nash sind verschwunden, aber die arme NASA-Wissenschaftlerin steht immer noch völlig verloren im Türrahmen der Maske.

»Ich bin gleich wieder da und kümmere mich um Ihr Make-up, Dr. Singh!«, rufe ich atemlos. »Nehmen Sie doch schon mal im Sessel Platz.«

»Wann?«, ruft mir Rob hinterher.

Ich halte vor der Doppelschwingtür kurz inne und drehe mich zu ihm um. »Lass uns das besprechen, wenn ich zurück bin. Jetzt muss ich erst mal rüber zu den Holzfällern und einen Retter in der Not finden!«

Tia und Amy verabreden sich manchmal während der Arbeit im *Lumberjack-Hotel*-Studio nebenan. Dank dieser »heimlichen« Treffen weiß ich zufällig, dass ich vom Hintereingang des *Late-Night*-Studios nur über den Parkplatz huschen muss, um die nervigen Sicherheitschecks zu umgehen und ungesehen durch den Personaleingang ans Set von *Lumberjack Hotel* zu kommen. Möglicherweise verschafft sich eines Tages ein durchgeknallter Fan auf diese Weise Zutritt, aber heute ist es bloß eine durchgeknallte Irin auf der Suche nach einem Kajalstift.

Die Räumlichkeiten im *Lumberjack*-Studio sehen beinahe genauso aus wie unsere, weshalb ich innerhalb von 3,5 Sekunden an den Empfang geflitzt bin.

»Hallo, ist Amy da?«, rufe ich der Frau hinter dem Tresen atemlos zu. »Ich muss sie unbedingt sprechen!«

Aus dem leicht panischen Blick, den sie mir durch ihre stylishe Designerbrille zuwirft, schließe ich, dass ich derzeit mehr wie ein durchgeknallter Fan aussehe, zumal mir meine roten Locken mittlerweile vermutlich in allen Richtungen vom Kopf abstehen dürften.

»Beruhigen Sie sich bitte erst einmal, Miss«, sagt sie mit schreckgeweiteten Augen und streckt ihre Hand nach etwas aus, von dem ich vermute, dass es der Alarmknopf ist.

»Hören Sie, mir ist klar, dass ich wie eine Geisteskranke auf Sie wirken muss, aber ich habe keine Zeit, mich zu beruhigen und mich wie ein normaler Mensch zu benehmen. Ich brauche dringend einen *Kajalstift!*«

»Kim!«

Wie gerufen ist Amy da, Tias manchmal bessere Hälfte. Im Vergleich zu Tias ruppiger und ungestümer Art wirken Amys Umgangsformen geschliffen und kultiviert. Sie sieht aus, als wäre sie gerade dem Werbeplakat eines angesagten Hairstylisten entstiegen. Mit ihrem schmalen Kinn, die braunen Haare zu einem asymmetrischen Bob geschnitten, wäre sie ein perfektes Model für das Elfen-Projekt in meinem Kurs an der *Akademie für SFX-Maskenbild.* Aber im Augenblick kommt es nur darauf an, ob ihre heiße On-Off-Affäre mit Tia gerade on oder off ist. Das macht den entscheidenden Unterschied.

»Keine Sorge, Amy, ich hab die Sache im Griff«, sagt die Empfangsdame. »Ich wollte gerade den Sicherheitsdienst rufen.«

»Nicht nötig, Gladys.« Amy schüttelt grinsend den Kopf, weil mich Gladys immer noch anstarrt, als könnte ich jeden Moment ein Schlachtermesser zücken. »Ich kenne diese arme Irre. Sie ist zufällig eine sehr talentierte Maskenbildnerin und arbeitet mit meiner Freundin nebenan bei *Late Night Live mit Larry Stone.*«

Ihr Beziehungsmodus steht also auf On! Halleluja! Es könnte klappen. Gladys wirft mir einen fassungslosen Blick zu, zuckt mit den Schultern und widmet sich wieder ihrem Kreuzworträtsel.

»Und was hat es mit diesem Kajalstift auf sich?«, fragt Amy.

So schnell ich kann, schildere ich ihr die Geschichte, wobei ich den Teil mit Robs Annäherungsversuch im Abstellraum auslasse. »Und dann hatte Rob die Idee, eure Maske könnte mir vielleicht aus der Klemme helfen?«

Amy zwinkert mir zu und hakt sich bei mir unter. »Klar, Süße. Kein Problem. Dann wollen wir die Jungs mal besuchen.«

Beim Durchqueren des Studios stelle ich fest, dass das Set einer Sitcom eine vollkommen andere Welt ist. Während drüben bei uns gerade alles auf Hochtouren läuft, sind die *Lumberjacks* eifrig damit beschäftigt, alles für die Nacht wegzuschließen. Die Leute aus der Requisite verstauen gerade ein paar ziemlich echt aussehende Äxte und diverse Stapel ordentlich gefalteter schwarz-rot-karierter Flanellhemden. Aber von den Holzfällern, die sie gewöhnlich tragen, ist keiner zu sehen. (Nicht, dass sie sehr oft Hemden tragen würden. Muskelbepackte Männer mit nackten Oberkörpern sind mehr oder weniger das Markenzeichen der *Lumberjack*-Sitcom.)

»Wo sind denn alle?«, frage ich Amy. Ich habe Mühe, mit ihr Schritt zu halten. Tia rühmt ständig die endlos langen Beine ihrer Freundin. Den Wahrheitsgehalt dieser Aussage kann ich nun bestätigen. Wenn Amy einen Schritt macht, mache ich drei.

»Ach, die meisten von den Jungs sind schon nach Hause. Wir hören normalerweise so gegen halb acht auf zu drehen. Ein oder zwei Versprengte müssten hier aber noch irgendwo sein.«

Sie hat es kaum ausgesprochen, als uns einer der heißesten Versprengten entgegenkommt, den es je gegeben hat: Tommy Cortez. Wenn ich eines dieser entwürdigenden Listicles der schärfsten Holzfäller auf *Hot Scoop!* erstellen *müsste* (was ich selbstverständlich nie tun würde), stände Tommy Cortez mit Abstand an Platz eins. Noch ist er vielleicht nicht allen ein Begriff, aber es geht das Gerücht, dass er eine Rolle in einem großen Kinofilm spielen wird, der nächsten Sommer anlaufen soll. Danach dürfte es so gut wie unmöglich sein, näher als bis auf drei Meter an ihn heranzukommen.

»Nacht, Amy«, sagt er, als er in einem eng anliegenden weißen T-Shirt an uns vorbeistolziert, das jeden seiner vom Baumstammsägen gestählten Muskeln zur Geltung bringt. Dann heftet er seinen Blick auf mich und zwinkert mir zu. »Nacht, Rotschopf.«

Ich bin nicht stolz darauf, aber ich kichere. Man könnte auch behaupten, ich gackere wie ein Huhn. Eine solche Behauptung würde ich weder bestätigen noch dementieren.

»Sie gefällt mir«, sagt er zu Amy.

Sie grinst nur und schiebt mich von ihm weg. »Schon klar. Dir gefällt jede, Tommy. Was machst du überhaupt noch hier? Gibt es nicht irgendeinen Club, in dem du eine Schlägerei anzetteln kannst? Oder ein It-Girl klarmachen?«

Er zieht zweimal kurz hintereinander die Augenbrauen hoch. »Beides, wenn ich Glück habe.«

Amy seufzt. »Pass bitte auf, dass du nicht verhaftet wirst, okay? Mir ist nämlich gerade das Geld für die Kaution ausgegangen.«

Ich fange an zu begreifen, was Tia so an Amy gefällt. Sie lässt sich von diesem ganzen Stargetue nicht beeindrucken. Tia und Amy sind aus demselben Holz geschnitzt, auch wenn sie völlig gegensätzlich zu sein scheinen.

Endlich erreichen wir die Maske, wo zwei große dunkelhäutige Männer mit Glatze in schwarzen Hemden und Anzughosen geschäftig Applikatoren und Pinsel in Behältnisse sortieren und die Segeltuchstühle abwischen. Als Amy an den Türrahmen klopft, schauen beide Männer auf, was dann auch der Moment ist, in dem ich bemerke, dass nicht nur ihr Outfit sich gleicht wie ein Ei dem anderen.

»Amy!«, sagen sie im Chor.

»Wenn sie noch in die Maske will, wird sie bis morgen warten müssen. Der Laden ist geschlossen!«, fügt der am nächsten zur Tür stehende Zwilling hinzu.

»Sie will was anderes«, erwidert Amy und schubst mich ein Stück nach vorn.

»Ich brauche Kajal«, platze ich heraus. »Ich bin Make-up Artist drüben bei *Late Night Live mit Larry Stone.* Einer unserer Gäste hat meinen gesamten Vorrat an Stiften zerbrochen und wir gehen in nicht mal einer Stunde auf Sendung. Ich brauche richtig gute Stifte. In so vielen Farben wie möglich. Habt ihr vielleicht einen oder zwei für eine verzweifelte Kollegin übrig?«

Die Zwillinge sehen sich an und tauschen ein amüsiertes Lächeln aus. Der am Spiegel Stehende greift nach einem zusammengerollten Bündel, kommt damit auf mich zu und entrollt es. Unter einer Schutzfolie stecken Kajalstifte in allen erdenklichen Farben und sogar welchen, von denen ich nicht einmal wusste, dass es sie gibt.

»Einen oder zwei?«, sagt er. »Wach auf!«

Zehn Minuten später renne ich zum Studio von *Late Night Live mit Larry Stone* zurück, diesmal bewaffnet mit zehn Kajalstiften in den umwerfendsten Farben. Natürlich werde ich meinen eigenen Bestand trotzdem wieder neu aufstocken müssen, aber erst mal bin ich gerettet. Ich werfe einen Blick auf meine Armbanduhr: 21:23. Es wird knapp, aber wenn ich mich beeile, kann ich es so gerade noch schaffen. Dr. Singh wird sich mit dem normalen Blitz-Superstyling zufriedengeben müssen, statt mit der geplanten Superstar-Glamour-Version.

Ziemlich zufrieden mit mir und der Welt, nehme ich die Abkürzung über die Laderampe am Rand des Parkplatzes, als ich plötzlich hinter einem Palettenstapel ein Stöhnen höre. Ich erhasche einen Blick auf einen hellhäutigen Arm, der sich um einen unglaublich breiten muskulösen Rücken schlingt. Dieser Rücken gehört niemand anderem als Tommy Cortez. Ich kann zwar nicht erkennen, wer da gerade gestöhnt hat, aber ich sehe, dass diejenige die Hände in Tommys Haare vergraben und ein Bein um seine Taille geschlungen hat. *Besonders weit laufen musste er ja nicht, um ein It-Girl klarzumachen*, denke ich. Im Bemühen, nicht wie ein Voyeur zu starren, halte ich meine Augen krampfhaft auf die Studiotür in der Ferne gerichtet und versuche, unbemerkt vorbeizuhuschen.

Ich habe es fast geschafft, als ich plötzlich eine atemlose Stimme »Oh Gott, Tommy, du machst mich verrückt!« keuchen höre.

Der vertraute Ostküstenakzent lässt mich wie angewurzelt stehen bleiben. Absolut unmöglich. Das kann nicht sein …

Ich weiß, ich sollte einfach weitergehen und mich um meinen eigenen Kram kümmern, wie es so schön heißt – aber ich muss es einfach wissen! So leise ich kann, schleiche ich mich näher heran und spähe vorsichtig um den Palettenstapel. Und als Tommy Cortez sich zurücklehnt und lacht, sehe ich das makellose Gesicht der jungen Frau, mit der er so hingebungsvoll knutscht, in seiner ganzen strahlenden

Filmstar-Schönheit. Es ist Jessabel Anderson-Finch – auch bekannt als Brett Curtis' Freundin!

Wenn das hier nicht eine private Probe für einen Film ist, von dem ich noch nie etwas gehört habe, betrügt sie Brett gerade!

3

Es soll schon vorgekommen sein, dass Leute beim Autofahren mit den Gedanken abdriften und dann plötzlich aufblicken und sich zu Hause wiederfinden, ohne sich daran erinnern zu können, wie sie dahingekommen sind. So ähnlich ergeht es mir, als ich hinter Dr. Singh trete, die Hände auf ihre Schultern lege und sie so drehe, dass sie mittig vor dem Spiegel sitzt und mein Werk bewundern kann. Ich weiß, dass ich ihre Augen mit dem sanften Bronzeton eines der Kajalstifte umrahmt haben muss, die ich mir von den Zwillingen ausgeliehen habe. Und dass ich es gewesen sein muss, die eine passende Foundation zusammengemischt und die winzige Narbe auf ihrer Nase kaschiert hat. Aber ich habe keinerlei Erinnerung daran.

Ich werde das Bild der mit dem Holzfäller knutschenden Jessabel nicht los. Gott, der arme Brett! Erst floppt sein Film, und jetzt betrügt ihn auch noch seine Freundin. Wäre das Ganze eine Art durchgeknallte Highschool-Comedy, hätte es fast schon etwas Komisches, nach dem Motto: *Mal sehen, wie heftig wir dem Protagonisten zusetzen können, bevor er doch noch die Kurve kriegt und zum Happy End eine gigantische Party schmeißt.* Aber das hier ist kein Film. Und weil ich immer noch den Anblick von Frankie vor Augen habe, der unbekümmert mit einem anderen Mädchen im

Arm durch die Hotellobby schlendert, weiß ich, dass so etwas alles andere als lustig ist. Brett wird am Boden zerstört sein, wenn er es erfährt, aber ich muss es ihm doch sagen, oder nicht? Man lässt einen guten Freund nicht blind in sein Unglück rennen, so wie es mir passiert ist.

Sobald Dr. Singh die Maske verlassen hat, zücke ich mein Handy und schreibe Brett eine Nachricht.

`Können wir uns morgen treffen? Dringend!`

Zwei Sekunden später vibriert mein Handy.

`Okay. Soll ich ins Studio kommen?`

`Nein. Die Wände am Set haben Ohren.`

`Verstehe. Treffen wir uns um 13 Uhr hier:`

Darunter steht eine Adresse. Ich kenne sie nicht, aber ich vertraue Brett. Er ist es gewöhnt, von Paparazzi (und solchen, die es werden wollen – wie meine Cousine Laura) verfolgt zu werden, deshalb wird er vermutliche eine Menge Orte wissen, an denen man sich ungesehen treffen kann. Ich texte zurück, dass ich dort sein werde, und füge noch ein kleines Kleeblatt-Emoji hinzu.

»Priscilla Nash kommt gleich noch mal in die Maske, um ihr Make-up nachbessern zu lassen«, blafft mich Liz hinter ihrem Sessel an. »Meinst du, du schaffst es, schon mal deinen Arbeitsplatz herzurichten? Natürlich nur, wenn du nicht zu sehr damit beschäftig bist, Nachrichten in dein Handy zu tippen.«

Mist! Ich hasse es, wenn Liz recht hat. Aber ich muss mich jetzt wirklich konzentrieren. Rasch lege ich mein Handy auf die Arbeitsfläche und beuge mich über die geliehenen Kajalstifte. Die nächsten Minuten verbringe ich damit, mir zu überlegen, wie ich Prissy Nash zu dem ausgefallenen Look verhelfen kann, den sie sich wünscht und der aber gleichzeitig ihrer konservativen Mom gefällt. So viel Mühe haben die beiden eigentlich gar nicht verdient, aber es ist nun mal meine Aufgabe, und ich möchte sie gut machen.

Als ich mich schließlich für eine Farbpalette entschieden habe und aufschaue, steht Liz neben mir an der Arbeitsfläche.

»Was ist? Kontrollierst du mich jetzt neuerdings?«, fauche ich sie an.

Sie mustert mich mit zu schmalen Schlitzen verengten Augen. »Irgendjemand muss es wohl tun. *Ich* bin hier jedenfalls nicht diejenige, über die sich ein Gast beschwert hat.«

Mit diesen Worten und einem Lächeln, als hätte sie gerade mein Essensgeld stibitzt, stolziert sie davon. Im Augenwinkel sehe ich noch, dass sie ihr Handy zückt und zu tippen beginnt. Wahrscheinlich prahlt sie vor einer Freundin damit, dass sie die naive Irin zusammengestaucht hat. Ich würde ihr gern die Meinung geigen – vielleicht darauf hinweisen, dass sie ja auch gerade Nachrichten schreibt –, aber blöderweise hat sie schon wieder recht. Noch nie hat jemand die Maske verlassen und sich anschließend über ihr Haarstyling beschwert. Also behalte ich meine bissigen Kommentare vorläufig lieber für mich – was aber nicht heißt, dass ich sie nicht denke, während ich die kleine Zicke Pris-zilla schminke.

Wundersamerweise bringen wir die Show ohne weitere Wutausbrüche oder Wortgefechte hinter uns. Trotzdem habe ich mich noch nie so sehr danach gesehnt, nach Hause zu kommen und in mein Bett zu kriechen, wie jetzt im Moment. Zum Glück geht es meinen Mitbewohnern genauso.

»Los, Leute, rennen wir zum Auto«, schlägt Tia vor.

»Würde ich gern«, erwidert Bruno. »Aber ich kann kaum meine Beine bewegen. Der Mensch ist nicht dafür geschaffen, den ganzen Abend auf den Füßen zu sein und verzogene kleine Biester zu hofieren.«

»Hat Priscilla wieder zugeschlagen?«, rate ich.

Bruno verdreht die Augen und sagt: »Ich will nicht darüber sprechen. Lasst uns einfach von hier verschwinden, bevor sie wieder auftaucht und mir noch befiehlt, ihre Cowboystiefel sauber zu lecken oder so was in der Art!«

Aber als wir den Parkplatz zu meinem Wagen überqueren, höre ich das unverkennbare, dröhnende Lachen von Georgia Nash. Ich werfe gerade noch rechtzeitig einen Blick über meine Schulter, um Georgia und Larry in eine schwarz glänzende Limousine einsteigen zu sehen, an deren Steuer einer von Larrys Fahrern sitzt.

Schätze, sie sind auf den Absacker unterwegs, den Larry ihr versprochen hat, denke ich. Mein Herz wird bleischwer. Ich kann nur hoffen, dass sich Larry weiterhin brav an Tomatensaft hält statt an Bloody Marys oder Whisky.

Zu Hause angekommen teilen wir uns eine Tiefkühlpizza und schauen beim Essen eine Folge von *The Walking Dead* an. »Krass«, sagt Tia nach der Hälfte. »Wer hatte eigentlich die geniale Idee, sich das anzuschauen, während wir Pizza mit Tomaten und Mozzarella essen?«

»Du«, sagen Bruno und ich im Chor.

»Ihr Deppen hättet nicht auf mich hören sollen.« Sie packt ihre Reste ein und stellt sie in den Kühlschrank. »*¡Buenas noches, mis amigos!* Schlaft gut.«

»Weichei«, ruft Bruno ihr noch hinterher. Aber kaum ist sie weg, steht er ebenfalls auf und lässt die Hälfte seiner Portion stehen. »Sorry, Kim. Ich kann mir dieses blutige Gemetzel auch nicht ansehen. Aber erzähl das bloß nicht Tia.«

»Ach komm, Bruno! Die Serie ist der Hammer. Greg Nicotero ist der Gott der SFX-Maske. Wusstest du, dass das Blut in Wirklichkeit aus Lebensmittelfarbe und Maissirup besteht? Und siehst du die Leiche da? Wenn man Nylonstrümpfe in Kunstblut und Klebstoff tränkt, dann sehen sie aus wie verwesendes Fleisch und Eingeweide und –«

Ich werde von Bruno unterbrochen, der heftiges Würgen imitiert und so tut, als müsse er sich übergeben. »Bitte hör auf!«

»Weichei.«

Er lacht.

Nachdem ich den Rest der Folge allein zu Ende geschaut habe, gehe ich nach oben in mein winziges Zimmer und klappe meinen Laptop auf. Noch vor Kurzem hätte ich jetzt mit Frankie geskypt und ihn davon zu überzeugen versucht, dass er eines Tages ein großer Star werden würde, ganz egal, wie viele Castings er schon vergeigt hat. Aber jetzt sind die einzigen Menschen, mit denen ich noch skype, meine Eltern.

»Hi, Mum! Hi, Dad!« Ich winke ihnen fröhlich zu, als sie auf dem Bildschirm erscheinen.

»Huhu, Kimmy!«, zwitschert Mum heiter zurück und rückt so nah an die Kamera, dass ich jede einzelne Sommersprosse in ihrem Gesicht erkennen kann. »Wie geht's dir, mein Schatz?«

»Hallo, Liebes!«, klinkt sich Dad ein. »Freust du dich schon, dass du bald wieder nach Hause kommst? Wir können es kaum erwarten.«

Ich zucke zusammen. »Tja … ähm … darüber wollte ich mit euch sprechen«, beginne ich. »Ich werde vielleicht doch noch nicht zurückkommen können.«

Von jetzt auf gleich ist das glückliche Funkeln aus Mums Augen verschwunden, und ihre heitere Miene fällt in sich zusammen. »Warum denn nicht? Was ist passiert?«

»Steckst du etwa in irgendwelchen Schwierigkeiten, junge Dame? Ich hab dir doch gesagt, dass du die Finger von diesen Hollywoodtypen lassen sollst.« Dad hebt mahnend Zeigefinger und zieht finster die dunklen Augenbrauen zusammen.

»Schscht.« Mum tätschelt beruhigend seinen Arm. »Sei nicht albern, Eoin. Sie würden sie doch auf der Stelle zurückschicken, wenn sie in Schwierigkeiten stecken würde.«

»Mum hat recht«, hake ich ein. »Es ist eher das Gegenteil der Fall. Man will mir bei *Late Night Live mit Larry Stone* ein Arbeitsvisum besorgen.«

»Aber das ist ja großartig, Liebes! Dann kannst du dort

weiterarbeiten, bis du an der Akademie deinen Abschluss gemacht hast?« Dads strahlendes Lächeln ist tröstlich und beruhigend. Ich bin schon so lange hier in La-La-Land, dass ich schon ewig keine Zähne mehr gesehen habe, die nicht gebleicht und gerichtet worden sind, bis sie wie Klaviertasten aussehen. Beim Anblick von Dads leicht schiefen Zähnen fühle ich mich sofort wie zu Hause. Einen kurzen Moment wünsche ich mir, ich würde tatsächlich nach meinem Abschluss an der *Akademie für SFX-Maskenbild* nach Irland zurückkehren. Aber ich schüttele den Kopf.

»Nein, Dad. Sie werden mir das Arbeitsvisum nur besorgen, wenn ich etwas länger bleibe.«

Mum lehnt sich im Stuhl zurück und verschränkt die Arme vor der Brust, als wolle sie sich für schlechte Nachrichten wappnen. »Wie lange genau ist ›etwas länger‹?«

»Na ja …«

»Komm schon, Liebes. Raus mit der Sprache.«

»Drei Jahre.« Ich sage es schnell, in der Hoffnung, es tut dann weniger weh – wie wenn man mit einem Ruck ein Pflaster abreißt. Aber es fühlt sich eher so an, als würde ich meinen Eltern mit einem Ruck das Herz brechen.

»Oh«, sagt Dad leise. »Drei Jahre … Verflucht. Das ist eine lange Zeit.«

»Ich weiß. Noch habe ich nicht zugesagt. Hab selbst keine Ahnung, was ich eigentlich will.« Das sage ich nicht nur, damit sich meine Eltern besser fühlen. Es stimmt. In meiner Anfangszeit in Los Angeles war alles so fremd, so ganz anders, als ich es von zu Hause gewohnt war. Aber jetzt habe ich – man glaubt es nicht – ein Leben hier! Ich bin zwar nicht mehr mit Frankie zusammen, aber wenn man bedenkt, was ich schon alles erreicht habe, würde ich sagen, dass ich ganz schön vorangekommen bin.

»Nun ja, Liebes, egal wie du dich entscheidest, wir werden dich unterstützen, das weißt du«, sagt Mum.

»Ach. Wir werden sie also unterstützen. Soso«, brummt Dad und wirft Mum einen missbilligenden Blick zu, bevor er wieder mich ansieht. »Deine Tante Mary sagt, dass Laura so gut wie nie anruft, aber wenn sie es tut, dann bittet sie um Geld.«

Das nun folgende Schweigen gestattet es mir, zwischen den Zeilen zu lesen. Erstens: Laura hat ihren Eltern faustdicke Lügen über ihren angeblichen beruflichen Erfolg aufgetischt. (Sogar in unserem kleinen Vorort von Dublin weiß man, dass jemand, der Fotos für die Klatschpresse schießt, ziemlich weit davon entfernt ist, Modefotografin zu sein, was Tante Mary aber immer noch von ihr glaubt.) Zweitens: Mein Dad hat Angst, ich könnte auch so werden wie Laura. *Mach dir da mal keine Sorgen, Dad!* Ich habe weder das Bedürfnis, Prominenten aufzulauern, noch meiner Cousine in den Rücken zu fallen, geschweige denn, meine Eltern um Geld anzuschnorren.

»Ich komme klar«, versichere ich ihm. »Ich singe vielleicht nicht in einer ätzenden Boygroup, der man das Geld stapelweise hinterherwirft, aber ich komme zurecht.«

»Dieser Frankie … Nicht zu fassen, wie mies sich der Halunke dir gegenüber verhalten hat. So ein Schweinehund«, sagt Dad. Er flucht nicht oft, aber wenn jemand seiner Tochter wehtut, gerät er in Rage.

»Ich verschwende kaum noch einen Gedanken daran«, sage ich und meine es fast so. »Aber es nagt schon etwas an mir, dass ich die ganze Zeit echt hart arbeite und Frankie über Nacht einen Riesenerfolg hat. Das ist einfach … ungerecht. Ich geb's nur ungern zu, aber darum beneide ich ihn schon ein bisschen.«

Mum schnalzt missbilligend mit der Zunge. »Untersteh dich, auf den Burschen neidisch zu sein!«

Ich lache über Mums Ärger. Sie ist genauso sauer auf Frankie wie Dad. Beide zusammengenommen sind sie, glaube ich, sogar noch viel wütender auf ihn als ich.

»Er ist trotzdem nicht glücklich, darauf gebe ich dir Brief und Siegel, Liebes.«

»Wie kommst du darauf?« Ich versuche, nicht zu hoffnungsvoll zu klingen. Wenn ich mir die Fotos der Klatschpresse so ansehe, wirkt er auf mich ziemlich glücklich. Trotzdem hoffe ich, auf das Dublin Echo – der Klatsch und Tratsch in der Kirchengemeinde – ist Verlass, und Mum hat von irgendjemandem aus Frankies Verwandtschaft erfahren, dass er mit seinem neuen Ruhm todunglücklich ist und die Boygroup überhaupt kein Geld einbringt und die tollen Autos und der ganze Pomp nur angemietet sind, um die Presse zu blenden. Und vor allem hoffe ich, dass ihm klar geworden ist, dass er ohne mich nicht leben kann.

»Weil«, antwortet sie mit einem Achselzucken, »die wirklich wichtigen Dinge im Leben einem nun mal nicht in den Schoß fallen.«

»Ach so«, sage ich. »Klar.«

Als ich am nächsten Tag auf eine Jachthafenanlage zusteuere, frage ich mich, ob mein Navi versagt hat. Ich überprüfe noch einmal die Adresse. Nein, sie stimmt, ich bin hier richtig. Ich hatte Brett zwar um ein Treffen an einem abgelegenen Ort gebeten, aber das hier ist schon eine Abgeschiedenheit der besonderen Art. In einem Gangsterfilm wäre es die perfekte Stelle, um eine arme Seele in den Hinterhalt zu locken und sie kaltzumachen und ihre Leiche im Wasser zu versenken. Wahrscheinlich hätte ich auch weder ein Kopftuch umbinden noch meine Audrey-Hepburn-Sonnenbrille aufsetzen müssen. Mein Versuch, auf Nummer sicher zu gehen und unerkannt zu bleiben.

Ich will gerade durch den Eingang rollen, als ein Security-Mann angerannt kommt und an meine Wagentür klopft.

»Zu wem möchten Sie bitte, Miss?«, fragt er, als ich das Fenster herunterlasse.

Bevor ich ihm antworten kann, kommt Brett angelaufen, wunderbar lässig aussehend in einer dunklen Jeans und einem cremefarbenen Sweatshirt. Seine windzerzausten Haare umrahmen sein Gesicht absolut perfekt, und einen kurzen Moment frage ich mich, ob er sich mit einer Armee von Stylisten umgibt, die ihn überallhin begleiten.

»Sie will zu mir, George. Sie bringt mir ein streng geheimes Drehbuch. Bitte haben Sie ein Auge darauf, dass von jetzt an niemand mehr hereinkommt. Erst recht nicht mit einer Kamera.«

George wirft mir noch einen letzten Blick zu und fragt sich ganz offensichtlich, wer ich bin, aber er nickt. »Selbstverständlich, Mr Curtis. Sie können sich auf mich verlassen.«

Brett schiebt dem Mann einen zusammengefalteten Geldschein in die Hand und winkt mich durch. Auf dem Hafengelände sehe ich ein paar vereinzelte Leute, die sich um ihre Boote kümmern, aber keiner von ihnen scheint sich auch nur im Geringsten für uns zu interessieren. Vielleicht war meine Tarnung doch etwas übertrieben. Brett joggt neben meinem Wagen her und navigiert mich in eine Parkbucht vor einer kleinen Motorjacht, die aussieht wie die Vokuhila (legendärer Haarschnitt aus den Achtzigern: vorne kurz, hinten lang) unter den Schnellbooten. Vorn im kurzen Bug befinden sich zwei geschäftsmäßig aussehende Ledersitze und ein großes Steuerrad, unter dem zwei Schwimmwesten befestigt sind. Hinten im lang gezogenen Heck ist eine Art Loungebereich mit einer Bar und einem sehr breiten Deck, das zum Sonnenbaden einlädt (es sei denn, man hat eine helle Haut wie ein Vampir, die in der Sonne sofort verbrennt – so wie ich. Zum Glück gehe ich nie ohne einen LSF von einer Million aus dem Haus).

»Ich hoffe, du wirst nicht so leicht seekrank«, sagt Brett, als ich aus dem Auto steige. »Wir wollen nämlich eine Runde mit ihr drehen.«

»Mit *ihr?*«

»*Jenny.*« Er zeigt auf den Namen an der Bootseite.

»Eine Exfreundin?«, hake ich nach und spüre einen absurden Eifersuchtsstich.

Brett lacht. »Nein. *Forest Gump* ist einer meiner Lieblingsfilme. Du weißt schon, er hat alle seine Boote *Jenny* getauft, nach der Liebe seines Lebens. Ich hab mir geschworen, wenn ich irgendwann einmal eins besitze, werde ich es auch Jenny nennen.«

Ich zeige auf die schnittige kleine Motorjacht. »Soll das heißen, das Boot gehört dir? Es ist nicht nur gemietet?«

Brett schiebt die Hände in die Hosentaschen und zuckt mit den Schultern. »Nein. Es ist meins.«

Keine Ahnung, warum mich das überrascht. Seit Brett und ich befreundet sind, vergesse ich manchmal, dass er ein großer Filmstar mit einem entsprechend großen Bankkonto ist.

Ich beobachte ihn, wie er auf den Ozean hinausblickt und tief die salzige Meeresluft einatmet. »Du hast gesagt, die Wände im Studio hätten Ohren. Deshalb dachte ich, wir treffen uns am besten irgendwo, wo es keine Wände gibt«, erklärt er.

»Ich hoffe, du hast dir meinetwegen keine allzu großen Umstände gemacht.«

Er sieht mich an und winkt beschwichtigend ab. »Gar nicht. Ich will schon seit einer Weile mal raus aufs Meer, um einen klaren Kopf zu bekommen. Das ist ein guter Anlass. Und da ich *Jenny* selbst steuern kann, brauche ich keine Crew.« Er geht an Deck und reicht mir die Hand. »Und? Wie sieht's aus, Kim? Hast du Lust?«

Oh-oh, das ist gefährlich, denke ich. Ich darf nicht über einen Typen ins Schwärmen geraten, der nur mein Kumpel sein soll – zumal ich kurz davorstehe, die Bombe mit Jessabel und dem Holzfäller platzen zu lassen. Aber als ich seine Hand nehme und mit in der Brise flatterndem Tuch an

Bord gehe, kann ich nicht anders, als mich wie in einer Filmszene zu fühlen. Keine aus dem brutalen Gangsterfilm, an den ich vorhin denken musste, sondern eine aus einer dramatischen Liebesgeschichte, die sich über Jahrzehnte erstreckt und mit einem leidenschaftlichen Kuss und anschwellender Orchestermusik endet. Kitschig, ich weiß. Aber es scheint fast, als würde Brett Curtis' Nähe die Romantikerin in mir zum Vorschein bringen. *Reiß dich zusammen, Kim! Du bist schließlich in einer heiklen Mission hier.*

Brett reißt mich aus meinen Grübeleien, indem er mir eine Aufgabe zuteilt. »Siehst du das?« Er zeigt auf eine Tau-Rolle, ein schweres weißes Seil, dessen Ende um einen kurzen gelben Pfosten an der Anlegestelle vertäut ist. »Mach es los, wickle es auf und zieh es an Deck. Ich lasse den Motor an und los geht's.«

»Aye, aye, Captain«, antworte ich und salutiere mit einem albernen Grinsen.

Als ich das Seil in die Hand nehme, bin ich überrascht, wie glatt und geschmeidig es sich anfühlt. Beim Anblick des zusammengerollten Taus muss ich an den Hals eines Monsters denken. Ich mache mir im Geiste eine Notiz, dass man mit so einem Seil – in Lebensmittelfarbe und Maissirup getränkt – vielleicht den Körper des Creeps für den Oshiro-Sketch gestalten könnte.

»Du denkst an die Arbeit, stimmt's?« Bretts Stimme holt mich ins Hier und Jetzt zurück.

»Wie bitte? Ähm, ja, ich glaub schon. Woher weißt du das?«

Er grinst mich an und auf der Wange über seinem hochgezogenen Mundwinkel erscheint das berühmte einzelne Grübchen. »Ich hab dich bei der Arbeit beobachtet. Ich sehe dir an, wenn du dir überlegst, ob und wie man etwas für die Maske verwenden könnte.«

Wie kommt es, dass er mich schon so gut kennt? Frankie sind solche Dinge nie aufgefallen, aber er hatte ja auch in der Regel genug damit zu tun, über sich selbst nachzudenken. Jessabel hat eindeutig keine Ahnung, was sie an Brett hat, sie verdient ihn gar nicht. Ich erwäge, es ihm jetzt sofort zu erzählen, aber nein … ich warte besser, bis wir auf See sind, um ganz sicher zu sein, dass uns niemand belauscht.

Ich setze mich in den Sessel neben ihm, während er das Boot geschickt um die vor Anker liegenden Jachten manövriert und aufs offene Meer hinaussteuert. Die einzigen Laute, die ich höre, sind die Schreie der Möwen in der Ferne und das sanfte Brummen des Motors. Jetzt wäre der perfekte Zeitpunkt, ihm zu sagen, dass seine Freundin ein treuloses Miststück ist. Aber irgendwie kann ich mich noch nicht dazu durchringen. Stattdessen zermartere ich mir das Hirn, um ein unverfängliches Thema zu finden.

»Und, wie läuft die Werbekampagne für *Auf der Überholspur*?«, frage ich und bereue meine Frage, kaum dass ich sie ausgesprochen habe. *Ganz toll, Kim. Superidee, den drohenden Tiefschlag abzufedern, indem du ihn auf den vermutlich größten Flop seiner Karriere ansprichst – zumal seine verlogene Freundin auch noch zufällig die weibliche Hauptrolle darin spielt.*

Kein Wunder, dass Bretts fröhliche Unbeschwertheit schwindet. Seufzend stellt er das Steuer auf Autopilot und starrt lustlos auf die Wellen. »Das ist der Grund, warum ich einen klaren Kopf bekommen muss«, beginnt er. »Die Sache fängt an, mich zu stressen. Die Filmvorschauen waren furchtbar. Der Regisseur hat nach den schlechten Kritiken zwar noch mal einiges überarbeitet und umgeschnitten, aber das kann nichts an der Tatsache ändern, dass der Film grottenschlecht ist. Und sobald er anläuft, wird es ganz Amerika wissen.«

»Ach, komm.« Ich streichle besänftigend seinen Arm. »*So* schlecht kann er doch nicht sein.«

»Ist er aber. Ich wusste es im Grunde schon, als wir angefangen haben zu drehen, aber da hatte ich den Vertrag bereits unterschrieben und konnte nicht mehr zurück. Und jetzt muss ich die üblichen Pressetermine wahrnehmen und *Auf der Überholspur* anpreisen, als wäre er der nächste *Citizen Cane*. Ätzend. Das ist *so* peinlich.« Er vergräbt sein Gesicht in den Händen.

»Dann lass es doch«, sage ich. »Lass den ganzen Medienzirkus sausen und versteck dich irgendwo, bis sich der Rummel gelegt hat. In Europa am Mittelmeer zum Beispiel. Wozu hast du massenhaft Geld?«

Brett grinst und legt den Kopf ein wenig schräg. »Klingt gut. Nur schade, dass es nicht geht. Wenn ich nicht wegen Vertragsbruch vor Gericht gezerrt werden will, *muss* ich den ganzen Medienzirkus mitmachen.«

»Klar. Sorry«, murmle ich. »Das ist hart.«

Brett nickt. »Ja, ist es. Nur gut, dass ich Schauspieler bin.

Ich werde einfach eine Rolle spielen und so tun, als fände ich den Film toll.«

»Klingt nach einem vernünftigen Plan.«

Nach ein paar Minuten schaltet er den Motor aus. Wir sind meilenweit von der Küste entfernt, es schaukeln nur ein oder zwei andere Boote auf dem Wasser, nah genug, um die Leute darauf zu sehen, aber weit genug weg, dass man uns nicht belauschen kann. Geradezu perfekt, für das, was ich jetzt tun muss: Brett Curtis das Herz brechen.

»Hey, ich weiß, was wir machen«, sagt Brett plötzlich. »Ich bin gleich wieder da.« Er verschwindet in einer kleinen Bodenluke nach unten und taucht ein paar Minuten später mit zwei Angelruten und einem Köderkasten wieder auf. »Hast du schon mal dein eigenes Abendessen gefangen?«, fragt er mit strahlendem Grübchenlächeln.

»Einmal, aber da war ich ungefähr acht«, antworte ich und nehme eine der Angelruten von ihm entgegen. »Mein Dad ist in einem schmuddeligen kleinen Ruderboot zum Angeln mit mir auf den Liffey rausgepaddelt. Es hat so stark geregnet, dass ich die meiste Zeit damit verbracht hab, Wasser zu schöpfen. Kein Vergleich zu dem hier!« Ich mache eine ausholende Geste, die die herrliche Szenerie einfassen soll, die uns umgibt – den warmen Pazifischen Ozean vor der Küste Kaliforniens und das Motorboot, das mehr kostet, als ich im ganzen Jahr verdiene.

»Du hast das letzte Mal geangelt, als du acht warst? Absolut inakzeptabel. Das sollten wir sofort ändern.«

Im Handumdrehen hat Brett unsere Angelhaken mit Ködern bestückt, mit silbrig glänzenden Bleigewichten beschwert und darüber rot-weiße Schwimmer verknotet, die leise klingeln und hinuntergezogen werden, sobald ein Fisch anbeißt. Wir setzen uns mit bis zu den Knien aufgerollten Hosen auf dem Sonnendeck nebeneinander an die Reling und lassen unsere nackten Füße ins Wasser baumeln. Selbst wenn ich keinen Fisch fangen sollte, ich werde auf jeden Fall mit natürlich pedikürten Füßen von hier weggehen.

»Worüber wolltest du so dringend mit mir sprechen?«, fragt Brett schließlich.

Jetzt habe ich definitiv keine Ausrede mehr, es noch länger hinauszuschieben.

»Ich glaube, Jessabel betrügt dich.«

Brett sagt nichts. Er stiert nur ausdruckslos aufs Meer. Hat er mich überhaupt gehört?

»Genau genommen weiß ich, dass sie es tut«, fahre ich fort. »Ich war gestern am Set von *Lumberjack Hotel* und hab sie da ziemlich wild mit Tommy Cortez rumknutschen gesehen.«

»Verdammt, Jessabel«, stößt er zwischen zusammengepressten Zähnen leise hervor.

»Es tut mir leid.« Wie lahm das klingt. Ich weiß genau, wie es sich anfühlt, wenn einem auf diese Weise das Herz gebrochen wird. Ich habe es gerade mit Frankie durchgemacht. Und ein »Tut mir leid« lindert diesen Schmerz nicht wirklich.

Er blinzelt langsam und schüttelt den Kopf. In seinem Blick liegen Müdigkeit und Enttäuschung. »Sie hatte versprochen, vorsichtig zu sein«, seufzt er.

»Soll das heißen, du *wusstest* es?« Ich starre ihn fassungslos an. »Das ist mir zu hoch. Ich meine, ich weiß natürlich, dass es Paare geben soll, die eine sogenannte offene Beziehung führen, aber ich hätte nicht gedacht –«

»Nein, so ist es nicht«, beeilt sich Brett, die Sache richtigzustellen. »Es ist nur …« Er seufzt und presst die Lippen aufeinander. »Okay, hör zu. Was ich dir jetzt erzähle, darf niemand erfahren. Du musst mir versprechen, mit keinem Menschen darüber zu reden.«

»Klar«, erwidere ich, ohne zu zögern. »Es bleibt unter uns und den Fischen. Versprochen.«

Er holt noch einmal tief Luft und rückt dann mit der ganzen Geschichte heraus. »Jessabel und ich waren nie wirklich ein Paar. Ich meine, wir haben zwar bei unserem ersten gemeinsamen Dreh mit dem Gedanken geflirtet – sorry für das müde Wortspiel. Aber es ist nie was draus geworden. Irgendwann haben uns dann aber unsere Manager zusammen gesehen und meinten, es wäre gut für unsere Karriere, wenn wir ein Paar würden. Wir fanden die Vorstellung zwar echt schräg, aber es waren ohnehin schon mehrere Filme geplant, in denen wir gemeinsam die Hauptrollen spielen würden, deshalb dachten wir, warum nicht?«

Mir fehlen die Worte und die Kinnlade fällt mir fast bis auf die Zehen herunter. »Willst du damit sagen, dass ihr eure Beziehung nur vorgetäuscht habt? Ihr seid gar nicht richtig zusammen? Schon die ganze Zeit?«, stoße ich fassungslos hervor, als ich meine Sprache wiedergefunden habe.

»Ähm … also nicht die *ganze* Zeit. Wir dachten zuerst,

wir sollten es versuchen … aber es hat nie richtig gefunkt zwischen uns. Das tut es nur auf der Leinwand. Aber wir haben uns gut verstanden. Und den Fans, die unsere Liebeskomödien mochten, gefiel die Vorstellung, dass wir auch im wirklichen Leben ein Paar sind. Je öfter wir zusammen in den Medien zu sehen waren, desto mehr Kinokarten wurden verkauft. Ich hab mich mies gefühlt deswegen und wollte raus aus der Nummer, aber mein Manager hat mich immer wieder überredet dabeizubleiben, damit die Leute weiter in unsere Filme strömen.«

»Warum habt ihr nicht einfach eure Trennung inszeniert?«, frage ich. »Damit hättet ihr doch sicher auch jede Menge Aufmerksamkeit in den Medien bekommen.«

»Das wollte ich ja, aber Jess nicht. Zumindest anfangs nicht. Als sie schließlich auch die Nase voll hatte, war aus ›Brettabel‹ schon eine richtig große Sache geworden und unsere Presseagenten meinten, mit einer Trennung würden wir unsere Fans enttäuschen und unsere Karrieren ruinieren.«

»Aber das ist doch Irrsinn!«

Brett zuckt mit den Schultern. »Du meinst, so wie der Irrsinn, zu behaupten, dass du *nicht* mit Frankie Mackay zusammen warst, um seiner Karriere nicht zu schaden?«

»Touché«, sage ich zerknirscht.

Brett wirft mir einen mitfühlenden Blick zu. »Hey, das sollte keine Retourkutsche sein. Ich will damit bloß sagen … in dieser Branche ist ›Irrsinn‹ relativ. Du würdest dich wundern, bei welchen Dingen man sich plötzlich ertappt.«

»Zum Beispiel dabei, Zusatzklauseln mit abstrusen Sonderwünschen in seinen Vertrag aufzunehmen, nur um *noch* mehr Publicity zu bekommen?« Ich lächle bei dem Gedanken an unsere erste Begegnung.

Brett grinst, zweifellos hat er gerade an das Gleiche gedacht. »Genau«, sagt er. »Jedenfalls hat Jess zuerst mitgespielt. Aber dann hat sie für einen Independent-Film vorgesprochen und die Rolle nicht bekommen, mit der Begründung, sie habe nicht genug Ecken und Kanten und käme nicht cool genug rüber. Seitdem hat sie sich verändert. Ich glaube, sie versucht, von dem Gutmenschen-Bild loszukommen, das sie in der Öffentlichkeit hat. Deshalb tut sie in letzter Zeit lauter verrückte Dinge – macht freizügige Foto-Shootings, besucht wilde Partys und trifft sich mit Typen, die älter sind als sie.«

»Ärgert dich das denn nicht?« Ich hebe den Blick von meiner Angel und schaue ihm ins Gesicht. Falls er gekränkt oder verletzt ist, kann ich darin keinen Hinweis darauf entdecken.

»Es ist mir egal, mit wem sie sich trifft«, sagt er nach einer Weile. »Aber wenn bekannt wird, dass wir nicht mehr zusammen sind, dann sollten *wir* diejenigen sein, die damit an die Öffentlichkeit gehen. Irgendwas, von wegen wir hätten uns auseinandergelebt, weil wir kaum Zeit füreinander haben, wären aber immer noch gute Freunde, bla bla. Aber wenn die Leute glauben, dass sie mich betrügt, würde das nicht nur mir, sondern auch ihr schaden und definitiv dem Ticketverkauf von *Auf der Überholspur*.«

»Wow«, erwidere ich, weil mir kein besseres Wort einfällt. »Ich hatte keine Ahnung, mit welcher Art von Problemen du dich herumschlagen musst.«

Er nickt. »Ja, es ist nicht immer leicht. Aber ich werde mit Jessabel Klartext reden und versuchen, sie dazu zu bringen, in die Sache mit der Trennung einzuwilligen, nachdem *Auf der Überholspur* jetzt angelaufen ist.«

Wie es wohl sein mag, seine Trennung zu inszenieren? Gehört dazu auch, aus vorgetäuschtem Liebeskummer Berge von Eiscreme auf dem Sofa zu löffeln oder heftig dem Alkohol zuzusprechen? Das ist an einer normalen Trennung so ungefähr das Einzige, von dem man behaupten kann, dass es Spaß macht.

Brett stößt ein lang gezogenes »Puuuhhh!« aus. »Es tut gut, das alles endlich einmal jemandem zu erzählen! Danke, dass du so … so normal bist. Ich hab schon lange niemanden mehr kennengelernt, dem ich so vertraue wie dir.«

Ich erwidere sein Lächeln und mir wird ganz warm ums Herz. Ich bin froh, dass wir gute Freunde sind, ohne das ganze peinliche Drumherum. »Danke für das Kompliment.«

»Im Ernst. Hätte jemand anderes Jessabel mit Tommy Cortez erwischt, stände die Sache mit Sicherheit schon dick in den Schlagzeilen.«

»Dann ist es ja gut, dass ich es war«, erwidere ich. »Obwohl … hatte ich nicht erwähnt, dass ich Fotos gemacht habe und fürs Klappehalten eine Million Dollar von dir verlange?«

Brett lässt beinahe seine Angel fallen und starrt mich erschrocken an.

»Hey, das war natürlich ein Scherz!«, versichere ich eilig.

Als er erleichtert aufatmet, füge ich hinzu: »Ich will zwei Millionen.«

Diesmal grinst er verschlagen und schüttelt den Kopf. »Ganz schon gefährlich, mich zu erpressen, wenn niemand weiß, wo du bist. Nicht, dass dir noch ein böser Unfall zustößt!« Mit diesen Worten schiebt er eine Hand unter meine Knie, legt die andere auf meinen Rücken und tut so, als wolle er mich ins Wasser werfen.

»Nein!«, kreische ich und stoße ihn in gespielter Panik von mir weg.

Hysterisch lachend versuchen wir, uns gegenseitig ins Wasser zu schubsen, und hören erst auf, als das Glöckchen an meiner Angel bimmelt. Brett hilft mir, sie einzuholen.

»Gut gemacht«, sagt er anerkennend und bewundert die kleine silberne Makrele, die am Ende der Schnur zappelt. »Hübscher Fang. Schätze mal, es lassen sich hier noch mehr hübsche kleine Makrelen finden. Gut zu wissen, wo ich doch jetzt bald wieder Single bin.«

Er sagt es mit einem Lachen, aber ich finde es irgendwie eigenartig, wie unbeteiligt er über seine Trennung redet. Es scheint ihn überhaupt nicht zu berühren, aber so ganz kaufe ich ihm das nicht ab. Die Beziehung war zwar nur vorgetäuscht, aber er hat monatelang ein riesiges Geheimnis mit sich herumgeschleppt. Schon schlimm genug, dass er das ganze Hollywoodtheater beruflich mitmachen muss, aber nun ist es auch noch in sein Privatleben eingedrungen. Sein Agent, sein Manager, seine Fans – sie alle erwarten von ihm, dass er auf eine bestimmte Art und Weise lebt und sich verhält. Ich mag mir nicht vorstellen, wie es sein muss, unter so einem Druck zu leben.

»Werfen wir ihn wieder zurück«, murmelt er und wirkt plötzlich nachdenklich. »Soll er noch ein bisschen leben.«

Ich nicke stumm und schaue ihm dabei zu, wie er den Haken entfernt und den zappelnden Fisch wieder ins Meer zurückwirft. »Gut gemacht«, sage ich und umarme meinen besten Kumpel.

4

Als am nächsten Morgen mein Wecker klingelt, ist mein erster Impuls, ihn zu zertrümmern. Aber dann schlage ich die Augen auf. OH MEIN GOTT! Heute ist Mittwoch! Hector Oshiro, der Meister des Horrors und derzeit mein *absoluter* Lieblingsregisseur, wird in ein paar Stunden bei *Late Night Live mit Larry Stone* zu Gast sein. Unfassbar! Und das Monster, an dem ich seit Montag jede freie Minute arbeite, wird heute Premiere haben. Noch unfassbarer! Ich wünschte fast, ich könnte den Tag bis zu der Stelle vorspulen, an der ich mein Idol kennenlerne.

Dabei sind meine restlichen Pläne für den heutigen Tag auch nicht zu verachten. Erst habe ich Kurs – in dem ich hoffentlich lerne, meine Arbeitstechnik mit Latex zu perfektionieren. Wenn ich es gut hinbekomme, kann ich meinem Creep damit den letzten Schliff geben und er wird mit ein bisschen Glück genauso aussehen wie im Film! Und dann … ach ja, richtig. Ich habe ein Date mit Rob. Keine große Sache (rede ich mir jedenfalls ein). Aber egal wie es mit uns läuft, wir werden auf jeden Fall eine Menge Spaß miteinander haben, da bin ich mir sicher. Ich lächele voller Vorfreude. Nein, der restliche Tag ist nichts, was ich im Schnelldurchlauf erleben möchte. Aber wenn ich mich für eine Sache entscheiden *müsste*, wäre es meine Begegnung mit Oshiro. (Sorry, Rob.)

Aufgekratzt wie ein Kind an Weihnachten springe ich aus dem Bett. Meine Aufregung ist so übermächtig, dass ich sie unbedingt mit jemandem teilen muss! Als Erstes klopfe ich an Tias Tür und spähe zu ihr hinein. Sie liegt mit offen stehendem Mund laut schnarchend auf ihrem Kissen.

»Tia! Aufwachen! Heute kommt Oshiro!«

Unendlich langsam hebt sich ihr rechtes Augenlid einen winzigen Spalt breit. Sie linst auf ihren Wecker und stößt eine Art Grunzlaut aus. »Raus hier, Kimcita, bevor ich dein Gesicht mit meiner Faust dekoriere.«

»Da ist wohl jemand kein Morgenmensch«, witzele ich und weiche geschickt einem ihrer Plateau-Boots aus, den sie mir hinterherwirft. Ich schließe ihre Tür wieder und wende mich Brunos Zimmer zu.

Klopf-klopf.

Als ich Brunos dumpfes »Waas?« höre, stürme ich hinein. Er ist in seine Laken eingehüllt wie in einen Kokon.

»Ohhh, Brunooo«, singe ich.

»Waaas?« Das klingt eher wie das Brummen eines Bären.

Eine vernünftige Mitbewohnerin, die nicht von ihrem eigenen Glück benebelt ist, würde ihn spätestens jetzt in Ruhe lassen. Aber im Augenblick bin ich keine vernünftige Mitbewohnerin.

»Heute kommt Oshiro, Bruno! Oshiro kommt!« Ich sollte vielleicht erwähnen, dass ich die frohe Botschaft laut rufend verkünde, während ich auf dem Bruno-Kokon sitzend auf und ab federe.

Bruno wälzt sich im Bett, bis sein Gesicht aus den Laken hervorlugt. »Schwirr ab!«

Verstehe. Meine Mitbewohner sind nicht bereit, diesem Tag mit der angemessenen Vorfreude entgegenzusehen. Das ist schon okay. Ich bin aufgeregt genug für drei.

Es geht doch nichts über eine gesunde Dosis Prüfungsstress, um einem unerträglich glücklichen Wesen die Freude zu verderben. Als ich den Kursraum betrete, herrscht eine spürbar angespannte Atmosphäre, obwohl unsere Dozentin noch gar nicht da ist.

Ich setze mich auf den freien Platz zwischen Sam und Carolina. »Was ist los, wieso bist du so nervös?«, frage ich sie. Sie hat drei Finger im Mund und knabbert an ihren Nägeln, als wären sie Chips.

»Ach, komm, Kim!« Carolina zieht kurz die Finger heraus, um mir zu antworten. »Sogar *du* musst vor der Abschlussprüfung nervös sein.«

Sam sieht die Verwirrung in meinem Blick und schiebt seine Harry-Potter-Brille etwas höher. »Sag nicht, du hast es vergessen!«

Ich versuche meinen Blick so anzupassen, dass darin zweierlei zu lesen ist. Einerseits: *Ich fasse es nicht, dass du glauben kannst, ich hätte es vergessen!* Aber auch: *Worum genau geht es noch mal?*

Sam seufzt. »Heute erfahren wir, welches Projekt wir als Hausarbeit für die Abschlussprüfung zugeteilt bekommen. Keine große Sache … außer dass das Projekt vierzig Prozent der Gesamtnote ausmacht! Vermassele es und du kannst dich auch gleich von deinem Diplom verabschieden.«

»Zusammen mit der Hoffnung auf eine große Karriere

als Make-up Artist für Special Effects. Oder mit der auf eine Zukunft. Oder Hoffnung auf sonst irgendetwas, das auch nur entfernt an Freude erinnert«, ergänzt Carolina finster.

Plötzlich bekomme ich Atemnot. Ich war so von Bretts Problemen und den Ereignissen im Studio absorbiert, dass ich unser in weniger als einem Monat stattfindendes Abschlussexamen komplett ausgeblendet habe.

Carolina sinkt über dem Tisch zusammen, ihre meergrün gefärbten Haare verdecken ihr Gesicht. Sie spielt ständig die Drama-Queen, aber das hier ist etwas anderes. Vielleicht ist es ganz gut, dass ich keine Zeit hatte, über die Prüfung nachzudenken und mich womöglich in einen Panik-Modus hineinzusteigern. Aber wenn ich eine richtig komplizierte Aufgabe gestellt bekomme, werde ich mir wünschen, mich jede wache Minute darauf vorbereitet zu haben, anstatt mit diversen Tauen herumzuexperimentieren, um herauszufinden, welche Seilart in Maissirup und Lebensmittelfarbe getränkt am ehesten wie die Muskeln des Creeps aussieht. Es ist übrigens doppelgeflochtener Hanf, nur um es einmal festzuhalten. Ein Bungeeseil ist zwar elastischer, was für Actionszenen geeigneter sein dürfte, aber für mein Vorhaben muss es ja nur an Ort und Stelle bleiben und –

Mist. Ich schweife schon wieder ab. *Reiß dich zusammen, Kim!*

Einen Moment später kommt unsere Dozentin Nicole Jacobson mit einem Stapel Briefumschlägen unter dem Arm herein. »Guten Morgen, meine Schönen!«, begrüßt sie uns und beginnt sofort, durch die Reihen zu gehen und die Umschläge an uns zu verteilen.

»Freut mich, Sie zu dieser frühen Stunde alle so frisch und munter vorzufinden.« Sie wirft mir einen vielsagenden Blick zu.

Also echt. Schlaf ein oder zwei Mal in der Vorlesung einer Dozentin ein und sie wird es dich nie vergessen lassen.

»Was ich Ihnen jetzt aushändige, sind die Themen für das Projekt, das Sie als Hausarbeit für die Abschlussprüfung anfertigen werden«, fährt Ms Jacobson fort. »Darin sind drei verschiedene Figuren aus einem Fantasy-Film beschrieben. Die Filme gibt es nicht, machen Sie sich also keine Hoffnungen, dass Sie so glimpflich davonkommen und etwas gestalten können, das Sie schon eine Million Mal geübt haben. Es geht bei dieser Aufgabe darum, Ihre Fantasie spielen zu lassen und etwas Neues zu erschaffen. Jeder Umschlag enthält die detaillierte Schilderung von Aussehen und Eigenheiten dieser Figuren, ihrer Charaktermerkmale und Besonderheiten und in welcher Beziehung sie zueinander stehen. Außerdem finden Sie darin eine Liste derjenigen Arbeitsmaterialien, die wir Ihnen zur Verfügung stellen.«

Ich fiebere meinem Umschlag entgegen. Das ist die coolste Aufgabe, die uns bisher gestellt wurde! Ich reiße ihn auf wie ein Geburtstagsgeschenk und vertiefe mich in seinen Inhalt. Meine Figuren stammen von einem Lava-Planeten voller Feuer speiender Vulkane. Die Haut dieser Geschöpfe ist dazu geschaffen, hohen Temperaturen standzuhalten, und obwohl ihr Planet explosiv und unbeständig ist, sind sie freundliche Wesen. Mir ist sofort klar, dass ich Werkstoffe nehmen muss, die einerseits unter besonders heißen Scheinwerfern nicht aufweichen, andererseits aber durchlässig und elastisch genug sind, um die Emotionen des Schauspielers hinter der Maske zu zeigen. Es ist knifflig. Einiges von dem, was auf meiner Liste steht, wird nicht funktionieren – Kautschuk beispielsweise. Jedenfalls nicht für sich allein genommen. Vielleicht in Kombination mit Kunstharz … Ich seufze. Definitiv wird das kein Spaziergang werden. Oder vielleicht doch, aber dann führt er durch einen Park, in dem ein Rudel Orks, gefährlicher Treibsand und hungrige Tyrannosaurier lauern. Ich glaube aber nach wie vor, dass die Sache Spaß machen kann … wenn ich sie in meinen engen Zeitplan hineingequetscht bekomme.

Apropos Quetschen, das ist es, was wir im weiteren Verlauf des heutigen Vormittags machen: Latex zu allen möglichen Formen und Gestalten quetschen, kneten und auseinanderziehen. Es geht leichter als gedacht und die anderen verfallen wieder in den üblichen Plaudermodus. Ich lasse meine Gedanken schweifen und überlege, wie wohl mein Date mit Rob ablaufen wird. Derart in meine Träumereien versunken, hätte ich beinahe nicht mitbekommen, dass sich Sam zu Carolina vorbeugt und leise »Stimmt das mit Hector Oshiro?« flüstert.

»Stimmt *was?*«, frage ich. Jeder Gedanke an Rob ist blitzartig verflogen.

»Aber hundertprozentig stimmt das.« Ohne auf meine Frage einzugehen, lehnt sich Carolina zu Sam rüber, in ihrem Blick liegt zum ersten Mal so etwas wie Begeisterung. »Ich weiß es von meiner Mom. Sie hat es von ihrer besten Freundin, die ein hohes Tier bei CineStudios ist.« Nun wendet sich Carolina doch noch mir zu. »So sieht's nämlich aus.«

»Wie sieht *was* aus?«, rufe ich. »Wovon redet ihr?«

»Du hast echt keine Ahnung?« Carolina ist eindeutig hocherfreut, dass sie irgendwelchen Hollywoodklatsch kennt, in den ich noch nicht eingeweiht bin. »Oshiro hat sein Team gefeuert.«

»Was denn für ein Team?«, fragt Dolores, die zu uns an den Tisch geeilt kommt.

»Das gesamte Prosthetiks-Team, das er für seinen neuen Horrorfilm engagiert hat.«

»Aber warum sollte er das tun?« Meine Stimmlage schraubt sich unwillkürlich zum schrillen Ton einer Hundepfeife hoch. Natürlich kommt es vor, dass Regisseure jemanden aus ihrer Crew entlassen, aber gleich das ganze Team, nachdem sich der Film schon in der Vorproduktion befindet? Was immer dieses Prosthetiks-Team angestellt hat, es muss ziemlich schlimm gewesen sein.

Als ich aufschaue, sehe ich, dass noch mehr Leute aus dem Kurs ihre Latexmasken beiseitegelegt haben und sich an Carolina heranschieben. Derart im Mittelpunkt ist sie voll in ihrem Element.

»Na ja.« Sie zieht die Schultern hoch und hebt mit in der Taille angewinkelten Ellbogen die Arme, sodass sie wie ein riesiges W aussieht. »Mom sagt, Oshiro habe das Team im Konferenzraum zusammengerufen, um sich die fertigen Modelle für den neuen Film zeigen lassen. Er fand sie wohl so grottenschlecht, dass er einen heftigen Tobsuchtsanfall bekam und das gesamte Team auf der Stelle gefeuert hat.«

»Verdammt. Das ist ist hart.« Damon schüttelt den Kopf.

Und ob es das ist, stimme ich ihm insgeheim zu. Plötzlich sinkt meine Stimmung auf den Nullpunkt. Wenn Oshiro schon mit seinen eigenen Leuten so hart ins Gericht geht, was wird er dann erst zu meinem komplett amateurhaften Creep-Outfit sagen? Okay, Tia und Bruno waren begeistert von dem, was ich ihnen bisher gezeigt habe, aber es ist ja auch schließlich die Aufgabe von Freunden, einem Mut zu machen. Außerdem sind sie nicht gerade Experten in Sachen SFX-Maskenbild. Vielleicht hatte Liz ja recht und ich hätte besser meine große Klappe halten sollen.

»Und wie steht es mit den Dreharbeiten?«, hake ich nach. Ich hatte mich schon so auf den Film gefreut. Bei der Vorstellung, dass er vielleicht gar nicht erscheint, fühle ich mich wie früher als Kind, wenn Laura mir verkündete, dass der Weihnachtsmann in dem Jahr nicht nach Irland käme, weil wir nicht lieb genug gewesen seien.

»Das weiß keiner so genau. Vorerst ist die Produktion jedenfalls auf Eis gelegt«, antwortet Carolina achselzuckend.

»Krass«, sagt Sam und schiebt seine Brille noch ein Stück höher.

»Eigentlich ist es gar nicht mal so schlecht«, verkündet Carolina überraschenderweise mit einem Lächeln. »Meine Mom meint, es würde das Studio Millionen kosten, die Produktion zu lange stillstehen zu lassen, deshalb werden sie sich ganz schnell ein neues Team suchen, am besten schon gestern.«

Ich spüre, wie ein Ruck durch den Raum geht. Es ist ja schließlich nicht so, als wären wir in diesem Kurs, weil wir *keinen* Ehrgeiz haben. Jeder hier träumt insgeheim davon, mit Oshiro zusammenzuarbeiten. Aber Carolina macht unsere Hoffnungen schnell zunichte.

»Bildet euch bloß nichts ein, Leute. Ich bin da schon am Ball. Meine Mom legt ein gutes Wort für mich ein, das heißt, im Grunde bin ich schon so gut wie dabei. Wenn ihr Glück habt, schanze ich euch vielleicht den ein oder anderen Job zu, sobald ich die Herrschaft über die SFX-Welt übernommen habe.«

Verärgertes Gemurmel macht sich breit. Jemand brummt »Seht ihr? Es läuft bloß über Beziehungen.« Frustriert gehen die Leute auseinander und widmen sich wieder der Arbeit an ihren Latexmasken. Ich ebenso, frage mich aber, ob der Brummige nicht recht hat. Vielleicht geht es ja wirklich nur darum, die richtigen Leute zu kennen, womit Carolina automatisch auf der Poleposition stünde.

Blödsinn, da stehst du, Kimcita! Ruft eine Stimme in meinem Kopf, die verdammt nach der von Tia klingt. *Carolina kennt doch bloß jemanden, der jemanden kennt, der Oshiro kennt. Aber du lernst ihn heute Abend persönlich kennen!* Auch wieder wahr. Ich lerne ihn nicht nur kennen, sondern werde sogar sein Gesicht berühren, wenn ich ihn für seinen Auftritt in der Show schminke. Bisher habe noch nie versucht, meinen Job im Studio als Sprungbrett zu nutzen, um als *SFX-Maskenbildnerin* beim Film zu arbeiten. Aber vielleicht würden meine Träume wahr werden, wenn ich es täte.

Mein Puls beschleunigt sich bei der Vorstellung, dass Oshiro mit Larry auf der Couch sitzt und immer wieder betont, wie begeistert er von meinem Creep sei und dass er nach der Show unbedingt die Künstlerin kennenlernen wolle, die ihn erschaffen habe.

»Wozu bis nach der Show warten?«, sagt Fantasie-Larry. »Warum nicht gleich jetzt? Kim Cassidy, kommen Sie raus zu uns!« Das Publikum tobt.

Ich komme hinter dem Vorhang hervorgeschlendert, in coolen schwarzen Leggins, schwarzem Blazer mit hochgeschobenen Ärmeln über einem gestreiften Top. Meine Augen habe ich betont dunkel im Rocker-Style geschminkt und meine kupferroten Locken auf einer Seite zurückgesteckt, sodass sie mir über die andere Schulter nach vorn fallen.

Oshiro gerät über meine Arbeit ins Schwärmen. »Ihr Creep war brillant, Ms Cassidy. Die Idee mit dem doppelgeflochtenen Hanf ist geradezu genial. Ich würde gern noch mehr von Ihrer Arbeit sehen.«

»Sehr gern, Mr Oshiro. Zufällig habe ich hier meine Mappe …«

Ich weiß, es ist nur ein albernes Hirngespinst, aber je länger ich darüber nachdenke, desto weniger absurd kommt es mir vor. Es ist doch nichts Schlimmes daran, den Stier bei den Hörnern zu packen und die Gelegenheit zu nutzen, um Oshiro aufhorchen und Notiz von mir nehmen zu lassen. Im Gegensatz zu Carolina will ich, dass er durch meine Arbeit auf mich aufmerksam wird und nicht durch meine einflussreichen Eltern oder sonst jemanden mit Beziehungen.

Anscheinend bin ich nicht die Einzige, die solchen Gedanken nachhängt. Das Geschnatter hat definitiv wieder an Fahrt aufgenommen. So oft, wie Oshiros Name dabei fällt, könnte man meinen, er wäre mit uns im Raum. Schließlich durchschneidet Ms Jacobsons mahnende Stimme den Geräuschpegel.

»Sie sollten sich wieder Ihrer Aufgabe zuwenden, meine Schönen. Wenn Sie den Abschluss nicht schaffen, werden Sie weder bei großen Filmprojekten noch sonst irgendwo als Maskenbildner arbeiten. Konzentration, bitte!«

Alle gehorchen, aber sobald Ms Jacobson uns den Rücken gekehrt hat, höre ich Dolores murmeln: »Kann sein, dass ich nicht wirklich Ahnung habe. Aber wen interessiert schon die dämliche Abschlussprüfung, wenn du in deinem Lebenslauf ›Oshiros Prosthetiks-Team‹ stehen hast?«

Da ist was dran.

Am Ende des Kurses habe ich eine Idee, wie ich dem Kopf des Creeps mit Latex den letzten Schliff geben könnte. Aber ich will es nicht bloß gut machen. Ich will, dass es großartig wird. Während die anderen Kursteilnehmer eilig zur Tür streben, gehe ich nach vorn zur Dozentin.

»Entschuldigung, Ms Jacobson. Könnten Sie mir vielleicht einen Rat geben? Ich versuche, für die Show heute Abend eine Creep-Maske zusammenzustellen, bekomme aber die Augenlider nicht richtig hin.« Ich zeige ihr meine Zeichnungen und ein paar Polaroidfotos, die mein Werk aus unterschiedlichen Perspektiven zeigen.

Ms Jacobson betrachtet die Bilder eine ganze Weile, wobei ihr Gesichtsausdruck von beeindruckt zu skeptisch wechselt, um schließlich bei enttäuscht zu landen. »Ach so … Ich verstehe, worauf Sie aus sind.«

»Entschuldigung?«

»Tun Sie doch nicht so, Kim. Es geht das Gerücht, dass Hector Oshiro ein neues Prosthetiks-Team zusammenstellt, und Sie arbeiten zufällig an einer Kopie seines berühmtesten Monsters? Man muss kein Genie sein, um zu begreifen, dass Sie sich eine Stelle bei ihm angeln wollen.«

Ich öffne den Mund und will protestieren, verkneife es mir dann aber. Sie hat nicht unrecht. Als ich während der Besprechung bei *Late Night* den Vorschlag für den heutigen Sketch gemacht habe, war mir klar, dass im Falle eines Falles *ich* mit der Arbeit an dem Creep betraut werden würde, was meine Chance wäre, Hector Oshiro meine Arbeit zu präsentieren. Ich kann nicht so tun, als hätte ich nicht nach Höherem gestrebt.

Ein wenig verlegen über meinen großen Ehrgeiz senke ich den Kopf. Aber der Blick, mit dem mich Ms Jacobson betrachtet, ist eher mitfühlend als ablehnend. »Hören Sie, Kim«, sagt sie, während sie mir die Polaroids zurückgibt und hinter ihrem Pult Platz nimmt. »Ihre Arbeit ist äußerst vielversprechend. Ehrlich gesagt ist sie sogar hervorragend. Und es ist großartig, dass Sie bei Ihrem Job für die Show bereits praktische Erfahrung für Ihren zukünftigen Beruf sammeln können. Aber Sie sollten erst einmal versuchen, richtig Fuß zu fassen. Und das beginnt damit, dass Sie in meinem Kurs gut abschneiden. In dieser Branche ist ein guter Ruf ebenso wichtig wie fachliches Können. Mit anderen Worten, wenn Sie bei großen Filmen wie dem von Hector Oshiro mitarbeiten wollen, wenn Sie sich einen Namen machen möchten, dann müssen Sie sich das *erarbeiten.*«

Ich packe meine Zeichnungen ein und lasse mir auf dem Weg zum Auto Ms Jacobsons Rat durch den Kopf gehen. Auch wenn ich nicht immer einer Meinung mit ihr bin, aber in dieser Sache hat sie recht. Sie meint, ich müsse mir die Sache erarbeiten – und genau das habe ich heute Abend vor!

Sobald ich mich hinters Steuer gesetzt habe, zücke ich mein Handy, um nachzuschauen, ob mich jemand angerufen hat. Ich finde aber nur eine Nachricht von Rob: »`Bleibt es bei unserer Verabredung?`«

Ich schreibe ihm eine kurze Bestätigung und will mein Handy schon wegstecken, halte aber inne. Ich hasse mich ein kleines bisschen für das, was ich jetzt vorhabe, weil mir die Promiklatschseiten im Netz nach Lauras üblem Verrat total zuwider sind. Aber es handelt sich um einen Notfall! Mit ihrem »Insiderwissen« hat uns Carolina die Antworten auf die Fragen nach dem *Wer, Was, Wann und Wo* geliefert. Aber das wichtigste der fünf W blieb unbeantwortet: *Warum?*

Deshalb gebe ich jetzt die Internetadresse von *StarGazer*, einer der berüchtigtsten Tratsch-Websites, in die Suchleiste ein. Ich hoffe, dort zu erfahren, warum Hector Oshiro sein ganzes Team gefeuert hat. Welche SFX-Todsünde genau haben sie begangen, die so schrecklich war? Wenn ich das wüsste, könnte ich vielleicht vermeiden, den gleichen Fehler zu machen.

Aber als sich die Seite endlich aufgebaut hat, wird Hector Oshiro nirgendwo erwähnt. Stattdessen schreit mir eine

Schlagzeile entgegen: JESSABEL UNTRÖSTLICH! SITZENGELASSEN WEGEN GEHEIMNISVOLLER ROTHAARIGER!

Ich bin völlig perplex. Sicherheitshalber lese ich die Überschrift noch zwei oder drei Mal. Wie bitte? *Jessabel* wurde sitzengelassen? Hat mich Brett etwa angelogen? War die Beziehung doch nicht bloß ein Schwindel? So ein Schuft! Ich bedaure und tröste ihn auch noch, während er Jessabel mit irgendeinem rothaarigen Groupie betrügt. Ist es etwa dieselbe, die ein Selfie mit Frankie in seinem Hotelbett ins Netz gestellt hat? Das will ich jetzt aber wissen. Ich scrolle weiter nach unten und stoße auf zwei nebeneinander abgebildete Fotos. Das linke ist eine Aufnahme der schluchzenden Jessabel aus dem Film *Love Me Tomorrow*. Das rechte wurde anscheinend mit einem Teleobjektiv gemacht, ist aber gestochen scharf. Es zeigt eine schnittige kleine weiße Motorjacht namens *Jenny* auf dem offenen Meer. Zwei Angelruten liegen auf dem Sonnendeck und Brett umarmt gerade ein Mädchen mit kupferroten Locken. Mir dreht sich der Magen um.

Oh mein Gott! *Ich* bin das rothaarige Groupie!

5

Nicht mal in einer Million Jahren hätte ich gedacht, dass ich erneut ins Visier der Promiklatsch-Websites geraten könnte, Paparazzo-Foto und Skandalartikel inklusive. Oder dass alles in dem Artikel erstunken und erlogen sein würde!

Seit sich die Hollywood-Megastars Brett Curtis und Jessabel Anderson-Finch vor über einem Jahr bei den Dreharbeiten zu ihrem ersten gemeinsamen Film kennenlernten, sind sie ein Paar und ihre Beziehung der Stoff, aus dem die Träume sind. Aber nun gibt es eindeutige Hinweise darauf, dass der Brettabel-Traum ausgeträumt sein könnte! Eines der jüngsten Fotos von Brett Curtis zeigt ihn bei einem Ausflug mit seiner Motorjacht auf Schmusekurs mit einer geheimnisvollen Rothaarigen. Das heimliche Pärchen vertrieb sich die Zeit mit Knutschen.

»›Auf Schmusekurs‹?«, rufe ich fassungslos. »›Mit Knutschen‹? Nichts davon ist wahr!«

Mir dämmert, dass ich ganz allein im Wagen sitze und

mich selbst anbrülle, was auf die anderen Kursteilnehmer, die noch vor dem Gebäude herumstehen, ziemlich grotesk wirken muss. Aber das Einzige, was in diesem Artikel stimmt, ist meine Haarfarbe!

Auf das skandalöse Foto und die Nixe mit den flammend roten Haaren angesprochen, wollte sich Jessabel Anderson-Finch nicht äußern. Ihr Agent ließ jedoch in einer kurzen Pressemitteilung verlauten, Jessabel Anderson-Finch sei »schockiert und tieftraurig« über Brett Curtis' Betrug. Sie betrachte die Beziehung als beendet und bitte darum, in dieser für sie so schmerzvollen Zeit ihre Privatsphäre zu respektieren.

Ich lasse den Kopf aufs Lenkrad fallen. Mein Frühstück droht wieder hochzukommen und sich auf dem Armaturenbrett zu verteilen. Jetzt bin ich also eine »Nixe mit flammend roten Haaren«? Wie demütigend. Als wäre ich eine Art rothaariger Fisch oder so etwas! Ein räuberischer Fisch noch dazu. Wie können Jessabel und ihr Agent derart lügen und Bretts Namen in den Schmutz ziehen? Sie wissen doch, dass die Beziehung der beiden nur fingiert war und Brett niemanden betrogen hat. Und selbst *wenn* Jessabel und er tatsächlich ein Paar gewesen *wären* – es war Jessabel, die sich neulich abends Tommy Cortez buchstäblich an den Hals geworfen hat. So eine scheinheilige Heuchlerin!

Der einzige Silberstreif am Horizont – auch wenn er so hauchdünn ist, dass ich ihn kaum erkennen kann – ist der, dass man die Verbindung zur Make-up-Fee, die vor einiger Zeit die Schlagzeilen beherrschte, anscheinend noch nicht gezogen hat. Eine Menge Mädchen in dieser Stadt haben rote Haare – auch wenn die Farbe bei den meisten aus der Tube kommt. Noch weiß niemand, wer ich bin.

Das denke ich jedenfalls, bis ich weiter nach unten scrolle und lese:

`Uns interessiert, was ihr dazu sagt! Äußert auf Facebook und Twitter eure Meinung und lasst die Welt wissen, was ihr über die #`*`RoteNixe`*` denkt.`

Mir fällt die Kinnlade herunter. Ich bin ein *Hashtag*? Meine Wut weicht purem Grauen. Wenn ich eins mit Sicherheit weiß, dann das, wie gnadenlos brutal die Leute im Internet sein können! Will man die hässliche Seite der Menschen kennenlernen, braucht man nur einen Blick auf einen Twitter-Thread oder die Kommentare zu werfen. Normalerweise tue ich mir das nicht an, aber heute habe ich offenbar das Bedürfnis, mich selbst zu quälen.

Ich klicke auf den Twitter-Link und schon zieht sich eine Lawine von *#RoteNixe*-Tweets über meinen Bildschirm, einer gemeiner als der andere.

`Hoffentlich fallen dir die Haare aus, Bitch!`

`Schade, dass er sie nicht ins Meer gestoßen und den Haien zum Fraß vorgeworfen hat.`

`Ich wette, das Miststück ist total hässlich. Jessabel 4ever!`

`Jemand soll die Schlampe aufspüren! Kein Entkommen/keine Gnade!`

Oh Gott! Ich verlasse Twitter und sehe bei Facebook nach, aber was dort steht, ist auch nicht besser. Nur mit dem Unterschied, dass die Hasstiraden nicht auf 140 Zeichen begrenzt sind. Einige haben ganze Romane darüber geschrieben, wie sehr sie mich hassen. Manche haben Memes erstellt. Eins zeigt Brett Händchen haltend mit einer klapprigen alten Hexe, die – was sonst? – rote Haare hat. Die Einträge reißen nicht ab. Ich bin ein echter Klickfang!

Ich fühle mich entsetzlich, dabei wird mein Name noch nicht einmal erwähnt. Wie kommen echte Stars mit so etwas klar? Ich muss an den Basketball-Star Teddy Palmer und seine Frau, das Model Jen Burke, denken, die ich vor ein paar Wochen am Set der Show kennengelernt habe. Sie hatte über eine Scheidung nachgedacht. Als die Medien von einem Versöhnungstreffen der beiden Wind bekamen, das ich heimlich arrangiert hatte, brach ein Riesenwirbel los.

Plötzlich beschleicht mich ein Verdacht. Diese ganze Sache erinnert mich sehr an das streng geheime Fotoshooting mit Jen Burke im alten Zoo und wie plötzlich Aufnahmen davon in einem Promiklatsch-Blog auftauchten und ich mir nicht erklären konnte, wie die Paparazzi davon erfahren hatten. Ich hatte keiner Menschenseele etwas davon erzählt und trotzdem hatte Laura es herausgefunden …

Es hat auch niemand etwas davon gewusst, dass Brett und ich uns im Jachthafen treffen wollten. Aber wenn es in dieser Stadt eine Person gibt, die entschlossen und hinterhältig genug ist, sich an meine Fersen zu heften, dann ist es meine Cousine Laura. Meiner Eingebung folgend rufe ich *Hot Scoop!* auf, den Promiklatsch-Blog, den ich nach der Geschichte mit Frankie gemieden habe wie die Pest. Ein Blick auf die Homepage des Blogs bestätigt meinen Verdacht. Gleich oben als Erstes erscheint das Foto von Brett und mir auf seinem Boot und darunter das Copyright-Zeichen mit dem Namenskürzel des Fotografen: L-Cass.

Ich wusste es! Laura hat mich schon wieder hintergangen. Sie hat aus mir die meistgehasste Frau Amerikas gemacht. Unfassbar! Woher wusste sie überhaupt, wo ich an dem Tag sein würde? Als wir noch zusammenwohnten, konnte sie leicht jederzeit mein Handy ausspionieren. Aber ich habe sie nicht mehr gesehen, nachdem ich bei ihr ausgezogen bin, und ganz bestimmt habe ich ihr kein Wort davon gesagt, dass ich mich mit Brett treffen wollte. Was, wenn sie mich mit einer Drohne verfolgt? Oder hat sie etwa mein Auto mit einem Peilsender versehen?

Ich habe vor, das herauszufinden.

Ich wähle Lauras Nummer, lande aber sofort auf ihrer Mailbox. Sicher weiß sie inzwischen, dass die Kacke am Dampfen ist, und filtert ihre eingehenden Anrufe. Sehr klug von ihr. Weil ich sie nämlich umbringen werde, sobald ich sie zu fassen kriege!

Nicht, dass der ganze Schlamassel allein Lauras Schuld wäre! Jessabel hat auch einen großen Anteil daran. Was ist bloß los mit ihr? Brett und sie waren vielleicht nicht wirklich ein Paar, aber betrachtet sie ihn denn nicht als einen guten Freund? Ich schaue mir Bretts öffentliche Facebook-

Seite an. Ihm wird dort genauso viel Hass entgegengeschleudert wie mir. Die Leute nennen ihn einen Betrüger, einen Loser, einen elenden Mistkerl und beschuldigen ihn, der armen, *armen* Jessabel das Herz gebrochen zu haben. Wie konnte sie ihn einem derartigen Shitstorm aussetzen, obwohl er ihr nie etwas getan hat? Je mehr ich über Jessabel weiß, desto weniger kann ich sie leiden.

Als Nächstes versuche ich, Brett anzurufen, lande aber gleichfalls sofort auf seiner Mailbox. Wahrscheinlich klingelt sein Telefon schon den ganzen Morgen Sturm und er hat es ausgeschaltet. Das ist alles meine Schuld. Ich hoffe, er geht nur deshalb nicht ran, weil er zu beschäftigt ist, mit seinem Presseagenten eine Strategie auszuarbeiten, wie er mit den falschen Vorwürfen umgehen soll. Aber es würde mich auch nicht wundern, wenn er jeden Kontakt mit mir zu meiden versucht. Ich kann es ihm nicht verübeln. Ich wünschte, ich könnte mich jetzt auch meiden.

Meine Grübeleien werden vom Summen einer eingehenden Nachricht unterbrochen. Es ist eine Nachricht von Teddy Palmer: `Hab das Foto gesehen. Geht's dir gut?`

Wie lieb von ihm! Obwohl der berühmte Basketball-Star genug eigene Probleme hat, erkundigt er sich danach, wie es mir geht. Jen hat echt Glück mit ihm.

`Ging mir schon besser. Hast du einen Rat für mich?`

`Ja. Meide die Mall, den Strand, alle Orte, wo viele Leute sind. Du würdest erkannt werden. Dem bist du nicht gewachsen. Vertrau` mir. Tauch unter. Aber ruf an, wenn du Hilfe brauchst.

Ich bedanke mich bei ihm und schalte mein Handy aus. Oberste Regel beim Untertauchen: unerreichbar sein.

Aber warum muss ich mich verstecken? Ich habe weder eine Beziehung zerstört, noch mir sonst etwas zuschulden kommen lassen. Und Brett auch nicht. Warum sollte ich mich also wegen einer blöden Lüge wegducken und mir mein Leben versauen lassen? Scheiß drauf. Kaum habe ich mein Telefon wieder eingeschaltet, klingelt es auch schon. Ich zucke zusammen. *Bitte lass es keinen Reporter sein, oder noch schlimmer, meinen Chef.*

Zum Glück ist weder das eine noch das andere der Fall. Robs hübsches Gesicht erscheint auf dem Display. Ich gehe sofort ran.

»Hi, Rob. Was geht?«

»Was hab ich dir über den Surfer-Slang gesagt?«

»Dass ich ihn nicht sprechen soll?« Ich lache, obwohl ich mich immer noch wie der meistgehasste Mensch Amerikas fühle.

»Exakt. Also … Ich weiß, wir wollten heute was zusammen unternehmen, aber … ähm … möchtest du mir vielleicht irgendwas sagen?«

Ich stöhne entsetzt auf. »Du weißt es schon.«

»Wie sollte ich nicht?«, erwidert er. »Sogar meine kleine Schwester bloggt darüber.«

Oh Gott. An das Blogger-Universum habe ich überhaupt noch nicht gedacht. Teddy hatte recht. Ich bin dem Ganzen nicht gewachsen.

»Rob, du weißt, dass an der Sache nichts dran ist, oder? Brett und ich sind nur gute Freunde.«

Er schweigt einen Moment lang. »Wenn du es sagst. Wobei ich es verstehen würde, wenn du auf ihn abfährst. Er ist ein berühmter Filmstar. Er hat eine Jacht. Und meine Schwester sagt, er ist ein hammermäßig geiler Typ. Ihre Worte, nicht meine. Wie soll man dagegen anstinken?«

»Aber das musst du gar nicht!«, protestiere ich. »Du bist selbst ein toller Typ. Süß und begabt und ein echter Freund und …«

»Und?«

Ich seufze. »Du willst mich wirklich zwingen, es auszusprechen?«

Auch ohne ihn zu sehen, weiß ich, dass er grinst. »Jep.«

»Na schön. Ich finde dich verdammt heiß, okay?«, sage ich. »Gott, ist das peinlich«, murmle ich vor mich hin.

Er bricht in ein tiefes rollendes Lachen aus und sein weicher warmer Bariton bringt mein Handy zum Vibrieren. »Du willst mich, oder, Cassidy?«

Ich schüttle den Kopf und muss lächeln. »Bild dir bloß nicht zu viel ein, Reyes.«

»Schon gut, schon gut … Du bist also wirklich nicht verknallt in Brett?«

»Nein. Wir sind nur gute Freunde. Ehrlich.«

»Okay, ich glaube dir«, sagt Rob. »Aber wahrscheinlich wirst du jetzt erst mal abtauchen wollen, anstatt über die Standpromenade zu bummeln, wie wir es geplant hatten. Sollen wir nicht einfach zu dir gehen? Wir können ein Video anschauen und ein bisschen chillen.«

»Nichts da. Ich habe beschlossen, mich von diesen Idioten im Netz nicht unterkriegen zu lassen. Ich hab eine bessere Idee – wenn du Lust hast.«

»Ich hab immer Lust.«

Eine Stunde später schlendern Rob und ich Händchen haltend über die Strandpromenade in Venice Beach.

»Bist du dir sicher?«, fragt er mit einem Blick auf unsere ineinander verschränkten Hände.

»Absolut«, antworte ich. »Was könnte die Aasgeier im Netz besser davon abhalten, sich über mich und Brett das Maul zerreißen, als sie dazu zu bringen, sich über mich und irgendeinen anderen Typen das Maul zu zerreißen?«

»Nicht nur irgendein anderer Typ. Ein *verdammt heißer* Typ«, korrigiert mich Rob mit schelmischem Grinsen.

Ich zucke bei der Anspielung zusammen. »Ich hoffe, du denkst nicht, dass ich dich nur benutze wie ein seelenloses Stück Fleisch.«

»Ich kann mir Schlimmeres vorstellen, als meinen Körper einem süßen Mädchen zur Verfügung zu stellen.« Er zwinkert mir aus bernsteinfarbenen Tigeraugen vielsagend zu.

Die nächsten Stunden zeigt mir Rob sein Venice Beach, was viel cooler ist, als es von jemand anderem gezeigt zu bekommen. Er lädt mich zu einer Fisch-Tortilla in ein unscheinbares Taco-Restaurant ein, an dem ich schon eine Million Mal vorbeigegangen sein muss, ohne es zu bemerken. Danach besuchen wir einen Buchladen, der an ein großes helles Loft erinnert und jede Menge seltene Erstausgaben in den Regalen stehen hat. In den Gängen laufen lauter Hunde herum. Ich schmelze dahin, als Rob neben einer schokoladenbraunen Rottweilerhündin, die ihn offenbar zu kennen scheint, auf die Knie geht, um sie zu streicheln.

»Muss ich eifersüchtig sein?«, frage ich, während sie ihm begeistert das Gesicht abschleckt.

Er krault sie hinter den Ohren und tätschelt ihre Brust. »Was soll ich sagen. Die Frauen lieben mich nun mal. Stimmt's, Ruby?«

Zur Antwort bellt Ruby und stupst Rob mit der Nase an. Merkt euch, Männer: Wenn ihr das Herz eines Mädchens erobern wollt, knuddelt einen Hund. Ich habe große Lust, Rob hinter ein hohes Bücherregal zu zerren und dort über ihn herzufallen. Das Einzige, was mich davon abhält, ist die Vorstellung, dass hinter einem der Bücherstapel ein wütender Jessabel-Fan auf der Lauer liegen könnte, um Fotos von uns zu schießen und sie ins Netz zu stellen.

Aber als wir ein Stück weiter die Strandpromenade hinunter einen Retro-Schallplatten-Shop betreten, dämmert es mir: Rob und ich sind jetzt schon seit Stunden unterwegs, ohne angestarrt zu werden oder eine abfällige Bemerkung gehört zu haben. Den Leuten hier ist mehr daran gelegen, eine Original-Billy-Holiday-Schallplatte zu finden, als Fotos von irgendeinem C-Promi zu schießen. Wahrscheinlich haben sie die Wortkreation »Brettabel« noch nie gehört.

»Der Laden gefällt mir«, sage ich.

»Ja, er ist ziemlich cool. Angeblich diente er als Vorlage für den Plattenladen in *Pretty in Pink,* der Teeniekomödie aus den Achtzigern.«

»Na klar! Deshalb kommt er mir auch so bekannt vor«, rufe ich und habe sofort die Szenen im Plattenladen vor Augen. Ich zeige auf den Verkaufstresen neben der Tür. »Da hat *Molly Ringwald* in ihrem grauen Vintage-Kleid und Perlenkette gesessen und darauf gewartet, dass ihr Schwarm auftaucht.« Mein Finger wandert weiter. »Das ist das Regal, an das sich *Ducky* lehnt, als er ›Try a Little Tenderness‹ singt. Und hier steht *Iona* und richtet das Heftklammer-Gerät auf den jungen Typen, um … Oh Gott. Das darf nicht wahr sein.«

»Was?«, fragt Rob.

»Schau mal, wer da ist.«

Rob folgt meinem Blick zu einem Mädchen im rückwärtigen Bereich. Auch wenn sie sich mit einer Sonnenbrille und einem grauen Hoodie getarnt hat, diesen abschätzig verzogenen Schmollmund und die sonnengebleichten Haare würde ich jederzeit und überall wiederkennen. Ganz zu schweigen von dem ziegelroten Lippenstift, den sie viel zu dick aufgetragen hat.

»Ist das die, von der ich glaube, dass sie es ist?«, fragt Rob.

Ich nicke langsam. »Priscilla Nash, auch bekannt als die größte Nervensäge aller Zeiten.«

Während wir sie beobachten, schaut Priscilla schnell nach links und rechts und lässt gleich darauf ein paar Schallplatten in ihrem Rucksack verschwinden.

Rob und ich starren uns mit offenem Mund an. Oh mein Gott! Priscilla klaut!

Erst zerbricht sie meine Kajalstifte und jetzt stiehlt sie

alte Platten. Das ist fast schon kriminell. »Jetzt reicht's mir aber.« Ich schiebe entschlossen meine Ärmel hoch und mache einen Schritt auf Prissy zu.

Aber wie schon beim letzten Mal packt Rob meinen Arm und und reißt mich zurück. »Lass uns einfach von hier verschwinden, Kim«

Ich bin völlig perplex. »Aber sie beklaut deinen Lieblingsplattenladen! Ist dir das denn egal?«

»Nein, natürlich nicht«, antwortet er mit einem finsteren Blick in Prissys Richtung. »Aber es geht uns trotzdem nichts an. Außerdem ist sie sowieso schon ein Albtraum. Wenn sie jetzt auch noch Ärger wegen uns bekommt, wird sie uns das Leben am Set erst recht zur Hölle machen. Das ist es nicht wert.«

Nicht wert? Da bin ich aber anderer Ansicht. Zum ersten Mal heute bin ich von Robs lässiger Coolness enttäuscht. Ich finde es ja auch ratsam, in kritischen Situationen die Ruhe zu bewahren, aber irgendjemand muss diesem tyrannischen kleinen Biest doch Paroli bieten. Sieht ganz so aus, als wäre ich das.

»Lass mich mal machen.« Ich entziehe meinen Arm Robs Griff und gehe auf die verkappte Diebin zu. »Hi, Priscilla. Schön, dich mal außerhalb des Studios zu sehen«, lüge ich und tue so, als würde ich die Schallplatten durchsehen.

Prissy nimmt ihre Sonnenbrille ab und starrt mich völlig geschockt an.

»Und? Was dabei, das dir gefällt?«

»Nicht wirklich«, sagt sie achselzuckend.

»Ach? Was sind denn das für Platten da in deiner Tasche?« Bevor sie mich daran hindern kann, habe ich ihr den Rucksack von der Schulter gezogen und den Reißverschluss geöffnet. Innen befindet sich, genau wie ich vermutet habe, ein ganzer Stapel Alben – *Danzig, Metallica, System of a Down* und noch einige andere. Was Goth und Metal anbelangt, hat sie jedenfalls Geschmack, das muss man ihr lassen. »Dann hältst du die hier wohl nur kurz für eine Freundin?«

Priscilla weicht unbehaglich meinem Blick aus und beißt sich auf die Unterlippe. »Was hast du für ein Problem?«

»Mein Problem ist, dass du wahrscheinlich genug Geld hast, um den Laden zweimal zu kaufen, und ihn nicht beklauen musst. Abgesehen davon ist Diebstahl nicht besonders cool – schon gar nicht in einem Laden wie dem hier.« *Genauso wenig wie es cool ist, eine gewisse Maskenbildnerin aus Dublin zu beklauen*, füge ich in Gedanken stumm hinzu. »Willst *du* sie zurückstellen oder soll *ich?*«

Priscilla presst die Lippen aufeinander und schaut sich um, ob jemand etwas von unserer Unterhaltung mitbekommen hat. Sie läuft vor Wut über diese Demütigung knallrot an. »Na gut«, sagt sie schließlich, zieht die Platten heraus und stellt sie in die nächstbeste Lücke zurück. »Zufrieden?« Ohne meine Antwort abzuwarten, schultert sie ihren Rucksack und stürmt aus dem Laden.

Rob beginnt, langsam zu klatschen, und kommt auf mich zu. »Wow! Eins zu null für Kim Cassidy! Nicht schlecht.« Er lächelt beeindruckt. »Aber dir ist schon klar, dass sie dich das später büßen lassen wird, oder?«

Ich wische den Gedanken mit einer abschätzigen Handbewegung beiseite. »Ich komme schon klar. Sie ist doch fast noch ein Kind.« Mag ja sein, dass ich es noch bereuen werde, mit Priscilla Nash aneinandergeraten zu sein, aber im Augenblick fühlt es sich verdammt gut an. Auch wenn ich mir insgeheim wünsche, Rob hätte ein bisschen mehr Rückgrat bewiesen.

»Können wir jetzt von hier verschwinden?«, bittet Rob. »Eine Sache gibt es nämlich noch, die ich dir gern zeigen möchte.«

Ich deute zur Tür. »Nach dir.«

Von der obersten Gondel im Riesenrad am Santa Monica Pier blicke ich über Venice Beach und weit bis auf den Pazifik hinaus. Der Himmel sieht aus wie die Glasbehälter mit verschiedenfarbigem Sand, die in den Souvenirgeschäften verkauft werden, Rot- und Orangetöne verschmelzen mit Blau und Grün. Die Palmen heben sich als dunkle Schatten gegen den flammenden Sonnenuntergang ab. Es ist wunderschön und sehr romantisch.

Oder wäre es jedenfalls, wenn Rob nicht so verzweifelt den Sicherheitsbügel umklammern würde.

»Vielleicht hättest du erwähnen sollen, dass du Höhenangst hast, bevor wir auf die höchste Attraktion am Strand gehen«, sage ich und kann mir nur mühsam das Lachen verkneifen.

»Ich war nicht mehr auf dem Ding, seit, keine Ahnung, seit ich acht war oder so. Und jetzt weiß ich auch wieder, warum.« Rob schaudert und packt noch fester zu.

Erst als sich das Rad weiterdreht und wir langsam wieder nach unten schweben, lockert sich sein Griff um die Stange. Jetzt muss ich doch lachen.

»Na toll, mach dich ruhig über meine Angst lustig.« Er grinst mich an. »Muss schön sein, so furchtlos zu sein wie du.«

»Furchtlos? Ich?«, rufe ich und halte mir erstaunt den Finger ans Brustbein. »Überhaupt nicht. Ich fürchte mich vor allem Möglichen.«

»Ach? Zum Beispiel?«

»Na ja. In erster Linie vor Mäusen, Schlangen und Gewittern und so. Aber im Moment ist meine größte Angst, was Hector Oshiro zu meiner Creep-Maske sagen wird.«

»Machst du Witze? Er wird hellauf begeistert sein und froh, dir zu begegnen, bevor du als Make-up Artist Maßstäbe gesetzt hast.« In Robs bernsteinfarbenen Augen liegt so viel Aufrichtigkeit – womöglich glaubt er wirklich, was er sagt.

»Ich bin mir da nicht so sicher«, gestehe ich und erzähle ihm von Carolina und dem, was sie im Kurs gesagt hat. »Wie soll ich mit Leuten konkurrieren, die derart gute Beziehungen haben?«

»Indem du viel mehr Talent hast als sie«, erwidert Rob sachlich. »Es gab eine Menge Leute, die meinen Job in der *Late-Night*-Band haben wollten, deren Eltern berühmte Rockstars sind, aber man hat ihn mir gegeben, weil ich besser gespielt habe als sie. Das Gleiche trifft auch auf dich zu. Du hast als Runner bei der Show angefangen und nun sieh dich jetzt an. Du hast schon jede Menge Berufserfahrung als Make-up Artist. Und mit jedem Jahr, das du hier bist, wirst du mehr lernen und besser werden.«

Ich finde es schön, dass er so sehr an mich glaubt, aber er kennt nicht die ganze Geschichte. »Das ist auch etwas, das mir Angst macht. Ich weiß nicht, wie lange ich noch hier sein werde.«

Rob rückt sich im Sitz zurecht, sodass er mich ansehen kann. »Was meinst du damit?«

»Mein Arbeitsvisum läuft bald ab. Eigentlich müsste ich nach meinem Abschluss an der Akademie wieder nach Irland zurück, aber Nort meinte, er wolle mir ein dreijähriges Arbeitsvisum verschaffen, wenn ich weiter bei *Late Night Live mit Larry Stone* arbeiten würde.«

»Das ist doch super!«, ruft Rob. »Wo liegt das Problem?«

»Das Problem ist, dass ich nicht weiß, ob ich das will. Ich finde es schön, mit euch zusammenzuarbeiten, und habe bei der Show unglaublich viel gelernt, aber mein Traum ist es, Make-up Artist beim Film zu werden. Und wenn ich bei *Late Night Live mit Larry Stone* bleibe, weiß ich nicht, ob daraus etwas wird.«

Rob nickt und wendet sich ab. Ich habe ihm etwas gesagt, das er nicht hören will. »Schätze, du hast recht«, sagt er. »Aber es fällt schwer, sich *Late Night Live mit Larry Stone* ohne dich vorzustellen. Oder vielleicht möchte ich das auch gar nicht.«

Ich nehme seine Hand und drücke sie. »Danke, Rob. Das bedeutet mir viel.« Ich seufze. »Noch habe ich mich nicht entschieden. Vielleicht bleibe ich ja«, versuche ich die Stimmung aufzulockern.

Nach einer langen Schweigepause dreht sich Rob wieder zu mir um. »Das solltest du nicht tun«, sagt er. »Nicht, wenn du dir damit deinen Traum verbaust. Du solltest versuchen, ihn zu verwirklichen.«

»Aber was ist, wenn ich die Show verlasse, deswegen kein Visum mehr bekomme und dann sowieso wieder nach Irland zurückmuss?«

»Ich mach dir einen Vorschlag.« In seinen bernsteinfarbenen Tigeraugen glimmt ein schelmischer Funke auf. »In dem Fall heirate ich dich einfach. Dann kannst du hierbleiben. Aber du musst jeden Abend für mich kochen. Das ist Bedingung und nicht verhandelbar.«

Ich boxe ihn lachend in die Schulter. »Alter Macho.«

»Siehst du? Wir sind schon wie ein altes Ehepaar.«

Es war nur ein Scherz. Das ist mir klar. Aber ihn sagen zu hören, dass er mich heiraten will, lässt meinen Magen Saltos schlagen wie bei einer Achterbahnfahrt. Auf eine gute Art. Wir sind vollkommen in unsere Unterhaltung vertieft und merken erst, dass unsere Gondel erneut oben angekommen ist, als sie schlingernd zum Stehen kommt und wir sanft in der Luft schaukeln.

Sofort umklammert Rob den Sicherheitsbügel, dass seine Knöchel weiß hervortreten, und beginnt schnell und stoßweise zu atmen. Aber ich biege sanft seine verkrampften Finger auf und nehme seine Hände in meine. »Nicht nach unten schauen, Rob. Sieh einfach mich an.« Ich warte, bis sein verzweifelter Blick meinen findet. »Keine Angst«, flüstere ich. »Ich lasse nicht zu, dass du Hals über Kopf in die Tiefe stürzt.«

Ich beobachte, wie seine Panik langsam nachlässt und etwas Sanftem weicht. »Ich glaube, das bin ich schon«, sagt er. Dann schiebt er seine Hand in meinen Nacken, zieht mein Gesicht nah an seins und gibt mir einen langsamen, zärtlichen Kuss. Wir lassen uns Zeit, sind völlig ineinander versunken. *Vielleicht geht das alles ein bisschen schnell*, denke ich. Aber sobald sich unsere Lippen erneut berühren, seine Hand mein Bein streichelt und langsam höher wandert, höre ich auf zu denken. Als sich das Riesenrad wieder in Bewegung setzt, sehe ich hinter meinen geschlossenen Lidern sogar Sterne aufleuchten.

Nachdem ich die Augen wieder geöffnet habe und sich der Schleier davor hebt, begreife ich, dass es keineswegs Sterne sind, sondern die Blitzlichter von Fotokameras. Sehr vielen Kameras.

»Sie ist es!«, ruft jemand. Wer genau, kann ich nicht erkennen, weil sich am Fuß des Riesenrads eine Menschentraube gebildet hat. »Das ist das Mädchen, das Brett und Jessabel auseinandergebracht hat!«

»Wie heißen Sie?«

»Wer ist der Typ neben Ihnen? Wo ist Brett?«

»Sie betrügt ihn offensichtlich schon«, ruft ein Mädchen. »Schlampe!«

Einen Moment lang bekomme ich keine Luft, so geschockt bin ich. Es war schon schlimm, die gemeinen Kommentare im Netz zu lesen, aber die Beschimpfungen auch noch persönlich an den Kopf geworfen zu bekommen, ist wirklich zu viel.

Mir kommen fast die Tränen, aber genauso schnell steigt

Wut in mir hoch. Mein Plan, die Leute dazu zu bringen, über mich und Rob zu reden anstatt über Brett, ist auf spektakuläre Weise nach hinten losgegangen. Ohne mich überhaupt zu kennen, gehen sie einfach davon aus, dass ich zweigleisig fahre! Am liebsten würde ich ihnen entgegenbrüllen, dass ich mit keinem von beiden eine Beziehung habe. Nicht, dass es sie irgendetwas anginge.

»Was denken sich diese Leute eigentlich? Wie kommen sie dazu, mich zu beschimpfen?«, zische ich Rob zu, während ich hektisch an dem Sicherheitsbügel herumfummle. »Lass mich aussteigen. Ich werde der Tussi dahinten eine Lektion erteilen.«

»Nein, Kim! Oder willst du ein Foto von dir im Netz sehen, auf dem du am Strand ein Mädchen vermöbelst? Lass uns abhauen!«

Ich seufze. So gern ich für meine Sache kämpfen würde, wenn ich mich wegen Brett prügele, nützt das niemandem. Schweren Herzens ergreife ich Robs Hand, steige aus dem Riesenrad und renne davon, so schnell ich kann.

6

Auf dem Studioparkplatz angekommen, steuert Rob den Wagen in eine Lücke und schaltet ihn aus, aber der Zorn der Meute dröhnt immer noch in meinen Ohren wie ein Motorengeräusch.

»Danke fürs Fahren«, sage ich. »Ich glaube, ich wäre vor lauter Wut im Straßengraben gelandet.«

»Tja«, erwidert er. »So viel zu deinem Plan, dein Image aufzupolieren, indem du dich mit mir in der Öffentlichkeit zeigst anstatt mit Brett. Jetzt glauben die Leute, du würdest uns beide betrügen.«

»Was total absurd ist!«, rufe ich. »Warum denken sie so etwas?«

»Weil sie bescheuert sind. Lass dich davon nicht runterziehen.«

»Du hast leicht reden«, seufze ich, als wir das Studio betreten. »Dich haben sie schließlich nicht beschimpft.«

»Stimmt. Sollen wir noch mal zum Strand zurück und ein paar von ihnen überfahren?« Er hält klimpernd die Wagenschlüssel hoch. Er weiß, wie er mich zum Lächeln bringt.

»Ach was«, antworte ich. »Diese Leute sind es nicht wert, dass ich mir wegen ihnen die Stoßstange verbeule. Lass uns einfach vergessen, was heute passiert ist.«

»Alles?« Rob zieht die Brauen hoch und meine Wangen beginnen zu glühen.

»Nein, nicht alles.«

Wir schauen uns immer noch tief in die Augen, als plötzlich ein schriller Pfiff ertönt. Ich blicke mich um und sehe, dass wir von der Crew umringt sind, manche grinsen vielsagend.

Publikumseinheizer Steve Dugan ist der Erste, der zu klatschen beginnt, und bald applaudieren auch alle anderen.

»Ey, cool, Rob! Du hast die berüchtigte Rote Nixe klargemacht«, scherzt Jessie.

»Ja, und noch dazu auf dem Riesenrad. Super«, fügt Bruno hinzu und hebt anerkennend den Daumen.

Ich stöhne entsetzt auf. Offenbar stehen die Bilder schon im Internet. Oh Mann. Manchmal wünsche ich mir wirklich, in einer Zeit zu leben, in der es noch keine Digitalkameras und Smartphones gab. Vermutlich tuschelt auch die Crew über mein Liebesleben, seitdem das Foto von Brett und mir im Netz aufgetaucht ist. So kann das nicht weitergehen, deshalb beschließe ich, reinen Tisch zu machen.

»Okay, Leute«, sage ich und klettere mit Robs Hilfe auf einen in der Nähe stehenden Lautsprecher, damit mich alle sehen können. »Ich halte jetzt und hier eine spontane Pressekonferenz ab. Los, fragt mich, was ihr wissen wollt.«

Sie spielen sofort mit und beginnen, sich wie Reporter zu verhalten, indem sie frenetisch winken und so tun, als hielten sie Mikrofone in der Hand.

»Ja, Sie dahinten. Bitte.« Ich zeige auf Daniel.

Er hält ein imaginäres Mikro in meine Richtung. »Ms Cassidy, sind Sie und Brett Curtis ein Paar?«

»Sind wir *nicht*«, antworte ich mit besonderer Betonung auf dem letzten Wort. »Ich habe ihn auf seinem Boot besucht, und ich habe ihn umarmt, aber das war nur rein freundschaftlich. Ich habe versucht, einen guten Freund trösten, der gerade eine schwere Zeit durchmacht, das ist alles.«

Erneut schnellen die Arme in die Höhe. »Ms Cassidy! Hier! Ms Cassidy!«

Diesmal fällt meine Wahl auf Bruno. »Wollen Sie damit sagen, dass an Jessabel Anderson-Finchs Andeutung, die Beziehung zu Brett Curtis sei wegen Ihnen in die Brüche gegangen, nichts dran ist?«, fragt er.

»Absolut nichts. Genau genommen ist es sogar eine faustdicke Lüge.«

Ein Raunen geht durch die Menge.

»Eine letzte Frage noch, dann muss ich mich an die Arbeit machen«, sage ich.

Die Hände schießen nach oben und wider besseres Wissen entscheide ich mich für Tia.

Von einem Ohr zum anderen grinsend tritt sie vor. Noch bevor sie einen Ton herausgebracht hat, weiß ich schon, was sie fragen wird. »Tja also … meine Frage besteht eigentlich aus drei Teilen. Ich würde gern wissen, ob Sie und Rob Reyes auf dem Riesenrad geknutscht haben. Wenn ja, wie war es? Und bedeutet es, dass Rob und Sie jetzt ein Paar sind?«

Ich funkle sie mit einem Blick an, der sagt, *das wirst*

du noch büßen, und antworte dann wahrheitsgemäß. »Ja, wir haben uns geküsst. Wie es war, geht Sie nichts an. Und ja, Rob und ich sind inzwischen mehr als nur gute Freunde.«

Alle brechen in tosenden Beifall aus und Rob hilft mir mit einem schüchternen Lächeln vom Lautsprecher herunter. Als die Leute langsam auseinandergehen, klopft mir einer der Saxofonspieler auf die Schulter. »Hey, aber kein Knutschen am Set, okay? Rob fällt es sowieso schon schwer genug, sich zu konzentrieren.«

Lachend machen sich die Bandmitglieder auf den Weg zu ihren Plätzen. Tia legt Rob und mir jeweils einen Arm um die Schultern. »Das wurde aber auch langsam Zeit, kann ich nur sagen. Ihr habt mich wahnsinnig gemacht mit eurem ewigen Hin und Her. So was ist nämlich bloß in Sitcoms lustig.«

Normalerweise würde es mir mehr unter die Haut gehen, Zielscheibe des Spotts zu sein. Aber im Augenblick kann ich darüber nur lächeln. Es tut gut, von Menschen umgeben zu sein, die mir glauben und zu mir stehen. Ich weiß, dass sie für mich da sind, wenn es darauf ankommt. Und wenigstens reißen sie ihre Witze über Rob und mich, nicht über Brett …

»Oh Gott!«, rufe ich unvermittelt, während ich Tia hinterherschaue, die sich wieder unter die Kamera-Crew mischt.

»Was ist?«, fragt Rob.

»Hector Oshiro. Bei dem ganzen Wirbel hätte ich ihn fast vergessen.« Ich halte Daniel, der gerade vorbeiläuft – vermutlich um für die Leute von der Regie Kaffee zu holen –, am Arm fest. »Hey, Daniel, Hector Oshiro steht doch noch auf dem Plan für heute Abend, oder?«

Daniel bleibt stehen. »Ja. Seine Assistentin hat gerade angerufen. Er ist schon unterwegs.«

»Danke.« Er eilt davon und ich drehe mich aufgeregt zu Rob um. »Okay. Ich geh dann mal. Ich will dem Creep-Outfit noch den letzten Schliff geben. Es wird Hector Oshiro umhauen. Drück mir die Daumen!«

»Toi, toi, toi, Kim.« Er küsst mich schnell auf die Lippen, was sofort eine neue Welle von schrillen Pfiffen auslöst und mir eine Gänsehaut beschert, die mich den ganzen Flur hinunter begleitet.

Nachdem ich in der Maske die nötigen Utensilien zusammengesucht habe, mache ich mich auf den Weg zur Garderobe, wo ich den Creep sicherheitshalber versteckt halte. Bruno hat wie ein Luchs darauf aufgepasst und dafür gesorgt, dass niemand in die Nähe des Monsters kommt, bevor ich es fertiggestellt habe. Heute ist der große Tag, an dem es den letzten Schliff bekommt und seinen großen Auftritt hat. Keine Ahnung, wie ich es schaffe, mit Prosthetiks, Airbrush-Farben und Schminkkoffer bewaffnet den schmalen Flur entlangzuhetzen, ohne auf die Nase zu fallen, aber irgendwie gelingt es mir ohne Zwischenfälle. Zumindest bis mir Georgia Nash entgegenkommt. Die glitzernden Fransen an ihrer Bluse schwingen bei jedem Schritt mit.

Ich weiche so weit wie möglich zur Wand aus, um sie vorbeizulassen, aber sie marschiert geradewegs auf mich zu. »Sie!« Sie zeigt mit ausgestrecktem Finger auf mich. »Ich muss mit Ihnen reden, Süße.«

Einen Moment lang denke ich, dass jetzt die längst überfällige Entschuldigung dafür kommt, dass ihre Tochter klaut wie ein Rabe. Vielleicht hat ihr Prissy sogar erzählt, wie ich sie heute Nachmittag davor bewahrt habe, erneut straffällig zu werden, und nun will sich Georgia Nash bei mir bedanken, weil ich ihre Tochter wieder auf den Pfad der Tugend zurückgebracht habe.

Von wegen. Statt so etwas wie »Es tut mir leid«, oder »Vielen Dank« sagt sie: »Was läuft da zwischen Ihnen und Brett Curtis?«

»Wie bitte?«

»Sie haben mich schon verstanden«, sagt sie und beugt sich näher zu mir vor.

Oha. Jetzt dämmert mir, wieso ich in dieses bizarre Gespräch verwickelt werde. Georgia Nash ist betrunken. Ihre Fahne ist gigantisch. Ich glaube, wenn ich mich noch weiter mit ihr unterhalte, bin ich auch gleich beschwipst.

»Ich will meine Prisshy groß rausbringen«, verkündet sie mit leicht verwaschener Aussprache. »Ganz, ganz groß. Aber plötzlich kommen Sie daher und stehlen uns mit Ihrer Dreiecksgeschichte die Show. Also jetzt mal raus mit der Sprache, wie lange ist die Sache noch geplant?«

»Geplant?« Perplex runzle ich die Stirn. »Das war doch nicht ›geplant‹. An der Geschichte ist nicht mal was dran. Das ist alles nur ein riesiges Missverständnis.«

»Ach, kommen Sie, Süße.« Sie lehnt sich mit der Schulter an die Wand und stemmt eine Hand in die ausladende

Hüfte, womit sie mir den Weg versperrt. »Sehe ich etwa so aus, als wäre ich von gestern? Die Antwort darauf verkneifen Sie sich lieber, Schätzchen!« Sie bricht in ein dröhnendes Lachen aus, und ich nutze die Gelegenheit, nach einem Geiselrettungsteam Ausschau zu halten. Irgendjemand muss mich doch aus dieser peinlichen Situation befreien. Sofort! Am besten per Hubschrauber. »Raus mit der Sprache, kleine Irin. Haben Sie und Brett Curtis vor, die Sache über Wochen und Monate weiter auszuwalzen?« Sie nuschelt noch etwas über Priscilla, aber ihre Sprechweise ist so verschwommen, dass ich kein Wort davon verstehe. Und die ganzen Utensilien, die ich in der Hand halte, werden auch nicht gerade leichter. Zeit, dass ich mich aus dieser unangenehmen Lage selbst befreie.

»Okay, es stimmt, Ms Nash. Sie haben mich durchschaut. Wie wär's, wenn Sie schon mal in den Green Room gehen und einen Kaffee trinken? Ich bin gleich bei Ihnen und erzähle Ihnen die ganze Geschichte.«

»Das ist doch mal ein Wort!«, sagt sie. In dem Augenblick, als sie ihren Arm wegnimmt, schiebe ich mich an ihr vorbei und lege den restlichen Flur bis zur Garderobe im Laufschritt zurück. Drinnen schlage ich erleichtert die Tür hinter mir zu.

»Hey, Bruno. Du bist meine Rettung.«

Bruno schaut von dem Hemd auf, das er gerade bügelt, und lacht. »Was ist denn mit dir passiert? Du siehst ja aus, als wärst du von einem Truck angefahren worden.«

»So fühle ich mich auch.« Ich schildere ihm rasch meinen extrem bizarren Zusammenstoß mit Georgia Nash.

»Klingt, als sei sie betrunken«, sagt Bruno trocken. »Wäre nicht das erste Mal diese Woche.«

»Ja. Aber das ist es nicht allein. Es ist … sie ist ein absoluter Kontrollfreak, sie plant akribisch jeden Schritt, den Priscilla macht. Deshalb glaubt sie, Brett würde von seinem Manager genauso gesteuert.«

»Hör auf, lass uns von was anderem reden. Ich will das kleine Monster nicht bedauern. Ich fühle mich ganz wohl mit meinem Hass auf sie«, brummt Bruno missmutig.

Ich lache. »Keine Sorge. Deswegen bin ich nicht hier, ich muss mich um ein anderes Monster kümmern. Wo ist mein Creep?«

Bruno deutet nach hinten, wo an einem Garderobengestell auf Rollen einsam eine durchsichtige Kleiderhülle baumelt. Darin steckt ein unsagbar hässliches Monster und gleichzeitig das Schönste, was ich je gesehen habe. Wenn ich das so sagen darf.

Auf einem Klappstuhl daneben wartet geduldig eine hochgewachsene schlanke Frau mit langen Beinen und Armen. Es ist Tracy, eine der Statistinnen, die häufig für Außen-Sketche der Show einsetzt werden.

»Wo ist Andy?«, frage ich sie. Daniel hatte doch gesagt, der neue Runner solle mein Opfer werden.

Tracy steht auf. »Rachel meinte, Andy würde für andere Aufgaben gebraucht, deshalb bin ich hier.«

»Okay, dann lass uns anfangen. Du müsstest bitte erst in das Kostüm schlüpfen, damit ich es fertigstellen kann.« Mit Brunos Hilfe ziehe ich Tracy das Outfit behutsam über den Kopf. Es passt perfekt. In der nächsten Stunde fungiert

Bruno als mein Assistent. Ich wende die Methode an, die ich im Kurs gelernt habe, und überziehe das in Kunstblut getränkte Seil mit Latex und bringe es anschließend durch mit grüner Lebensmittelfarbe vermischtem Silikon zum Glänzen. Wir lassen das Ganze zwanzig Minuten trocknen, bevor Bruno und ich das Werk mit Airbrush-Farben vollenden.

»Jetzt noch der letzte Schliff«, sage ich zu Tracy und setze ihr ein Paar wässrig roter Kontaktlinsen mit schwarzen Pupillen ein. Das Ergebnis ist Furcht einflößend, abstoßend und absolut hammermäßig.

»Jep!«, ruft Bruno und wir klatschen uns ab.

Der Creep hebt ebenfalls die Hand und hält sie uns erwartungsvoll entgegen, aber Bruno und ich schütteln bedauernd den Kopf. »Sorry, Creep«, sage ich. »Dich fassen wir erst wieder an, wenn nichts mehr an dir klebt.«

In diesem Moment klopft es an die Tür und eine schlanke junge Frau mit mausbraunen Haaren und verlegen gerötetem Gesicht späht schüchtern herein. »Ähm, hallo. Bin ich hier richtig zur Anprobe?«

Bruno winkt sie näher und ich lächle ratlos. Wer ist das? Ich versuche, unauffällig einen Blick auf ihren Besucherausweis zu erhaschen, der an einem Umhängeband um ihren Hals baumelt. Als ich den Namen lese, traue ich meinen Augen nicht.

Wow. Das ist Elena Marvell? Ausgeschlossen. Nie im Leben hätte ich sie erkannt. In ihren Musikvideos trägt sie immer gigantische, abgedrehte Perücken und bizarre Outfits, die aussehen wie von einem anderen Stern. Wer hätte gedacht, dass unter all dem Pomp und Glitzer eine ganz normale unscheinbare Frau steckt?

Bruno fängt an, Elena Marvells Taille und ihre Beine zu vermessen, und im nächsten Moment kommt auch schon seine Chefin Mistress Sandra Muhamed Shabir hereingerauscht. Wie immer sieht sie fabelhaft aus. »Elena! Wie schön, Sie zu sehen!«, ruft sie und eilt auf den Popstar zu, um ihr ein Küsschen auf jede Wange zu hauchen. »Wir werden heute wahnsinnigen Spaß haben!«

Sonst ist Mistress Sandra eigentlich eher kühl und zurückhaltend, aber jetzt kann sie ihre Begeisterung kaum zügeln. Bruno sieht ebenfalls aus, als könne er es nicht erwarten anzufangen. Verstehe. Jemanden wie Elena Marvell anzukleiden, muss für die beiden genauso aufregend sein, wie es die Arbeit am Creep für mich ist.

»Mmmpf, kann ich es jetzt wieder abnehmen?«, ertönt eine dumpf klingende Stimme hinter uns. Wir drehen uns alle danach um und sehen den Creep durch die Garderobengestelle hindurch auf uns zustapfen.

»Aaaahh!« Elena Marvell stößt einen entsetzten Schrei aus und versteckt sich hinter Bruno.

Super! Nicht, dass ich Elena Marvell unbedingt Angst einjagen will, aber es ist gut zu wissen, dass das Kostüm seinen Zweck erfüllt!

»Ja, warte, ich befreie dich, Tracy«, sage ich und trete vor, um ihr zu helfen. »Dann behält das Outfit auch seine Form, bis wir auf Sendung sind. Ich rufe dich, wenn es so weit ist und du es wieder anziehen musst.« Tracy hebt höchst unmonsterlich beide Daumen.

Als wir das Kostüm behutsam abnehmen und darunter die sehr menschliche Tracy zum Vorschein kommt, lacht Elena. »Wow! Ist das etwa Ihre Kreation?«, fragt sie mich. »Wahnsinn! Sie müssen die Prosthetiks-Expertin bei *Late Night Live mit Larry Stone* sein, von der ich gehört habe.«

»Expertin?« Ich erröte vor Stolz. »Ich weiß nicht, ob ich eine Expertin bin …«

»Kein Grund zu falscher Bescheidenheit«, sagt sie. »Sie sind doch diejenige, die Jen Burke für das Alien-Couture-Shooting geschminkt hat, richtig?«

»Ja, ist sie«, verkündet Bruno stolz.

»Großartig! Können Sie vielleicht auch hier etwas Magie hineinzaubern?« Sie zeigt auf ihr Gesicht.

»Auf jeden Fall«, antworte ich ohne Zögern. Eine weltberühmte Künstlerin schminken, die mir für jedes abgedrehte Make-up, das mir gerade in den Sinn kommt, völlig freie Hand lässt? Fantastisch! Es sind Momente wie diese, die mich daran zweifeln lassen, ob ich die Show wirklich sausen lassen will.

Ich bemühe mich, nicht im Weg zu stehen, während ich zuschaue, wie sich Bruno und Mistress Sandra an die Arbeit machen und das Kostüm enthüllen, das sie für Elena entworfen haben. Ich hoffe, es wird mich auf eine zündende Idee bringen, wie ich sie schminken soll. Das Outfit passt perfekt zu Elenas Bühnen-Image und ist absolut fantastisch. Mit den gefiederten Flügeln und dem stahlgrau schimmernden Bodysuit wirkt es wie eine Art futuristischer Phönix. Ein durchsichtiger Rock mit bunt schimmernden Pailletten vervollständigt das Styling. Es sieht schon an der Puppe echt cool aus, und ich wette, an Elena wird es sogar noch besser aussehen.

»Ich muss mit dir reden, Nort …« Mit diesen Worten kommt Larry in den Raum gestürmt. Sein verdutzter Blick huscht erst zu uns und dann zu den Garderobengestellen. »Uups! Da hab ich mich wohl in der Tür geirrt.« Er lacht und bleibt ein wenig schwankend im Türrahmen stehen.

Oh Gott nein, Larry …

Ich kann seine Whiskyfahne schon von Weitem riechen. Draußen auf dem Flur erklingt ein dröhnendes Lachen. »Du alter Dummkopf!«, ruft eine Stimme mit Südstaatenakzent. Georgia Nash.

Nicht zum ersten Mal heute bin ich stinksauer auf sie! Bevor diese Frau aufgetaucht ist, hat sich Larry echt gut geschlagen. Ich habe wirklich geglaubt, er hätte es geschafft, von seiner Sucht loszukommen. Aber so, wie er jetzt aussieht, habe ich mich wohl geirrt: Die Kleidung ist völlig zerknautscht, die Haare stehen ihm vom Kopf ab wie ein zerrupftes Vogelnest, und was sich da in seiner Hosentasche wölbt, kann eigentlich nur ein Flachmann sein.

Larrys Blick irrt durch den Raum und begegnet meinem. Ich erwidere sein Starren und lege so viel Tadel wie möglich hinein. Er hat wieder zur Flasche gegriffen, und zwar nicht zu knapp, und ich will, dass er weiß, dass ich es weiß. Es ist vielleicht etwas anmaßend, mich zum Richter über ihn aufzuschwingen, aber nach allem, was ich durchgestanden habe, um nach den Sammy-Awards seinen betrunkenen Hintern zu retten und zu verhindern, dass er einen Riesenskandal heraufbeschwört, habe ich jedes Recht dazu. Das letzte Mal, als er bei der Arbeit betrunken war, mussten wir Brett Curtis einfliegen lassen – und zwar buchstäblich, denn Brett kam im Hubschrauber und war so nett, für Larry als Moderator einzuspringen.

Bitte nicht schon wieder …

Ich gewinne den »Wer starrt am längsten«-Wettbewerb und Larry blickt betreten zur Seite. Aber kaum hat er das getan, weiten sich seine Augen und er wirkt fast wieder nüchtern.

»Ähm … muss das Creep-Kostüm so aussehen?«, fragt er.

Ich wirble erschrocken herum, um zu schauen, was er meint, atme aber sofort erleichtert auf. Mit dem Kostüm ist alles in Ordnung. »Es sieht nur so aus, als würde es schmelzen«, erkläre ich ihm. »Das gehört zur Maske.«

»Ach so«, sagt Larry. »Nicht schlecht.«

»Elenas Kostüm ist auch fertig«, teilt ihm Bruno mit. Er beugt sich vor und greift hinter Larry, der mit dem Rücken zum Phönix-Kostüm steht, nach einem kleinen federgeschmückten Gehäuse mit einem winzigen, seitlich angebrachten Schalter. »Bitte entschuldigen Sie, Larry.« Bruno bedeutet ihm mit einer höflichen Geste, ein Stück zur Seite zu treten, und nimmt die Konstruktion in die Hand. »Schauen Sie, Elena. Wir haben sogar die Pyrotechnik besorgt, um die Sie gebeten haben. Sie werden wie ein brennender Phönix aussehen, das wird der absolute Hammer.« Er legt den Schalter um und aus dem Saum des Kostüms schießen helle weiße Funken.

»NEIN!«, schreit Larry und stürzt mit ausgestreckten

Armen auf das Kostüm zu. Vermutlich, um die Funken auszuschlagen. Aber es ist zu spät. In dem Augenblick, in dem sie auf den Federn landen, gehen diese auch schon in Flammen auf.

»Hilfe!«, ruft Bruno. Er lässt den Schalter fallen und weicht zurück.

Es ist wohl ganz gut so, dass Elena das Outfit noch nicht angezogen hat, weil nämlich der Phönix jetzt lichterloh brennt!

7

Meines Wissens hat bisher noch niemand von uns ein Feuer gelöscht. Aber irgendwie weiß jeder sofort, was zu tun ist. Bruno ist mit einem einzigen Satz bei der Puppe, reißt ihr das Kostüm vom Leib, wirft es auf den Boden und tritt die Flammen aus. Mistress Sandra schiebt blitzschnell alle in der Nähe hängenden Kleidungsstücke zur Seite und verhindert, dass sie ebenfalls Feuer fangen. Mir fällt die coole Rolle des Retters zu. Weil ich am nächsten zur Tür stehe, öffne ich eilig das kleine ins Mauerwerk eingelassene Sicherheitsfenster, hinter dem der Feuerlöscher steckt, und zerre ihn aus der Wandhalterung.

»In Deckung!«, brülle ich. Ich zücke den Schlauch und versprühe weißen Schaum über alles und jeden. Innerhalb von Sekunden ist das Feuer gelöscht. Einer der Phönix-Flügel hat das Gefecht überlebt, aber vom Rest des Kostüms bleibt nur ein Haufen Asche übrig.

Bruno, der blass aussieht, fährt sich mit der Hand durch die Haare. »Was war das denn gerade?«

Elena tritt auf den Aschehaufen zu und schiebt ihn schockiert mit der Schuhspitze herum. Ich kann sehen, dass ihre Hände zittern. »Was ziehe ich denn jetzt an?«

»Es tut mir furchtbar leid, Elena. Wir werden für Ihren Auftritt etwas anderes auf die Beine stellen, das verspreche ich Ihnen«, sagt Mistress Sandra, die genauso entsetzt dreinblickt.

»Ähm ... tja ... dann werde ich euch mal machen lassen«, sagt Larry und geht rückwärts aus der Tür. »Ich darf keinen Rauch einatmen, wenn ich den Monolog durchstehen will. Also dann ...«

Komisch. Sonst möchte Larry doch immer über alles auf dem Laufenden sein, was am Set geschieht, besonders wenn es den Ablauf der Show betrifft. Interessiert es ihn denn kein bisschen, warum sich das Kostüm spontan selbst entzündet hat?

... Es sei denn, es war gar nicht so spontan. Während Bruno und Mistress Sandra beginnen, die in drei Reihen übereinander hängenden Kleidungsstücke des Kostümfundus nach einem hinreichend ausgefallenen Outfit für Elenas Auftritt zu durchforsten, gehe ich schweigend in die Hocke und hebe den übrig gebliebenen Phönix-Flügel vom Boden auf. Ich halte ihn mir an die Nase und schnuppere daran. Oha! Er riecht nach Whisky – genau wie Larrys Atem vorhin. Schon der Geruch der Federn treibt mir die Tränen in die Augen. Wenn ich raten müsste, würde ich sagen, Larry hat mich mit der Bemerkung über das Creep-Kostüm abgelenkt und hinter seinem Rücken rasch den Flachmann ausgeschüttet. Er hat zweifellos erst begriffen, worüber er den hochprozentigen Alkohol gegossen hat, als es schon zu spät war.

Wie betrunken sind Sie, Larry?

»Wie wäre es denn mit dem hier?«, erkundigt sich Bruno und zieht ein Meerjungfrauen-Kleid heraus, das vor etwa zwei Monaten eine der Statistinnen in einem Sketch getragen hat.

»Eher nicht«, sagt Elena. »Es ist ein bisschen zu … hübsch.«

»Vielleicht das Roboter-Kostüm dahinten?«, schlägt Mistress Sandra vor.

Aber auch dagegen hat Elena etwas einzuwenden. »Viel zu klein für mich. Das ist der Fluch, wenn man einen Meter fünfundachtzig groß ist.«

Während ich ihnen dabei zuschaue, wie sie sich abmühen, etwas Passendes zu finden, betrachte ich eingehend Elenas Körper. Nicht auf eine perverse Art oder so. Aber mir dämmert, dass Elena die gleiche Statur hat wie Tracy – hochgewachsen, feingliedrig und sehr schlank, Größe 38, wenn ich mich nicht irre. Mit anderen Worten, ich weiß die perfekte Lösung. Sofern ich den Mut aufbringe, sie vorzuschlagen, heißt das.

Tief durchatmen, Kim. Bleib ganz cool und tu es einfach.

»Entschuldigen Sie, Ms Marvell?« Meine Kehle ist trocken wie die Sahara und mein Herz schlägt mir bis zum Hals. »Wenn Sie nicht hübsch aussehen wollen, wie wäre es dann mit gruselig? Ich meine … so *richtig* gruselig?«

Ich stehe in der Maske und inspiziere gerade meinen frisch aufgestockten Vorrat an Kajalstiften, als die Tür aufgeht und ein japanisch aussehender Mann in einem schwarzen Rollkragenpullover und stahlgrauen Chinos hereinkommt.

»Oh mein Gott! Sie sind Hector Oshiro! Ich verehre Sie wahnsinnig«, platze ich heraus.

Verdammt! Wo ist meine lockere kalifornische Art abgeblieben? Warum lässt du mich im Stich, Kanye West? Muss ich denn jedes Mal extreme Uncoolness verströmen und zum Dork aus Dollymount mutieren, wenn absolute Professionalität gefordert ist? Ich räuspere mich und versuche es noch einmal. »Bitte entschuldigen Sie, Mr Oshiro. Es ist mir eine große Ehre, Sie kennenzulernen, wollte ich sagen! Ich bin ein großer Fan und finde Ihre Arbeit unglaublich inspirierend.«

Schon besser.

Hector Oshiro schüttelt höflich lächelnd meine Hand und ich mache eine einladende Geste zum Sessel hin. »Bitte nehmen Sie doch Platz.«

Nicht zu fassen, er setzt sich tatsächlich und wartet geduldig, dass ich ihn schminke. *Na, was sagst du nun, Carolina?*

Ich beginne mit der üblichen Prozedur und reinige sein Gesicht mit einem mit Toner getränkten Wattepad. Anschließend trage ich die Grundierung auf. »Mit etwas Puder über der Foundation verhindert man, dass das Make-up im heißen Schweinwerferlicht zu sehr verläuft«, erkläre ich ihm.

»Sie müssen es mit Spray fixieren«, herrscht er mich an.

»Oh. Ich … ja, das hatte ich auch vor«, sage ich. »Sie werden großartig aussehen, Mr Oshiro, das versichere ich Ihnen.« Uh-oh. Bin ich etwa schon dabei, es zu vermasseln? Wenn ich mich bisher noch nicht unter Druck gesetzt fühlte, dann spätestens jetzt. Ich wollte ein bisschen mit meinem Wissen glänzen, aber vielleicht will er gar nicht wissen, was ich weiß. Möglicherweise gehört er zu den Leuten, die lieber gesagt bekommen, wie toll *sie* sind. In dieser Stadt wimmelt von selbstverliebten Menschen.

Achtung: Wer auf Schleimen allergisch reagiert, sollte das Folgende besser überspringen.

»Ich habe alle Ihre Filme gesehen, Mr Oshiro. Und ich finde, Ihre Arbeit in *Höllisches Halloween* wurde völlig unterschätzt. Besonders die Szene, in der –«

»Das interessiert mich nicht!«, unterbricht mich Mr Oshiro.

Jeder andere an meiner Stelle würde ihm jetzt entrüstet erklären, wohin er sich sein unhöfliches Verhalten stecken kann. Aber er ist schließlich *Hector Oshiro*. Der Profi in mir schrumpft schuldbewusst in sich zusammen, während der enthusiastische Fan in meinem Inneren einen Freudentanz aufführt. *Hector Oshiro hat mich angeblafft*! *Oh mein Gott, welche Ehre …*

»Natürlich, Sir, bitte entschuldigen Sie«, ist das, was ich tatsächlich sage.

Wie von der Tarantel gestochen, wendet sich Hector Oshiro im Sessel zu mir um. »Wenn du vielleicht mal für eine Minute still sein könntest, Kleine? Manche meiner Monster mögen mit vier Ohren gesegnet sein, aber ich habe leider nur zwei.« Er tippt sich an sein Bluetooth-Headset. Mir dreht sich der Magen um.

Er telefoniert! Wie konnte ich das übersehen? Ein kurzer Blick in den Spiegel sagt mir, dass ich eine knallrote Birne habe. Während Mr Oshiro versucht, ein vermutlich extrem wichtiges Gespräch zu führen – vielleicht geht es um seinen neuen Film –, plappere ich lauter hirnrissiges Zeug! Schade, dass er keine Zusatzklausel in seinem Vertrag hat, die mich dazu verpflichtet hätte, meine große Klappe zu halten.

»Ja. Klar. Ich bin schon still. Tut mir furchtbar leid, Mr Oshiro. Wirklich. Bitte entschuldigen Sie.«

Er nickt nur knapp, dreht sich wieder nach vorn und widmet sich weiter seinem Telefongespräch. In dem Moment höre ich von der anderen Seite der Arbeitsfläche ein leises Prusten. Liz steht vornübergebeugt und hält sich den Bauch vor Lachen. Sie wusste es! Sie hat gesehen, dass er telefoniert, und zugelassen, dass ich mich komplett zum Affen mache. *Miststück!* Wenn ich zu Hause bin, werde ich sofort ein Hashtag über sie erstellen. #HorrormäßigeArbeitskollegin. #SatanischeHairstylistin. #HässlichVonInnenHeraus.

Aber fürs Erste kann ich nur versuchen, meine Aufgabe mit einem letzten Rest Würde durchzustehen. Ich atme ein paar Mal tief durch, bis meine Hände aufhören zu zittern, und schminke Hector Oshiro in vollkommener Stille zu Ende. Ich mache nur noch den Mund auf, um »Fertig« zu sagen.

Hector Oshiro mustert kritisch sein Spiegelbild, nickt und steht aus dem Sessel auf. Kurz bevor er durch die Tür verschwindet, dreht er sich noch einmal zu mir um. »Gut gemacht für jemanden, der nicht mitbekommen hat, wie viele Ohren ich habe.« Als er hinausgeht, kräuselt ein kleines Lächeln seine Lippen.

Ich glaube wirklich, dieser kleine Scherz sollte mich aufmuntern. Aber meine Blamage ist unendlich tief und ich versinke darin wie ein Stein. Wenn nachher der Creep-Sketch nicht richtig laufen sollte, tja … dann werde ich wohl in ein Zeugenschutzprogramm eintreten müssen. (Das macht man doch, wenn man unerkannt untertauchen will, stimmt's?)

8

Wenn mich Mum früher als Kind zu Bett brachte, hat sie mir immer schöne Träume gewünscht. Ich bin sicher, sie dachte dabei an Einhörner und grüne Hügellandschaften. Und mein Traum ist tatsächlich grün. Er ist grün, schleimig und hat Füße, die beim Gehen schmatzende Geräusche machen. Als Elena auf dem Weg zur Bühne in meiner grauenerregenden Creep-Kreation vor mir hergeht, finde ich meinen Traum verdammt schön anzusehen.

»Siss da osh dizo –«, sagt Elena mit dumpf klingender Stimme und dreht sich zu mir um.

»Warten Sie, ich muss erst noch das Mikro anbringen.« Ich taste nach dem versteckten Klettverschluss, den ich um den Hals des Kostüms angebracht habe, damit derjenige, der es trägt, den Creep-Kopf jederzeit zurückklappen kann, wenn er zu ersticken droht – ähnlich wie bei diesen PEZ-Bonbonspendern. Ich hebe den Kopf an und spähe in Elenas gerötetes Gesicht.

»Ich sagte, sind Sie sicher, dass Oshiro die Sache locker sehen wird?«, fragt sie.

»Absolut. Keine Sorge. Es wird begeistert sein.« *Oder auch nicht, und dann bekomme ich einen Tritt in meinen irischen Hintern.* »Bitte warten Sie hier auf Ihr Stichwort.« Ich schiebe sie hinter einen Vorhang, von dem aus unsere

Gäste normalerweise nicht auf die Bühne treten. »Wir wollen dem Publikum nicht die Überraschung verderben.«

»Alles klar«, sagt Elena.

Ich befestige rasch das Mikrofon am Kragen und setze ihr den Kopf wieder auf. Sie hebt den Arm und gibt mir ein Zeichen, das angesichts der Tatsache, dass der Creep nur drei Klauen pro Hand hat, durchaus als ein Daumenhoch durchgehen kann.

Nachdem ich den Klettverschluss wieder fixiert habe, husche ich schnell zu Tia, die die Kamera auf ihrer Schulter wie ein absoluter Vollprofi beherrscht, und stelle mich hinter sie.

»Okay. Die Kreatur ist gelandet«, informiere ich sie. »Ich hoffe nur, sie gefällt Oshiro. Aber falls etwas schiefläuft, habe ich alles Nötige dabei, um es wieder zu richten«, füge ich hinzu und tätschele den schwarzen Pinselgürtel, den ich mir um die Taille geschnallt habe. In seinen Fächern stecken sämtliche Utensilien, die ich für einen Monster-Nachschmink-Notfall brauche: Heißklebepistole, Airbrush-Farben, Latex … Alles, was eine normale Neunzehnjährige eben in ihrer Tasche hat.

»Das Kostüm ist hammergeil, Kimcita«, flüstert Tia, während sie auf Larrys Schreibtisch zoomt. »Und wenn der große Zampano das nicht kapiert, dann soll er lieber den A–«

»Tia!«

»Was?« Sie grinst durchtrieben. »Ich wollte bloß sagen, dass er dann lieber den Abflug machen soll.«

Ich muss lachen. »Danke, Tia, lieb von dir. Hoffen wir, dass es nicht so weit kommt.«

Endlich hören wir die Band das vertraute Intro spielen. Die Hauptbühne erstrahlt im Schweinwerferlicht und die restliche Studiobeleuchtung wird heruntergedimmt. Ich sehe, wie Daniel von der Seite aus die Zuschauer im Studio dazu ermuntert, die Applaus-Zeichen zu beachten und Beifall zu klatschen, als würde ihr Leben davon abhängen. Nicht, dass Sie noch dazu ermuntert werden müssten, nachdem Larry Stone höchstpersönlich die Bühne betritt.

Sogar ich würde bei seinem Anblick am liebsten applaudieren. Larry trägt einen eleganten dunkelgrauen Anzug, der die Farbe seiner Iris noch intensiver zum Leuchten bringt, und er wirkt weltgewandt und stocknüchtern, als er zu seiner Markierung schreitet. Vor nicht einmal einer halben Stunde war er noch so betrunken, dass er kaum geradeaus gehen konnte. Wie er diese 180-Grad-Verwandlung noch rechtzeitig zu Sendebeginn vollzogen hat, ist mir ein Rätsel. Ich gerate ernsthaft ins Grübeln, ob Larry Stone einen heimlichen Zwillingsbruder hat oder einen Robot-Klon, den er bei Bedarf aktiviert. Was nicht so weit hergeholt ist, wie es klingt. Wir sind hier schließlich in Hollywood.

Was auch immer die Ursache seiner Verwandlung sein mag, ich bin heilfroh darüber. Larry schafft es nicht nur, aufrecht und ohne zu schwanken dazustehen, sondern ist auch noch in Bestform. Nach dem Auftaktspiel der Band und einem scherzhaften kleinen Wortgeplänkel mit ein paar Kanadiern im Publikum geht Larry zu seinem Begrüßungsmonolog über.

»Sie haben sicher alle schon von der jüngsten Tragödie

gehört, die unsere großartige Nation ereilt hat, meine Damen und Herren. Schlimmer als der Klimawandel oder ein Krieg. Ich spreche natürlich von der Trennung von Brett Curtis und Jessabel Anderson-Finch.«

Damit erntet er ein paar vereinzelte Lacher aus dem Publikum.

»Natürlich bedeutet das auch, dass sich unser Land nun von der Wortschöpfung ›Brettabel‹ verabschieden muss.« Hier hält er inne, um sich ein paar nicht vorhandene Tränen aus den Augenwinkeln zu wischen, und erntet noch ein paar mehr Lacher. »Ich weiß nicht, wie ich das meinem Hund beibringen soll. Es wird mir eine Lehre sein. Ich werde nie wieder ein Haustier nach einem Twitter-Hashtag nennen. Es ist sogar schlimmer als die Sache mit meiner Katze Teddifer.« Brüllendes Gelächter.

Ich ertappe mich dabei, dass ich mitlache. Mein Blick fällt auf den Teleprompter, und ich erkenne, dass er sich nicht an den Text auf dem Monitor hält, sondern eigene Scherze bringt. Tiefe Dankbarkeit durchströmt mich.

Wie ich höre, gilt Brett Curtis als heißer Favorit für eine Sherlock-Holmes-Adaption – man will ›Eine Studie in Scharlachrot‹ neu verfilmen!, lautet der Text auf dem Monitor. Aber Larry ignoriert ihn einfach.

Aus dem Augenwinkel sehe ich Chefautor William O'Halloran nervös an den Fingernägeln knabbern, aber Larry macht seine Sache großartig. Mir wird ganz warm ums Herz, während ich ihn beobachte. Ich bin mir ziemlich sicher, dass er nur deshalb vom Text abweicht, damit ich mich nicht wie Amerikas Staatsfeind Nummer eins fühlen muss. Ich werde mich später auf jeden Fall noch bei ihm bedanken.

Es dauert eine gefühlte Ewigkeit, bis wir zum Höhepunkt des heutigen Abends kommen. Aber schließlich spaziert Hector Oshiro auf die Bühne und winkt mit einer Hand dem Publikum zu, während die Band eines der Stücke aus dem Soundtrack seines letzten Films spielt.

»Psssst…«, flüstert mir Tia ins Ohr. »Weißt du, warum er eine schwarze Hose trägt? Die hat Bruno für ihn ausgesucht, nur für den Fall, dass er sich bepinkelt, wenn er sich zu sehr über deinen Creep erschreckt.«

Ich würde ja gern darüber lachen, aber jetzt ist plötzlich mein einziger Gedanke: *Was, wenn er es hasst, erschreckt zu werden, und er mich später zur Rede stellt? Sorry, Mr Oshiro, dass ich Sie vor einem Millionenpublikum blamiert habe. Wie wär's mit einem Job für mich?*

Für einen Rückzieher ist es zu spät. Larry arbeitet sich bereits zum großen Moment vor.

»Was können Sie uns über Ihren neuen Film sagen, Hector? Werde ich danach Albträume haben? Oder schreiend aus dem Kino rennen?«

»Na, das hoffe ich doch«, scherzt Hector Oshiro. »Ich will nicht zu viel von der Handlung verraten, aber mein Ziel ist es, das Sie aus dem Kino kommen und anschließend eine jahrelange intensive Psychotherapie benötigen.«

»Wenn ich Ihnen da mal nicht schon längst zuvorgekommen bin!«, sagt Larry mit einem lauten Lachen. Das Publikum stimmt mit ein und Oshiro grinst. Als der Lärm ein wenig abklingt, setzt Larry seine Ernste-Frage-Miene auf:

besorgt gerunzelte Stirn und vorgeschobenes Kinn. »Es gibt Gerüchte über eine Verzögerung der Produktion. Ist da irgendetwas dran?«

Zum ersten Mal wirkt Hector Oshiro verärgert. Er setzt sich im Sessel zurecht und kratzt sich am Hinterkopf. Dank Tias Zoom-Objektiv kann ich an seiner Schläfe eine Ader pochen sehen. »Leider ja, Larry, und ich kann Ihnen auch sagen, warum …«

Ich halte den Atem an und warte darauf, dass Oshiro mit der Sprache herausrückt. In Hollywood antworten die meisten Regisseure eher zurückhaltend und diplomatisch auf solche Fragen, aber Oshiro hat die Angewohnheit, die Dinge auf möglichst schonungslose Art beim Namen zu nennen. Er ist sogar schon einmal mitten im Interview einer Morning Show mit den Worten »Ihre Fragen sind langweilig und ich habe Besseres zu tun« aufgestanden und gegangen. Sehr unhöflich, zugegeben. Aber wahrscheinlich genau das, was die Leute eben denken, bevor sie gelangweilt den Sender wechseln.

»Manchmal bin ich bei meiner Arbeit von einem Haufen fantasieloser Idioten umgeben«, beginnt er jetzt. »Sie wollen den gleichen langweiligen, vorhersehbaren Kram produzieren wie alle anderen, und das ist absolut inakzeptabel! Bei meiner Arbeit geht es um Genialität und Einfallsreichtum –«

»Und darum, die Leute zu Tode zu erschrecken«, wirft Larry ein, im Versuch, die Stimmung ein wenig aufzulockern.

Hector Oshiro nickt und bedenkt Larry mit einem finsteren Lächeln. »Ja, genau, es geht darum, die Leute zu Tode zu erschrecken. Mit weniger gebe ich mich nicht zufrieden. Ich lasse mir von niemandem sagen, was möglich ist und was nicht. Und falls das bedeutet, dass ich ein paar Leute feuern und den Filmstart verschieben muss, dann werde ich das tun. Und wenn das ein paar Heulsusen nicht passt, dann ist es deren Pech!«

Zum Glück hat jemand daran gedacht, das Applaus-Zeichen zu geben, denn ich glaube, die Leute im Studio hätten sich sonst nicht zu klatschen getraut. Ich weiß, wie sie sich fühlen. Ich schiebe meine Hand in die Tasche meines Blazers und betaste die Visitenkarte, die ich mir gestern Nacht angefertigt habe. Es ist kein nobles Exemplar mit reliefartig hervorgehobenen Buchstaben oder so etwas – wer kann sich das schon leisten? –, aber sie wird ihren Zweck erfüllen. Ich habe viel Zeit und Sorgfalt darauf verwendet, das glatte glänzende Papier zurechtzuschneiden und es mit meinem Namen, meiner E-Mail-Adresse, Telefonnummer und dem Link zu meiner Homepage zu beschriften, auf der man sich meine Arbeiten ansehen kann. Ich bin sogar noch zum Print-Shop um die Ecke gerannt, um die Karte mit transparenter Folie überziehen zu lassen. Da fand ich sie noch total cool und profimäßig. Jetzt frage ich mich allerdings, ob Hector Oshiro sie nicht mit einem einzigen Blick als Kindergartenbastelei abtun wird. Bisher habe ich mir nur Gedanken darum gemacht, wann der geeignete Zeitpunkt sein würde, sie ihm zu überreichen. Jetzt weiß ich nicht, ob ich überhaupt den Mut dazu aufbringen werde.

»Tja«, sagt Larry immer noch mit ernster Miene, aber mit einem listigen Funkeln in den Augen. »Es gibt da einen Ihrer ehemaligen Weggefährten, der gern ein Wörtchen mit Ihnen reden möchte. Und er ist heute Abend hier!«

Sobald Hector Oshiro zu der Stelle schaut, an der die Gäste normalerweise aus dem Vorhang treten, schleicht sich Elena wie abgesprochen von hinten an ihn heran und legt ihm eine gallertartige Krallenhand auf die Schulter.

»Arrrgh!«

Auf dem Display von Tias Kamera kann ich den Creep bis ins kleinste Detail sehen und er ist perfekt! Ohne prahlen zu wollen: Er sieht genauso aus wie der Creep im Film – vielleicht sogar noch etwas lebendiger.

Hector Oshiro greift sich ans Herz und fällt fast von der Couch, als er sich umdreht und den Creep hinter sich aufragen sieht. Um die Würde des Regisseurs zu wahren, werde ich darauf verzichten, das katzenartige Wimmern zu beschreiben, das er dabei ausstößt. Aus dem Publikum erklingen sogar richtige Schreie. Einen kurzen Moment lang glauben sie wirklich, dass es Monster gibt.

Larry kriegt sich vor Lachen nicht mehr ein. Hector Oshiro ist so perplex, dass es eine oder zwei Minuten dauert, bis er mit einstimmt, aber schließlich …

Gott sei Dank, er lacht!

»Tut mir leid, wenn wir Sie erschreckt haben, Hector«, sagt Larry, als er sich wieder im Griff hat. »Aber wir konnten einfach nicht widerstehen.«

»Nein, es ist … ist schon in Ordnung«, stammelt Hector Oshiro. »Sie haben mich kalt erwischt.«

»Werden Sie uns, nachdem Sie nun von einem lebendigen Monster bedroht werden, ein paar Details über Ihr neues Projekt verraten?«

»Na schön. Aber nur, weil ich nicht bei lebendigem Leib gefressen werden will«, lenkt Hector Oshiro ein. »Wie wäre es exklusiv für Sie mit einem kleinen Zusammenschnitt einiger Szenen aus der Vorproduktion?«

Das Publikum tobt, als das Video abgespielt wird. Als begeisterter Fan seiner Filme tut es mir weh, nicht hinzuschauen – aber ich kann den Blick einfach nicht von Hector Oshiro und dem Creep lösen. Er schaut immer wieder heimlich zu meinem Monster hin. Sogar nachdem das Video endet und Larry ihm eine harmlose Frage stellt, die als Überleitung zu einer lustigen Geschichte über seinen letzten Urlaub dienen soll, kann der Regisseur die Augen nicht von dem Monster wenden. Mein Magen zieht sich zusammen wie ein viel zu eng geflochtener Zopf, ich nage am Ende eines Pinselstils und frage mich, was er wohl denkt.

Als Aufnahmeleiter Mike das Zeichen zum nächsten Werbeblock gibt und stumm seinen Dreißig-Sekunden-Countdown beginnt, bedankt sich Larry bei Hector Oshiro für sein Kommen und wendet sich anschließend dem Creep zu. »Möchten Sie Ihrem Schöpfer noch etwas sagen?«

Es herrscht kurzes Schweigen, bevor der Creep nickt und den Refrain von Elenas neuestem Song *»Are You Ready for Me?«* anstimmt.

Wenn das Publikum vorher schon getobt hat, flippt es beim Klang von Elenas Stimme jetzt völlig aus. »Nach der Werbepause präsentiert Elena Marvell ihren neuesten

Song!«, ruft Larry über das Getöse hinweg. »Bleiben Sie dran, liebe Zuschauer, wir sind gleich wieder da.«

Während die Band musikalisch zum Werbeblock überleitet, klappt Elena den Creep-Kopf zurück und winkt mit strahlendem Lächeln in die Kamera.

»Ab!«, ruft Mike, und die Leute von Technik und Requisite eilen ans Set, um die Bühne für Elenas Auftritt herzurichten.

Erst da atme ich erleichtert auf. »Das lief gut! Das lief doch gut, oder?«, frage ich Tia. »Oder bin ich komplett durchgeknallt?«

Tia zieht den linken Mundwinkel zu einem schiefen Grinsen nach oben. »Quatsch, du bist nur ein bisschen durchgeknallt. Und ja, es lief verdammt gut. Schau mal. Er kann es immer noch nicht fassen.«

Tia deutet mit einem Kopfnicken Richtung Set, wo Hector Oshiro das Creep-Kostüm jetzt aus der Nähe inspiziert. Er bittet Elena, vor ihm auf und ab zu schreiten und den Oberkörper mal nach links und mal nach rechts zu drehen. Elena spielt mit, folgt geduldig seinen Anweisungen und lässt sich zwischendurch kurz für ein Foto mit einem der Zuschauer ablichten, wobei sie so tut, als wolle sie ihn auffressen.

Obwohl ich hingebungsvoll an dem Kostüm gearbeitet habe, kann ich immer noch nicht fassen, wie gut es gelungen ist. Das um den Körper gewickelte Hanfseil ist so beweglich, wie ich es mir erhofft hatte, und lässt die Kreatur wie ein lebendiges Wesen mit freiliegendem Muskelgewebe und Glibber aussehen. Damals wurden die Szenen, in denen der Creep laufen musste, in Zeitlupe gedreht, damit es später im Film so wirkte, als würde er rennen – vermutlich, weil das Material den vielen schnellen Bewegungen sonst nicht standgehalten hätte. Dank Bretts Einladung auf sein Boot habe ich für dieses Problem jetzt eine Lösung gefunden. Das ist den kleinen Skandal absolut wert.

Ich kann mir ein stolzes Strahlen nicht verkneifen, als Elena nach der Werbepause erneut im Creep-Kostüm auftritt – nur diesmal ohne den Kopf. Den Rest der Show schwebe ich auf Wolke zehn. (Wolke sieben ist für Amateure.)

Zumindest so lange, bis endlich Sendeschluss ist und ich sehe, dass sich Hector Oshiro flüsternd mit Larry unterhält, der sich daraufhin suchend im Studio umblickt. Als er mich erspäht, macht er Oshiro auf mich aufmerksam und gibt mir ein Daumen-hoch-Zeichen. Das bedeutet doch so viel wie »alles gut«, oder? Warum steht Hector Oshiro dann innerhalb von 2,6 Sekunden statt milder Neugier plötzlich pure Mordlust ins Gesicht geschrieben?

Er wartet, bis sich unsere Blicke begegnen und bedeutet mir mit dem Zeigefinger, ihm zu folgen.

Oh, Scheiße.

Auf Beinen, die sich wie Wackelpudding anfühlen, schleppe ich mich zu ihm hin. »Folgen Sie mir«, sagt er knapp.

Eine Minute später hat er Bruno, Mistress Sandra und den Wackelpudding höchstpersönlich (moi) in der Garderobe versammelt.

»Also«, beginnt Hector Oshiro. »Wer von Ihnen hat das

Kostüm zu verantworten, das ich heute hier auf der Bühne gesehen habe?«

Ich wechsle einen schuldbewussten Blick mit Bruno, der beruhigend meine Hand drückt. Er ist so ein guter Freund, dass er bereit ist, den Kopf dafür hinzuhalten. Ich kann es in seinen Augen sehen. Einer für alle und alle für einen. Aber wenn hier jemand wegen dieser Sache seinen Job verlieren sollte, dann bin ich das. Es war schließlich meine dämliche Idee, auch wenn es mir das Herz bricht, den Creep als Fehler zu betrachten. Rasch befreie ich mich aus Brunos Griff und trete vor.

»Ich, Mr Oshiro, mein Name ist Kimberley Cassidy. Ich bin dafür verantwortlich, Bruno und Mistress Sandra hatten nichts damit zu tun. Sie haben mir nur geholfen.«

Oshiro wirft mir einen ungläubigen Blick zu und schüttelt den Kopf. »Unmöglich«, sagt er. »Wie alt sind Sie? Zwölf?«

»Ich bin neunzehn. Aber ungeschminkt sehe ich jünger –«

»Haben Sie eigentlich eine Ahnung, was Sie getan haben, Ms Cassidy?«, fällt mir Hector Oshiro ins Wort.

Ich spüre, dass mir die Tränen kommen, und schüttle nur stumm den Kopf. Wobei mir spontan ein paar deprimierende Antworten einfallen. *Meine Karriere ruiniert. Mir gerade ein Rückflugticket nach Dublin gesichert. Alle meine Hoffnungen und Träume zerstört. Suchen Sie sich was aus!*

»Was Sie getan haben«, fährt er fort, »ist nichts weniger als … absolut fantastisch!«

»Ich weiß. Und es tut mir auch leid, Mr Oshiro. Ich dachte wirklich, dass Sie … Moment mal, was haben Sie gesagt?«

»Ich sagte, es war absolut fantastisch.« Er nickt mir lächelnd zu und verschränkt die Arme vor der Brust.

Kann man ein Schleudertrauma davon bekommen, wenn man zwischen zwei unterschiedlichen Gefühlen hin- und hergerissen wird? Falls ja, sollte mir sofort jemand eine Halskrause umlegen. »Entschuldigung, Mr Oshiro, aber … wollen Sie damit sagen, dass es Ihnen gefallen hat?«

»Gefallen?« Er grinst. »Vielleicht sind Sie ja diejenige, die vier Ohren braucht. Wissen Sie, warum ich kürzlich mein ganzes Prosthetiks-Team entlassen habe, Ms Cassidy?«

Ich schlucke hart. »Ähm … weil sie alle fantasielose Idioten waren?«, frage ich vorsichtig und versuche, mich zu erinnern, was genau er vorhin zu Larry gesagt hat.

Oshiro schnaubt und lässt ein Lächeln aufblitzen. »Ja, das auch. Aber besonders deshalb, weil sie mir ständig erklärt haben, dass die Gestalten, die ich mir vorstelle und die sie aber nicht hinbekamen, ohne den Einsatz von Computertechnik nicht umzusetzen seien. Der Creep war das schlimmste Beispiel für ihr Unvermögen. Es ist ihnen einfach nicht gelungen, ihn ohne den Einsatz einer Slow-Motion-Kamera und absurd aufwendiger Animationssoftware so fremdartig aussehen zu lassen, wie ich ihn haben wollte. Und ich hasse Computeranimation, Ms Cassidy. Aber das gesamte Team meinte, es ginge nun mal nicht anders. Sie jedoch, Ms Cassidy, Sie haben das Problem der Funktionsfähigkeit gelöst, ohne Abstriche am Erscheinungsbild der Figur zu machen. Und das nur, weil Sie sich meine Filme angesehen haben. Richtig?«

Ich zucke ratlos mit den Schultern, nach wie vor weiß

ich nicht, worauf er eigentlich hinauswill. »Ich denke schon.«

»Hmmm hm«, brummt Oshiro und mustert mich mit dem gleichen prüfenden Blick, mit dem er vorhin das Creep-Kostüm inspiziert hat. »Ich gebe Ihnen einen guten Rat, Ms Cassidy. Legen Sie diese nervtötende Bescheidenheit ab, wenn Sie für mich arbeiten.«

»Ich … ähm … Entschuldigung, wie bitte …?«

»Sie haben mich schon verstanden. Wenn Sie wollen, haben Sie einen Job bei mir.«

9

Halluziniere ich von den Dämpfen der vielen Airbrush-Farben oder hat mir Hector Oshiro gerade eine Stelle angeboten? Ich brauche eine Bestätigung, also frage ich auf möglichst professionelle Art und Weise noch einmal nach.

»Ähm … Was? Wann? Wie jetzt?«

Oshiro lacht schallend. »Das kommt vermutlich etwas überraschend, aber ich erkenne ein Talent, wenn ich es sehe, und ich will Sie in meinem Team haben. Wenn Sie einverstanden sind, fangen Sie heute in zwei Wochen pünktlich um neun Uhr an. Mit Ihnen könnten wir den ursprünglich geplanten Filmstart vielleicht doch noch schaffen. Also, was sagen Sie?«

Mir liegt schon ein *Ja, ja, tausendmal ja!* auf der Zunge. Aber dann kommt mir ein Gedanke, der sofort eine Panik-Attacke in mir auslöst. Auf den Tag genau heute in zwei Wochen findet meine Abschlussprüfung an der Akademie statt. Ich weiß bereits, dass es keine Ausweichtermine gibt. Man kann die Prüfung nicht wiederholen. Wenn ich nicht erscheine, bin ich durchgefallen. Punkt. Hector Oshiro zuzusagen, hieße, die Ausbildung als *SFX-Make-up-Artist* abzubrechen. Ich denke an das, was mir Ms Jacobson geraten hat. Dass ich erst meine Ausbildung beenden und mir Zeit nehmen soll, mein Handwerk von der Pike auf zu lernen. Das klang zu dem Zeitpunkt absolut einleuchtend.

Andererseits … der große Hector Oshiro bietet mir einen Job an! Chancen wie diese sind der Grund, warum ich überhaupt die *Akademie für SFX-Maskenbild* besuche. Und jetzt wird mir mein Traum auf dem Silbertablett serviert. Ich wäre doch verrückt, wenn ich mir so eine Gelegenheit entgehen ließe.

»Ja!«, platze ich heraus, bevor ich dazu komme, es mir auszureden. »Natürlich nehme ich Ihr Angebot an. Danke, Mr Oshiro! Sie werden es nicht bereuen.«

Hector Oshiro lächelt selbstgefällig, als hätte er keinen Moment daran gezweifelt, dass ich Ja sagen würde. Er macht einen Schritt auf mich zu und schüttelt mir die Hand. »Großartig. Willkommen im Team«, sagt er. »Wegen Vertrag und Gehalt und dem ganzen anderen langweiligen Kram wird sich meine Assistentin mit Ihnen in Verbindung setzen. Ich freue mich auf unsere Zusammenarbeit.«

»Ich auch«, beeile ich mich zu erwidern. »Ich freue mich auch, Mr Oshiro. Wirklich. Ich kann Ihnen gar nicht sagen …«

»Dann sagen Sie doch einfach gar nichts.« Mit diesen Worten nickt er mir noch einmal zu, dreht sich auf dem Absatz um und verlässt die Garderobe. Erst als sich Bruno räuspert, fällt mir wieder ein, dass er und Mistress Sandra neben mir stehen. Beide starren mich mit fassungslos geweiteten Augen an.

»Ähm … was war das denn bitte?«, erkundigt sich Bruno.

»Hast du gerade deine Stelle bei der Show hingeschmissen?«, fügt Mistress Sandra hinzu.

Sobald sie es ausgesprochen hat, wird mir das volle Ausmaß meines Tuns bewusst. Ich lasse mich auf den nächstbesten Stuhl sinken, damit ich nicht auf dem Boden lande, falls ich ohnmächtig werde. Wenn nicht noch Hermine Granger auftaucht und mir ihren Zeitumkehrer leiht, dann habe ich gerade Oshiros Jobangebot angenommen, und das heißt, ich werde meine Arbeit hier kündigen müssen. Natürlich heißt es das. Plötzlich fällt mir das Atmen schwer.

»Oh Gott. Ich glaube schon, ja.« Ich konzentriere mich einen Moment lang auf die Sauerstoffaufnahme. »Norton wird mich umbringen. Er hat mir gerade erst ein Arbeitsvisum angeboten. Stattdessen kündige ich plötzlich. Dabei hat mich Larry doch gerade erst vom Runner zur Maskenbildnerin befördert. Ich werde wie das undankbarste Geschöpf der Welt dastehen!«

»Ach, Unsinn«, sagt Mistress Sandra mit einer abschätzigen Handbewegung. »Man muss die Chancen nutzen, die sich einem bieten – nur so kommt man in dieser Branche voran, Liebes. Wenn es irgendjemanden gibt, der das versteht, dann sind es Nort und Larry.«

Leicht ermutigt von ihren Worten hole ich noch einmal tief Luft. »Ich hoffe, Sie haben recht.«

»Ich habe immer recht, meine Liebe«, erwidert sie salbungsvoll.

Ich lächle. »Okay. Aber könnten Sie und Bruno mir einen Gefallen tun und die Sache vorerst für sich behalten? Nur so lange, bis ich mit Larry und Norton gesprochen habe.«

»Von mir werden sie es nicht erfahren«, antwortet Mistress Sandra und umfasst mit beiden Händen mein Gesicht, sodass ich ihre vielen Ringe auf meinen Wangen spüre. »Glückwunsch, Kim.«

Nachdem sie gegangen ist, zieht mich Bruno vom Stuhl und nimmt mich fest in seine Teddybärarme. »Ich halte natürlich auch den Mund. Oh Gott, KC! Das ist großartig!« Aber als er mich wieder loslässt, wirkt er alles andere als glücklich.

»Und warum wirkst du dann so bedrückt?«, frage ich.

Er seufzt. »Du kennst mich wirklich gut, KC. Du wirst mir hier einfach verdammt fehlen, das ist alles.« Er schnieft ein bisschen und senkt den Blick.

»Weinst du etwa, Bruno Cerutti?«

»Quatsch. Nein. Halt die Klappe. Das ist meine Allergie.«

»Ich kann immer noch absagen«, sage ich und meine es absolut ernst. »Dann bleibe ich eben.«

»Den Teufel wirst du«, erwidert er. »Es wird hart sein, dich nicht mehr hier zu haben. Aber die Tatsache, dass du deinen Traum verwirklichst, ist ein Grund zum Feiern. Ich freue mich für dich.«

Diesmal ziehe *ich ihn* an mich und umarme ihn. »Danke, Bruno.«

Der Rest des Abends am Set gerät zu einer Art süßen Qual für mich. Ich brenne darauf, die Neuigkeit laut in die Welt hinauszuposaunen – oder sie zumindest Rob und Tia zu erzählen. Aber solange wir uns in der Nähe des Studios befinden, kann ich das Risiko nicht eingehen. Es ist so, wie ich schon zu Brett sagte: Die Wände hier haben Ohren.

Also kehre ich stattdessen wieder in die Maske zurück, um meinen Arbeitsplatz aufzuräumen. Jedes Mal, wenn jemand vorbeigeht, ermahne ich mich, das alberne Grinsen aus meinem Gesicht verschwinden zu lassen. Aber wenn niemand hinschaut, starre ich mein Spiegelbild an und denke: *Das ist Hector Oshiros neue Fachkraft für Special Effects!*

Eine halbe Stunde später stehe ich mit Tia auf dem Studioparkplatz, wo wir auf Bruno warten. Sie redet pausenlos über den Oshiro-Streich.

»Das war echt krass, Kimcita! Hast du schon einen Blick auf den Twitter-Feed der Show geworfen? Daniel hat gerade ein Video vom Creep-Auftritt eingestellt und es wurde schon achthundert Mal geteilt. Hier, guck.«

Sie hält mir ihr Handy vor die Nase und ich betrachte das Posting auf dem Display. Es stimmt. Sogar jetzt, noch während ich zuschaue, klettert die Klickzahl auf dem Retweet-Zähler immer höher.

»Es war gut, oder?«, sage ich.

»Gut?« Tia sieht mich aus ihren samtbraunen Augen ungläubig an. »Es war hammergeil! Zum Glück ist Oshiro kein Spielverderber. Anfangs wirkte er ja total eingebildet, aber ich finde es toll, dass er Spaß versteht. Er scheint eigentlich ziemlich cool zu sein.«

Oh Gott ... Sie bringt mich noch um mit ihrem Oshiro-Gefasel! Ich fiebere danach, ihr die große Neuigkeit zu verkünden, aber das geht hier nicht. Nicht, solange auch nur im Entferntesten die Möglichkeit besteht, dass Larry die Sache zu Ohren kommt, bevor ich ihm davon erzählen konnte. Deshalb versuche ich es stattdessen mit einem Themawechsel. »Wo bleibt Bruno? Wie lange dauert es, ein paar Hemden wegzuhängen?«

Tia seufzt. »Du kennst doch Mistress Sandra. Wahrscheinlich besteht sie darauf, dass er sie vorher noch alle bügelt.«

Sie zückt ein Päckchen Kaugummis und wirft sich einen davon in den Mund. Und genau in diesen Moment der Stille hinein höre hinter einem in der Nähe geparkten Van jemanden leise sprechen. Es ist Liz – so ziemlich die letzte Person, deren Stimme ich lauschen will, sofern ich nicht vertraglich dazu verpflichtet bin, mit ihr im selben Raum zu sein. Aber dann fällt mein Name.

»Ich weiß, dass sie deine Cousine ist, aber Kim ist nicht gerade die Hellste, oder? Ich meine, wer lässt schon sein Handy einfach so offen herumliegen? Ich glaube nicht, dass sie ahnt, dass ich irgendetwas damit zu tun hatte, aber dein Name steht auf dem Foto – ich meine ja nur. Pass in nächster Zeit lieber gut auf dich auf. Sie ist stinksauer.« Sie kichert schrill.

Liz ist diejenige, die mit Laura unter einer Decke steckt! Und sie hat ganz offensichtlich keine Ahnung, dass ich keine drei Meter entfernt stehe und jedes Wort mitbekomme.

Ich suche Tias Blick, um mich zu vergewissern, ob Sie es auch gehört hat. Tia ballt die Hände zu Fäusten. »So eine miese kleine …«, murmelt sie. Jep, sie hat es auch gehört.

Ich lege den Zeigefinger an die Lippen, zum Zeichen, dass sie still sein soll, damit ich den Rest der Unterhaltung verfolgen kann. Ja, ich weiß, Lauschen ist nicht unbedingt cool, aber andere bei privaten Treffen auszuspionieren und die Fotos davon den Medien zuzuspielen – was Liz und Laura ja im Prinzip gerade zugegeben haben – erst recht nicht! Wenn ich noch ein Fünkchen Zuneigung für meine Cousine hatte, dann ist es jetzt erloschen.

»Ja, okay, ich besorge auf dem Heimweg Eier und Milch«, sagt Liz. »Aber das nächste Mal gehst du einkaufen. Das meine ich ernst.«

Andere anschnorren, hinter meinem Rücken über mich reden und mir Ärger auf der Arbeit machen? Jep. Typisch Laura. Nur dass sie sich jetzt auch noch mit meiner Todfeindin verbündet hat, was ihren Verrat noch ungefähr eine Million Mal schlimmer macht.

Ohne eine Sekunde zu überlegen, beginne ich auf den Van zuzustürmen, das Blut rauscht mir in den Ohren. Aber kurz bevor ich den Wagen erreiche, stellt sich mir Tia in den Weg und schiebt mich Richtung Studio zurück.

»Was hast du vor, Rocky?«, flüstert sie eindringlich. »Willst du deine Kollegin vermöbeln wie auf dem Schulhof, obwohl jeden Moment unser Chef herauskommen kann? Vielleicht bist du ja echt nicht die Hellste.«

»Ich will sie nicht vermöbeln!« Ich knurre die Worte förmlich, während ich mich gegen ihre starken Arme zur Wehr setze und sie versucht, mich zurückzuhalten. »Du hast ja keine Ahnung. Liz hat heimlich mein Handy durchschnüffelt und Laura gesagt, wann und wo ich mich mit Brett treffen würde. Sie ist schuld, dass mich die Brettabel-Fans im Netz beschimpfen und damit drohen, mir die Zähne einzuschlagen. Sie verdient eine Ohrfeige oder *irgendwas!*«

Tia nimmt diese Nachricht mit einer Gelassenheit zur Kenntnis, die ich nicht einmal ansatzweise verspüre. »Okay. Verstehe. Sie ist also der Abschaum der Menschheit. Aber wenn du jetzt hier auf sie losgehst, wirst du gefeuert und womöglich sogar verhaftet. Also komm mal wieder runter, ja?«

Obwohl ich immer noch vor Wut koche, weiß ich, dass Tia recht hat. Ich hole tief Luft und dann noch einmal und schaue zu, wie Liz in ihren Wagen steigt und davonfährt.

»Was ist denn los, Leute?« Den Rucksack über die Schulter gehängt kommt Bruno aus dem Studio.

»Ach, nichts«, antwortet Tia achselzuckend. »Wir sind nur gerade haarscharf an einer Anklage wegen Körperverletzung vorbeigeschrammt. Das Übliche eben.«

Wieder zu Hause führt Tia einen Freudentanz auf und zieht mich mit.

»Oshiro hat dir einen Job angeboten?« Sie wirbelt mich im Walzerschritt durch die Wohnküche.

Ich strahle übers ganze Gesicht. »Hat er! Er will, dass ich in zwei Wochen anfange.«

Tia stößt ein begeistertes Kreischen aus, bleibt dann aber unvermittelt stehen und knufft mich dreimal gegen die Schulter. »Und warum sagst du mir das erst jetzt?«, will sie wissen.

»Hey, hey!« Bruno geht dazwischen. »Wolltest du nicht vorhin erst eine Anklage wegen Körperverletzung vermeiden?«

Zum Zeichen ihrer Kapitulation hebt Tia die Hände und

weicht zurück. »Kein Richter der Welt würde mich verurteilen. Kimcita hat mir elementar wichtige Neuigkeiten stundenlang vorenthalten!«

»Sorry, Tia. Ich wollte es dir wirklich erzählen, aber du weißt doch, wie schnell im Studio Gerüchte hochkochen.«

»Ach ja – ist das so? Ich bin mehr daran gewöhnt, dass sie über mich brodeln.« Sie löst mit einem verschmitzten Lächeln ihre Spange und schüttelt ihren Pferdeschwanz aus, sodass ihr die langen dunklen, an den Spitzen heller gefärbten Haare über den Rücken fallen. »Aber egal. Jetzt, wo wir alle drei Bescheid wissen, müssen wir feiern. Ich bin dafür, dass wir zum Tag-und-Nacht-Taco gehen und uns vollfressen. Die erste Runde geht auf mich.«

Ich nehme Tias Hand und drehe noch ein paar Walzerschritte mit ihr. »Klingt gut. Ich will mich nur schnell umziehen –«

»Oh, oh, oh. Nicht so schnell«, unterbricht sie mich. Sie übernimmt die Führung bei unserem Tanz und manövriert mich zu dem Tisch, auf dem mein Laptop steht. »Erst musst du deine Eltern anskypen und es ihnen erzählen.«

»Was – jetzt?«

»Ja, jetzt.« Sie schaut kurz auf die Uhrzeit am Bildschirm. »Wir haben ein Uhr nachts, also ist es in Dublin jetzt neun Uhr morgens. Der perfekte Zeitpunkt, um ihnen alles zu sagen.«

Sie wirft mir einen wissenden Blick zu, und ich kapiere, dass sie nicht nur von dem neuen Job spricht. Ich soll meinen Eltern beibringen, dass ich den Kurs an der Akademie abbrechen werde. Das war nämlich die schlechte Nachricht, die ich Tia verkündet hatte, bevor ich die gute gleich hinterhergeschoben habe. Ich dachte, die Tatsache, dass ich von der Akademie abgehe, wäre vielleicht weniger enttäuschend, wenn ich einen einleuchtenden Grund dafür liefere. Bei Tia hat diese Taktik funktioniert (mehr oder weniger). Vielleicht klappt es ja auch bei meinen Eltern.

»Okay. Aber dafür schuldest du mir zwei Tacos.« Ich öffne meine Apps, logge mich bei Skype ein, wähle das Bild meiner Eltern aus und klicke auf das Anrufsymbol. Mum und Dad stehen immer ziemlich früh auf und lassen den Computer eingeschaltet, für den Fall, dass ich anrufe, deshalb wundert es mich nicht, dass sie sofort antworten.

»Hallo, Kimmy, mein Schatz! Wie geht's dir, meine Süße?«, ruft Mum, die wie gewöhnlich viel zu nah vorm Bildschirm sitzt. Dads Gesicht schräg hinter ihr wird zum Großteil von Mums Haaren verdeckt.

»Hi, Mum. Hi, Dad. Mir geht's gut. Genau genommen geht's mir sogar großartig.«

»So, so. Großartig.« Mum lächelt schelmisch. »Hast du schon jemand Neues kennengelernt? Hoffentlich ist er netter als dieser Nichtsnutz Frankie Mackay.«

Sofort klinkt sich Dad in das Gespräch ein. »Jetzt bring doch nicht ständig die Sprache auf diesen Kerl, sonst vergraulst du sie noch.«

»Keine Sorge«, unterbreche ich die beiden. »Es geht nicht um einen neuen Freund. Also ich meine, es gibt da zwar schon jemanden. Gewissermaßen.« Ein Bild von Robs hübschem Gesicht taucht vor meinem geistigen Auge auf.

»Aber eigentlich rufe ich an, weil ich euch etwas über die Arbeit erzählen will.«

Ich setze sie rasch über die Geschichte mit Hector Oshiro ins Bild und ende mit seinem Jobangebot.

»Ist das nicht schön, Eoin? Wie schön, Kimmy!«, sagt Mum. »Klingt nach einer sehr netten Arbeit bei einem richtigen Film.«

Nett? *Nett?* Offensichtlich hat Mum keine Ahnung, welche Größe Hector Oshiro in der Branche ist und wie sehr ich ihn verehre. Andererseits war sie noch nie ein großer Fan von Horrorfilmen. Sie ist mehr für herzerwärmende Tiergeschichten zu haben. *Marley & Ich* wäre wohl eher ihr Fall. *Poltergeist* weniger. Aber am meisten begeistert sie, dass ich nun nicht mehr auf Norts Vorschlag mit einem Arbeitsvertrag über drei Jahre angewiesen bin.

»Dann können wir also doch noch damit rechnen, dass du bald wieder nach Hause kommst?« Dad schiebt glücklich lächelnd seinen Kopf neben Mums.

»Ähm … ja, klar. Bald«, antworte ich ausweichend, sehr wohl wissend, dass die Dreharbeiten von einigen Wochen bis zu ein paar Jahren andauern können. Selbst die Vorproduktion kann sich ewig ziehen. Tia schießt mir über den Rand meines Laptops hinweg einen Blick zu. *Vorsicht!*, mahnen ihre Augen.

»Das ist wunderbar, Liebes. Und wie läuft's an der Akademie? Denkst du, dass du gute Noten bekommen wirst?«

Ich weiche schuldbewusst ihrem Blick aus und hoffe, dass Mums angeborener Lügendetektor über Skype nicht so gut funktioniert. Früher zu Hause habe ich ihr nie etwas vormachen können. Aber vielleicht macht mich die Tatsache, dass ich in letzter Zeit ständig von Schauspielern umgeben bin, automatisch selbst auch zu einer besseren Schauspielerin.

»Es läuft toll!«, schwärme ich begeistert. »Ich glaube, ich werde super abschneiden.«

Tia und Bruno schütteln nur stumm den Kopf. Erst verschweige ich meinen Eltern, dass ich vermutlich noch eine ganze Weile nicht nach Hause kommen werde, und dann lüge ich ihnen auch noch vor, dass ich weiterhin die Akademie besuche. Ich fühle mich ziemlich schlecht deswegen – wirklich. Aber Tia und Bruno verstehen das nicht. Solche Wahrheiten muss man meinen Eltern schonend beibringen. Man muss sie langsam darauf vorbereiten, was einige Zeit dauern kann. Im Moment ist es jedenfalls besser, das Thema zu wechseln.

Glücklicherweise übernimmt das Mum für mich.

»Laura macht sich auch hervorragend, wie ich höre«, sagt Mum. »Sie ist ein richtiger Senkrechtstarter. Inzwischen ist sie so erfolgreich, dass sie nicht mal mehr auf eine Mitbewohnerin angewiesen ist. Sie hat sich ja schon immer sehr für Mode interessiert.«

Ich zucke so heftig zusammen, dass es auch auf der anderen Seite des Erdballs zu sehen ist.

»Was ist los?« Dads Blick nimmt einen argwöhnischen Ausdruck an.

Ich weiß, ich bin kein Engel – ich habe meine Eltern selbst gerade angeschwindelt. Einen Moment lang ringe ich mit meiner eigenen Scheinheiligkeit, aber nein, das kann ich Laura nicht durchgehen lassen. Schon schlimm genug, was sie alles getan hat, um mein Leben hier in Los Angeles zu zerstören, aber auch noch unsere Eltern in ihr Lügengespinst mit reinzuziehen? Das geht gar nicht.

»Laura ist keine Modefotografin!«, bricht es so laut aus mir heraus, dass meine Eltern vom Bildschirm zurückzucken.

»Natürlich ist sie das«, widerspricht Mum. »Mary hat es uns doch erzählt. Sie sagt, Laura fotografiert auf allen möglichen tollen Modeschauen berühmte Models.«

Ich seufze, fast tut es mir leid, die Seifenblase meiner Eltern zum Platzen zu bringen. »Laura lügt, Mum. Sie ist zwar Fotografin, aber eine von diesen schmierigen Paparazzi, die sich heimlich auf die Privatgrundstücke von Promis schleichen oder sie durch die ganze Stadt verfolgen, um sie vor die Linse zu bekommen. Das hat sie sogar mit mir so gemacht!«

»Mit dir? Was meinst du damit, Kimmy?«

Ich erzähle ihr die Geschichte von dem Ausflug mit Bretts Boot und dass ich seitdem wegen Lauras Foto belästigt und schikaniert werde.

»Aber das kann nicht sein, Kimmy, du musst dich irren«, sagt Dad. »Laura würde ihrer Cousine so etwas nicht antun. Sie mag dich doch gern und ist auf deiner Seite.«

»Ach ja?« Ich tippe die Worte *Brett Curtis Rote Nixe* in die Google-Suchleiste und kopiere einen der vielen Links ins Skype-Nachrichtenfeld. »Schaut euch das Foto und das Copyright-Zeichen darunter an«, fordere ich sie auf. »Es ist von Laura. Sie hat nur ein einziges Mal ein Model fotografiert, aber dazu hat sie erst mein Handy ausspioniert und ist mir dann heimlich zu einem privaten Fotoshooting gefolgt. Ich hätte deswegen fast meinen Job verloren!«

Ich sehe Mum ungläubig den Kopf schütteln. »Aber dafür muss einen guten Grund geben«, sagt sie.

Arme Mum. Stets bereit, Familienmitgliedern einen Vertrauensvorschuss zu gewähren. Selbst wenn sie es nicht verdienen.

»Ja, den gibt es«, sage ich. »Sie ist ein schrecklich selbstbezogener Mensch, das ist der Grund. Und übrigens hat sie sehr wohl eine neue Mitbewohnerin – meine Kollegin Liz, die genauso schlimm ist wie sie. Wenn Laura also Tante Mary erzählt, dass sie knapp bei Kasse wäre, weil sie die Miete ganz allein tragen muss, dann ist das ebenfalls gelogen. Es tut mir leid, dass ich euch das alles erst jetzt erzähle. Ich habe anfangs den Mund gehalten, weil ich nicht wollte, dass ihr euch Sorgen macht. Ich wollte Laura nicht reinreißen, aber wie es aussieht, hat sie kein Problem damit, *mich* reinzureißen!«

So … jetzt geht es mir besser. Soll man mich ruhig eine Verräterin nennen. Laura als Lügnerin zu entlarven, ist ein *tolles* Gefühl! Jedenfalls für mich. Mum und Dad sehen eher so aus, als wäre ihnen schlecht.

»Verstehe«, sagt Mum nach langem Schweigen. Ihr Blick wird stahlhart und ihre Miene strahlt diese eiserne Beherrschtheit aus, die besagt, dass sie stocksauer ist und die Sache nicht länger dulden wird. »Offenbar muss ich mal ein Wörtchen mit meiner Schwester reden.«

Wurde auch Zeit.

10

Donnerstagmorgen bin ich fest entschlossen, reinen Tisch zu machen – in der Akademie, nicht bei meinen Eltern. Ich gehe in meinen dünnen Riemchensandalen bibbernd auf den Eingang zu. Ich werde Ms Jacobson sagen, dass ich den Kurs abbreche. Wozu soll ich noch den Unterricht besuchen, wenn ich ohnehin nicht vorhabe, an der Abschlussprüfung teilzunehmen? *Die Entscheidung ist absolut vernünftig und keineswegs nur spontan aus dem Bauch heraus getroffen*, sage ich mir. *Es ist ja nicht so, als würdest du monatelanges Lernen für eine Arbeit hinwerfen, die gut laufen kann oder auch nicht. Nein. Es ist eine gute Idee. Es ist eine verdammt gute Idee.*

Als ich Ms Jacobsons Büro erreiche, glaube ich es fast selbst. Jetzt muss ich nur noch sie überzeugen.

Mit hämmerndem Herzen klopfe ich an ihre Tür. Vielleicht habe ich Glück und sie ist nicht da. Mir käme jede Ausrede recht, um das Ganze noch etwas hinauszuschieben.

»Herein!«, ruft sie.

So viel zum oft beschworenen Glück der Iren! Ich öffne die knarrende Tür und sehe Ms Jacobson hinter einem großen weißen Schreibtisch sitzen und einen Stapel Arbeiten korrigieren. Sie schaut auf und ein überraschter Ausdruck tritt in ihre Augen. Ich war das ganze Semester so mit *Late*

Night Live mit Larry Stone beschäftigt, dass ich sie noch kein einziges Mal in ihrem Büro aufgesucht habe. Hätte sie die empfindlichen Sinne einer Spinne, dann würden diese jetzt Alarm schlagen.

»Entschuldigen Sie die Störung, Ms Jacobson. Haben Sie vielleicht einen Moment Zeit für mich?«

»Für meine Starschülerin? Aber sicher. Kommen Sie herein, Kim.«

Ausgerechnet jetzt muss sie besonders nett zu mir sein. Es wäre alles viel leichter, wenn sie wie üblich der totale Albtraum wäre. Ich wage mich in ihr Büro hinein und nehme auf einem Stuhl vor ihrem Schreibtisch Platz. Einen Moment lang lasse ich den Blick über die Bücherregale und die gerahmten Diplome an der Wand hinter ihr schweifen, ohne ein Wort zu sagen. Schließlich räuspert sie sich.

»Was kann ich denn für Sie tun, Kim? Handelt es sich wieder um einen Latex-Notfall?«

Ich schüttle den Kopf. »Nein, das ist es nicht. Die Sache ist die … ähm, es fällt mir schwer, es zu sagen, und ich würde so etwas nie tun, wenn ich ich nicht unbedingt müsste, aber, ähm …«

»Nun rücken Sie schon raus mit der Sprache, Kim. Ich habe noch Arbeiten zu korrigieren.«

»Ich kann nicht an der Abschlussprüfung teilnehmen. Mir ist etwas dazwischengekommen«, stoße ich hervor. Ich hatte nicht vorgehabt, die nächste Frage zu stellen, sie rutscht mir trotzdem heraus. »Gibt es irgendeine Möglichkeit, das Examen zu einem anderen Termin abzulegen?«

Ms Jacobson lehnt sich in ihrem Stuhl zurück und lächelt

freundlich. So nett habe ich sie noch nie lächeln sehen. Es wirft mich aus der Bahn.

»Für Sie? Selbstverständlich, Kim«, sagt sie.

Okay. Das hatte ich jetzt nicht erwartet. »Wirklich?«

»Aber sicher!«, sagt sie mit sogar noch mehr Nachdruck. »Ich meine, ich gehe doch wohl recht in der Annahme, dass Sie mir diese Frage stellen, weil sie an einem äußerst bösartigen Lungenkarzinom leiden, oder?«

»Wie bitte? Nein …«

»Oh. Ach so. Dann muss Ihnen also ein Bein amputiert werden?«

Ich schüttle den Kopf, mir sinkt der Mut.

»Eine hochansteckende Krankheit?«

»Nicht, dass ich wüsste …«

»Haben Sie vor, an dem besagten Tag eine Niere zu spenden?«

Ich senke den Kopf. Langsam dämmert mir, worauf sie hinauswill. »Nein, Ms Jacobson.«

»Aha.« Sie lächelt. »Nun, dann tut es mir leid. Nein, Sie können die Prüfung *nicht* zu einem anderen Termin ablegen. Ich mache nur eine Ausnahme, wenn jemand im Krankenhaus liegt. Und ich spreche hier von einem Aufenthalt auf der Intensivstation mit intravenösen Infusionen und Magensonde. Planen Sie, einen größeren medizinischen Eingriff durchführen zu lassen?«

Ich seufze. »Nein.«

»Aha«, sagt sie noch einmal. »Dann wäre das ja geklärt.« Sie widmet sich wieder der Korrektur der Arbeiten, als wäre ich nicht mehr da.

»Ich muss nicht ins Krankenhaus«, sage ich vorsichtig. »Aber was ich vorhabe, ist genauso wichtig.«

Sie gibt ein entrüstetes Schnauben von sich und legt ihren Rotstift auf den Stapel mit Arbeiten. »Was könnte wohl genauso wichtig sein wie das Schlussexamen? Klären Sie mich auf.«

Ich schlucke hart. »Ich werde für … Hector Oshiro arbeiten.«

Ms Jacobson schließt einen Moment lang die Augen und schüttelt den Kopf, als könne sie nicht glauben, was sie da hört, oder als wolle sie es nicht glauben.

»Ich habe Ihnen doch von dem Creep-Kostüm für die Late-Night-Show erzählt, wissen Sie noch?«, beeile ich mich zu erklären. Sie nickt erschöpft. »Hector Oshiro war total begeistert. Er war sogar so begeistert, dass er mir sofort nach der Show einen Job angeboten hat. Allerdings unter der Bedingung, dass ich in zwei Wochen anfange – ausgerechnet an dem Tag, an dem die Abschlussprüfung stattfindet. Ich habe also wirklich keine Wahl«, schließe ich. Sogar in meinen Ohren klingt das lahm.

Ms Jacobson stößt einen lauten Seufzer aus und faltet auf dem Schreibtisch die Hände ineinander. »Selbstverständlich haben Sie eine Wahl, Kim. Denken Sie doch mal nach. Ist es wirklich das, was Sie möchten?«

Logisch. Was denn sonst? Warum fragt sie mich das überhaupt? Ich bin schließlich kein Kind mehr, das der Situation nicht gewachsen wäre oder so etwas … »Das möchte doch wohl jeder in Ihrem Kurs, oder nicht? Ich dachte, Sie würden sich für mich freuen.«

»Ach, Kim.« Sie presst die Lippen aufeinander und legt den Kopf schräg, als hätte sie Mitleid mit mir. »Ich würde mich gern mit Ihnen freuen. Aber das fällt mir schwer, wenn ich sehe, dass eine so vielversprechende Schülerin wie Sie einen so großen Fehler macht.«

»Fehler?«

Sie nickt. »Ja, ein schrecklicher Fehler.«

»Das verstehe ich nicht.« Ich stehe von meinem Stuhl auf. »Warum sagen Sie das?«

»Weil es stimmt«, antwortet sie achselzuckend und erhebt sich ebenfalls. »Schauen sie sich in diesem Büro um. Was sehen Sie?«

»Diplome und Auszeichnungen?«

»Es sind Zeugnisse«, sagt sie. »Sie belegen, dass ich eine Arbeit, die man mir anvertraut, auf hohem Niveau zu Ende führe. Und es sind Referenzen, aus denen hervorgeht, welche Verbindungen ich geknüpft habe. Wie schon gesagt, sind ein guter Ruf und Kontakte in unserer Branche ebenso wichtig wie fachliches Können. Wenn Sie keinen Abschluss vorzuweisen haben, wird das in Ihren Unterlagen zu erkennen sein, und zwar noch lange, nachdem Hector Oshiros Filmprojekt beendet ist. Vergessen Sie das nicht.«

Was sie sagt, hat Hand und Fuß, trotzdem regt sich Widerspruch in mir. »Aber wenn ich erst mal bei Oshiro bin, kann ich selbst bestimmen, wo es langgeht«, wende ich ein.

Ms Jacobson schmunzelt. »Richtig. Genau das haben die Mitarbeiter in seinem letzten Prosthetiks-Team auch gedacht. Der einzige Unterschied zwischen diesen Leuten und

Ihnen ist, dass diese Leute Referenzen haben, auf die sie zurückgreifen können. Können Sie dasselbe auch von sich sagen, Kim?«

»Ich … ähm …« Ich verstumme. Allmählich gehen mir die Argumente aus. Sie irrt sich. Das kann gar nicht anders sein. Hector Oshiro ist mein großes Vorbild. Für ihn zu arbeiten, mein größter Traum. Das ist das Risiko wert. Ich darf mich nicht von Angst – ob nun von ihrer oder meiner eigenen – davon abhalten lassen, ihn zu verwirklichen. »Vielen Dank für Ihren Rat, Ms Jacobson. Aber ich kenne mich. Wenn ich Mr Oshiros Angebot nicht annehme, werde ich es für den Rest meines Lebens bereuen, das weiß ich genau. Ich muss es wenigstens versuchen.« Ein Abbild an Entschlossenheit, recke ich das Kinn und presse die Lippen aufeinander.

Sie seufzt erneut. »Diese jungen Leute … als würde man gegen eine Wand sprechen«, murmelt sie resigniert und zieht die unterste Schublade ihres Schreibtisches auf. Sie zückt einen Ordner, blättert eine Weile darin und nimmt einen kleinen, von einer silbernen Heftklammer zusammengehaltenen Stoß Vordrucke heraus. »Da es offenbar keinen Sinn hat, Ihnen die Sache auszureden zu wollen, gebe ich Ihnen hier die Formulare, die Sie ausfüllen müssen, um die Ausbildung offiziell abzubrechen. Obwohl der Kurs schon so weit fortgeschritten ist, werden Sie ein Ungenügend erhalten. Sollten Sie sich zu einem neuen Anlauf entschließen, werden Sie noch mal ganz von vorn anfangen müssen.«

Ich nicke, plötzlich habe ich einen dicken Kloß im Hals. *Noch mal ganz von vorn anfangen* … nach all der vielen

Arbeit. Ich nehme die Bögen von ihr entgegen und starre einen langen Moment darauf.

»Tun Sie mir einen Gefallen und füllen Sie sie nicht sofort aus«, empfiehlt sie. »Schlafen Sie noch einmal darüber. Wer weiß? Vielleicht sieht morgen schon wieder alles ganz anders aus.«

Ein paar Stunden später versuche ich mich zum allerersten Mal als amerikanischer Couch-Potato. Im Pyjama und ohne BH durch die Hütte zu spazieren, ist eigentlich nicht übel, aber davon mal abgesehen, gefällt es mir nicht wirklich. Ich war noch nie mitten am Tag zu Hause, ohne etwas zu tun oder vorzuhaben. Tia und Bruno sind beide unterwegs, es ist also auch niemand zum Reden da. Ein merkwürdiges Gefühl. Sam und Carolina sitzen in diesem Moment vermutlich in Ms Jacobsons Kurs und lernen, wie man Prosthetiks modelliert und Röhrchen mit Blut verlegt.

Und ich? Ich fläze auf der Couch, mampfe Cornflakes direkt aus der Schachtel und schaue mir auf einem Entertainment-Kanal eine Live-Berichterstattung an: Eine Menge gut betuchter Promis spaziert über den roten Teppich irgendeiner Wohltätigkeitsveranstaltung, die sich dem weltweiten Problem mangelnder Lese- und Schreibfähigkeit von Kindern und Erwachsenen widmet. Der Sender hat eine eigene Reporterin vor Ort. Jeder Star, der an ihr vorbeikommt, muss dieselbe Abfolge dummer Fragen beantworten: Welchen Designer tragen Sie? Auf wen freuen Sie sich am meisten? Ist das Ihr eigener Schmuck oder ist er geliehen? Ich beginne einzudösen, bis ich plötzlich die gnadenlos muntere Reporterin mit schriller Stimme zwei sehr vertraute Namen verkünden höre – Jessabel Anderson-Finch und Tommy Cortez.

Ich schrecke kerzengerade auf der Couch hoch und starre auf den Bildschirm. Da ist Jessabel, frustrierend toll aussehend wie stets. Sie trägt die Haare im Strandmähnen-Look – von blonden Strähnchen durchzogen fallen sie ihr in großen weichen Wellen offen über die Schultern. Ihr gelbes trägerloses Satinkleid schmiegt sich eng um ihren Körper und betont perfekt ihre von Bräunungsspray getönte Haut. Sogar noch enger als ihr Kleid ist Tommy Cortez an Jessabel geschmiegt und lächelt verführerisch in die Kamera. Damit ist es also amtlich. Sobald zwei Stars zusammen über einen roten Teppich schreiten, sind sie offiziell ein Paar. So lautet das ungeschriebene Gesetz in Hollywood. Ich wette, Twitter quillt jetzt schon über von flammneuen albernen Wortschöpfungen wie Tessabel oder Jommy.

»Jessabel!«, ruft die Reporterin mit gurrender Stimme. »Sie sehen fan-tas-tisch aus. Gibt es einen besonderen Grund, warum Sie so strahlen?« Zwinker, zwinker.

Jessabel wirft kichernd die Haare über die bronzegetönte Schulter zurück. »Ich glaube, es ist nicht zu übersehen, was mich neuerdings zum Strahlen bringt.« Sie nagt an ihrer roséfarben geschminkten Unterlippe und hält mit betörendem Wimpernschlag die Augen auf Tommy gerichtet.

Die Reporterin wirft einen hocherfreuten Blick in die Kamera. »Darf ich Sie so verstehen, dass Ihre Beziehung zu Brett Curtis beendet ist und Sie und Tommy Cortez jetzt ein Paar sind?«

»Wonach sieht es denn aus?«, sagt Tommy. Die Art, wie er seine Hände über Jessabels Körper wandern lässt, ist nur haarscharf davon entfernt, unanständig zu sein. »Des einen Leid ist des anderen Freud. *Ich* habe jedenfalls nicht die Absicht, sie kampflos einem anderen zu überlassen.«

»Oh, Tommy«, sagt Jessabel mit schmachtender Stimme.

Die Reporterin macht praktisch einen Salto rückwärts Richtung Fernsehpublikum. »Sie hören es als Erste, liebe Zuschauer! Und welchen Designer tragen Sie heute, Jessabel?«

»Das Kleid ist von Alessandro Duarte, ein neuer hipper Modeschöpfer, den ich gerade erst entdeckt habe. Ist es nicht wunderschön?« Jessabel dreht eine Pirouette für die Kamera, aber auf eine Weise, die keinen Zweifel daran lässt, dass sie im gleichen Maße von sich selbst spricht wie von dem Kleid.

»Absolut!«, pflichtet ihr die Reporterin bei. »Aber gewöhnlich tragen Sie doch Clara Collins. Sie schlagen also in jeder Hinsicht eine völlig neue Richtung ein?«

»Definitiv.« Jessabel schmiegt sich wieder eng an Tommy und legt die Arme um seinen sich stark wölbenden Bizepsmuskel. »Ich halte Clara Collins nach wie vor für eine fantastische Modedesignerin. Aber dieses Jahr steht für mich ganz im Zeichen der Veränderung und ich freue mich auf viele neue und spannende Dinge.«

»Man könnte sogar sagen, bessere … und größere Dinge«, fügt Tommy anzüglich hinzu.

Schließlich lässt sie die Reporterin zum nächsten Pressevertreter weiterziehen, während sie selbst sich ein Wortgeplänkel mit ihren Kollegen im Studio liefert.

»Was für schockierende Neuigkeiten, Angie«, sagt die eine der beiden Studiomoderatoren, eine Südamerikanerin mit voluminös aufgetürmten Haaren.

»Das kann man wohl sagen, Marisol! Eigentlich hätte Brett Curtis ebenfalls hier sein sollen, aber er hat sich bisher noch nicht blicken lassen.«

»Und warum, glauben Sie, ist das so?«

»Nun, Marisol, wie Sie sich vorstellen können, sind natürlich so einige Gerüchte im Umlauf. Eines besagt, er könne Jessabel einfach nicht unter die Augen treten, nachdem er ihr auf so furchtbare Weise und vor aller Öffentlichkeit das Herz gebrochen hat. Ebenso plausibel ist allerdings die Vermutung, dass es ihm peinlich sei, sich nach den vernichtenden Kritiken zu *Auf der Überholspur* der Presse zu stellen.«

Marisol und ihr Kollege David lachen gezwungen. »Jessabel scheint jedenfalls damit kein Problem zu haben. Schließlich spielt sie doch die weibliche Hauptrolle in dem Film«, sagt David.

»In der Tat«, erwidert Angie. »Aber mit jemandem, dem auf so brutale Weise das Herz gebrochen wurde, wird offenbar mehr Nachsicht geübt. Das Publikum liebt Jessabel mehr denn je. Aber Brett Curtis' unterirdischer Auftritt als langweiligster Rennfahrer aller Zeiten gibt den Menschen noch mehr Grund, ihn zu hassen. Tatsächlich –«

Ich schalte den Fernseher aus. Für heute habe ich genug Unsinn gehört. Meinetwegen können sich die Reporter so viele Gründe ausdenken, wie sie wollen, aber ich kenne Brett. Er würde einer wichtigen Wohltätigkeitsveranstaltung nicht einfach fernbleiben. Zumindest nicht aus derart oberflächlichen Gründen. Er nimmt seine Verpflichtungen ernst – sogar die vorgetäuschten. Irgendetwas stimmt da nicht. Liebeskummer wird er nicht haben, die Beziehung zu Jessabel war ja nicht echt, aber kann es sein, dass ihm die negative Presse zusetzt? Ich an seiner Stelle fände den Gedanken, mich für den Rest meines Lebens zu verstecken, ziemlich verlockend. Aber eigentlich ist das nicht seine Art. Wo steckt er dann?

Ich zücke mein Handy und wähle seine Nummer aus meiner Kurzwahlliste. Keine Antwort.

Vielleicht möchte er ja nur seine Ruhe haben. Aber was, wenn er einen Freund braucht? Der Gedanke geht mir einfach nicht aus dem Kopf. Und das wird er auch nicht, solange ich nicht weiß, dass es ihm gut geht. Entschlossen fahre ich mir kurz mit den Fingern durch die Haare, werfe rasch ein paar Klamotten über (nur so nebenbei bemerkt: einen Bügel-BH anzuziehen, obwohl man es nicht müsste, ist der ultimative Freundschaftsbeweis), schnappe mir Schlüssel und Baseballkappe und mache mich auf den Weg zum Auto. Ich weiß, es ist verrückt und außerdem das schlechteste Timing aller Zeiten, mich jetzt in Bretts Nähe blicken zu lassen, aber er lässt mir keine Wahl. Ich werde ihn zu Hause aufsuchen und sehen, wie es ihm geht.

Ich zögere, bevor ich den Schlüssel ins Zündschloss stecke. Gut möglich, dass er sagt, ich solle verschwinden, wenn er mich sieht. Wundern würde es mich nicht. Immerhin bin ich einer der Gründe dafür, warum dieser Sturm der Entrüstung über ihm niederprasselt. Aber für den Fall, dass er jetzt ein freundliches Gesicht sehen möchte, werde ich das Risiko auf mich nehmen. Das würde jeder gute Freund tun.

Trotzdem – ich steige wieder aus dem Auto aus und rufe mir stattdessen ein Taxi. Für den Fall, dass die Paparazzi wissen, welche Rostlaube die »Rote Nixe« fährt, ist es besser, wenn sie mich darin nicht Bretts Einfahrt entlangrollen sehen. Das ist so ungefähr das Letzte, was Brett jetzt braucht.

11

Reue. Dieses Gefühl überkommt mich sofort in dem Augenblick, als das Taxi in Bretts Straße biegt. An meinem Vorhaben, ihn zu besuchen, ändert das aber nichts. Ich hatte nur nicht ganz so viele Paparazzi erwartet. Es befinden sich vier riesige Anwesen in dieser noblen Wohngegend, die alle jeweils von einer beeindruckenden Metallumzäunung gesichert sind. Glücklicherweise kommen die Fotografen daran nicht vorbei, ohne wegen Hausfriedensbruchs verhaftet zu werden. Keine Ahnung, wie viele es sind, die sich jetzt laut rufend und unablässig knipsend um das Auto scharen. Ich rutsche auf dem Rücksitz nach unten, als das Taxi an der Meute der Fotografen vorbeirollt, und frage mich, ob meine Cousine auch dabei ist.

Ich komme erst wieder hoch, als der Wagen vor einer Pförtnerkabine an einem schmiedeeisernen Tor hält. Sicherheitshalber ziehe ich meine Baseballkappe noch etwas tiefer ins Gesicht. Hoffentlich erkennt mich der Security-Mann nicht.

»Kann ich Ihnen helfen?«, erkundigt er sich.

Ich beuge mich ans Fenster vor. »Ich möchte zu Brett Curtis.«

»Erwartet er Sie?«, fragt er und greift zum Telefon.

»Nein. Aber ich muss ihn unbedingt sprechen. Es ist äußerst wichtig.«

Der Wachmann runzelt die Stirn. »Ach ja, wirklich?«

Großartig. Ich verströme schon wieder Stalkerschwingungen. Wenn er mich für einen besessenen Fan hält, lässt er mich nicht hinein. Das muss ich vermeiden. Ich werde ihn anschwindeln müssen, aber auf eine Weise, dass Brett sofort weiß, wer ich bin.

»Ja, wirklich«, sage ich mit so viel Nachdruck wie möglich. »Ich bin … ähm … Jenny Curran und arbeite als Runner bei *Late Night Live mit Larry Stone.* Mr Stone hat mich gebeten, Mr Curtis den gewünschten patagonischen Kaffee zu bringen. Glauben Sie mir, ich wäre an meinem freien Tag bestimmt nicht hier, wenn ich nicht müsste.« Ich halte den Atem an und bete, dass er *Forest Gump* nicht gesehen hat und nicht weiß, dass *Jenny Curran* dessen unglückliche Liebe ist.

»Ich frage nach«, sagt der Wachmann, der eindeutig auch lieber nicht hier wäre. »Einen Moment bitte.« Puh! Er hat es mir abgekauft! Oscarreife Darstellung einer Maskenbildnerin im Taxi: Kim Cassidy! Er nimmt den Hörer ab, führt ein kurzes Gespräch und späht ins Taxi hinein. »Ja, sie hat rote Haare. Okay, Mr Curtis. Sofort.«

Gleich darauf öffnet sich das Tor und er winkt den Wagen durch.

Der Anblick, der sich mir nun bietet, verschlägt mir die Sprache. Bretts Haus ist riesig, aber nicht der übliche gigantische Prunkbau, wie ihn sich manche junge Hollywoodstars gern zulegen. Dieses Gebäude hat Charakter. Die dunkle

Steinfassade ist von Efeu umrankt und vor den oberen Fenstern befinden sich winzig kleine Balkone. Es strahlt den gleichen malerischen Charme aus wie ein Haus in Südfrankreich. Und es wirkt sehr gepflegt. Auf den Rasenflächen finden sich weder Spuren wilder Partys, noch parkt eine Armee von protzigen Autos in der Einfahrt. Die einzigen Hinweise darauf, dass hier ein Mann von Anfang zwanzig wohnt, sind ein Paar angeschmutzter Joggingschuhe, die ordentlich nebeneinander am Eingang stehen, und eine Red-Sox-Fahne, die an einem der Balkone weht.

Nachdem ich das Taxi bezahlt und fortgeschickt habe, steige ich den kurzen, aus Ziegelstein gemauerten Treppenaufgang zu Bretts Haustür hoch. Sogar als ich die große Klingel drücke, deren Läuten im Inneren wie in einem höhlenartigen Raum erschallt, frage ich mich noch, was zum Teufel ich hier eigentlich mache. Ich muss verrückt geworden sein hierherzukommen.

Aber als mir Brett die Tür öffnet, weiß ich, dass ich richtig gehandelt habe. Der Mann, der vor mir steht, hat wenig Ähnlichkeit mit dem sonst so strahlenden und perfekt gestylten Brett. Seinen Bartstoppeln nach zu urteilen, hat er sich mindestens drei Tage nicht rasiert, und sein überdimensional großes Red-Sox-Trikot ist von Pizzaflecken übersät. Verglichen damit wirkt die schlabberige Jogginghose, die er anhat, geradezu elegant. Selbst seine Haare sind ungepflegt und strähnig, als hätte er sie wochenlang nicht gewaschen. Kurz gesagt, er sieht ziemlich heruntergekommen aus. Ich habe ihn noch nie in einem so erbärmlichen Zustand gesehen und das schließt seinen Gastauftritt bei einer zweiwöchigen Survival Show in der Wüste mit ein.

»Hey, Kim«, sagt er und schaut etwas verlegen drein. »Was machst du denn hier?«

»Hey, Brett.« Ich deute ein Lächeln an. »Ich wollte mal sehen, wie es dir geht. Und keine Sekunde zu früh, wie es scheint.«

Brett blickt an sich herunter und macht eine kurze Bestandsaufnahme der Dinge, die ich bereits registriert habe. »Schätze, ich hab schon mal besser ausgesehen«, sagt er achselzuckend.

»Rede dir bloß nichts schön, Mann. Du siehst echt scheiße aus.«

Daraufhin bricht er in Prusten aus, wahrscheinlich das erste Lachen seit einer ganzen Weile. »Toll, dich zu sehen, Kim. Komm rein.«

Ich folge ihm ins Haus und beginne zu verstehen, warum sein selbst verordneter Stubenarrest nicht so schlimm gewesen sein dürfte. Es ist innen genauso einladend wie von außen. Die Einrichtung strahlt eine Behaglichkeit aus, die nichts mit der Kühle von Larry Stones funktional durchgestylter Villa gemeinsam hat, sondern eher an die Atmosphäre eines Landhauses erinnert. Auf einem Kaminsims stehen gerahmte Fotografien von Brett und seiner Familie. Anstelle von kühlen Marmorfliesen sind die Fußböden mit Holzdielen verlegt, deren warmer honigfarbener Ton einen angenehmen Kontrast zu den freigelegten Mauersteinen der Außenwände bildet. Und in den Zimmern befinden sich frei schwebende Regale voller Bücher, die aussehen, als wären sie alle mehr als nur einmal gelesen worden. Es ist kein für Fernsehkameras in Szene gesetztes Haus eines reichen Singles, sondern eines zum Wohnen und sich Wohlfühlen. Und Brett sich darin wie einen ganz normalen Menschen bewegen zu sehen – wenn auch ein von der Natur begünstigter –, haut mich völlig um.

»Wow. Ich bin echt überrascht«, sage ich.

»Warum? Was hast du denn erwartet?«

»Mhmm.« Ich wiege nachdenklich den Kopf. »Den Häusern der Promis nach zu urteilen, die man so aus dem Fernsehen kennt? Ein *Scarface*-Poster, einen Flachbildschirm so groß wie Texas, und eine Pole-Dance-Stange für Stripperinnen.«

Er bricht erneut in Prusten aus. »Ist nicht mein Stil.«

»Tja. Schätze, das ist einer der Gründe, warum wir befreundet sind.« Ich schweige betreten. »Das heißt, wenn wir noch Freunde sind.«

Ich drehe mich zu ihm um und bete, dass mir aus dem Blick seiner smaragdgrünen Augen keine Ablehnung entgegenschlägt. Stattdessen sehe ich darin eine Mischung aus Hoffnung und Bedauern aufglimmen. Unvermittelt beginnen wir gleichzeitig, alles hervorzusprudeln, was uns schon seit Tagen auf der Seele brennt.

»Es tut mir furchtbar leid, Brett –«

»Es tut mir leid, Kim. Das ist alles meine Schuld –«

»Ich hätte wissen müssen, dass mich meine Cousine beobachtet. Ich hätte aufpassen sollen, dass –«

»Du hast nicht darum gebeten, in diesen Medienzirkus mit hineingezogen zu werden –«

»– sie uns nicht folgt und –«

»Moment, Moment.« Brett hebt die Hände. »Ich glaube, wir sagen gerade beide das Gleiche.«

Ich lächle. »Wir sind bescheuert.«

»Einer von uns mehr als der andere.« Er zeigt mit dem Finger auf sich.

Ich nehme seine Hand und drücke sie. »Ist alles okay mit dir, Brett?«

»Keine Ahnung«, antwortet er ehrlich. »Ich hab schon eine Weile keinen Fuß mehr vor die Tür gesetzt ...« Vermutlich, seit die Nachricht über Jessabels angeblich gebrochenes Herz in den Medien kursiert. »Und ich glaube, das bekommt mir nicht. Mir geht eine Menge durch den Kopf, ich hab viel nachgedacht.«

Immer noch meine Hand haltend, führt mich Brett in einen Raum, den er als sein Wohnzimmer bezeichnet. Irgendwie habe ich das Gefühl, er hat mehr als nur eins. Aber das hier ist dasjenige, indem er sich ständig aufhält. Woher ich das weiß? Man braucht sich nur die leeren Pizza-Kartons und Fast-Food-Behälter anzusehen, die sich auf einer Seite der riesigen Couch türmen.

»Ähm, entschuldige bitte das Chaos.« An Bretts Hals zeigt sich eine Röte, die langsam höher kriecht. »Ich habe dem Reinigungspersonal heute den Tag freigegeben.«

Reinigungspersonal. Natürlich. Welcher Megastar hat das nicht?

Er lässt meine Hand los und sammelt hastig die Kartons ein, schiebt sie in eine Plastiktüte und stellt sie an die Wand.

»Ist schon okay«, sage ich und setze mich ans andere Ende der Couch.

»Genau genommen habe ich allen meinen Angestellten die letzten Tage freigegeben. Einschließlich meinem Manager und Agenten.«

»Wirklich?« Ich mustere ihn und versuche, den Ernst der Lage einzuschätzen. Ich weiß, wie unerbittlich sein Management-Team ist. Wenn er seit Tagen nicht ans Telefon geht, bedeutet das vermutlich, dass sie vor Wut kochen. Er durchquert den Raum und kommt zur Couch zurück. Nachdem die Pizzakartons weg sind, ist darauf jetzt eigentlich jede Menge Platz, aber Brett setzt sich trotzdem direkt neben mich.

»Wirklich«, antwortet er. »Sie rufen jeden Tag an. Ich bin nur noch nicht bereit, mit ihnen zu sprechen. Ich habe nämlich eine wichtige Entscheidung für mein Leben getroffen, die ihnen nicht gefallen wird.«

»Du bist aber nicht einer Sekte beigetreten oder so was in der Art, oder? Es scheint in Hollywood zwar zum guten Ton zu gehören, aber ich würde dir trotzdem raten, es zu lassen.«

Brett sieht mich an, in seinen Augen liegt große Traurigkeit. »Ich habe beschlossen, mit der Schauspielerei aufzuhören. Ganz.«

»Was?« Ich kann meinen Schock nicht verbergen. »NEIN! Das darfst du nicht. Das ist noch viel schlimmer, als wenn du einer Sekte beigetreten wärst!«

»Ach ja?«

Okay, das ging vielleicht einen Schritt zu weit. Ich hole

tief Luft. »Nein. Quatsch. Natürlich nicht. Aber es wäre eine unglaubliche Verschwendung. Du bist so begabt. Du kannst doch die Schauspielerei nicht aufgeben, nur weil du ein paar harte Monate hattest!«

Brett schüttelt den Kopf und senkt den Blick. »Ich weiß nicht. Nach der Sache mit Jessabel und dem Flop von *Auf der Überholspur* habe ich das Gefühl, von meiner Karriere ist sowieso nicht mehr viel übrig.«

Völlig frustriert über die verfahrene Situation boxe ich in eins der Kissen neben mir. »Verfluchte Jessabel. Dass sie dir das angetan hat! Es ist nicht deine Schuld, dass du an ein hinterhältiges Miststück wie sie geraten bist.«

»Lass deinen Gefühlen ruhig freien Lauf. Tu dir bloß keinen Zwang an.« Brett grinst. Sogar mit Bartstoppeln und im Schlabberlook hat er das Lächeln eines Stars.

»Sorry«, sage ich. »Ich weiß, ihr wart befreundet … oder so was Ähnliches. Aber spätestens in einem Jahr denkt kein Mensch mehr an das Fiasko und *Auf der Überholspur* wird auch vergessen sein.« Hoffe ich jedenfalls. Es ist schon eine Menge Gras, die über diese Sache wachsen muss, ehrlich gesagt.

»Ja, vermutlich …« Er klingt nicht überzeugt.

»Hör zu, Brett. Ich glaube, es wäre ein großer Fehler, wenn du aufhörst.« Ich lehne mich vor und sehe ihm in die Augen. »Aber es spielt keine Rolle, was ich oder sonst jemand denkt. Wenn du wirklich aufhören willst, dann tu es. Es ist dein Leben. Du musst das tun, was dich glücklich macht.«

Brett hebt überrascht den Blick und sieht mich lächelnd

an. »Danke, Kim. Weißt du eigentlich, dass du der einzige Mensch in Hollywood bist, dem es wichtig ist, was *ich* fühle oder denke?«

»Das kann nicht sein.«

Er nimmt behutsam meine Hand und legt sie auf sein Knie. »Doch, so ist es aber«, sagt er leise. »Ich glaube, dir ist gar nicht klar, wie besonders du bist. Du bist warmherzig und einfühlsam und interessierst dich wirklich für die, die du magst. Vielleicht gehöre ich ja auch dazu.«

Ich spüre ein merkwürdiges Kribbeln meinen Arm hochkrabbeln. Insgeheim bin ich anscheinend immer noch von dem Megastar Brett Curtis beeindruckt, auch wenn wir mittlerweile gute Freunde sind. Ich meine, er ist schließlich verdammt noch mal *Brett Curtis*.

»Na klar.« Ich tätschle seine Hand. »Sonst wäre ich nicht hier. Ich musste mich reinschleichen wie ein Ninja. Aber wir sind schließlich Kumpels.«

»Kumpels«, sagt er leise und lässt meine Hand los.

»Genau! Also, Kumpel, willst du die Schauspielerei *wirklich* an den Nagel hängen?«

Brett saugt tief den Atem ein und stößt die Luft langsam wieder aus. »Nein. Eigentlich nicht. Ich liebe meinen Beruf. Ich wollte nie etwas anderes als Schauspieler sein. Nur habe ich nicht damit gerechnet, in der Teenieschwarm-Actionheld-Schublade festzustecken. Aber nach dem Flop von *Auf der Überholspur* und der schlechten Presse wegen Jessabel«, er schüttelt den Kopf, »kann ich froh sein, wenn ich noch für Zahnpastawerbung besetzt werde. Das ist auch der Grund, warum mein Agent ständig anruft. Er will, dass ich möglichst schnell einen Vertrag für noch drei weitere Folgen von *Auf der Überholspur* unterzeichne. Wenn es nach ihm ginge, hätte ich das schon vor Monaten getan.«

»Und warum hast du es nicht?«

»Ich wollte erst abwarten, wie der Erste anläuft, bevor ich mich weiter verpflichte. Zum Glück! Mich dieser Blamage noch weitere drei Male auszusetzen, ist das Geld nicht wert. Ich meine, ich verstehe, dass es die Aufgabe meines Agenten ist, sich um meine finanziellen Angelegenheiten zu kümmern, aber was ist mit den künstlerischen Belangen?«

Ich nicke. »Klingt, als wäre das *dein* Job. Den du aber nicht gemacht hast«, sage ich in nüchternem Tonfall.

Brett zieht verwirrt die schräg stehenden Augenbrauen hoch. »Wie meinst du das?«

Ich stehe auf und beginne, im Raum auf und ab zu schreiten. »Ich meine, dass du seit deiner Kindheit als Schauspieler arbeitest und es gewöhnt bist, von anderen gesagt zu bekommen, was du zu tun und zu lassen hast. Aber jetzt bist du erwachsen und lässt immer noch zu, dass andere über dich bestimmen. Für mich als Normalsterbliche bist du einer der einflussreichsten Menschen in Hollywood. Warum brauchst du von jemand anderem die Erlaubnis, das zu tun, was du möchtest? Ich meine, sieh dir dieses Haus an! Du leidest nicht wirklich an Geldnot, Brett. Du kannst es dir erlauben, das ein oder andere Risiko einzugehen. Was hält dich davon ab?«

»Hm.« Brett blinzelt ein paar Mal schnell hintereinander, als wäre er gerade aus einem tiefen Schlaf erwacht. »Keine Ahnung. Nichts, nehme ich an.«

»Genau. Und was würdest du gern tun, wenn du es dir aussuchen könntest? Was ist dein Traum-Projekt?«

Brett senkt den Blick, dann sieht er mich verlegen an. »Lach nicht.«

»Versprochen.«

Ein aufgeregtes Funkeln glimmt in seinen Augen. »Vor ein paar Monaten hat mir eine Independent-Regisseurin ein Drehbuch zugeschickt, in das ich mich sofort verliebt habe. Aber mein Agent meinte, ich solle es vergessen.«

»Lass mich raten: Weil es sich die Indie-Filmemacher nicht leisten konnten, dir Unsummen an Geld zu bezahlen?«

Brett lacht. »Sie konnten sich nicht einmal eine kleine Summe leisten. Aber ich hätte den Film auch ohne Bezahlung gemacht, Kim, so sehr hat mir das Script gefallen. Ich denke zwar nicht, dass er an den Kinokassen viel einspielen würde, aber die Rolle war ganz anders als alles, was ich bisher gemacht habe. Damit hätte ich den Leuten zeigen können, dass ich mehr kann, als nur der Gegenpart für eine hübsche Schauspielerin zu sein.«

»Was ist aus dem Drehbuch geworden?«

»Ich habe es noch hier«, gesteht Brett. »Die Regisseurin meinte, ohne mich wolle sie das Projekt nicht machen.«

Ich bleibe mit offenem Mund vor ihm stehen. »Im Ernst?«

Er nickt und sieht mich mit verlegenem Grübchen-Grinsen stumm an.

»Worauf wartest du dann noch? Hör auf, Trübsal zu blasen, und schnapp dir die Rolle, du Idiot!«

»Ich weiß nicht. Ich glaube nicht, dass mir meine Fans

jemals verzeihen werden, was ich ihrer Meinung nach Jessabel angetan habe. Sie ruiniert meinen guten Ruf.«

»Ja. Und weißt du, warum?« Ich verschränke die Arme vor der Brust und mustere ihn mit gespielter Strenge. »Weil du es zulässt. Während sie fantastisch aussieht, strahlend ihre Pirouetten dreht und deinen Namen durch den Dreck zieht, sitzt du hier herum, futterst Pizza und Peking-Ente, weinst in deinen patagonischen Kaffee und planst deinen absurd frühen Rückzug vom Film.«

Nach einem langen Schweigen schaut er mich gekränkt an. »Ich habe nicht *geweint.*«

Ich werfe ihm nur einen einzigen Blick unter hochgezogener Augenbraue zu.

»Okay. Ich schätze, du hast recht. Erst heute Morgen habe ich mich vor dem Besuch einer Charity-Gala gedrückt, weil ich wusste, Jess würde auch kommen. Ich weiß nicht mal, wie es dort gelaufen ist. Ich kann nur hoffen, dass mein Fehlen niemandem aufgefallen ist.«

Ich zucke unwillkürlich zusammen. Sein Fernbleiben von der Wohltätigkeitsveranstaltung hat mich überhaupt erst auf den Gedanken gebracht, dass er in Schwierigkeiten stecken könnte. Ich setze mich wieder neben ihn und versuche, ihm die Wahrheit so schonend wie möglich beizubringen, ohne sie zu verschleiern. »Es *ist* ihnen aber aufgefallen, Brett. Die Reporter haben sich einen Spaß daraus gemacht, über die Gründe zu spekulieren, aus denen du nicht erschienen bist. Erst recht als Jessabel mit Tommy Cortez am Arm angetänzelt kam und jede Menge Pfeile in deine Richtung abgeschossen hat.«

»Na toll«, sagt Brett bitter. »Jetzt versprüht sie ihr Gift sogar schon auf Charity-Galas.«

»Ich weiß, du bist ein anständiger Kerl, Brett, und du hast kein Interesse an einer Schlammschlacht in den Medien. Das Problem ist nur, dass dir Jessabel bereits öffentlich den Krieg erklärt hat, und im Moment sieht es ganz danach aus, als würde sie ihn gewinnen.«

Brett stößt hörbar die Luft aus und streicht sich die Haare aus dem Gesicht. »Okay. Verstehe. Was soll ich tun?«

»Na ja, erst mal duschen. Du überzeugst deine Fans nicht, indem du wie ein Käsehändler stinkst.«

Brett lacht. »In Ordnung. Und dann?«

»Und dann habe ich eine Idee.« In meinem Kopf beginnt ein Plan Gestalt anzunehmen. »Vergiss nicht, dich zu rasieren. Ich brauche eine saubere Leinwand.«

Als Brett zwanzig Minuten später aus seinem Schlafzimmer auftaucht, sieht er aus wie ein völlig anderer Mensch. Sein Gesicht ist glatt rasiert, die aschblonden Haare haben ihren seidig schimmernden Glanz zurück, und er trägt ein frisches schlichtes schwarzes T-Shirt und Jeans. *Brett Curtis ist zurück.*

»Hier bin ich, sauber und rein und ganz dein«, erklärt Brett. »Also? Wie lautet der Plan?«

»Du wirst deinen Stern am Hollywoodhimmel wieder zum Leuchten bringen. Und zwar heute noch.« Ich halte wie zum Beweis mein Smartphone hoch.

Brett runzelt die Stirn. »Ich verstehe nicht.«

»Der beste Weg, seinen guten Ruf in der Öffentlichkeit wieder herzustellen, geht über die sozialen Netzwerke«, erkläre ich. »Und nachdem du heute die Charity-Gala verpasst hast, liefert uns das den perfekten Vorwand, um diesen Weg zu beschreiten. Schritt eins: Du wirst dich in einem kurzen Video für dein Fernbleiben entschuldigen und erklären, dass es leider nicht anders ging, weil du *sooo* eine schlimme Grippe hast. Schritt zwei: Du kündigst an, für den guten Zweck der Veranstaltung eine extrem großzügige Spende machen zu wollen. Schritt drei: Du stellst das Video auf deinem eigenen neuen Youtube-Kanal ein, den du heute starten wirst, damit die Leute dich so kennenlernen, ›wie du wirklich bist‹.«

»Aha.« Brett kratzt sich am Kinn. »Klingt gut. Die Sache hat nur einen Haken: Ich *habe* keine Grippe.«

»Pah! Na und?«, erwidere ich abschätzig. »Bist du nun ein Schauspieler oder nicht?«

»Ich bin ein Schauspieler!«, ruft Brett salbungsvoll und hebt in dramatischer Pose einen Arm und lässt ihn gleich wieder sinken. »Aber sollte ich nicht wenigstens, na ja, krank *aussehen?*«

Ich lächle vielsagend. »Was du nicht sagst, Teenieschwarm.« Ich halte meine Schminktasche hoch, ohne die ich nur in den seltensten Fällen aus dem Haus gehe. »Gib mir fünfzehn Minuten, danach siehst du aus wie ein Untoter.«

Brett setzt sich in einen Sessel und breitet die Arme aus. »Wie gesagt, ich bin ganz dein.«

In den nächsten Minuten ersetze ich Bretts gesunden honigfarbenen Teint durch eine aschfahle Blässe, die ihn aussehen lässt, als hätte er die Pest. Anschließend male ich dunkle Schatten unter seine Augen und besprühe seine Stirn mit Wasser. Wenn ich es nicht besser wüsste, würde ich sagen, ihm steht der Fieberschweiß auf der Stirn. Das Witzige an der Sache ist, er sieht immer noch heiß aus – buchstäblich und im übertragenen Sinne.

Schließlich zücke ich mein Smartphone und stelle die Videofunktion der Kamera ein. »Sie sind auf Sendung, Mr Curtis.« Ich sehe ihm dabei zu, wie er sich für den Zwei-Minuten-Clip hustend und krächzend seinen Weg zum Online-Ruhm bahnt, und bin mehr denn je von seinem schauspielerischen Talent beeindruckt.

»Und Cut.« Ich drücke auf Stop. »Lass es uns anschauen.«

Sobald wir nebeneinander auf der Couch sitzen, tippe ich auf Play.

Brett keucht bei seinem Anblick entsetzt auf. »Oh Gott! Sehe ich wirklich so aus?«

Ich lächle. »Ja. Echt krank, was? Sorry, kleiner Scherz.«

Brett schüttelt fassungslos den Kopf. »Ich wusste zwar, dass du dein Handwerk verstehst, aber ich hatte keine Ahnung, wie gut.« Er wendet mir den Kopf zu und sieht mich an, sein Gesicht ist nur Zentimeter von meinem entfernt. »Du bist unglaublich.«

Ich erröte vor Stolz. »Danke. Aber wenn du denkst, das wäre gut, dann warte ab, bis du die hier gesehen hast.« Ich blättere durch die Fotogalerie auf meinem Handy und zeige ihm die Bilder vom Creep. Brett gibt das gleiche katzenartige Wimmern von sich, das Oshiro während der Show ausgestoßen hat. »Was zum Teufel ist das?«

Ich muss unwillkürlich kichern. Während ich das Make-up entferne, das ihn so krank aussehen lässt, erzähle ich ihm, wie es zu dem Creep-Kostüm kam und dass mir Oshiro gleich anschließend einen Job in seinem Team angeboten hat.

»Sag bloß! Das ist ja unglaublich!«, ruft Brett. »Nicht dass es mich wundert. Sogar ein Blinder kann erkennen, wie viel Talent du hast.« Er lehnt sich vor. »Aber ich bin heilfroh, nicht blind zu sein. Ich sehe dich nämlich gerne an«, flüstert er.

Ich weiß natürlich, dass er sich nur lustig macht, trotzdem ist das Kribbeln wieder da. Diese unterbewusste Starverehrung muss ich überwinden, wenn ich weiter mit ihm abhängen will. »Ha-ha, sehr witzig.« Ich stupse ihn in die Rippen, um meine Verlegenheit zu verbergen.

»Hey! Behandelt man so einen Kumpel, der an einer Lungenentzündung leidet?«

»Freut mich, dass dieser Kumpel seinen Sinn für Humor wiedergefunden hat.« Ich umarme Brett – es ist eine richtige Umarmung, keine von der Art, wie man sie bei Partys der Filmbranche austauscht und bei denen man sich kaum berührt. »Ich glaube, du wirst dich schnell wieder erholen.«

»Was ich dir zu verdanken habe.« Er drückt mich fester an sich. »Glückwunsch zu deinem neuen Job, Kim. Du wirst deine Sache hammermäßig machen, das weiß ich.«

»Danke, Brett.« Ich bin echt gerührt, dass er so an mich glaubt. Ich löse mich aus der Umarmung und werfe kurz einen Blick auf die Uhrzeit auf meinem Handy. »Uups. Es wird langsam Zeit für mich, ich muss zur Arbeit. Aber lass uns vorher noch schnell das Video ins Netz stellen.«

Nachdem das erledigt ist, packe ich meine Schminkutensilien zusammen und schultere meine Tasche. »Was muss eine rothaarige Nixe tun, um von hier wegzukommen, ohne der Presse ins Netz zu gehen? Hoffentlich nichts, wobei man über irgendwelche Mauern und Feuerleitern klettern muss.«

»Ah!«, sagt Brett. »Jetzt befinden wir uns auf *meinem* Spezialgebiet.« Er greift zu seinem Handy und wählt eine Nummer.

Eine Minute später stehen wir vor der Haustür und eine schwarz glänzende Limousine fährt vor. Heraus steigt – in einem maßgeschneiderten dunkelblauen Anzug und mit schwarz getönter Sonnenbrille – Jimmy, Bretts Privatchauffeur. »Du hast angerufen?«, sagt er ausdruckslos.

»Hab ich, Jimmy.« Brett lächelt und deutet auf mich. »Bringst du Kim bitte zum Studio von *Late Night Live mit Larry Stone*? Aber pass auf, dass die Geier draußen am Tor ihr nicht bis dorthin folgen.«

»Kein Problem.« Er hält mir die hintere Wagentür auf und wartet, bis ich eingestiegen bin.

Sobald er die Tür geschlossen hat, lasse ich das Fenster herunter und werfe Brett ein amüsiertes Lächeln zu. »Ich wette, das tust du für jede.«

Brett schüttelt den Kopf. »Nein. Nur für dich.«

»Oh! Fast hätte ich meine Verkleidung vergessen.« Ich ziehe meine Baseball-Kappe aus der Tasche, setze sie auf und versuche, meine roten Locken so gut wie möglich darunter zu verstecken.

»Keine Sorge.« Brett lacht. »Sie werden euch eine Weile

verfolgen, aber Jimmy ist Weltklasse im Paparazzi-Abschütteln. Er wird sie in einer Abgaswolke hinter sich lassen, das garantiere ich dir.« Und an Jimmy gewandt: »Pass gut auf sie auf. Sie bedeutet mir viel.«

Das ist genau die Art von Bemerkung, wie sie die Reporter draußen gern gehört hätten. Geschmeichelt und belustigt zugleich verdrehe ich die Augen. Also wirklich! Diese Hollywoodtypen – vornehme Untertreibungen sind echt nicht ihre Sache.

Jimmy nickt nur kurz und fährt los. »Schnallen Sie sich lieber an, Miss Kim.«

Kaum habe ich den Gurt umgelegt, gibt er ruckartig Gas. Die Limousine schießt an dem Pulk verblüffter Reporter vorbei und mir fällt die Kappe vom Kopf. Genau wie Brett es vorausgesagt hat, springen mehrere Paparazzi sofort in ihre Vans oder schwingen sich auf ihre Motorräder und nehmen unsere Verfolgung auf. Ich setze die Kappe wieder auf und ziehe sie tiefer ins Gesicht. *Sie denken, ich wäre Brett,* dämmert es mir. Kein Wunder, dass er sich im Haus verkrochen hat. Ich hoffe nur, er lässt sich nicht länger von ihnen in Geiselhaft nehmen.

Es kostet mich Mühe, nicht immer wieder aufzuschreien, als Jimmy durch Beverly Hills und Richtung Downtown L. A. jagt. Er weicht geschickt anderen Autos aus und rast Millisekunden, bevor sie von Gelb auf Rot umschlagen, noch über die Ampeln. Ab und zu sucht er in einer Gasse oder einem Parkhaus Unterschlupf und wartet ab, bis einer der Presse-Vans vorbeigefahren ist, bevor er wieder Gas gibt und in die entgegengesetzte Richtung davonbraust. Er beherrscht sein Metier absolut meisterhaft. So hat vermutlich jeder Mensch ein eigenes Talent. Und Jimmy ist zufällig der krasseste Fahrer, den ich kenne.

Erst als wir auch den letzten unserer Verfolger abgeschüttelt haben, schlägt Jimmy den Weg zum Studio ein. Dieses ganze Programm muss der arme Brett vermutlich jedes Mal durchziehen, wenn er das Haus verlässt. Den Rest der nun sehr viel ruhiger verlaufenden Fahrt verbringe ich damit, mich zu fragen, warum alle Welt unbedingt berühmt sein will. Wenn so der Ruhm aussieht, möchte ich lieber davon verschont bleiben und ein Leben in Anonymität genießen.

Als wir schließlich den Studioparkplatz erreichen, zücke ich meinen Mitarbeiterausweis und halte ihn Raoul entgegen, der ohne mit der Wimper zu zucken die Schranke hochfährt. Jimmy steuert die Limousine in eine Lücke in der Nähe der Eingangstür. »Da wären wir, sicher und wohlbehalten«, verkündet er und will aussteigen, um mir die Wagentür zu öffnen.

Ich winke ab. »Ist schon gut, Jimmy. Danke«, sage ich und steige aus dem Wagen. Ich gehe zur Fahrerseite herum und beuge mich über den Spiegel zu ihm vor. »Bitte richten Sie Brett meinen Dank aus. Und sollten Sie irgendwann keine Lust mehr haben, für ihn zu fahren, steht Ihnen bestimmt eine große Zukunft als Stunt-Fahrer bevor.«

»Sie haben Brett dazu gebracht, sich zu rasieren und frische Klamotten anzuziehen, Miss Kim«, erwidert Jimmy gleichmütig. »Ich glaube, Ihnen steht eine große Zukunft als gute Fee bevor.«

Er fährt davon und ich sehe ihm lächelnd nach. Erst da

bemerke ich Rob, der neben mir aus seinem Auto steigt. Ich will auf ihn zuzugehen, aber der Blick, mit dem er meine Baseball-Kappe mustert, unter der ich die Haare versteckt habe, und die Art, wie er das Gesicht verzieht, als er Bretts Limousine hinterherschaut, die soeben den Parkplatz verlässt, hält mich davon ab.

Ich habe doch nichts Falsches getan. Warum fühle ich mich dann plötzlich so schuldig?

12

Rob Reyes – der lässigste Typ in Los Angeles, wenn nicht in ganz Kalifornien – ist stinksauer. Ich erkenne es an der Art, wie er die Halsmuskeln anspannt und unablässig die Kette seines Schlüsselanhängers um die geöffnete Handfläche schwingt.

Und an der Tatsache, dass er mich nicht anschaut.

»Hey, Rob.« Ich nehme die Kappe ab und schüttle meine Locken aus. »Was ist los?«

Er schweigt einen Moment lang. »Was los ist?«, wiederholt er. »Du hast echt keine Ahnung, oder?«

»Offenbar nicht«, fauche ich und verenge die Augen zu schmalen Schlitzen, während ich versuche, mir einen Reim auf sein Verhalten zu machen.

Rob schüttelt den Kopf. »Google dich mal selbst«, schlägt er vor. Als ich ihn weiterhin nur anschaue, als würde er Sanskrit reden, rückt er schließlich mit der Sprache heraus. »Du wurdest vorhin gesehen, wie du aus Brett Curtis' Haus gekommen bist«, blafft er mich an. »Das kann man überall im Netz bewundern.«

Mir dreht sich der Magen um. Oh nein, bitte nicht! Wie kann das sein? Ich war doch so vorsichtig. Als ich mich immer noch nicht rühre, zieht Rob sein Smartphone aus der Hosentasche, ruft eine dieser Promiklatschseiten auf und hält es mir vor die Nase. IDENTITÄT DER ROTEN NIXE ENTHÜLLT!, schreit mir eine fette Schlagzeile entgegen. Darunter prangt ein Schnappschuss von dem Moment, als mir die Baseballkappe vom Kopf fällt, während Jimmy beschleunigt und aus dem Tor von Bretts Anwesen braust. Daneben ist ein Foto von den Sammy-Awards zu sehen, auf dem ich mich an Larrys Arm klammere. Und natürlich ist auch das von der berüchtigten Umarmung auf dem Boot eingefügt.

»Einer der Paparazzi hat eins und eins zusammengezählt«, erklärt Rob. »Hast du dem Security-Mann echt den Namen *Jenny Curran* genannt? Und *Late Night Live mit Larry Stone* erwähnt?«

Ich denke an den Moment zurück, in dem ich geistesgegenwärtig reagieren musste. Ich fand es wahnsinnig clever von mir, den Namen von Robin Wright's Rolle in *Forest Gump* zu verwenden, nach der Brett sein Boot getauft hat. Ich wollte Brett nur zu verstehen geben, dass ich es war, die am Tor stand, ohne damit Dritte auf meine Identität aufmerksam zu machen. Offensichtlich habe ich mich geirrt. Die Paparazzi mögen vielleicht keine Genies sein, aber das war in dem Fall wohl auch nicht nötig.

»Mist! Ich hätte mir die Haare färben sollen«, scherze ich.

»Ja, das hättest du wohl besser«, sagt Rob ausdruckslos. »Sie wissen nicht nur deinen Namen, sondern auch, wo du arbeitest, und kennen dein Profil bei Facebook und Twitter, einfach alles.« In seinen bernsteinfarbenen Tigeraugen glimmt immer noch Wut, was ich aber nicht verstehe.

»Okay, ich hab's total vermasselt«, räume ich ein. »Aber

warum bist du so sauer? Es ist schließlich *mein* Leben, das gerade komplett aus den Fugen gerät.« Ich forsche in seinem Gesicht nach Antworten.

»Nicht nur deins«, erwidert Rob tonlos. »Wenn du herausfindest, dass dich deine Freundin mit einem Filmstar betrügt, und du es noch dazu aus einem blöden Promiklatsch-Blog erfährst, ist das nicht unbedingt dein bester Tag.«

»*Betrügt?* Moment mal ... du denkst, ich betrüge dich mit Brett Curtis?«

»Etwa nicht? Warum sonst solltest du dich mitten am Tag heimlich in sein Haus schleichen?«

Ach so. Langsam kapiere ich. »Brett und ich sind nur gute Freunde, Rob. Ich fasse es nicht, dass du mir immer noch nicht vertraust!«, rufe ich.

»Ich vertraue dir ja!«, erwidert er ebenso laut. »Meistens jedenfalls«, fügt er leise hinzu.

»Ach ja?« Ich verschränke die Arme. »Sieht so dein Vertrauen aus? Mich wegen irgendeinem dämlichen Online-Artikel anzuschnauzen?«

Rob senkt den Kopf und seufzt, er wirkt verunsichert. »Es tut mir leid. Es ist nur ... ach, komm schon, Kim. Warum warst du überhaupt bei ihm zu Hause? Du musst doch zugeben, dass das komisch aussieht.«

»Nein. Ich muss gar nichts zugeben! Ich meine, okay, ich bin mit ihm in seinem Boot aufs Meer rausgefahren. Und ja, es stimmt, ich wurde bei den Sammy-Awards auf der After-Show-Party mit ihm gesehen, und dann werde ich auch noch dabei erwischt, wie ich mich aus seinem Haus schleiche. Ja, okay, zugegeben, das alles zusammengenommen sieht irgendwie komisch aus.«

»Findest du?« Rob versucht, gegen seinen Lachreiz anzukämpfen, verliert die Schlacht aber. Er prustet los, was auch mich zum Kichern bringt. Endlich löst sich die Spannung zwischen uns, und Rob nimmt zum ersten Mal, seit er mich aus Bretts Wagen hat aussteigen sehen, Augenkontakt zu mir auf.

»Ich weiß, wie das auf dich wirken muss«, seufze ich schließlich. »Aber ich schwöre dir bei meinen Kajalstiften – zwischen Brett und mir läuft nichts. Er ist nur ein guter Kumpel, der gerade eine schwere Zeit durchmacht. Ich wollte ihm beistehen, das ist alles.«

Rob nickt widerstrebend. »Schon gut … aber wie bist du überhaupt auf die Idee gekommen, ihn zu besuchen? Hat er dich darum gebeten?«

Nicht, dass ich irgendjemandem eine Erklärung schulde, aber ich sehe ein, dass die Sache Rob keine Ruhe lassen wird, bevor er nicht die ganze Geschichte kennt. Jedem anderen würde ich jetzt raten, sich zu verpissen. Aber weil Rob so süß und geduldig war, erzähle ich ihm von den Ereignissen heute und wie fertig Brett aussah, als ich bei ihm vor der Tür stand. »Ich habe nur versucht, ihm gut zuzureden und ihm dabei zu helfen, die Sache mit der Charity-Gala wieder in Ordnung zu bringen«, schließe ich.

»Also … wenn ich dich richtig verstehe, war das Ganze komplett unschuldig und ich bin ein eifersüchtiger Vollidiot, wenn ich den Klatsch über meine supertolle Freundin glaube?«

Ich zucke mit den Schultern. »So in etwa.«

Rob nimmt mich in die Arme. »Es tut mir leid, Kim. Ich hätte dir vertrauen müssen. Verzeihst du mir?«

Ich trete einen Schritt zurück und schaue ihm in die Augen. Sein verletzter Blick lässt mich dahinschmelzen. »Ich weiß nicht. Vielleicht muss ich noch ein bisschen überzeugt werden.«

Rob lächelt. Er beugt sich zu mir herunter und küsst mich so leidenschaftlich, dass mir die Knie weich werden und ich mich unwillkürlich an ihn lehne. *O ja. Ich verzeihe ihm.* Nach einer Weile vibrieren wir regelrecht. Wenigstens denke ich das, bis mir klar wird, dass es das Handy in meiner Hosentasche ist.

»Merk dir die Stelle, wo wir aufgehört haben«, sage ich und ziehe es heraus, um nachzuschauen, was Dringendes anliegt. Ich entsperre das Display und sehe fassungslos auf den Apps der sozialen Netzwerke, bei denen ich angemeldet bin, eine Nachricht nach der anderen aufpoppen, die mich wissen lässt, dass ich bei Twitter, Facebook und Instagram erwähnt werde. »Oh nein …«, sage ich gedehnt, weil ich begreife, dass, nachdem nun alle Welt weiß, wer ich bin, sämtliche an die geheimnisvolle Rote Nixe gerichteten Hasstiraden jetzt direkt vor meiner virtuellen Haustür landen. Jeder durchgeknallte Fan von Jessabel oder Brett und sogar ein paar von Frankies Franatics sind aus ihren Löchern gekrochen, um mir mitzuteilen, was sie von mir halten. (Nicht viel). Es ist eine Lawine des Abscheus, die über mich hereinbricht und in der ich als Miststück bezeichnet werde und als Schlampe, die eine Beziehung zerstört hat – und das sind noch die netteren Kommentare.

Ich weiß, ich sollte es lassen, aber ich kann einfach nicht anders, als durch die Tausende von hasserfüllten Nachrichten zu scrollen. Jede Einzelne fühlt sich wie ein Schlag in die Magengrube an. Die Beleidigungen werden im Verlauf der Threads zunehmend absurder und entwickeln sich zu heftigen Streits darüber, wer mich mehr hasst und damit das größere Recht hat, mir den Tod zu wünschen.

Gerade noch rechtzeitig nimmt mir Rob das Handy weg. »Hör auf, diesen Müll zu lesen. Das hat nichts zu bedeuten.«

»Ach nein?«, erwidere ich mit fiepsiger Stimme und Tränen in den Augen. »Das ist wie am Riesenrad, nur buchstäblich Millionen Mal schlimmer.«

Fünf Minuten später sitze ich mit Tia und Bruno im Cateringbereich; mein Smartphone liegt zwischen uns auf dem Tisch. Alle paar Sekunden vibriert es und rutscht auf der Oberfläche herum wie eine Springbohne.

»Was soll ich bloß tun, Tia? Ich kann mich nicht konzentrieren, wenn das Ding den ganzen Abend losgeht.« Ich zeige auf mein treuloses Handy.

Tia überlegt mit ernster Miene und trinkt einen Schluck von ihrem Kaffee. »Eigentlich gibt's nur eins, was du tun kannst, Kimcita. Alle deine Accounts und Profile bei den sozialen Netzwerken deaktivieren – Facebook, Twitter, Pinterest, Google Plus – und wo du sonst noch vertreten bist. Verschieb die Apps in den Papierkorb, stell deine Profile privat oder lösch sie gleich ganz. Am besten, du löschst einfach alles. Denen vergeht die Lust am Mobben, sobald sie kapieren, dass sie dich nicht mehr erreichen.«

»Alles löschen?« Ich sehe sie erschrocken an. »Aber sämtliche Leute, die ich kenne, sind auf meiner Facebook-Seite. Und ich folge auf Twitter meinen Lieblings-Make-up-Artists –«

Tia tätschelt meine Hand. »Ich weiß, es ist hart, Kimcita, *aber* es muss ein. Es ist ein Akt der Selbstverteidigung. Ganz abgesehen davon möchtest du doch bestimmt nicht, dass sich einer von diesen durchgeknallten Fans Zugang zu deinen Freundeslisten verschafft. Ist schon schlimm genug, dass *du* solche Nachrichten bekommst. Willst du wirklich, dass auch noch deine Eltern damit belästigt werden?«

Ich schaue zu Bruno, um eine zweite Meinung einzuholen, und er nickt traurig. »Ich sag's nur ungern, aber Tia hat recht. Es ist nur eine Frage der Zeit, bis man sich auf deine Eltern stürzt und sie beschimpft, weil sie eine Teufelin wie dich großgezogen haben.«

Dieser grauenvolle Gedanke jagt mir Schauer des Entsetzens über den Rücken. Besonders, weil ich doch Mum und Dad gerade davon zu überzeugen versuche, dass es eine gute Idee ist, wenn ich noch ein bisschen länger in Amerika bleibe – oder noch sehr viel länger, besser gesagt. »Das darf auf gar keinen Fall passieren. Okay, die Apps sind hiermit Geschichte.« Ich nehme das Handy und lösche nacheinander alle meine Online-Spuren. Wer jetzt auf mich losgehen will, muss es auf die altmodische Art tun und mir einen richtigen Brief schreiben, mit einer echten Briefmarke darauf. Und weil ich mir ziemlich sicher bin, dass die meisten Brettabel-Fans keine Ahnung haben, wie man das macht, fühle ich mich sicher. Na ja, etwas sicherer.

Ich lege das Smartphone wieder auf den Tisch zurück. Wir beäugen es alle drei misstrauisch, als könne es von einem durchgeknallten Fan besessen sein und mir jeden Moment an den Kopf fliegen. Ich falle fast vom Stuhl, als es erneut summt.

»Hast du eine App übersehen?«, fragt Bruno.

Ich schüttle den Kopf und greife vorsichtig nach dem Telefon. »Ich glaub nicht.« Als ich mit dem Finger über das Display streiche, stelle ich fest, dass ich nur eine E-Mail erhalten habe. Zu meinem Mail-Account hat sich zum Glück noch niemand Zugang verschaffen können. Ich tippe auf das Symbol und sehe, dass die Nachricht von Oshiros Assistentin kommt.

»Oh mein Gott!«, rufe ich aufgeregt. »Es ist mein Vertrag für den Oshiro-Film!«

»Super!« Tia trinkt ihren Kaffee aus und versenkt den Becher zielsicher im Abfalleimer. »Und? Was steht drin? Kommst du jetzt ganz groß raus? Als leitende SFX-Make-up Designerin mit eigenem Büro und ein paar Lakaien, die du nach deiner Pfeife tanzen lassen kannst?«

Als ich den Vertrag überfliege und mir ein paar Details genauer durchlese, erkenne ich, dass die Antwort auf jede einzelne von Tias Fragen ein klares Nein ist. Weder werde ich ein eigenes Büro haben, noch bin ich im Begriff, eine gefragte Make-up-Designerin für Special Effects zu werden. Ich werde noch nicht einmal eine Maskenbildnerin sein.

»Nach dem, was hier steht, soll ich … ich soll als dritte Assistentin für Kunstblut eingestellt werden!«

Bruno guckt erschrocken und stößt einen leisen Pfiff aus. »Autsch. Ist das nicht, na ja, mindestens fünf Stufen unter Anfängerniveau?«

»Mehr oder weniger«, bestätige ich und gehe den Rest des Vertrages durch. Ich dachte, ich würde Seite an Seite mit Oshiro arbeiten und ihm helfen, seine Monster zu erschaffen. Ich dachte, ich würde kreative Ideen umsetzen können, so wie ich es beim Creep-Kostüm getan habe. Aber nun zeigt sich, dass ich in Wirklichkeit meine Tage damit zubringen werde, eimerweise Blut zusammenzumischen und es aufzuspritzen, nachdem das eigentliche Special-Effects-Team seine Arbeit erledigt hat. Und ich werde außerdem noch von jemandem dabei beaufsichtigt werden – also eine Art bessere Aushilfe sein. Wobei man »bessere« eigentlich streichen kann, weil es viel zu hochgegriffen klingt.

Tia und Bruno tauschen einen unbehaglichen Blick, keiner von ihnen weiß so richtig, was er sagen soll.

»Immerhin arbeitest du an einem richtigen Filmset«, versucht mich Bruno zu trösten. »Und wenn du bei der Show die Karriereleiter nicht so schnell aufgestiegen wärst, würde das doch eigentlich die Stufe sein, auf der du jetzt normalerweise ständest, stimmt's?«

Ich zucke mit den Schultern. Es widerstrebt mir, die Wahrheit zuzugeben. »Schätze schon.«

»Hey!«, sagt Tia aufmunternd. »Vielleicht zahlen sie dir ja wenigstens einen Batzen Geld. Wir sprechen hier schließlich von Hector Oshiro. Ich wette, er bezahlt seine Leute, als wäre er Bill Gates.«

Das wäre in der Tat ein Lichtblick. Ich scrolle zu dem Absatz, in dem das Gehalt aufgeführt ist. Mein Herz setzt einen Schlag aus und mir bleibt der Mund offen stehen. »Soll das ein Scherz sein? Ich bin zu Hause in Irland fürs Hamburgerwenden besser bezahlt worden«, wimmere ich. Ich zeige Tia und Bruno die mickrige Zahl. Beide saugen erschrocken die Luft durch die Zähne ein, als hätten sie gerade mitangesehen, wie jemand aus großer Höhe in die Tiefe stürzt und sich alle Knochen bricht.

Und dafür soll ich meine Stelle bei der Show kündigen und die Ausbildung an der Akademie abbrechen? Ausgeschlossen! »Das kann nur ein Irrtum sein«, entscheide ich und schließe die E-Mail, um Oshiros Assistentin anzurufen. Sie geht nach dem dritten Klingeln ran.

»Guten Abend. Sie sprechen mit der Assistentin von Hector Oshiro. Was kann ich für Sie tun?«

»Ähm, hi, Michelle. Hier ist Kim Cassidy, Make-up Artist bei *Late Night Live mit Larry Stone*.«

Am anderen Ende herrscht einen kurzen Moment lang Stille. »Ach so, ja«, sagt sie dann. »Ich nehme an, Sie haben den Vertrag erhalten. Wenn Sie keine Fragen dazu haben, können Sie ihn unterschreiben und umgehend an mich zurücksenden. Ich kümmere mich dann um alles Weitere.«

»Eigentlich … tja also, wissen Sie, es gibt da eine Sache, die ich gern noch klären würde«, erwidere ich.

»Sag ihr, du willst mehr Geld«, flüstert Tia.

»Viel mehr«, ergänzt Bruno.

Ich bringe die beiden mit einer Handbewegung zum Verstummen und stehe auf, um beim Telefonieren auf und ab zu tigern. »Ich glaube, Sie haben mir den falschen Vertrag zugeschickt. Eigentlich bin ich davon ausgegangen, dass ich als Make-up Artist für Special Effects eingestellt werde, nicht als Assistentin für Kunstblut.«

Peinliches Schweigen. Schließlich sagt Michelle in gelangweiltem Tonfall: »Entschuldigung, wie ist noch mal Ihr Name, sagten Sie? Kim und weiter?«

»Cassidy.«

Am anderen Ende ist nur das Rascheln von Papier zu hören. »Ah ja. Hier habe ich eine Notiz von Mr Oshiro. Hmm … darauf steht aber ›dritte Assistentin für Kunstblut‹, meine Liebe.«

Ich schlucke hart. »Na ja, ich … also, ich dachte, weil er von meiner Arbeit so begeistert war … wissen Sie, die Bezahlung ist viel niedriger als das Gehalt, das ich hier bei der Show bekomme, und …«

»Oh. Vielleicht ist uns ja bei der Gehaltsstufe ein Fehler unterlaufen – wir haben Ihren Lebenslauf noch nicht vorliegen. Als Angabe zu Ihrer Berufserfahrung habe ich hier lediglich die Larry-Stone-Show. Bei welchen Filmen haben Sie denn mitgewirkt?«

Ich habe das Gefühl, der Boden unter meinen Füßen verwandelt sich in Treibsand, und ich beginne allmählich darin zu versinken. »Ähm … bei keinem.«

»Ach? Und welchen Abschluss haben Sie?«

Ich schweige beschämt.

Michelle seufzt. »Mr Oshiro hat ein sehr gutes Auge für

Talent, Ms Cassidy. Aber sie haben noch nie an einem Filmset gearbeitet – haben Sie wirklich gedacht, er würde Ihnen die Verantwortung für eine derart wichtige Aufgabe überlassen?«

Ja. Das hatte ich gedacht. Und erst jetzt wird mir klar, wie absurd das klingt.

»Nein«, antworte ich schließlich. »Ich nehme an, das wäre völliger Irrsinn.«

Michelle legt jede falsche Höflichkeit ab und bekommt einen Lachkrampf. »Jetzt mal im Ernst, Kim«, sagt sie, als sie wieder Luft kriegt. »Ich weiß, es kommt Ihnen wie ein Rückschritt vor, aber Sie können doch nicht im Ernst erwarten, ohne jede Berufserfahrung und ohne Abschluss hier anzutanzen und gleich das Zepter zu schwingen. Glauben Sie mir, als Assistentin für Kunstblut bei einem Film von Mr Oshiro mitzuarbeiten, ist eine große Ehre. Hier muss jeder unten anfangen, ohne Ausnahme, und es gibt Leute mit hervorragenden Zeugnissen und jahrelanger Berufserfahrung, die sich um eine solche Chance reißen würden. Aber wenn Sie Ihre Meinung ändern und die Stelle nicht mehr möchten – jemand anders wird sie sicher mit Kusshand übernehmen.«

»Nein. Sie haben recht. Ich möchte sie nach wie vor«, sage ich hastig. »Bitte vergessen Sie meinen Anruf.«

»Mach ich!«, erwidert sie fröhlich und legt auf.

Nach dem Telefonat bin ich wie betäubt. Ich weiß nicht einmal, ob ich mich beim Verlassen des Cateringbereichs von Tia und Bruno verabschiedet habe. Vermutlich eher nicht.

Vage erinnere ich mich daran, dass mir Daniel einen dunkellila Glitzer-Lidschatten ausgehändigt hat, den ich ihn gebeten hatte, für die Zirkusakrobaten zu besorgen, die heute Abend in der Show auftreten. Ich bedanke mich geistesabwesend bei ihm und irre weiter über den Flur. Das Studio brummt wie üblich im Vor-Sendebeginn-Chaos-Modus, was ich aber nur gedämpft und wie in Trance wahrnehme. Was habe ich getan? Will ich wirklich meine Ausbildung an der Akademie abbrechen und meinen Job bei der Show aufgeben, eine riesige Gehaltseinbuße und eine gewaltige Degradierung hinnehmen, das alles nur für die Ehre, mit einer Legende zusammenarbeiten zu dürfen? Ist es das wert, wenn ich nachher meine Miete nicht mehr bezahlen kann und mich Tia und Bruno aus unserer Hütte werfen?

Plötzlich fällt mir eine weitere Vertragsklausel ein und ich bleibe wie angewurzelt stehen. Bei dem Job handelt es sich noch nicht einmal um eine Vollzeitstelle. Das bedeutet, ich würde nicht nur auf das Dreijahresvisum verzichten, das mir Nort angeboten hat, sondern außerdem Gefahr laufen, überhaupt kein Visum mehr ausgestellt zu bekommen. Ich würde entweder irgendetwas Ungesetzliches tun müssen, um in Amerika bleiben zu können, oder darauf hoffen, dass die irische Botschaft ein Wunder für mich bewirkt.

Verdammt. Ms Jacobson hatte recht. Ich hatte keine Ahnung, worauf ich mich eigentlich einlasse. Vielleicht ist es ein Riesenfehler, den Kurs an der *Akademie für SFX-Maskenbild* abzubrechen, genau, wie sie gesagt hat.

Aber trotzdem … flüstert mein hoffnungsvolles anderes

Ich. Allein schon die Tatsache, mit meinem großen Idol zusammenarbeiten zu dürfen, ist es doch wert, eine grottenschlecht bezahlte Anfängerstelle anzunehmen, oder nicht? Hector Oshiro selbst hat zwei Jahre lang als unbezahlter Laufbursche gearbeitet, bevor irgendein Regisseur seinen Enthusiasmus und sein Talent bemerkte und ihm eine richtige Stelle in seinem Team gegeben hat. Der Rest ist Geschichte. Okay, dann war es eben bescheuert von mir zu glauben, ich würde gleich in der ersten Reihe anfangen. Na und? Ich kann es immer noch dahin schaffen, ich muss es mir nur richtig erarbeiten …

Ich bin so abgelenkt von all den Gedanken, die mir schneller als Jimmys Limousine durch den Kopf jagen, dass ich Jessie nicht einmal kommen sehe. Ich laufe geradewegs in sie hinein und stoße frontal mit ihr zusammen. Der Lidschatten bauscht sich in einer lila Wolke um ihren Kopf und verteilt sich auf ihrem T-Shirt.

»Oh verdammt. Sorry, Jessie. Ich hab nicht aufgepasst.«

»Ist schon okay«, erwidert Jessie heiter. Sie steckt ihre Drumsticks in die Gesäßtasche und tritt einen Schritt zurück, um an sich herabzublicken und das spontane Kunstwerk zu bewundern, das jetzt ihr T-Shirt ziert. »Wow. Nicht schlecht. Gefällt mir. Wirkt irgendwie abstrakt. Ich lasse es so, dann halten mich alle für künstlerisch angehaucht.«

Ich lächle sie dankbar an. »Nett von dir, dass du so cool reagierst, aber lass uns lieber zu Bruno in die Garderobe gehen. Er wird sicher etwas für dich ausgraben, in dem du weniger wie ein Glücksbärchi aussiehst.«

Sie zuckt mit den Schultern. »Eigentlich fühle ich mich

ganz wohl in meiner Glücksbärchi-Haut, aber wenn du meinst.«

Als ich eine Minute später die Tür aufstoße und nach Bruno rufen will, bemerke ich Rauchgeruch in der Garderobe. Ich schnuppere prüfend ein paar Mal kurz hintereinander.

»Oh nein, bitte nicht schon wieder«, rufe ich mit wachsendem Horror. »Hier brennt irgendwas!« War der Tag nicht schon schlimm genug, ohne dass jetzt auch noch ein Kostüm in Flammen aufgeht? Jessie und ich durchkämmen hektisch den Raum, schieben die Kleider auf den Garderobengestellen zurück, durchwühlen die Regale mit Requisiten und versuchen fieberhaft, den Brandherd ausfindig zu machen. Als ich eine Kiste mit Schuhen und Gürteln beiseitewuchte, entdecke ich ihn schließlich.

Dort hinter den Lederjacken versteckt, fläzt Priscilla Nash mit einer Zigarette in der Hand auf dem Fußboden.

»Das darf doch wohl nicht wahr sein.« Ich versuche gar nicht erst, meine Gereiztheit zu verbergen, als ich die Dreizehnjährige rauchen sehe. Sie hat wieder schwarze Waschbärringe um die Augen und ziegelrot geschminkte Lippen. Sie ist so angestrengt bemüht, verrucht zu wirken, dass es fast schon lachhaft ist.

Priscilla verdreht bei meinem Anblick genervt die Augen. »Na toll, du schon wieder.«

»Danke gleichfalls«, erwidere ich entrüstet. Ich umfasse ihren Ellbogen und ziehe sie aus ihrem Versteck.

»Hey! Pass doch auf«, ruft sie. »Du brichst mir ja den Arm!«

Ich zerre sie auf den Stuhl neben der Tür und lasse sie los. »Du kannst von Glück sagen, wenn du mit einem gebrochenen Arm davonkommst. Hätte dich Mistress Sandra dabei erwischt, wie du ihre Kleider vollqualmst, würde sie deinen Kopf à la *Game of Thrones* auf einer Lanze aufspießen lassen. Fällt dir keine originellere Art ein, den Aufstand zu proben? Ich meine, klauen, rauchen, sich schminken wie ein Clown … das ist doch alles total vorhersehbar.«

Priscilla stößt ein verächtliches Schnauben aus und schaut zu Jessie, die gerade einen Stuhl herumdreht und sich, ein Bein zu jeder Seite und die Arme auf der Lehne verschränkt, darauf niederlässt. Wären da nicht ihre raffiniert zerfetzte Jeans, die schwarze Lederweste und das Ramones-T-Shirt, könnte Jessie eine Polizistin sein, die eine Verdächtige verhören will. »Was redet die bloß für einen Mist?« Priscilla zeigt mit dem Daumen hinter sich in meine Richtung.

»Sorry. Aber da muss ich Rotlöckchen leider recht geben«, sagt Jessie grinsend. »Für meine Eltern war es zum Beispiel sonnenklar, dass ich exakt auf diese Art gegen sie rebellieren würde.« Sie macht eine Handbewegung, die Priscilla und ihre Inszenierung einfassen soll. »Und genau deswegen bin ich stattdessen einem Schachklub beigetreten, habe angefangen, Bingo zu spielen und mich angezogen wie meine eigene Großmutter. Meine Eltern sind *total* ausgeflippt.«

Erstaunlicherweise lacht Prissy. »Und wie lange hast du das durchgehalten?«

»Na ja, bloß ein paar Monate.« Jessie beugt sich vor und zieht ihre Drumsticks aus der Hosentasche. »Bis ich gemerkt habe, dass ich sie mit Schlagzeugspielen viel besser auf die Palme bringen kann.«

»Bring sie nicht auf dumme Gedanken«, sage ich mit ausdrucksloser Miene und fahre fort, die Kleider zu ordnen, die wir durcheinandergebracht haben.

Ausnahmsweise einmal lässt Priscilla ein strahlendes Lächeln aufblitzen. »Eltern sind echt die Pest, was?« Sie hebt lässig die Zigarette, um sie an die Lippen zu führen.

Jessie streckt gähnend die Arme. »Ach, so schlimm sind sie gar nicht, nur eben uralt. Ich versteh mich mit meinen mittlerweile ganz gut. Aber hey, wenn du deinen eins auswischen willst, indem du dir mit den Dingern da die Lunge schwarz und die Zähne gelb färbst, nur zu.«

Die Zigarette auf ihrem Weg zu Prissys Mund gerät ins Stocken.

»Sie färben die Zähne gelb?«

Jessie grinst. »Na klar! Liest du die Warnhinweise auf der Packung nicht?«

Priscilla wirkt verunsichert. Sie schaut sich um und lässt die Zigarette sinken.

»Soll ich sie dir abnehmen?«

Prissy zögert. Schließlich nickt sie und reicht sie ihr. Ganz kurz denke ich, Jessie will selbst daran ziehen. Stattdessen hebt sie den Fuß, drückt die Zigarette am Absatz ihrer nietenbesetzten Plateau-Boots aus und schnipst die Kippe quer durch den Raum in den Abfalleimer. Priscilla beobachtet sie ehrfürchtig.

»Eigentlich kannst du mir auch gleich die ganze Schachtel geben«, schiebt Jessie hinterher.

Ich rechne damit, dass Prissy jetzt aufbraust und ihr rät, sich gefälligst um ihren eigenen Kram zu kümmern. Aber zu meiner Verblüffung händigt sie ihr wortlos das Päckchen aus und schaut mit großen Augen zu, wie Jessie die krebserzeugenden Glimmstängel einen nach dem anderen aus der Packung zieht, in zwei Hälften bricht und zum ersten Stummel in den Abfalleimer befördert. »Kluge Entscheidung«, sagt Jessie.

»Ach, was soll's«, erwidert Prissy und verzieht erneut abschätzig die Lippen. »Hat sowieso nicht geschmeckt.«

Jessie sieht mich an und grinst, als hätte Prissy einen Mörderwitz gerissen. Ich verstehe das nicht. Wie macht Jessie das? Irgendwie schafft sie es, mit diesem verwöhnten kleinen Biest klarzukommen.

Ehe Prissy die Chance hat, wieder total unausstehlich zu werden, kommt Bruno herein, mit einem frisch gebügelten Hemd, das er auf einem Bügel vor sich herträgt. Kaum hat er den Raum betreten, als er auch schon schnuppernd die Nase in die Luft hält. »Wer hat hier drin geraucht? Seid ihr jetzt total bescheuert, Leute?«

Es gibt nicht viel, was Bruno in Rage bringt, aber Zigarettenrauch steht ganz oben auf der Liste. Speziell in der Garderobe. Seine Wut in Kombination mit seiner Footballspieler-Statur kann ihn für jemanden, der nicht weiß, was für ein absoluter Teddybär er ist, ziemlich Furcht einflößend wirken lassen. Prissy jedenfalls sieht so aus, als würde sie sich vor Angst am liebsten unter dem Stuhl verkriechen.

Seidenglatt schiebt sich Jessie vor und rettet Prissy den Hintern. »Ich weiß. Echt übel, was?«, sagt sie zu Bruno. »Ich hab einen der Zirkusakrobaten hier drin beim Rauchen erwischt. Aber es ist alles cool. Die Kleine und ich haben die Packung gefunden und sie sofort unschädlich gemacht, stimmt's, Prissy?«

Priscilla dreht sich reflexartig nach mir um, in ihren weit aufgerissenen blauen Augen steht Panik. Hastig wendet sie sich wieder Jessie zu, die ihr ermutigend zunickt. »Äh. Ja. Genau«, bestätigt Prissy Jessies Aussage. »Wir haben sie in den Abfalleimer dahinten geworfen. Nichts zu danken übrigens.«

Unglaublich. Sie bringt es sogar fertig, eine normale Höflichkeitsfloskel rotzig klingen zu lassen. Aber es genügt, um Bruno zu besänftigen, der jetzt völlig hingerissen Jessie anlächelt. »Hey, danke, Jess. Du hast was gut bei mir.«

»Kein Ding«, erwidert Jessie mit strahlendem Lächeln und schlägt geistesabwesend die Drumsticks gegen ihre Hüften.

Ich verschiebe mein Vorhaben, das kleine Biest auffliegen zu lassen, als ich die feinen Schwingungen wahrnehme, die zwischen Jessie und Bruno zirkulieren. Ich weiß, dass Bruno schon seit Ewigkeiten total in Jessie verknallt ist, aber ich habe noch nie auch nur andeutungsweise mitbekommen, dass sie seine Gefühle vielleicht erwidern könnte.

»Was macht ihr eigentlich hier, Leute?«, fragt Bruno, sieht aber nur Jessie an.

»Ach ja, richtig. Der Supertollpatsch dahinten hat mich frontal gerammt und mein T-Shirt mit lilafarbenem Lidschatten bestäubt. Sie meinte, du könntest mir vielleicht aus der Patsche helfen?« Jessie zieht den Saum ihres T-Shirts vor, um Bruno das Desaster zu zeigen, das ich angerichtet habe, und gewährt ihm damit gleichzeitig einen Blick auf ihren Bauchnabel. *Armer Bruno. In seinem Kopf explodiert wahrscheinlich gerade ein Feuerwerk.*

Er braucht einen Moment, um einen vollständigen Satz zu bilden. »Ähm … ich … T-Shirt. Hm … ja … ähm … ich bring dir ein frisches. Warte hier. Rühr dich nicht vom Fleck!«

»Mh'kay«, nuschelt Jessie und steht auf, um Bruno hinterherzuschauen, als er hinter den Garderobengestellen verschwindet. Hey, wird sie etwa rot? Für mich sieht es eindeutig so aus, als hätten ihre Wangen einen rosigeren Schimmer bekommen.

Gleich darauf erscheint Bruno mit einem weit geschnittenen langärmeligen schwarzen Shirt aus gekämmter Baumwolle. Jessie rümpft bei dem Anblick die Nase. »Ich glaub nicht. Ist nicht wirklich mein Stil.«

»Das denkst du nur, weil du ihn noch nie bei der Arbeit gesehen hast«, sage ich. »Bruno ist der Michelangelo unter den Kostümassistenten. Glaub mir. Er hat wahnsinnig geschickte Hände.«

Jessie grinst. »Okay, das klingt vielversprechend.«

Diesmal ist Bruno derjenige, der errötet. »Jetzt komm schon, zieh es an.« Er reicht Jessie das Shirt und dreht sich um.

Jessie pellt sich rasch aus ihrem engen, angeschmutzten Top und zieht das schwarze über. »Okay, Michelangelo«, flötet sie. »Ich bin so weit.«

Bruno kommt näher und betrachtet Jessie von allen

Seiten. Er zückt sein Maßband, markiert ein paar Stellen mit einem goldenen Edding und greift zur Schere. In Sekundenschnelle hat er beide Ärmel bis knapp unter die Ellbogen gekürzt und bis zu den Schultern hinauf Schlitze hineingeschnitten, die bei jeder Bewegung kurze Blicke auf tätowierte Haut gewähren. Er stellt sich hinter Jessie, zieht den weit fallenden Stoff zurück und dreht ihn zu einem festen Knoten zusammen, sodass auch über ihrem Po ein kleiner Streifen Haut aufblitzt. Zum Schluss schneidet er noch vom Hals aus eine senkrechte Linie nach unten und enthüllt mit dem so entstandenen Ausschnitt ihre Schlüsselbeine. Das Ergebnis ist eine Art supersexy Streetstyle: total heiß und cool zugleich – genau wie Jessie.

Als er sie zu dem bodenlangen Spiegel umdreht, damit sie das Resultat bewundern kann, fällt sie ihm um den Hals. »Oh mein Gott. Bruno, du bist echt ein Künstler! Das sieht hammermäßig aus.«

»Danke.« Er lächelt schüchtern, seine Hände liegen noch um ihre Taille.

Komm schon, Bruno, ermuntere ich ihm stumm. *Sag ihr endlich, was du für sie empfindest, du Idiot!*

Sie weiß anscheinend nicht, was er für sie fühlt, aber wie es aussieht, merkt er umgekehrt genauso wenig, dass sie seine Gefühle erwidert. Wenn es doch nur einen Weg gäbe, die beiden dazu zu bringen, sich ihre Liebe gleichzeitig zu gestehen.

»Ihr gehört definitiv zusammen«, platzt Priscilla auf ihrem Stuhl heraus.

Oha! Das ist vermutlich auch eine Art, ihnen auf die

Sprünge zu helfen. Nur gut, dass Bruno gerade nichts isst, weil er nämlich einen Hustenanfall bekommt, als hätte er seine Zunge verschluckt.

Jessie dagegen gelingt es, die Fassung zu bewahren – auch wenn sie tomatenrot anläuft. Das ist eine ganz neue Seite an ihr. So kenne ich sie gar nicht.

»Schön wär's«, sagt sie. »Aber Bruno ist schwul, wie alle gut gekleideten, toll aussehenden Männer, Dummkopf.«

»Nein, ist er nicht!«, rufen Bruno, Prissy und ich im Chor.

Jessie wendet sich langsam vom Spiegel ab und starrt uns an; ihre Röte vertieft sich. »Ähm, ist er nicht?«

»Dummkopf«, erwidert Prissy spitz. »Kein schwuler Mann sieht ein Mädchen so an wie er dich. Er ist total in dich verknallt.«

»Prissy!«, rufe ich entgeistert.

Sie wirft mir einen gereizten Blick zu. »Was ist? Das sieht doch wohl jeder, oder etwa nicht? Ich jedenfalls schon, dabei bin ich noch nicht einmal eine Woche hier. Wie blind seid ihr eigentlich, Leute?«

Jessie studiert Brunos Miene, als würde sie darauf warten, dass er alles abstreitet, was Prissy gerade behauptet hat. Es ist nur so, dass er das nicht kann. Eine Weile sagt niemand etwas. Ich wage nicht einmal zu atmen. Bruno hat so lange darauf gewartet, entweder wird das jetzt der schönste Moment seines Lebens, oder er bricht zusammen und verglüht zu einem Häuflein Asche – vor der Frau, die er liebt, seiner Mitbewohnerin und einer dreizehnjährigen Countrysängerin mit großer Klappe.

Kurz bevor ich glaube, die Spannung nicht eine Sekunde länger ertragen zu können, breitet sich auf Jessies Gesicht ein strahlendes Lächeln aus. »Wir sind beide *total* blind. Ich hab nicht gesehen, dass er hetero ist, und er hat nicht gesehen, dass ich wahnsinnig in ihn verknallt bin.«

»Na, endlich!«, rutscht es mir heraus. Sogar Prissy hüpft begeistert auf und ab und klatscht in die Hände wie ein Kind – was sie ja auch ist.

»Jetzt küsst euch!«, befiehlt sie, was bei Bruno und Jess nervöses Kichern auslöst.

»Okay, komm. Lassen wir sie in Ruhe.« Ich ergreife wieder einmal Prissys Arm und ziehe sie mit mir aus dem Raum. »Ich glaube, die beiden kommen jetzt alleine klar.«

Dabei hoffe ich insgeheim, dass sie Prissys Befehl befolgen und knutschen, als gäbe es kein Morgen mehr. Aber das Letzte, was sie dazu brauchen, ist Publikum.

13

Erst hatte ich *eine* Mitbewohnerin, dann zwei Mitbewohner. An einen gewissen Geräuschpegel bin ich also gewöhnt. Aber als ich am nächsten Morgen aufwache, klingt es, als würde ich mit vier Leuten unter einem Dach leben. *Vermehren sich meine Mitbewohner durch Zellteilung?*

Ich schäle mich langsam aus dem Bett und schlurfe nach unten in die Wohnküche. Und schon ist das Rätsel um die wundersame Mitbewohner-Vermehrung gelöst. Es hat nichts mit Science-Fiction zu tun, sondern damit, dass neben der Stammbesetzung – Tia und Bruno – heute auch Amy einen ihrer seltenen Gastauftritte hat, und – oha! Überraschende Wendung im Drehbuch – Jessie ist ebenfalls da. Ich nehme die Tatsache zur Kenntnis, dass Jessie, die sich glücklich lächelnd in Brunos Armbeuge schmiegt, T-Shirt und Jogginghose von ihm trägt. Mir ist natürlich sofort klar, was das bedeutet: Sie hat die letzte Nacht hier verbracht. Ich werfe Bruno einen Blick unter hochgezogener Braue zu, den er ohne jede Verlegenheit mit einem Augenzwinkern und einem Lächeln erwidert. Ich finde ja, die beiden legen ein ganz schönes Tempo vor, aber andererseits tanzen sie auch schon seit Monaten umeinander herum. Und so, wie sie miteinander flüstern und kichern, könnte man meinen, sie wären schon seit Jahren ein Paar. *Wie schön für Bruno.*

Amy hat es sich auf Tias Schoß gemütlich gemacht, den Arm um ihre Schultern gelegt und die linke Wange gegen Tias rechte gepresst. Die Vier sitzen um einen Laptop zusammengedrängt, jeder mit einem Becher Kaffee vor sich.

»Wow«, sage ich und schiebe mich hinter den Küchentresen, um mir auch Kaffee einzuschenken. »Ihr seht echt süß zusammen aus, Leute. Wie in einem Werbespot.«

Amy und Tia geben sich rasch einen Kuss auf die Lippen. »Sind wir ja auch, oder?«, sagt Amy.

Tia fixiert mich mit einem anzüglichen Blick. »Du weißt, wer in dieser Runde noch fehlt, um das Pärchenglück perfekt zu machen? Wo ist Rob? Warum rufst du ihn nicht an und sagst ihm, er soll rüberkommen? Am besten lädst du ihn auch gleich für morgen zum Frühstück ein, wenn du verstehst, was ich meine.« Sie zwinkert mir zu.

Ich trinke einen großen Schluck von meinem Kaffee und versuche, Zeit zu schinden. Aber sie schauen mich alle erwartungsvoll an und gieren nach Antwort. »Ähm … Zwischen Rob und mir ist überhaupt noch nichts spruchreif.« *Und ich weiß nicht, ob es das in nächster Zeit sein wird,* füge ich in Gedanken stumm hinzu. Ich kann mir nur schwer vorstellen, nach Frankie noch einmal mit jemandem so vertraut zu sein.

»Was schaut ihr euch denn da eigentlich an, Leute?«, versuche ich das Thema zu wechseln.

»Die Razzie-Nominierungen.« Jessie winkt mir, mich zu ihnen hinter den Laptop zu gesellen. »Wird dieses Jahr live übertragen. Es ist total lustig.«

Ich ziehe mir einen Stuhl heran und quetsche mich

zwischen die beiden Paare. Auf dem Bildschirm sind zwei C-Promis zu sehen – ein Stand-up-Comedian namens Jeff Barker und Morgana Linn, eine durch Teenie-Horrorfilme bekannt gewordene Schauspielerin. Beide waren selbst schon für die Goldene Himbeere nominiert. Aber im Augenblick stehen sie aufgebrezelt vor der Kamera und verkünden die Namen der diesjährigen Razzie-Nominierten mit der gleichen Ehrfurcht, als ginge es um die Bekanntgabe der Kandidaten für einen Oscar. Nur werden die Nominierungen für die Razzies nicht aus einer noblen Hotellobby gesendet, sondern aus einer leicht angeranzt wirkenden Bar mit Corona-Bier-Neonleuchtreklame und Dartscheiben im Hintergrund.

Nachdem sich Jeff Barker und Morgana Linn bei Jury und Wählern bedankt haben und bei den Besitzern der Bar für die Getränke und die Hähnchenschenkel, beginnen sie, die Kategorien aufzuzählen.

»Die Nominierten in der Kategorie ›Schlechteste Darstellung eines Tieres‹ sind …«

Bruno verzieht gekränkt das Gesicht. »Aber ich mochte den Pudel in dem Film«, schmollt er.

»Weil du so humorvoll und sensibel bist.« Jess kneift ihn liebevoll in die Wange.

Als Nächstes folgen die Nominierten in der Kategorie »Am schlechtesten gesprochener Akzent«. Wir alle kichern über den Versuch eines britischen Schauspielers, die Bostoner Sprechweise nachzuahmen.

»Das war geradezu schauderhaft scheußlich«, versuche ich ihn näselnd zu imitieren, wobei mein irischer Dialekt die Sache nur noch schlimmer macht. Alle brechen in Prusten aus.

Wir haben großen Spaß, bis man zu den Hauptkategorien kommt. Die Nominierungen »Schlechtester Schauspieler«, »Schlechteste Schauspielerin«, »Schlechtestes Leinwandpaar«, »Schlechteste Regie«, »Schlechtester Soundtrack«, »Schlechteste Dialoge«, »Schlechtester Kuss« – sie alle haben eines gemeinsam, nämlich einen einzigen Film: *Auf der Überholspur*. Anfangs ist es noch irgendwie witzig, aber ziemlich bald stöhne ich nur noch genervt auf, wenn die Nominierten verkündet werden, denn mittlerweile ist klar, dass *Auf der Überholspur* in fast jeder Kategorie vertreten sein wird.

»Oh Gott«, sagt Amy. »Der Film räumt in diesem Jahr einfach alles ab. Die anderen haben keine Chance.« Sie wirft mir einen erschrockenen Blick zu. »Sorry, Kim. Du bist ja mit ihm befreundet, ich weiß.«

Wenn Brett die Übertragung auch gerade anschaut, wird er sich wahrscheinlich wieder Bartstoppeln sprießen lassen und sich was beim Chinesen bestellen. Ich stehe von meinem Stuhl auf, weil ich mein Handy holen und Brett eine aufmunternde Nachricht schicken will. Aber was soll man jemandem schreiben, der die Hauptrolle im grottigsten Film aller Zeiten gespielt hat? Glückwunsch zum ersten Platz unter den Schlechtesten? Gut gemacht, dank dir fühlen sich die anderen Miserablen jetzt besser? Was, wenn er es noch gar nicht weiß? Dann würde ich ihn nur aus seiner seligen Ahnungslosigkeit reißen. Das dürfte jetzt eine der Gelegenheiten sein, bei der Schweigen Gold ist.

Ich lasse mich wieder auf den Stuhl zurücksinken. »Ich wünschte nur, es würde nicht ausgerechnet ihn treffen«, sage ich leise.

»Hey, Kopf hoch, Kim.« Amy beugt sich vor und drückt mitfühlend meinen Arm. »Aus der Trennung wird er jedenfalls als strahlender Sieger hervorgehen, wenn dich das irgendwie tröstet.«

Ich runzele die Stirn und schaue Tias ungemein feinfühlige Freundin verwundert an. »Wie kommst du darauf?«

Sie zuckt mit der Schulter. »Ganz einfach. Jessabel hat sich den schlimmsten Typen ausgesucht, den man sich für eine Beziehung vorstellen kann. Ich kann absolut nachvollziehen, dass sie mit Brett Curtis Schluss macht, wenn er sie betrügt, aber ihn durch Tommy Cortez ersetzen?« Sie schaudert. »Das ist, als würdest du deinen Job kündigen, weil dich dein Chef mies behandelt, und anschließend für Mussolini arbeiten.«

Ich ignoriere ihre Bemerkung über Bretts »Betrug«. Ich habe nicht vor, die anderen darüber aufzuklären, dass seine Beziehung zu Jessabel nur vorgetäuscht war. Aber ich will unbedingt hören, was Amy zu erzählen hat. Sie arbeitet mit Tommy Cortez am Set von *Lumberjack Hotel* zusammen und wird ihn ziemlich gut kennen.

»Was stimmt denn nicht mit Tommy Cortez?« Bruno kommt mir mit seiner Frage zuvor. »Er scheint doch ganz nett zu sein.«

»Tja, das ist sozusagen das Problem. Er *scheint* nett zu sein. Bis man ihn näher kennenlernt«, sagt Amy. »Aber dann …« Sie verstummt.

»Und dann?«, hake ich nach.

Sie schweigt und nimmt noch einen ausgiebigen Schluck Kaffee. »Ich sollte wirklich nicht darüber sprechen.«

Ich sehe ihr an, dass sie mir am liebsten alles haarklein erzählen würde, aber nicht so recht weiß, ob sie es riskieren soll. Sie hat schließlich eine Verschwiegenheitserklärung unterschrieben, so wie wir alle. »Ach, komm schon, Amy«, flüstere ich. »Du kannst doch nicht so eine Bombe platzen lassen und dich dann über die schmutzigen Details ausschweigen.«

Amy zögert und mustert jeden Einzelnen von uns einen Moment lang, als versuche sie herauszufinden, ob wir vertrauenswürdig sind. »Okay, aber wenn euch jemand fragt, von mir habt ihr das nicht.«

Ich warte geduldig, bis sich Amy von Tia gelöst und auf den Stuhl neben sie gesetzt hat.

»Tommy ist eine unglaubliche Nervensäge am Set. Er verlangt die größte Garderobe, beschwert sich, er wäre nicht lange genug im Bild – echtes Diva-Getue. Aber das eigentliche Problem ist, dass er jede Frau angräbt, die ihm über den Weg läuft. Fragt mal die Freundinnen und Ehefrauen der anderen Lumberjacks.«

»Das ist alles?« Ich lehne mich zurück und seufze enttäuscht. »Du meinst, er flirtet gern? Aber das ist doch nichts Besonderes. Er gehört zu den angesagtesten Typen in Hollywood. Da gehört Flirten praktisch zum Pflichtprogramm.«

»Schon, aber … also, wenn es stimmt, was ich von der Crew höre, dann geht das, was Tommy Cortez macht, weit über Flirten hinaus – und daran hindert ihn auch seine neue ›Beziehung‹ nicht.« Amy schlägt ihre unglaublich langen Beine übereinander und streicht sich die Haare zurück. »Der Kerl hat nur Sex im Kopf – eine Libido wie ein Kaninchen und eine Aufmerksamkeitspanne wie ein Goldfisch. Zum Glück werde ich nach dieser Staffel nichts mehr mit ihm zu tun haben. Die Drehbuchautoren suchen schon seit Monaten nach einer Möglichkeit, seine Rolle aus der Serie rauszuschreiben und ihn sterben zu lassen. Seiner Lumberjack-Figur dürfte in nächster Zukunft ein tragischer ›Unfall‹ zustoßen.«

Tommy betrügt Jessabel also. Oder vielleicht ist die Beziehung der beiden genauso vorgetäuscht, wie es die mit Brett war. Beides finde ich irgendwie traurig und plötzlich – nur für den winzigen Bruchteil einer Sekunde – tut mir Jessabel leid. Womöglich geht Brett wirklich als strahlender Sieger aus der Trennung hervor.

Als Tia, Bruno und ich das Set der Late-Night-Show betreten, spüre ich sofort eine gewisse Spannung in der Luft liegen. Die Crew ist wie gewöhnlich mit den Vorbereitungen für die Show beschäftigt. Aber im Gegensatz zu den meisten anderen Abenden arbeiten sie schweigend, und Rachel, die man sonst in ihren Jimmy-Choo-Stilettos ständig die Flure entlangklackern hört, steht mit besorgter Miene vor dem Green Room und flüstert mit Norton.

»Große Störungen in der Macht ich spüre«, raune ich Bruno zu.

Er nickt. »Ich auch, Obi Wan.«

Den Grund dafür erfahre ich Glückspilz, kaum dass ich in die Maske komme. Larry Stone und Georgia Nash sind schon da, sie sitzen sich in den Sesseln gegenüber und lachen sich kaputt.

»Kim!«, ruft Georgia, als sie mich erblickt. »Sie kommen zu spät, Süße. Ich hab Larry schon geschminkt.«

Larry wendet sich zu mir um und sieht mich an. Er hat grell pinkfarbenes Rouge auf den Wangen, die Lippen sind knallrot geschminkt und sein Gesicht ist mit Sommersprossen übersät, die ihm offenbar mit schwarzem Eyeliner aufgetupft wurden. Sein Teint ist fleckig und glänzt vor Schweiß, und das Weiß seiner Iris ist von derart vielen roten Äderchen durchzogen, dass es mich wundern würde, wenn er überhaupt etwas sieht. Während der Arbeit habe ich ihn noch nie in so einem Zustand gesehen. Außer zu der Zeit, kurz bevor er in die Entzugsklinik ging …

»Ist er nicht hübsch?«, sagt Georgia.

»Isch denk schon«, erwidert Larry mit verwaschener Aussprache.

Die beiden brechen erneut in Prusten aus. Ich seufze und verdrehe genervt die Augen zur Decke. *Nur noch diese eine Show überstehen*, sage ich mir. Heute Abend haben Georgia und Priscilla Nash ihren letzten Gastauftritt bei *Late Night Live mit Larry Stone*, dann hat das Drama ein Ende. Mit etwas Glück werde ich mit keiner von beiden je wieder etwas zu tun haben. Und wenn Georgia »Nur noch einen kleinen Absacker« Nash erst mal verschwunden ist, wird Larry ausnüchtern und wieder trocken werden. Und diesmal bleibt er es vielleicht. Man wird ja noch träumen dürfen.

Aber jetzt muss ich erst mal das Fiasko beheben und einen Talkshow-Moderator neu schminken und ihm Augentropfen und Kaffee einflößen. Sehr viel Kaffee.

Wundersamerweise schafft es Larry durch seinen Monolog, ohne auf die Nase zu fallen – es ist, als würde ihm der Alkohol Flügel verleihen, wirklich sehr verstörend. Solange er vor der Kamera steht und Scherze macht, scheint es ihm gut zu gehen.

Ich hasse das. Larry ist so ein netter Kerl, wenn er nüchtern ist. Er wird den Vorfall später mit Sicherheit bereuen, und wenn er nicht bald etwas unternimmt, um diesen Kreislauf zu durchbrechen … Ich mache mir wirklich Sorgen um ihn und frage mich ernsthaft, wie es um seinen Verstand und seine Leber bestellt ist.

Aber ich bin nicht die Einzige im Backstagebereich, die wie gebannt auf den Monitor starrt und sich fragt, ob Larry die ganze Stunde durchhalten wird. Jedes Crewmitglied, das gerade nichts zu tun hat, steht neben mir und bangt mit. Einige der Leute, die nur vorübergehend für die Show arbeiten und nichts zu verlieren hätten, sollte sie abgesetzt werden, schließen Wetten darüber ab, ob sich Larry auf der Bühne übergeben oder mitten im Interview das Bewusstsein verlieren wird. Zum Glück hat bisher noch niemand die Wette gewonnen.

Tatsächlich macht Larry seine Sache gut.

Im Augenblick sitzt Sarah Chin vor ihm auf der Couch, eine schöne junge Schauspielerin aus China. Sie ist hier, um für ihren ersten amerikanischen Film zu werben – es geht um ein Paar, das nach jahrelanger Trennung wieder zueinanderfindet. Sarah Chin erzählt Larry gerade von ihrem ersten echten Liebeskummer.

»Wir waren zwölf und er hat mich wegen meiner besten Freundin sitzen gelassen«, gesteht sie. Das Publikum reagiert mit einem lang gezogenen mitfühlenden »Ooooh.«

»Was würden Sie dem jungen Mann heute sagen, wenn Sie ihn wiedersehen würden?«, fragt Larry.

»Ach, ich weiß nicht«, antwortet Sarah. »Wir waren ja damals fast noch Kinder. Ich glaube, ich würde ihm alles Gute wünschen. Für mich ist schließlich alles wunderbar gelaufen, also ...« Sie verstummt und lächelt süß, die Zuschauer im Studio applaudieren. In der letzten Reihe stößt jemand einen anerkennenden Pfiff aus.

Aber Larry schlägt aufgebracht mit der flachen Hand auf den Schreibtisch. »Sie sind zweifellos zu nett, um es auszusprechen, deshalb werde ich es jetzt für Sie tun!« Er wendet sich zur Kamera und streckt anklagend den Zeigefinger aus. »Sie haben es vermasselt, Freundchen! Einen Loser wie Sie hätte sie ohnehin nicht an ihrer Seite gebraucht!«

Sarah wirkt einen Moment lang fassungslos und hält erschrocken die Hände vor den Mund, doch dann lacht sie. »Ganz genau!«, pflichtet sie Larrys Schimpftirade mit einem bezaubernden Kichern bei.

Das Publikum tobt.

Sobald der Werbeblock beginnt, renne ich aufs Set, um Sarah Chins Make-up nachzubessern.

»Das war ziemlich lustig«, sage ich, während ich ihr den Schweiß von der Stirn tupfe und noch einen Hauch Puder auftrage.

»Finden Sie?«, fragt sie hoffnungsvoll. »Ich bin furchtbar nervös. Merkt man das?«

»Gar nicht«, versichere ich ihr. »Sie machen Ihre Sache großartig.«

Und Larry auch, denke ich. Wenn es weiterhin so gut läuft, überstehen wir die Show vielleicht ohne größere Katastrophen.

Aber natürlich habe ich den Gedanken kaum zu Ende gedacht, als es mit unserem Glück auch schon vorbei ist. War ja klar.

»Ich trete nicht auf! Und Sie können mich auch nicht dazu zwingen!«, ertönt eine wütende Stimme im Backstagebereich. *Priscilla.* Niemand hat solche Wutanfälle wie sie.

Ich schminke rasch Sarah Chin fertig und haste hinter die Bühne. Dort reißt sich Priscilla Nash gerade ihr drahtloses Mikrofon vom Kopf. Aber sie schreit ohnehin so laut, dass sie auch ohne Mikro im ganzen Studio zu hören ist. Und weil sie in der Nähe der Bandbühne steht, kann das Publikum auf den linken Rängen sie auch sehen. Einige der Zuschauer recken schon die Hälse, um einen besseren Blick auf das Spektakel zu haben. Zum Glück konfiszieren wir immer alle Handys, bevor die Leute das Studio betreten. Sonst würde sich diese kleine Darbietung hier sofort im Internet verbreiten.

»Was ist denn das Problem, Priscilla?«, erkundigt sich Rachel, die eindeutig Mühe hat, den Ärger in ihrem Tonfall zu unterdrücken.

»Mit dem Mikro stimmt was nicht.« Priscilla schleudert das Headset auf den Boden und zertritt es mit dem Absatz ihres Cowboy-Stiefels. »Ich kann nichts verstehen, die Grundeinstellung ist völlig daneben. Außerdem bekomme ich eine Rückkopplung von den Gitarren. Bei dem Geräusch gehe ich völlig unter. Wenn ihr hier noch nicht einmal einen anständigen Soundcheck hinbekommt, gehe ich auf keinen Fall da raus.«

Ich schaue zur Band und sehe sie immer wieder ihre Instrumente kontrollieren und prüfen, ob die Lautsprecher und Verstärker richtig eingestellt sind und die Höhen und Tiefen stimmen. Rob hebt den Kopf und begegnet meinem Blick, er wirft mir ein gequältes Lächeln zu, bevor er zum vierten Mal die Anschlüsse seiner Gitarre überprüft. Die Tontechniker huschen schnell und lautlos wie Mäuse um die Bühne und hantieren mit Isolierbandrollen und Ersatzmikrofonen. Jeder scheint zu befürchten, er könne etwas falsch gemacht haben.

Aber ich kenne dieses Team. Sie arbeiten wie eine gut geölte Maschine, sie sind alle Profis durch und durch. Was immer Priscillas Problem ist, ich glaube nicht, dass die Band oder die Mikrofone die Ursache dafür sind.

Gerade als ich denke, dass es nicht noch schlimmer kommen kann, erscheint Mama Nash, die Fransen um ihre beeindruckende Oberweite schwingen noch stärker als üblich, weil sie noch stärker betrunken ist als üblich. »Prissy

Marie Nash, du gehst jetzt sofort auf die Bühne und hörst auf, diesen Leuten das Leben schwer zu machen.«

»Warum sollte ich?« Priscilla funkelt wütend ihre Mutter an.

»Weil ich es sage. Ich habe dich zu Höflichkeit und Anstand erzogen. Du tust auf der Stelle, was man dir sagt!«

»Nein! Tu ich nicht! Ich kann nicht.«

Georgia schwankt und muss sich an einer der Kameras abstützen, um nicht das Gleichgewicht zu verlieren. »Jetzt hör mir mal gut zu, Prissy. Du kannst und du wirst. Deiner Karriere zuliebe. Du wirst heute Abend mit deinem neuen Song auftreten und ganz Amerika wird dir zu Füßen liegen. Du wirst ein Star!«

Priscilla stößt ein frustriertes Schnauben aus und baut sich angriffslustig vor ihrer Mutter auf. »Und was, wenn ich gar kein Star sein will, hä? Schon mal drüber nachgedacht, Mom?«

Georgia starrt Priscilla mit großen Augen an und blinzelt langsam. Wird das jetzt einer dieser herzergreifenden Mutter-Tochter-Momente, in dem sich beide urplötzlich verstehen und sich weinend in die Arme fallen?

»Ach was, Unsinn, Priscilla! Jeder will ein Star sein. Schwingst du jetzt endlich deinen Hintern auf die Bühne oder willst du, dass ich dich hinschleife?«

Vermutlich eher nicht.

Priscilla verzieht das Gesicht, als hätte sie in eine Zitrone gebissen, und stößt ihre Mutter rückwärts gegen die Wand. »Bitte. Nur zu. Versuch es doch.« Sie verschränkt die Arme vor der Brust. »Das würde ich gern sehen. Du bist ja so betrunken, dass du nicht mal richtig stehen kannst.«

Oha! Das war ein Paukenschlag. Hätte Priscilla ihr Mikrofon nicht bereits auf den Boden geschleudert, würde Sie es spätestens jetzt tun, nachdem sie ihrer Mutter die Wahrheit an den Kopf geworfen hat.

»Schön, wie du meinst«, erwidert Georgia mit einer erschreckenden Ruhe, die nervenzerreißender ist als ihr lautes Geschrei. »Wenn du nicht singen willst, dann werde ich es tun.« Sie hält Daniel, der gerade mit einem Obstkorb vorbeieilen will, am Arm fest. »Hey, du! Bring mir sofort ein neues Mikro.«

Das kann sie unmöglich ernst meinen. In dem Zustand kann sie doch nicht auftreten! Aber sie scheint die Einzige zu sein, der das nicht klar ist. Rachel versucht, Georgia diskret zum Green Room navigieren, aber Georgia reißt sich los und stolpert aufs Set hinaus und winkt dem verdutzten Publikum zu.

»Oh-oh, das ist schlecht. Ganz, ganz schlecht«, sagt Daniel hinter mir. »Soll ich ihr wirklich ein Mikro bringen?«

Ich schüttle den Kopf. »Auf gar keinen Fall. Sie ist auf dem besten Weg, sich zum Affen zu machen. Wir sollten ihr nicht auch noch dabei helfen. Wo steckt Larry?«

»Kleine Badezimmer-Pause.«

»Okay.« Ich nicke und deute mit dem Kinn zu Georgia. »Versuch, sie so lange wie möglich hinzuhalten.«

Bevor Daniel irgendwelche Einwände erheben kann, bin ich in Richtung Larrys Privatbad unterwegs und laufe auf dem Flur vor seinem Büro geradewegs in ihn hinein. Ich sehe ihm an, dass er nach wie vor betrunken ist, aber wenigstens ist sein Blick wieder klar und er kann noch aufrecht gehen.

»Sie müssen etwas unternehmen, Larry«, dränge ich.

Er runzelt die Stirn. »Was ist los? Habe ich mein Make-up verschmiert?« Er versucht, im Glasrahmen eines Posters sein Spiegelbild zu erkennen.

»Nein, darum geht es nicht. Es ist wegen Georgia Nash. Sie will anstelle von Priscilla auftreten.«

Larry weicht unbehaglich meinem Blick aus. »Na und? Was ist so schlimm daran? Sie kann singen und –«

»Larry!«, falle ich ihm ins Wort. »Sie ist eine großartige Sängerin, aber sie kann in diesem Zustand nicht auftreten. Das wissen Sie. Wenn Sie wirklich ihr Freund sind, dürfen Sie nicht zulassen, dass sie sich bis auf die Knochen blamiert.«

Er sieht mir in die Augen und nickt resigniert. Das Offensichtliche bleibt unausgesprochen. »Na schön«, sagt er. »Ich kümmere mich darum.«

Als ich mit Larry ans Set zurückkomme, schützt Daniel gerade ungeschicktes Hantieren mit einem Mikrofon vor. Er hat den Leuten vom Ton schon mindestens eine Million Mal geholfen und könnte wahrscheinlich blind damit umgehen und nebenbei noch mit Flammenschwertern jonglieren, aber im Moment tut er so, als könne er nicht einmal eine einfache Klammer anstecken. Er lässt das Mikrofon immer wieder fallen und tritt »versehentlich« dagegen, sodass es quer über die Bühne rutscht. *Gut gemacht, Daniel.*

Als Larry auf Georgia zugeht und ihr die Hand auf den Rücken legt, huscht Daniel mit einem erleichterten »Gott sei Dank« davon.

»Georgia.« Larry dreht sie mühelos vom Publikum weg und zu sich um. »Ich glaube, was du vorhast, ist keine so gute Idee.«

Georgia weicht vor Larry zurück und starrt ihn an, als hätte er sie gerade aufs Übelste beschimpft. »Es ist eine großartige Idee, mein Lieber.«

Larry seufzt. »Es tut mir leid, Georgia. Aber ich kann nicht zulassen, dass du heute Abend auftrittst.«

Sie stemmt die Fäuste in die Hüften und streckt ihre Brust noch weiter vor. »Ach ja? Und wer soll mich davon abhalten? Du vielleicht?«

Larry schaut sich um. Als er sieht, dass einige der Zuschauer ihrer Unterhaltung aufmerksam folgen, tritt er mit aufgesetztem Lächeln nah an Georgia heran. »Wenn dir etwas daran liegt, dass deine Tochter noch einmal in diese Show eingeladen wird, dann verschwindest du auf der Stelle von der Bühne«, murmelt er ihr so leise ins Ohr, dass ich es gerade noch verstehen kann. »Du drehst dich jetzt dem Publikum zu, winkst lächelnd und gehst ab. Andernfalls kann sich deine Tochter eine andere Show suchen, in der sie Werbung für ihre Alben macht.«

Es ist ein gemeiner Tiefschlag, aber er funktioniert. Georgia wirkt schwer gekränkt, lässt sich aber widerstandslos von Larry vom Set führen.

»Ich wollte nur mit meiner Tochter zusammen singen! Davon träumt schließlich jede Mutter!«, schluchzt sie.

»Das kannst du immer noch tun«, verspricht ihr Larry mit überraschender Sanftmut. »Nur nicht heute Abend.«

Einen Moment lang lauschen wir alle wie gelähmt dem langsamen Abebben von Georgia Nashs Nervenzusammenbruch. Dann reißt uns Rachels näselnder New Yorker Akzent aus der Erstarrung. »Okay, Leute! Noch sechzig Sekunden, bis wir wieder auf Sendung sind. Geht an eure Plätze.« Sie klackert auf ihren Designerstilettos davon und spricht noch kurz mit dem Bandleader. Der nickt und beginnt, den anderen Bandmitgliedern Anweisungen zuzurufen.

Nach dem Ende der Werbepause zoomen die Kameras wieder ans Set zurück und die Band spielt eine Blues-Version von einem Beatles-Song, diesmal steht Janna, die Gitarristin der Band, am Mikrofon. Ich habe sie schon häufiger als Backgroundsängerin gehört, aber ich hatte keine Ahnung, was für ein gewaltiges Stimmvolumen sie hat. Sie klingt großartig, und nachdem wir jetzt eine Woche lang Priscilla gelauscht haben, ist ihr Gesang eine willkommene Abwechslung. Ich bin so von ihrem Auftritt absorbiert, dass ich nicht mitbekomme, wie gefährlich nah ich immer noch an der Bühne stehe. Als Tia einen Kameraschwenk macht, um Larrys Reaktion einzufangen, dämmert mir allerdings, dass ich ebenfalls mit im Bild landen werde, wenn ich mich nicht augenblicklich in Bewegung setze. Ich ducke mich in letzter Sekunde weg und verziehe mich hinter den Vorhang. Zeit, in die Maske zurückzukehren, wo ich hingehöre.

Auf dem Weg dorthin grüble ich darüber nach, was wohl die sozialen Netzwerke über den kleinen Vorfall vorhin berichten werden. Wir konnten zwar das Schlimmste verhindern, aber die Zuschauer im Studio haben genug mitbekommen, um im Internet jede Menge Gerede über die Show in Gang zu setzen. Insgeheim hoffe ich sogar ein bisschen darauf. Dann würden sie wenigstens aufhören, über Brett herzuziehen. Und über mich.

Als ich am Druckerraum vorbeikomme, höre ich von drinnen das laute Surren des Kopierers, das Daniels ersticktes Fluchen fast übertönt. Ich spähe durch den Türspalt und sehe, wie er sich mit einem dicken Papierstoß abmüht, um das leere Fach des Gerätes wieder aufzufüllen.

»Alles in Ordnung, Daniel? Brauchst du Hilfe?« Es ist noch nicht lange her, dass ich selbst ein Runner war, deshalb weiß ich, wie stressig diese Arbeit oft sein kann. Besonders, wenn der einzige andere Runner nie in der Nähe zu sein scheint.

Aber Daniel schüttelt den Kopf. »Nein, ist schon okay. Danke. Ich muss nur vor dem nächsten Werbeblock noch schnell einen Stapel Verschwiegenheitserklärungen kopieren.«

Na klar, denke ich und muss unwillkürlich lächeln. Verschwiegenheitserklärungen – Hollywoods Garantie dafür, dass nichts von dem, was in den Studios vor sich geht, nach außen dringt. Weil man nämlich andernfalls einen Gerichtsprozess riskiert.

Ich überlasse Daniel seiner Arbeit und setze meinen Weg zur Maske fort. Ich freue mich schon auf die Ruhe, die mich dort erwartet.

Mal ernsthaft, wieso mache ich mir eigentlich ständig was vor? Natürlich geht Liz auf mich los, sobald ich die

Maske betrete. »Du spinnst ja wohl!«, ruft sie und stößt mir anklagend den Zeigefinger in die Rippen.

Sie ist ja wohl diejenige, die spinnt, wenn man bedenkt, was sie mit meiner Cousine zusammen ausgeheckt hat. »Lass mich in Ruhe, Liz«, seufze ich entnervt. »Ich hab jetzt keine Zeit, mir dein Gekeife anzuhören.«

»Ich weiß, dass du es warst, die Laura den Ärger mit ihren Eltern eingebrockt hast.« Sie zeigt mit dem Finger auf mich und verzieht abschätzig die Lippen.

»Wie bitte? Ich hab keinen Schimmer, wovon du redest.« Wobei ich vielleicht eine leise Ahnung habe. Ich schiebe mich an Liz vorbei und beginne, meinen Arbeitsplatz neu herzurichten.

»Schon klar. Weil du ja so ein ahnungsloses und unschuldiges Geschöpf bist.« Liz schüttelt verächtlich den Kopf. »Lauras Eltern haben ihr den Geldhahn zugedreht und ihr ein Rückflugticket nach Irland gekauft – und zwar nur deshalb, weil irgendjemand behauptet hat, sie habe ihre Mutter über ihre Arbeit belogen. Was glaubst du, wer dieser jemand gewesen sein könnte, hm? Mal überlegen … Wer wohl?«

Ich seufze und lege die Lippenstifte wieder hin, die ich gerade aufstellen wollte. »Ja. Ich hab's meinen Eltern erzählt. Na und? Seit wann geht es dich etwas an, was in meiner Familie los ist?«

»Seit ich mit Laura zusammenwohne und auf ihren Anteil der Miete angewiesen bin. Außerdem sie ist meine Freundin«, fügt Liz noch rasch hinzu, wobei es sich für mich eindeutig so anhört, als sei ihr der Gedanke gerade erst gekommen. »Jetzt werde ich mir jemand anderes suchen müssen, der in ihr Zimmer einzieht. Das kann Wochen dauern! Es ist ein Riesenaufwand und mit jeder Menge Scherereien verbunden. Du bist unglaublich egoistisch, Kim.«

Mit einem erbosten Schnauben drehe ich meinen Sessel zur Seite und baue mich vor Liz auf. Jetzt reicht es mir aber. »Dir geht es doch nur um dich, Liz. Dir ist es völlig egal, dass deine ›Freundin‹ nach Irland zurückgeschickt wird. Dich interessiert nur, welche Unannehmlichkeiten *du* dadurch hast. Vielleicht hättest du dir darüber mal Gedanken machen sollen, bevor du für Laura mein Handy ausspioniert hast.«

An Liz' erschrockener, schuldbewusster Miene erkenne ich, dass ich voll ins Schwarze getroffen und wieder Oberhand gewonnen habe. Sie hatte keine Ahnung, dass ich bereits eins und eins zusammengezählt habe. *Wer ist hier ahnungslos, Liz?*

»Da staunst du, was? Ich weiß, du es warst, die Laura von meiner Verabredung mit Brett erzählt hat. Was jetzt passiert, hast du dir alles selbst zuzuschreiben. Und außerdem bin ich froh, dass Laura nach Dublin zurückgeht. Vielleicht besteht so eine kleine Chance, dass sie nicht so eine hinterhältige Intrigantin wird wie du!«

Völlig perplex starrt mich Liz an. Sie sieht aus, als würde sie krampfhaft nach einer bissigen Retourkutsche suchen und kläglich scheitern. In dem plötzlich entstanden Schweigen kann ich hören, was auf dem Monitor läuft, der hinter mir in der Ecke an der Wand hängt. Eigentlich sollte Larry jetzt auf die Bühne kommen, sich beim Publikum fürs Zuschauen bedanken und die Band auffordern, die Schlussmelodie zu spielen … aber dann wird mir klar, dass das nicht der Fall ist, und ich drehe mich um. Mir sinkt das Herz, als ich sehe, was auf der Bühne geschieht. Larry weicht vom Script ab, was fast immer ein schlechtes Zeichen ist.

»Bevor ich mich für heute Abend von Ihnen verabschiede, meine Damen und Herren«, sagt er hinter seinem Schreibtisch stehend, »möchte ich Ihnen noch eine alte Freundin vorstellen. Sie kennen sie alle: Countrylegende Georgia Nash! Komm raus auf die Bühne, Georgia!«

»Was macht er denn da?« Unser Streit ist kurzzeitig vergessen. Liz steht neben mir und starrt entgeistert auf den Bildschirm.

Ich bedecke das Gesicht mit den Händen und beobachte das Geschehen auf dem Monitor durch meine Finger hindurch. »Keine Ahnung.«

Das Publikum applaudiert frenetisch, als Georgia Nash winkend hinter dem Vorhang hevorstolziert.

»Wie Sie wissen, hat uns Georgias Tochter Priscilla in dieser Woche jeden Abend mit ihrer wunderschönen Stimme erfreut«, sagt Larry und legt den Arm um Georgia.

»Das stimmt, mein Lieber.« Georgia blinzelt – ob nun von zu viel Alkohol oder vor Glück, ist schwer zu sagen.

»Aber auch in der nächsten Woche haben wir eine besondere Überraschung für Sie, liebe Zuschauer. Georgia und Priscilla Nash werden exklusiv auf dieser Bühne ein Duett für Sie singen!«

Begeisterte »Georgia!«-Rufe werden laut. Das Publikum tobt und stampft mit den Füßen.

»Wie bitte?«, rufen Liz und ich in seltenem Einklang.

»Ich dachte, das Programm für nächste Woche steht schon längst«, sagt Liz. »Darf er so eine Änderung überhaupt vornehmen?«

Ich zucke die Achseln. »Es ist seine Show.«

Larry kommt zum Ende und verabschiedet sich für diese Woche. Als der Abspann läuft, schauen sich Larry und Georgia lächelnd an und umarmen sich, als hätte es den hässlichen Vorfall vorhin nie gegeben. Fassungslos beobachte ich, wie Georgia in ihrem Glitzer-Outfit mit strahlendem Lächeln vortritt, um den Leuten in der ersten Reihe die Hände zu schütteln.

Hat sie das Ganze etwa von Anfang an so geplant? Ich hatte es für einen Geniestreich von Larry gehalten, ihr damit zu drohen, Priscilla nicht mehr in der Show auftreten zu lassen, um Georgia von der Bühne zu bekommen. Aber vielleicht war ja Larry derjenige, dem gedroht wurde. Und vielleicht war es gar nicht Priscillas Karriere, der Georgia hier auf die Sprünge helfen wollte. Sie muss gewusst haben, dass Larry sie niemals betrunken auf die Bühne lassen würde. Sie wusste, dass die Produzenten und er alles tun würden, um für einen reibungslosen Ablauf der Show zu sorgen. Jetzt wird sie plötzlich gemeinsam mit einer angesagten Newcomerin in der Show auftreten. Vielleicht war es genau das, was sie von Anfang an gewollt hat. Ich wette, dass der Name »Georgia Nash« bereits durchs Netz geistert und ihre Verkaufszahlen im iTunes-Store durch die Decke schießen. Sie mag vielleicht schrill und laut sein, aber dumm ist sie nicht.

Als ich vorsichtig den Kopf aus der Maske stecke und auf den Flur hinausspähe, um zu schauen, ob sich die Aufregung gelegt hat, sehe ich Norton mit den Leuten von Produktionsleitung und Regie zusammengedrängt vor seinem Büro stehen – Larry mit schuldbewusster Miene in der Mitte. Keiner von ihnen wirkt besonders glücklich.

»Georgia bekommt einen Auftritt in der Show am Montag«, sagt Norton und fuchtelt mit erhobenem Zeigefinger vor Larrys Nase herum. »Einen *einzigen.* Aber solltest du noch mal so einen Mist abziehen, ohne dich vorher mit uns abzusprechen, werfe ich die Brocken hin. Selbst auf die Gefahr hin, dass der Sender dann die ganze verdammte Show abgesetzt! Das ist mir verdammt egal!«

Und seinem Tonfall nach zu urteilen, meint er es verdammt ernst.

14

Schminktipp: Wenn dich dein Quasi-Freund für Samstagabend zu einem Date einlädt, sich aber weigert, dir zu sagen, wohin, dann halte dein Make-up schlicht. Verzichte auf dramatische Smokey Eyes und ein raffiniertes Contouring. Du würdest dir albern vorkommen, wenn er einen romantischen Abend am Strand plant. Aber es sollte auch nicht *zu* schlicht sein. (Was, wenn er dich in einen exklusiven Club führt, in dem ein stylishes Glamour-Outfit gefragt ist? Der Nude-Look würde dann nicht reichen.)

Das alles geht mir durch den Kopf, während ich darauf warte, dass mich Rob abholt. Ich habe mich für einen pfirsichfarbenen Lippenstift mit mattem Finish (Smoke Peach) entschieden und sicherheitshalber noch einen roten Gloss in die Handtasche gesteckt, für den Fall, dass wir in einen angesagten Club gehen sollten. Auf schwarze Wimperntusche habe ich verzichtet und mich stattdessen auf einen hauchdünnen Strich kupferfarbenen Eyeliner und einen dezenten sandfarbenen Lidschatten beschränkt. Die Augenbrauen habe ich zu einem schmalen Bogen gezupft und trage die Haare offen – mit Seitenscheitel, um einen dramatischen Nostalgie-Effekt zu erzielen. Diesen Look kann ich nach Belieben aufpeppen und variieren.

Aber egal, wo wir hingehen, ich bin sicher, wir werden

eine Menge Spaß haben. Vielleicht können Rob und ich endlich die peinlichen Momente der vergangenen Woche hinter uns lassen. Als er mit seinem Wagen vor mir hält, sagen mir sein Lächeln und sein anerkennender Blick, in dem ein begehrliches bernsteinfarbenes Funkeln glimmt, dass alles vergessen ist.

»Besser, du fährst«, sagt er. »Wie soll ich meine Augen von dir lassen, wenn du so aussiehst?«

Ich grinse ihn mit hochgezogener Braue an. »Ist der Spruch nicht ziemlich abgedroschen?«

Rob lehnt sich zu mir herüber und drückt einen sanften Kuss auf meine Lippen. »Nicht, wenn er stimmt«, flüstert er heiser.

Als wir schließlich unser Ziel erreichen, stelle ich erleichtert fest, dass es sich um einen leicht angeranzt wirkenden Rock-Club in einem der weniger hippen Viertel von L. A. handelt. Mittlerweile habe ich schon so viel Zeit in der Welt durchgestylter Stars verbracht, dass ich froh bin, mich endlich wieder auf einem mir etwas vertrauteren Terrain bewegen zu können. Der Club verströmt nämlich alles andere als Hollywood-Glamour. Mit den dröhnenden Beats, die durch die schwere schwarze Eingangstür wummern, und den Grüppchen von Rauchern davor könnte er fast schon als irisches Pub durchgehen.

Drinnen erscheint mir alles genauso vertraut. Auf einer Kreidetafel hinter dem Tresen sind Biersorten aufgelistet, die es vom Fass gibt, jede für unter fünf Dollar das Glas. Der Boden klebt vor verschütteten Getränken, und es ist so schummrig hier drin, dass ich die Gesichter der Leute kaum erkenne. Das ist überhaupt das Allerbeste. Denn wenn ich ihre Gesichter nicht sehen kann, können sie meins auch nicht sehen. Wenigstens für einen Abend kann ich dem Dasein als berüchtigte Rote Nixe entfliehen, mich einfach unters Volk mischen und so sein wie alle anderen.

»Wie findest du es hier?«, fragt Rob.

»Toll.« Ich drücke seinen Arm.

Er stößt erleichtert den Atem aus. »Freut mich. Ich kenne den Besitzer, wir müssen also nicht unsere Ausweise zeigen oder so. Aber das ist noch nicht alles.«

Er zeigt zur Bühne, wo ein junger Typ mit Ziegenbärtchen in zerschlissener Jeans und gestreiftem Shirt hinter einem Mikrofon steht. »Habt ihr Spaß?«, ruft er.

Zur Antwort heben ein paar Männer ihre Bierkrüge und brüllen: »Yeah!«

»Gut. Sehr schön. Tja, Leute, macht euch auf ein paar tolle Bands gefasst. Wir veranstalten heute zum ersten Mal einen irischen Abend!«

»Woooah!«, ruft eine Gruppe Mädchen, die an der Theke sitzen, begeistert. Sie haben sich winzige Kleeblätter auf die Wangen gemalt und tragen Buttons mit der Aufschrift »Küss mich, ich bin Irin« an ihren Shirts.

Ich drehe mich mit einem verdutzten Lächeln zu Rob um. »Irischer Abend?«

»Überraschung!«, erwidert er. »Ich dachte, du würdest vielleicht gern mal wieder ein bisschen Heimatluft schnuppern.«

»Wie süß von dir.« Ich zwicke ihn liebevoll in die Wange.

Wir suchen uns einen Platz in der Nähe der Bühne und

ich freue mich auf einen Abend voller Heimwehgefühle und irischem Nationalstolz. Die erste Band liefert gleich einen großartigen Auftakt und stimmt eine rockig-raue Coverversion von »Body of an American« von The Pogues an. Aber meine Hochstimmung ist im selben Augenblick verflogen, als ich eine vertraute Stimme hinter mir meinen Namen rufen höre.

»Kimmy?«

Ich sauge scharf die Luft ein – als wäre ich soeben mit nackten Füßen in Glasscherben getreten.

Das kann nicht sein.

Ich wirble herum und blicke direkt in die Augen von Frankie Mackay.

Gefühle schießen in mir hoch und stürzen sofort wieder in sich zusammen wie bei einer Art skurrilem Springbrunnen. Das erste ist – in einem bizarren Reflex von Sehnsucht – *Glück*. Sein Gesicht zu sehen, hat mich immer glücklich gemacht. Selbst die Tatsache, dass er mich betrogen, vernachlässigt und mir Schuldgefühle eingepflanzt hat, nur weil ich meine Träume verwirklichen wollte, genügt offensichtlich nicht, dieses Gefühl komplett auszumerzen. Ich kann nicht verhindern, dass mein Herz bei seinem Anblick automatisch einen kleinen Salto schlägt.

Keine Sorge, ich bin nicht komplett bescheuert – ich habe nicht vergessen, was er mir angetan hat. Mein Entsetzen überwiegt und erstickt jedes Gefühl von Sehnsucht. Ich dachte, ich könnte heute Abend der Promi-Welt entfliehen, aber jetzt steht plötzlich mein Popstar-Exfreund vor mir und sieht ebenso anbetungswürdig aus wie früher.

»F-Frankie?«, stottere ich. »Was machst *du* denn hier?«

»Genau das wollte ich dich auch gerade fragen«, sagt er und blickt mir sehnsuchtsvoll in die Augen.

Vergiss nicht, mit wem du hier bist, Kim. Ich schiebe meine Hand in Robs und ziehe ihn näher an mich heran. »Ich bin mit meinem Freund hier«, verkünde ich stolz. Ich weiß, es ist ziemlich kindisch, aber ich bin froh, dass Rob in diesem Moment an meiner Seite ist. Nicht, dass man mich falsch versteht. Natürlich bin ich eine erwachsene Frau. Aber der Anflug von Eifersucht in Frankies Gesicht, als er Rob neben mir auftauchen sieht, ist unbezahlbar.

»Oh. Hey«, sagt Frankie und mustert Rob von Kopf bis Fuß.

»Hey«, sagt Rob mit undurchdringlicher Miene.

Der peinliche Moment wird durchbrochen, als der Rest von Frankies Entourage zu ihm aufschließt. Wie es aussieht, sind alle Mitglieder von The Fource hier. Die Jungs mit den akkurat getrimmten Koteletten und in Skinny Jeans fallen hier auf wie bunte Hunde und die beiden massigen Bodyguards hinter ihnen machen es auch nicht gerade besser. Die Leute betrachten sie mit gereizter Miene. Einige zeigen ungeniert mit dem Finger auf sie und lachen. Frankie, Logan, Rowan und Noah mögen in der Boygroup-Szene schwer angesagt sein, aber hier … nein, nicht wirklich.

»He, Frankie, komm«, sagt Logan. »Wir haben einen Tisch.«

Ich nutze die Gelegenheit und ziehe Rob in die entgegengesetzte Richtung, wo wir uns im rückwärtigen Bereich unauffällig in eine Nische quetschen. »Oh Mann«, stöhne ich entnervt auf. »Tut mir echt leid. Wir können gehen, wenn dir das lieber ist.«

Rob schüttelt den Kopf und lächelt mich an. »Was? Wegen diesem Typen? Auf gar keinen Fall! Wir tun einfach so, als wäre er gar nicht da.«

»Klingt gut.«

Oder jedenfalls tut es das, bis sich der Club weiter füllt. Mittlerweile wird es zusehends schwerer, The Fource zu ignorieren. Anstelle von Mitte-zwanzig-Jährigen, die in diesem Stadtteil wohnen und nur kurz auf ein Bier und ein nettes kleines Rockkonzert hereinschauen, schleichen sich immer mehr Gruppen kichernder sehr junger Mädchen durch die Hintertür herein und pirschen sich möglichst nah an Frankie und seine Boygroup-Kumpels heran. Einige machen auf nicht besonders subtile Art und Weise Selfies, um The Fource im Hintergrund einzufangen.

Wir bestellen unsere Getränke – Bier für Rob, Cola Light für mich – und ich konzentriere mich wieder auf Rob. Wir unterhalten uns über Musik und jammern über die Arbeit. Aber bald werden wir von einem in der Menge aufbrandenden aufgeregten Gekicher übertönt. Der Mann mit dem Ziegenbärtchen tritt erneut ans Mikrofon. »Tja, Leute, die nächste Band muss ich wohl keinem vorstellen – jedenfalls nicht den Mädels dort«, sagt er in leicht gequältem Tonfall.

Er zeigt auf vier blonde Mädchen, die neben der Bühne stehen und ein handgemaltes Schild hochhalten, auf dem in Großbuchstaben und von glitzernden Herzen eingerahmt »WIR LIEBEN DICH, FRANKIE!« prangt. Sie kreischen und klatschen begeistert, total beglückt, in einem Atemzug mit Frankie genannt zu werden. Unwillkürlich verspüre ich den Drang, mit den Fäusten auf sie loszugehen.

»Frisch von ihrer Europatour heute bei uns zu Gast … The Fource!«

»Oh Gott!«, seufze ich laut. Ich kenne die Songs der Boygroup, und von den superjungen Hardcore-Fans mal abgesehen, ist das hier wirklich nicht ihr Publikum. Als sich Frankie, Logan, Rowan und Noah von ihren Stühlen erheben, kreischen die Mädchen erneut und klatschen frenetisch, aber fast alle anderen schweigen. Es werden sogar ein paar Buhrufe laut, als sie auf die Bühne treten.

»Ich mag gar nicht hinsehen«, sage ich zu Rob und bedecke mein Gesicht mit den Händen. Aber es ist ähnlich wie bei einem Horrorfilm. Obwohl man Angst hat hinzuschauen, kann man einfach nicht anders. Ich spreize die Finger und spähe zu den vier Jungs hoch, die sich jetzt um ein einziges Mikrofon scharen. Oh, gut. Das bedeutet, sie werden wenigstens keine albernen Tanznummern aufführen. Aber als weder Hintergrundmusik eingespielt wird, noch irgendwelche Musiker auf die Bühne eilen, um sie mit Instrumenten zu begleiten, begreife ich, dass sie a cappella singen wollen.

Das dürfte so ungefähr die schlechteste Idee aller Zeiten sein.

Noah schnippt mit den Fingern, um den Takt vorzugeben, und die Jungs stimmen eine A-cappella-Version ihres allerneuesten Songs »Love Like Ours« an. Es ist nicht direkt gruselig – alle vier sind gute Sänger. Aber ganz ohne Musikbegleitung und ohne ihre Choreografie richtet sich die

Aufmerksamkeit nun komplett auf den unerträglich abgedroschenen Text und die eingängige Melodie. Reime wie »A love like ours is rare – Girl you know I care?« – sind nicht gerade Shakespeare. Frankie versucht, ein bisschen R&B in seinen Gesang mit einfließen zu lassen, aber das rettet es auch nicht. Mit zwölf wäre ich wahrscheinlich begeistert gewesen. Aber hier in diesem Club stößt der Song ungefähr auf so viel Gegenliebe wie ein seit Tagen abgestandenes Bier.

Als sie die dritte Strophe anstimmen, werden die Buhrufe lauter, und aus den hinteren Reihen rufen ihnen ein paar Männer zu, sie sollen von der Bühne verschwinden. Beim nächsten Refrain hält niemand mehr mit seiner Meinung hinterm Berg. Die Leute hier hassen The Fource – ich glaube, sie hassen Frankie sogar noch mehr als ich.

Die Pfiffe und Buhrufe erreichen einen Höhepunkt und nun werden Frankie und Co auch noch mit zusammengeknüllten Servietten und leeren Bierdosen beworfen. Ein paar ihrer Fans drehen sich zu den Übeltätern um und versuchen, ihre Idole zu verteidigen. Teenies gegen Rocker: Es ist ein bisschen so, als würde man ein paar Pudeln dabei zusehen, wie sie auf eine Horde Rottweiler losgehen.

Die Sache artet aus. Ich habe mir oft ausgemalt, Frankie irgendwelche Gegenstände an den Kopf zu werfen, sogar als wir noch zusammen waren, aber das heißt noch lange nicht, dass ich es gut finde, wenn jemand anderes das tut. Man muss den vier Jungs zugutehalten, dass sie nicht aufhören zu singen. Sie ziehen es bis zur letzten Strophe durch, murmeln kurz ein »Danke« ins Mikrofon und stürmen von der Bühne, als stände sie in Flammen.

Ich hätte nicht gedacht, dass ich das nach allem, was er mir angetan hat, noch einmal sagen würde, aber … Gott, der arme Frankie!

»Autsch. Das war hart!«, sagt Rob.

»Stimmt! Ich hoffe nur, sie planen keine Zugabe. In ihrem eigenen Interesse.«

Rob lacht. »Wenn sie klug sind, steigen sie in ihre Limousine und verschwinden.«

»Klug wäre gewesen, wenn sie gar nicht erst gekommen wären.«

»Auch wieder wahr.« Rob lässt seine Flasche gegen mein Glas klirren und scheint in diesem Augenblick zu bemerken, dass beide leer sind. »Möchtest du noch eine Cola?«, fragt er.

Ich nicke. »Gern.«

Rob steht auf, um uns neue Getränke zu organisieren. Der Mann mit dem Ziegenbärtchen stellt das Licht heller, um das Fiasko auf der Bühne zu beseitigen und sie für die nächste Band vorzubereiten. Ich lasse den Blick durch die Menge wandern und halte nach Frankie Ausschau. Ich will mich vergewissern, dass The Fource tatsächlich verschwinden – einerseits, weil es total bizarr ist, in Frankies Gegenwart ein Date zu haben, aber hauptsächlich, weil ich möchte, dass er in Sicherheit ist. Die feindselige Stimmung der Leute wird mit zunehmendem Bierkonsum sicher nicht besser.

Ich recke den Hals. Was ich nur eine Sekunde später bereue, als ich ein Mädchen sagen höre: »Hey, ist das nicht Frankies Ex dahinten?«

Aus dem Augenwinkel nehme ich wahr, dass ihre Freundin ihr Handy zückt, um ein Foto zu schießen, und »Oh mein Gott! Sie ist es wirklich!« ruft.

Mit dem gleichen Eifer, mit dem sie The Fource verfolgen, haben die Mädchen meine Nische umstellt. »Du bist doch die Rote Nixe, oder?«, fragt die Kleinere.

Mist. Ich hätte eine Maske aufsetzen sollen.

»Nein. Bin ich nicht«, sage ich und wedele mit der Hand vor meinem Gesicht.

»Bist du wohl«, ruft die Erste.

Eins zu null für die Franatics. Die Jedi-Gedankensteuerung funktioniert nicht.

»Bist du hier, um Frankie zurückzuerobern?«, fragt sie.

»Warum lässt du ihn nicht einfach in Ruhe? Gönnst du ihm sein Glück nicht?«, erkundigt sich die Kleinere.

»Wie bitte? Ob ich …« Ich will schon aufbrausen, kann mich aber gerade noch bremsen. Ich werde mich doch nicht von ein paar Mädchen, die Frankie – oder mich – noch nicht einmal kennen, in einen Streit verwickeln lassen. Nein. Werde ich nicht. Auf gar keinen Fall.

»Hast du denn nicht schon genug Schaden angerichtet, als du ihn wegen Brett Curtis verlassen hast?«

»Ich habe Frankie nicht wegen Brett verlassen. Und ich bin *nicht* mit Brett zusammen …«

»Schon klar. Wir haben die Bilder von dir und ihm auf dem Boot gesehen. Wie konntest du das jemandem antun, der so süß ist wie Frankie Mackay? Bist du bescheuert oder was?«

Ich sollte gar nicht darauf eingehen. Es einfach ignorieren.

Aber ich kann nicht. »Ob *ich* bescheuert bin? *Er* hat mich betrogen!«

»Klar doch. Die Fotos aus der Hotellobby sind mit Sicherheit am Computer bearbeitet worden. Wahrscheinlich von dir, du Psycho. Frankie würde niemals jemanden betrügen.«

»Das soll wohl ein Scherz sein!« Ich springe auf und stelle mich angriffslustig vor die Wortführerin. In diesem Moment erkenne ich, dass wir mittlerweile selbst Publikum haben. Ich bin kurz davor, meine ganze Wut und den Frust und alles, was sich in den letzten Wochen in mir angestaut hat, an ihr auszulassen. Aber dann sehe ich mich plötzlich mit den Augen der anderen und mir wird klar, dass ich dabei bin, ein völlig fremdes Mädchen anzuschreien, das nicht älter als fünfzehn sein kann.

»Wisst ihr was? Ich haue ab. Lasst mich einfach in Ruhe.« Ohne darauf zu warten, dass Rob mit den Getränken zurückkommt, dränge ich mich an den beiden vorbei und stürme einen langen Korridor rechts von der Bühne entlang. Ich blicke kein einziges Mal zurück; was das angeht, habe ich meine Lektion gelernt. Wenn mir die Franatics auf den Fersen sind, sollte ich so schnell wie möglich verschwinden. Ich verziehe mich gleich hinter die erste Tür – eine mit der Aufschrift »Nur für Mitarbeiter« – und haste die schmuddelige Treppe dahinter hoch, in der Hoffnung, dass sie zu einem Ausgang führt. Ich kann Rob immer noch anrufen, wenn ich erst mal draußen bin.

Stattdessen laufe ich geradewegs Frankie in die Arme. Ich wende mich ab, aber …

»Kimmy«, sagt er. »Warte.«

Lieber nicht.

»Sorry«, stoße ich hervor und drehe mich auf dem Absatz um. »Ich wusste nicht, dass diese Treppe schon besetzt ist.«

»Geh nicht!«, ruft Frankie. »Bitte!«

Ich bleibe zwei Stufen unter ihm unschlüssig stehen. Mir kommt der Titel von einem von Jessies Lieblingssongs in den Sinn: »Should I stay or should I go?« von The Clash.

»Was führt dich zu meiner Treppe?«, fragt er mit einem traurigen Grinsen.

»Ich verstecke mich vor deinen Fans. Und was machst du hier?«

»Das Gleiche. Na ja, vor denen und vor den Idioten, die mir ihre Bierdosen an den Kopf werfen.« Er lacht kläglich.

»Bist du verletzt?« Besorgt steige ich wieder eine Stufe nach oben.

»Bloß mein Stolz.« Er reibt sich über die Brust, als wäre sein Stolz dort irgendwo zwischen Herz und Lunge eingequetscht. »Schätze, du hast alles gesehen?«

»Ist ein ziemlich kleiner Club.« Ich lege den Kopf schräg. »Versteh mich bitte nicht falsch, aber … was habt ihr euch eigentlich dabei gedacht? Wieso seid ihr ausgerechnet hierher gekommen?«

»Gute Frage. Es war die Idee unserer Managerin. Sie hat ein Youtube-Video von Daniel Radcliffe gesehen, der in einem kleinen Pub Karaoke singt. Seine Fans waren begeistert. Sie meinte, wir sollten das auch mal versuchen. Aber es war wohl doch keine so tolle Idee.«

»Vielleicht funktioniert diese Art von Magie nur bei Zauberschülern und nicht bei Boygroups.« Ich deute ein mitfühlendes Lächeln an und lehne mich an die Wand, obwohl sie sich klebrig und kalt anfühlt.

Er kommt eine Stufe hinunter, sodass wir auf gleicher Höhe stehen, und lächelt mich an. »Komisch. Du schaffst es trotz allem noch, mich aufzumuntern. Mir fehlen unsere Gespräche. Es war immer schön, mit dir zu reden.«

»Ähm, tja … ich muss jetzt gehen. Rob sucht mich sicher schon …«

Frankie streicht mit den Fingerspitzen über meinen Arm. »Kannst du nicht noch ein bisschen bleiben? Um der alten Zeiten willen? Ich bringe es noch nicht fertig, wieder da rauszugehen, und könnte wirklich ein bisschen Gesellschaft brauchen. Außerdem sollten wir uns wirklich mal aussprechen.«

Ich sollte wirklich einfach gehen. Irgendwie hasse ich den Kerl. Aber er sieht so unglücklich aus. Ich konnte Frankie noch nie widerstehen, wenn er niedergeschlagen war.

Ich seufze. »Na gut. Worüber willst du reden?«

Er zuckt mit den Schultern. »Wie wär's mit der Tatsache, dass ich mich erbärmlich fühle?«

Ich muss lachen. Okay, womöglich kann ich ihm doch widerstehen. »Wieso fühlst du dich erbärmlich? Du hast immer davon geträumt, ganz groß rauszukommen. Jetzt bist du ein Star. Du bist reich und berühmt – dein Traum ist in Erfüllung gegangen.«

»Ja, aber … es fühlt sich nicht so an, wie ich es mir vorgestellt habe.« Frankie richtet den Blick zur Decke. »Die

Hälfte der Zeit habe ich das Gefühl, dass ich gar nicht auf die Bühne gehöre. Es ging alles so schnell und leicht, dass ich nie richtig darüber nachgedacht habe, was ich eigentlich wirklich will …«

Was sagt man dazu! Mum hatte recht. Wenn einem etwas zu leicht in den Schoß fällt, hat man nicht das Gefühl, es verdient zu haben.

Fast schon reflexartig will ich in den aufbauenden Freundinnen-Modus verfallen und Frankie an die Monate voller vergeblicher Vorsprechen für irgendwelche Musicals erinnern, will ihm beteuern, wie begabt und einzigartig er ist und welche Adjektive mir sonst noch so zu dem Wort »großartig« in den Sinn kommen. Aber dann fällt mir ein winzig kleines, aber sehr wichtiges Detail wieder ein: ICH BIN NICHT MEHR SEINE FREUNDIN!

Sein Vorrecht auf liebevolle Aufmunterung meinerseits hat er an dem Tag verwirkt, als er ein anderes Mädchen in sein Hotelzimmer hineingelassen hat. Obwohl, wenn ich ehrlich bin, hätte er dieses Privileg schon viel früher einbüßen müssen. Es hat mir nichts ausgemacht, ihn zu trösten und aufzubauen, aber hat er das jemals für mich getan?

»Tja, tut mir sehr leid, dass du jetzt reich und berühmt bist, aber ich muss wirklich wieder zu Rob zurück.« Ich schüttle den Kopf, um mich aus meiner Trance zu reißen. »Mach's gut, Frankie.«

Ich renne die restlichen Stufen zur Tür hinunter, aber in dem Moment, als ich den Knauf umfasse, ist Frankie hinter mir und stemmt seine Hand gegen die Tür. Mit der anderen Hand dreht er mich zu sich herum. »Es tut mir leid, Kimmy, okay? Ich weiß, ich hab dir wehgetan. Dich zu betrügen, war der größte Fehler, den ich je gemacht habe. Das soll jetzt keine Entschuldigung sein, aber du kannst dir nicht vorstellen, unter welchem Druck ich stand. Ich war total verpeilt und hab nicht kapiert, was für ein Glück ich mit dir hatte. Aber inzwischen weiß ich es, und mir ist klar geworden, was ich verloren habe. Bitte komm zu mir zurück, Süße. Ich brauche dich ...«

Er streicht mit dem Daumen über meine Wange und starrt sehnsüchtig auf meine Lippen. Vor ein oder zwei Monaten wäre ich unter seiner Berührung noch dahingeschmolzen wie Butter. Aber als sich Frankie jetzt vorbeugt und mich küssen will, steigt eine ungeahnte Wut in mir hoch. Ich stoße ihn mit beiden Händen von mir weg und er stürzt rückwärts auf die Stufen und schaut mich mit schreckgeweiteten Augen fassungslos an.

»Es interessiert mich nicht, was du brauchst!«, rufe ich. »Hast du je einen Gedanken daran verschwendet, was *ich* brauche? Nächtelang habe ich mir deine Probleme angehört. Zum Dank hast du mir Schuldgefühle eingepflanzt, weil ich nach L. A. gegangen bin. Du hast mir meine Träume madig gemacht. Anstatt dich für mich zu freuen, hast du dafür gesorgt, dass ich meine ganze Zeit und Energie darauf verschwendet habe, dich aufzumuntern. Das war verdammt anstrengend. Und als kleines i-Tüpfelchen hast du mich dann auch noch betrogen!«

Ich schwinge die Tür auf und drehe mich noch einmal kurz zu Frankie um, der völlig perplex auf der schmuddeligen Treppe sitzt. »Du fühlst dich erbärmlich? Tut mir echt leid. Aber du bist immer noch derselbe Mistkerl, der mir das Herz gebrochen hat. Vielleicht hast du es ja verdient, dich ein bisschen erbärmlich zu fühlen.«

Ich lasse Frankie, der den Mund öffnet und schließt wie ein Fisch, einfach sitzen und trete aus dem »Nur für Mitarbeiter«-Treppenhaus. Ich fühle mich zehn Pfund leichter. Wer hätte gedacht, dass angestaute Wut so viel Gewicht haben kann? Gott, hat es gutgetan, das alles mal rauszulassen! Jetzt ist es mir sogar egal, ob irgendwo ein Franatic auf mich lauert.

Aber als ich auf unsere Nische zugehe, sitzt Rob dort mit dem Handy in der Hand und und funkelt mich wütend an.

»Da hast du also gesteckt«, sagt er, als ich mich ihm gegenübersetze.

»Ja, sorry. Aber ich musste mal kurz hier raus. Alles okay?«

Rob sieht mich mit hochgezogenen Augenbrauen an, als könne er nicht fassen, wie ich so etwas überhaupt fragen kann. »Das ist jetzt nicht dein Ernst, oder? Nein, gar nichts ist okay! Ich komme mit den Getränken zurück und du bist verschwunden – einfach so. Ohne jede Erklärung. Nichts. Ich schicke dir eine Nachricht nach der anderen, aber du antwortest nicht. Ich habe mir Sorgen gemacht. Ich dachte, dir wäre vielleicht was passiert. Aber dann sehe ich dich strahlend aus dieser »Nur für Mitarbeiter«-Tür kommen. Was hast du da drin gemacht?«

»Ach Mist. Tut mir echt leid, Rob!«, bricht es aus mir heraus. »Ich wollte nicht, dass du dir Sorgen machst. Es war nur so, kurz, nachdem du weg warst …«

Ich verstumme, als ich hinter mir eine Tür quietschen höre und Rob den Blick hebt und an mir vorbeischaut. In dem Moment, als ich mich umdrehe, um zu sehen, was so interessant ist, tritt Frankie aus dieser Tür. Er sieht furchtbar verlegen aus und streicht sich peinlich berührt die Haare aus dem Gesicht. Mit gesenktem Kopf schiebt er sich durch die Menge zum Ausgang.

»Ach so, verstehe.« Robs Stimme klingt so gepresst, dass ich sie kaum wiedererkenne.

»Was?«

»Du und dein Ex hattet ein nettes kleines Wiedersehen im Treppenhaus. Toll.« Er nimmt einen tiefen Schluck von seinem Bier und starrt auf den Tisch, als wäre er zu verletzt, um mich anzusehen.

Als ich begreife, was er damit sagen will, bin ich fassungslos. »Entschuldige mal! *Wie bitte?* Hältst du mich wirklich für diese Art von Mädchen? Kennst du mich so wenig?«

Rob schüttelt langsam den Kopf. »Ich weiß nicht. Ich dachte eigentlich, ich würde dich kennen. Aber erst schleichst du dich heimlich aus Brett Curtis' Haus und jetzt das hier … Was soll ich denn da denken?«

Ich holte tief Luft und stehe auf. Die Wut, von der ich dachte, ich wäre sie losgeworden, bricht mit aller Macht wieder hervor. »Du solltest mir eigentlich vertrauen, Rob! Nachdem mich Frankie so mies betrogen hat, wie kannst du da im Ernst glauben, dass ich dir so etwas antun würde?«

Rob ist ebenfalls aufgestanden, er ist so aufgebracht, dass seine Halsmuskeln hervortreten. »Gegenfrage«, fährt er mich zornig an. »Als dich Frankie betrogen hat, hat er da nicht auch Stein und Bein geschworen, er hätte es nicht getan? Wie hast *du* dich gefühlt, als du die Bilder von ihm und dem anderen Mädchen gesehen hast?«

Rob hat mir nie ein Haar gekrümmt, aber als er mir jetzt meinen großen Kummer um die Ohren haut, fühlt es sich an wie eine Ohrfeige.

»Ich habe mich ähnlich gedemütigt gefühlt wie jetzt«, antworte ich. Ich bin versucht, noch mehr zu sagen und ihn anzuschreien, aber die Aufmerksamkeit auf uns zu lenken, ist das Letzte, was ich will. »Ich rufe mir ein Taxi«, sage ich leise. »Mach's gut, Rob.«

Mit diesen Worten stolziere ich Richtung Ausgang, Tränen der Wut in den Augen. Ich wähle die Nummer eines Taxiunternehmens, gebe die Adresse des Clubs durch und bete, dass der Wagen bald kommt. Unwillkürlich muss ich an Laura denken. Ich bin froh, den einzigen nützlichen Rat beherzigt zu haben, den sie mir je gegeben hat: Bei einem Date immer genug Geld für ein Taxi einzustecken.

Während ich in der mittlerweile ziemlich kühlen Abendluft stehe und warte, lasse ich das Geschehen wieder und wieder Revue passieren. Ich kann einfach nicht glauben, wie der Abend ausgegangen ist. *Rob vertraut mir kein bisschen*, denke ich bestürzt.

Ich bin ziemlich sicher, dass Bruno und Jessie niemals so miteinander umgehen würden, und sie sind erst seit einem Tag zusammen. Was sagt das über unsere Beziehung aus, wenn Rob und ich uns zwar schon eine ganze Weile kennen, er aber immer noch nicht weiß, wer ich bin?

Als ein paar Minuten später das Taxi kommt, klettere ich auf den Rücksitz und dirigiere den Fahrer nach Hause zu der umgebauten Garage.

Schminktipp: Wenn du dich für Samstagabend mit deinem Quasi-Freund zu einem Date verabredest, solltest du unbedingt einen wasserfesten Eyeliner auftragen, nur für den Fall, dass du dir den ganzen Heimweg über die Augen ausweinst.

Obwohl ich keinen Tropfen Alkohol getrunken habe, fühle ich mich beim Aufwachen wie verkatert. Ich zeige die gleichen Symptome: rot geäderte geschwollene Augen, hämmernde Kopfschmerzen und das ungute Gefühl, dass gestern Abend etwas ganz furchtbar schiefgelaufen ist.

Ich gehe ins Bad, um mir kaltes Wasser ins Gesicht zu spritzen, und versuche zu rekapitulieren, wie aus meinem romantischen Date mit Rob innerhalb von nicht einmal zwei Stunden ein totales Desaster werden konnte. Das muss eine Art Rekord sein. Bilder von Frankie und seinen Franatics blitzen vor meinem inneren Auge auf. *Frankie* … Obwohl wir nicht mehr zusammen sind, schafft er es immer noch, viel zu viel Platz auf meiner inneren Festplatte einzunehmen. *Das reicht!*, beschließe ich beim Zähneputzen. Ich werde mir weder von Frankie noch von Rob noch von dem Drama gestern Abend den Tag versauen lassen. Es gibt genug andere Dinge, über die ich nachdenken muss.

Ich werfe meinen Morgenmantel über und gehe hinunter

in die Wohnküche, wo ich auf Tia stoße, die wie besessen auf ihr Handy eintippt. »Morgen«, sage ich mit einem Gähnen und greife nach der Kaffeekanne. Als Tia nichts erwidert, wedele ich mit der Hand vor ihrer Nase. »Erde an Tia.«

»Was? Oh, sorry«, sagt sie gehetzt. »Ich versuche nur gerade, meine Freundin Pasha davon abzuhalten, vom Hochhaus zu springen.«

»Ernsthaft?«, frage ich. »Soll ich die Polizei alarmieren?«

Tia winkt ab. »Nein, sie will nicht wirklich springen. Jedenfalls noch nicht. Sie hat nur gerade wieder eine Absage auf ihre Bewerbung als Produktionsassistentin bekommen. Dabei ist sie echt gut in ihrem Job. Aber seit *Auf der Überholspur* angelaufen ist, behandelt man sie wie eine Aussätzige. Verrückt, was? Ich meine, es ist doch nicht ihre Schuld, dass der Film so besch–« Sie verstummt mitten im Satz, als sie meinen gequälten Gesichtsausdruck sieht. »Ähm … eine Enttäuschung an den Kinokassen ist, wollte ich sagen.«

»Schön formuliert«, sage ich ausdruckslos.

»Ach komm. Du weißt, was ich meine.« Sie beginnt wieder, frenetisch auf ihrem Handy zu tippen. »Du hast selbst gesagt, dass sich sogar dein Kumpel Brett deswegen aus der Bahn geworfen fühlt. Und er ist immerhin Brett Curtis. Ein verdammter Megastar. Selbst wenn er in seinem ganzen Leben nie wieder einen Tag arbeiten sollte, hätte er keine Geldprobleme. Aber hast du eine Ahnung, was eine Produktionsassistentin verdient?«

Ich schüttle den Kopf. Ich habe keinen Schimmer, aber vermutlich nicht genug, um sich drei Wochen einfach so in einer Stadtvilla zu verschanzen.

»Ich verstehe nicht, was so schlimm daran ist, dass der Film schlechte Kritiken hat. Jeder in Hollywood hat mindestens einen Flop in seinem Lebenslauf. Das ist doch kein Weltuntergang.«

»Hey, genau das hab ich ihr auch gesagt, aber sie dreht total durch. Vielleicht *ist* es ja der Weltuntergang, wenn du keine große Nummer in der Branche bist.« Sie schüttelt den Kopf, während sie weiter aufmunternde Worte an ihre Freundin schreibt. »Bloß gut, dass wir *Late Night Live mit Larry Stone* haben, was?«

»Ja, bloß gut«, murmle ich und versuche die Tatsache zu ignorieren, dass meine Hand zittert, als ich den Becher zum Mund führe und langsam meinen Kaffee schlürfe. Tja, bloß gut – außer, dass ich die Absicht habe, meinen Job bei der Show zu kündigen, um für einen bekanntermaßen launischen Regisseur an einem Film mitzuarbeiten, von dem ich im Grunde nicht einmal die Handlung kenne. Nachdem Tia gegangen ist, um nach ihrer durchgedrehten Freundin zu sehen, setze ich mich auf das kokonartige grüne Sofa und fange an, ebenfalls durchzudrehen.

Was denke ich mir eigentlich? Was, wenn Oshiros Film floppt? Er ist ein genialer Regisseur, der Dutzende große Filme gedreht hat. Niemand würde ihm ein kleines Fiasko ankreiden, aber *mir* … mir schon. Der einzige Film, den man dann mit meinem Namen in Verbindung brächte, wäre ein Flop, und nichts von dem, was ich gelernt habe, würde noch eine Rolle spielen. Ich wäre in der gleichen Lage wie Tias Freundin Pasha und müsste an jede Tür in Hollywood klopfen und um Arbeit betteln.

Andererseits, wenn der Film ein Riesenerfolg wird …

Der Gedanke sollte ein Trost sein, ist es aber nicht. Ich würde eine Anerkennung bekommen, die ich nicht verdient hätte. Nicht ahnend, dass meine Aufgabe nur darin bestand, Kunstblut zu verspritzen, würden mir andere Regisseure Arbeit anbieten. Die ich natürlich annehmen würde, weil ich schließlich Geld verdienen muss, aber ich würde mich dabei wie eine Hochstaplerin fühlen. Frankie meinte, der schnelle Erfolg habe ihn nicht glücklich gemacht.

Die Akademie für SFX-Maskenbild *abzubrechen, ist ein Riesenfehler.*

Plötzlich weiß ich es mit absoluter Sicherheit. Unabhängig davon, ob der Oshiro-Film der größte Hit oder der größte Flop aller Zeiten wird, ein Diplom als *Make-up Artist für Special Effects* vorweisen zu können, wäre auf jeden Fall ein Pluspunkt – egal was sonst noch in meinem Lebenslauf stünde.

Ich überlege eine Weile lang hin und her, bevor ich zu einer Entscheidung komme und zum Telefon greife. Nachdem ich Hector Oshiros Nummer gewählt habe, wappne ich mich innerlich, um seine Assistentin davon zu überzeugen, dass ich ihn unbedingt sprechen muss. Sie wird mir wahrscheinlich raten, ihm eine Nachricht auf der Mailbox zu hinterlassen, aber das ist mir egal.

»Oshiro«, antwortet eine tiefe Männerstimme nach zweimaligem Rufton.

Ich hätte fast aufgelegt, so erschrocken bin ich. Hector Oshiro persönlich! Wieso geht er selbst ans Telefon? Vielleicht hat er ja auch seine Assistentin gefeuert. Bei dem Gedanken wird mein Hals trocken.

»H-hallo, Mr Oshiro«, bringe ich schließlich zustande. »Hier ist Kim Cassidy.« Nach zwei Sekunden ratloser Stille am anderen Ende füge ich hinzu: »Die Maskenbildnerin von *Late Night Live mit Larry Stone.*«

»Ach ja, richtig. Die das Creep-Kostüm entworfen hat. Ich freue mich, Sie in meinem Team zu haben.«

»Das … ähm … darüber wollte ich mit Ihnen sprechen.« Ich zögere. Noch kann ich mich aus der Affäre ziehen. Aber ich schüttle meine Bedenken ab. Nur wer fragt, bekommt Antworten. Wer nicht wagt, der nicht gewinnt. »Ich wollte Sie fragen, ob Sie vielleicht bereit wären, meinen Arbeitsantritt einen oder zwei Tage nach hinten zu verschieben, Mr Oshiro. An dem Tag, an dem ich bei Ihnen anfangen soll, findet meine Abschlussprüfung an der *Akademie für SFX-Maskenbild* statt und –«

»Eine Prüfung? Sie wollen, dass ich meinen Film wegen einer *Prüfung* verschiebe? Sein Tonfall, der vor einer Sekunde noch ruhig und ausgeglichen klang, schraubt sich zwei Oktaven nach oben zu einer Art Kreischen hoch, das ich bisher nur von den Möwen an der Uferpromenade von Venice Beach kenne.

»Ja, Sir …«, antworte ich mit piepsiger Stimme. »Es ist meine Abschlussprüfung. Ich muss die Akademie zu Ende machen, verstehen Sie?«

»Es ist mir egal, was Sie müssen! Und ich verstehe nur, dass Sie meinen Film sabotieren wollen.«

»Sabotieren? Nein, ich würde nie –«

»Ich biete Ihnen eine einmalige Chance und Sie danken es mir so? Es scheint zu stimmen, was man über Ihre Generation sagt – alles egoistische kleine Monster.«

Meine Hände beginnen zu zittern, als ich begreife, dass sich dieses Gespräch noch rasanter zu einem Fiasko entwickelt als mein Date gestern Abend. Wie konnte das passieren? Ich muss retten, was zu retten ist, und zwar schnell.

»Es tut mir furchtbar leid, Mr Oshiro. Bitte vergessen Sie, was ich gesagt habe. Es war dumm von mir. Ich bin Ihnen sehr dankbar, dass Sie mir die Chance geben, mit einem Genie wie Ihnen zu arbeiten. Ich würde auch ohne Bezahlung für Sie arbeiten! Jedenfalls einen Tag oder zwei. Bitte nehmen Sie meine Entschuldigung an, Sir. Ich bin Ihr größter Fan.«

»Tja«, sagt Oshiro und klingt plötzlich gelangweilt. »Aber ich bin leider kein Fan mehr von Ihnen. Vielen Dank, dass Sie mir die Mühe ersparen, Ihnen später kündigen zu müssen. Betrachten Sie sich als nicht eingestellt.« *Klick.*

Mit fassungslosem Schweigen starre ich das Telefon an, als hätte es mir gerade ins Gesicht gespuckt. Hector Oshiro – der große Hector Oshiro – hat mich gerade undankbar genannt und einfach aufgelegt! Und was noch schlimmer ist – ich habe es absolut verdient.

Was habe ich getan?

15

Hätte man mich mit einem Panzer überrollt und noch einmal zurücksetzt, um den Vorgang zu wiederholen, wäre ich weniger zerschmettert als jetzt. Es wundert mich, dass ich überhaupt noch die Kraft habe, das Telefon zu halten, auf das ich nebenbei bemerkt immer noch starre.

Ich bin mir nicht sicher, aber ich glaube, ich habe mir gerade meine Karriere versaut. Plötzlich habe ich das Gefühl, keine Luft mehr zu bekommen. Vermutlich passiert genau das, wenn man von einem Panzer überrollt wird. Ich muss mit jemandem reden. Ich brauche eine freundliche Stimme, die mir hilft, das durchzustehen. Und es gibt nur einen Menschen, der mir jetzt in den Sinn kommt. Langsam wähle ich die Nummer aus meiner Kontaktliste aus.

»Hallo?« Bretts Stimme klingt verschlafen.

»Hey, Brett. Hast du einen Rat für eine Freundin, die gerade den größten Fehler ihres Lebens gemacht hat?«

Brett hustet ein paar Mal. »Nicht gleich auf Anhieb. Aber vielleicht nach etwas Kaffee und Eiern. Wie wär's mit einem Frühstück?«, sagt er.

»Perfekt«, antworte ich. »Ich weiß auch schon, wo.«

Zwanzig Minuten später schleicht sich Brett in das unscheinbare kleine Taco-Restaurant, in dem ich bereits mit zwei Frühstücksburritos und zwei Tassen Kaffee vor mir auf einem Barhocker am Fenster sitze.

»Ich hätte dich fast nicht erkannt«, flüstere ich, als er sich auf den Hocker neben mir schiebt.

Er nimmt lachend Hut, Sonnenbrille und den falschen Schnurrbart ab, den er sich unter die Nase geklebt hat. »Perfekt. Ich habe den Schnurrbart-Trick schon eine Weile nicht mehr ausprobiert. Gut zu wissen, dass er noch funktioniert.«

»Den muss ich mir für meinen ersten Film merken. Oh, Moment, ich vergaß – ich werde ja niemals bei einem Film dabei sein!« Ich nehme einen Bissen von meinem Frühstücksburrito und sinke auf dem Hocker in mich zusammen.

»Wovon redest du?«, fragt Brett und runzelt die Stirn, seine Augenbrauen stehen fast senkrecht vor Besorgnis. »Ich dachte, du wurdest von Oshiro auserkoren.«

»War ich«, sage ich kleinlaut. »Bis ich meine große Klappe aufgerissen habe.«

Ich erzähle Brett die ganze traurige Geschichte und breche peinlicherweise in Tränen aus, als ich zu dem Teil komme, in dem mich Oshiro ein undankbares, egoistisches kleines Monster genannt hat.

»So ein Mistkerl. Und dann? Lass mich raten. Er hat einfach aufgelegt?«, sagt er.

Ich nicke. »Mir dreht sich allein schon vom Erzählen der Magen um.«

»Das könnte am Frühstücksburrito liegen«, erwidert Brett mit schelmischem Grübchen-Grinsen und legt seine

Hand auf meinen Arm, sodass mir mein restlicher Burrito auf den Teller fällt.

Ich erwidere sein Grinsen. »Die Sache ist ernst, Brett.«

Er nickt nachdenklich und legt seine Hand auf meine Schulter. »Okay. Und was willst du jetzt tun? Hoffentlich nichts, das den Einsatz von Chloroform, einer Schaufel und einem Fluchtauto erfordert.«

»Woher wusstest du das?«, scherze ich zurück. »Nein, ich habe nicht die Absicht, in Handschellen auf *Hot Scoop* zu enden, vielen Dank. Außerdem will ich ihn gar nicht tot sehen. Ich will nur, dass er mich ein bisschen weniger hasst. Vielleicht lässt sich sein glühender Hass etwas eindämmen. Sagen wir vom Aufflammen tausender Sonnen zu dem eines explodieren Trucks aus einem Transformers-Film.«

Brett legt den Kopf schräg und zieht skeptisch einen Mundwinkel hoch. »Hmmm, ich sehe da zwar keinen großen Unterschied, aber es wäre immerhin ein Anfang.«

»Also, was soll ich tun? Du hast doch schon mit schwierigen Regisseuren gearbeitet. Kannst du mir nicht einen Tipp geben?«, frage ich hoffnungsvoll.

»Unterschätze nie das gute alte Schleimen und zu Kreuze kriechen.« Brett beißt von seinem Burrito ab und kaut genüsslich.

»Ausgeschlossen!« Ich schüttle den Kopf und starre aus dem Fenster. »Ich meine, es klingt zwar verlockend, aber ich will sicher sein, dass ich den Job deshalb bekomme, weil ich ihn verdiene, und nicht, weil ich darum gebettelt habe. Ich muss irgendeinen Weg finden, meine Arbeit für sich sprechen zu lassen.«

Als ich Brett das Gesicht zuwende, mustert er mich mit einem sanften Ausdruck in den Augen, der Anflug eines Lächelns umspielt seine Mundwinkel. Diesen Blick kenne ich, allerdings nur von der Leinwand. Es ist ein echtes Filmstar-Lächeln, von der Art, die dein Herz Saltos schlagen lässt. Ich glaube, er hat keine Ahnung, was er damit anrichtet, aber es ist ziemlich verwirrend.

»Was ist?«, frage ich.

Er schüttelt den Kopf, grinst aber noch breiter. »Nichts. Ich hätte wissen müssen, dass du den steinigen steilen Weg gehen willst. Das gehört mit zu den Dingen, die ich so an dir mag.« Er streckt die Hand aus und wischt mit dem Daumen etwas Ketchup von meinem Kinn und ich fühle mich auf einmal furchtbar klein und unbeholfen. Ich bin definitiv nicht dazu geschaffen, mit Hollywoodstars abzuhängen. Ich kann ja noch nicht einmal essen, ohne mir das Gesicht zu bekleckern!

»Oh, danke«, erwidere ich lachend. »Dann hoffen wir mal, dass ich am Ende des Weges nicht von einer Klippe falle.«

Als ich nach Hause komme, weiß ich, was ich zu tun habe – jedenfalls von einer Sache weiß ich es. Und es erfordert durchaus ein wenig Schleimen und Zu-Kreuze-kriechen, aber nicht vor Hector Oshiro.

Ich wähle die Nummer der *Akademie für SFX-Maskenbild*, und als sich die Telefonzentrale meldet, bitte ich darum, mit der Dozentin Nicole Jacobson verbunden zu werden.

»Hallo, Ms Cassidy«, begrüßt mich Ms Jacobson. »Was für eine Überraschung, von einer großen Filmschaffenden wie Ihnen höchstpersönlich angerufen zu werden. Wie komme ich zu der Ehre?«

Was hatte ich erwartet? Dass sie es mir leicht machen würde? Also bitte, Kim.

»Ich wollte mich für meine Verbohrtheit entschuldigen, Ms Jacobson«, beginne ich. »Sie hatten recht.«

»Ach? Und womit genau?«, sagt sie mit gespielter Ahnungslosigkeit. Sie will, dass ich es ausspreche.

Ich stoße einen tiefen Seufzer aus. »Mit allem. Dass ich noch viel zu lernen habe und meine Ausbildung zu Ende machen muss, wenn ich mir einen so herausragenden Namen machen möchte wie Sie.« Vielleicht trage ich ein bisschen dick auf, aber irgendetwas sagt mir, dass sie daran keinen Anstoß nehmen wird. »Ich möchte gern wieder in Ihren Kurs zurückkehren … wenn Sie mich noch dabeihaben wollen.«

Am anderen Ende herrscht Schweigen. Es hält so lange an, dass ich schon befürchte, sie hat längst aufgelegt und ich habe es nur nicht gemerkt. Aber dann höre ich sie übertrieben dramatisch die Luft einsaugen.

»Ich weiß nicht, Kim. Sie haben eine Menge Unterrichtsstunden und Hausarbeiten verpasst. Ich glaube nicht, dass Sie das noch aufholen können.«

»Doch, das kann ich. Ganz bestimmt!«, beharre ich. »Geben Sie mir alle Arbeiten auf, die nötig sind. Ich schaffe das, versprochen. Ich will Sie nicht anflehen. Oder doch, ich flehe Sie an. Inständig. Bitte. *Bitte!*«

»Na schön! Also gut«, unterbricht sie mich schließlich. »Kommen Sie in mein Büro und holen Sie sich die Hausarbeiten ab, die Sie nachholen müssen. Ich warne Sie: Es wird ein gewaltiges Stück Arbeit werden, äußerst zeitaufwendig und … mühsam.«

Ich lächele. Sie lässt mich wieder in ihren Kurs! »Perfekt. Unter Druck arbeite ich immer am besten.«

»Das müssen Sie auch. Ich werde Sie wissen lassen, wann Sie sich die Liste mit den versäumten Hausarbeiten abholen können.«

»Vielen Dank, Ms Jacobson. Bis bald«, sage ich.

Ich will schon auflegen, als ich sie hastig hinzufügen höre: »Ach, und Kim?«

»Ja?«

»Sie haben die richtige Entscheidung getroffen«, sagt sie mit so etwas wie Zufriedenheit in der Stimme. »Da bin ich mir sicher.«

Ich wünschte, ich wäre mir da genauso sicher. Tatsache ist, ich habe keine Ahnung, ob ich es schaffe, das Versäumte nachzuholen. Mit dem Unterrichtsstoff, den ich verpasst habe, ließe sich mein Zimmer vermutlich gleich zweimal füllen. Ich glaube, wenn ich einen Magic-8-Ball befrage, ob ich die Prüfung bestehen werde, würde er sagen: »Pah! Auf gar keinen Fall, Kim.« Aber mir bleibt keine andere Wahl, als es zu versuchen. Ich bin zwar nicht unbedingt immer einer Meinung mit Ms Jacobson, aber mit einer Sache hat sie recht, und das dämmert mir langsam: Vielleicht werde ich es in meiner Laufbahn manchmal bedauern, den ein oder anderen Job angenommen zu haben, aber meine Ausbildung abgeschlossen zu haben, werde ich sicher nie bereuen.

Nachdem ich das Schleimen und Zu-Kreuze-kriechen jetzt hinter mich gebracht habe, sollte ich wohl Tia und Bruno eine E-Mail schreiben, dass ich beschlossen habe, weiterhin den Kurs an der *Akademie für SFX-Maskenbild* zu besuchen, selbst wenn es sich für Kanye West ausgezahlt haben mag, das College abzubrechen. Ich bin nur froh, dass ich bei *Late Night Live mit Larry Stone* noch nicht gekündigt und auch meinen Eltern nichts von meinen Plänen erzählt habe – rückblickend sieht es fast so aus, als wäre mir alles schon von Anfang an klar gewesen, obwohl das nicht der Fall war. Wirklich nicht.

Ich klappe den Laptop auf und logge mich in meinen E-Mail-Account ein. Zwischen den Unmengen an Spammails von Kosmetikfirmen und Fast-Food-Lieferanten springt mir sofort eine E-Mail mit dem Absender *Jane Marsh* ins Auge. Die Betreffzeile lautet »Leitende Position als Special Effects Make-up Artist«. Ich öffne sie sofort, mein Puls beschleunigt sich ein klitzekleines bisschen.

Hi Ms Cassidy,
ich hoffe, es geht Ihnen gut. Wir sind uns zwar noch nicht begegnet, aber ich bin ein großer Fan von Ihnen und Ihrer Arbeit bei Late Night Live mit Larry Stone. Wenn Sie interessiert sind, würde ich Sie gerne zu einem Vorstellungsgespräch als SFX-Make-up-

Artist für meine Produktionsfirma »Slice Films« einladen. Ich arbeite derzeit an einem kleinen Independent-Slasher-Film (das bedeutet: mit sehr wenig Geld) und suche verzweifelt nach einer Maskenbildnerin mit Ihren Fähigkeiten. Das Honorar wäre nicht gerade hoch (siehe oben: sehr wenig Geld), aber Sie werden in dieser Stadt kaum eine coolere Besetzung und Filmcrew finden. Ich habe eine Kurzfassung der Handlung beigefügt, um Ihnen eine Vorstellung davon zu geben, wonach wir suchen.
Bitte lassen Sie mich wissen, ob Sie an einem Gespräch interessiert sind.

Herzliche Grüße
Jane Marsh
Produzentin/Regisseurin - Slice Films

Ich scrolle auf dem Bildschirm nach unten, um die Beschreibung des Filmplots zu lesen. Es ist ein typisches Slasher-Movie mit eimerweise Blut und einer Wendung, die mir sogar in der Kurzfassung eine Gänsehaut verursacht. Klingt absolut hammermäßig.

Okay, ich weiß, was ich gerade über meine Ausbildung und das alles gesagt habe, aber ich schätze, ein Teil von mir kann dem Lockruf der Filmbranche einfach nicht widerstehen, weil ich nämlich in Gedanken schon wieder mein Kündigungsschreiben an *Late Night Live mit Larry Stone* formuliere. Ganz zu schweigen davon, dass mir ein *sehr* ungemütliches Gespräch mit Ms Jacobson bevorsteht, wenn ich ihr eröffne, dass ich nun doch in Kanye Wests Fußstapfen treten werde. Abgesehen von der Aussicht, in bitterer Armut leben zu müssen, klingt dieses Stellenangebot perfekt! Bei Slashern steht und fällt nämlich alles mit der Maske – besonders wenn es ein Independent-Film ist. Da die Produktionsfirmen weder Geld für eine teure Computeranimation noch für eine hochkarätige Starbesetzung haben, sind Blut und Gemetzel – sprich die Maske – die eigentlichen Stars der Indie-Filme. Super. Und im Betreff der E-Mail steht außerdem schwarz auf weiß: *Leitende* Position als Special Effects Make-up Artist. Es wäre also meine Show, ich hätte das Sagen …

Aber wenn mich meine Erfahrung mit Hector Oshiro eines gelehrt hat, dann, dass man nicht übereilt handeln darf. Jeder Verrückte kann von sich behaupten, er wäre ein Independent-Film-Produzent. Deshalb greife ich auf die Informationsquelle jeder wissenschaftlich fundierten Recherche zurück: Google. Ich gebe den Namen Jane Marsh in die Suchleiste ein und stoße zu meiner Erleichterung sofort auf eine überzeugend aussehende Website mit Links zu ihrer Filmdatenbank und ihrem Twitter-Account. (Profi-Tipp: Wer in Hollywood keinen eigenen Online-Auftritt hat, ist mit fast an Sicherheit grenzender Wahrscheinlichkeit ein Serienmörder.) Es gibt sogar einen Kurzfilm auf ihrer Website, bei dem sie Regie geführt hat. Ich lade ihn herunter und schaue ihn mir an. Er ist nur fünf Minuten lang, aber ich fange schon nach dreißig Sekunden an zu zittern. Nach vier Minuten und dreißig Sekunden umklammere ich mein Kopfkissen und stoße erschrockene Wimmerlaute aus. Es ist der coolste gruseligste Fünfminutenfilm, den ich je gesehen habe.

Es ist doch nicht übereilt gehandelt, ihr zumindest eine Antwortmail zu schreiben, oder? Ich meine, es wäre doch sehr unhöflich von mir, auf ihre Einladung nicht zu reagieren. Vielleicht lässt sich sogar eine Möglichkeit finden, dass ich meine Schleimerei vor Ms Jacobson nicht wieder zurücknehmen muss.

Ich jage schnell eine Antwort heraus, die möglichst lässig und cool klingen soll, nach dem Motto »alles geht, nichts muss«. Was ich aber tatsächlich schreibe, ist: »Ich würde wahnsinnig gern zu einem Vorstellungsgespräch mit Ihnen kommen!« Und dann hinterlasse ich ihr alle Kontaktdaten, die sie eventuell wünscht, und ein paar, die sie ganz sicher nicht wünscht – es sei denn, sie brennt darauf, sich auf Pinterest seitenweise Fotos von Latex-Wunden und Airbrush-Techniken anzusehen.

Ich starre auf den Laptop und kann immer noch nicht ganz glauben, was ich da gerade getan habe. Aber praktisch sofort summt mein Handy mit ihrer Antwort: »Großartig! Passt es Ihnen morgen um zwei? Schlage als Treffpunkt das Brass Café an der Melrose Avenue vor. Würde mich sehr freuen. Bis morgen hoffentlich!«

Sie ist freundlicher als die Hälfte der Leute, die ich bisher im Sessel hatte, dabei kennen wir uns noch nicht mal. Ich habe ein gutes Gefühl bei der Sache.

Ich komme mir total albern vor. Obwohl ich genau weiß, wie man sich zu einem wichtigen Vorstellungsgespräch kleidet, trage ich eine Baseball-Kappe, Jeans und eine Sonnenbrille mit riesigen Gläsern. Ich sehe aus, als hätte ich in einem Kostümverleih nach der Standard-Tarnung für Promis gefragt. Das Einzige, womit ich mir *noch* alberner vorkommen würde, wäre Bretts falscher Schnurrbart (nicht, dass ich nicht darüber nachgedacht hätte, ihn anzukleben).

Es ist nur so, dass ich das Brass Café nicht kenne. Was, wenn es ein bekannter Promitreff ist, in dem die Crème de la Crème Hollywoods abhängt und wo es von Paparazzi nur so wimmelt? Oder noch schlimmer – von Touristen? Ich sterbe, wenn mich eine von Frankies Franatics erspäht und mitten in mein Vorstellungsgespräch hineinplatzt, um mich über meinen Exfreund oder über Brett auszuquetschen. Und wenn es etwas gibt, das man bei einem wichtigen Vorstellungsgespräch *nicht* tun sollte – außer Jeans und Sonnenbrille zu tragen, versteht sich –, ist es, am Tisch tot umzufallen.

Zum Glück habe ich mir völlig umsonst Sorgen gemacht. Das Brass Café entpuppt sich als ein abgelegenes kleines Szenelokal in einer Seitenstraße der Melrose Avenue ohne eine einzige Kamera in Sichtweite. Und es kommt noch besser, denn als ich beim Eintreten meine Sonnenbrille abnehme und Jane Marsh entdecke, stelle ich fest, dass sie ebenfalls Jeans anhat. Ich stoße einen tiefen Seufzer der Erleichterung aus.

Noch während ich meine Kappe abnehme und in die Handtasche stopfe, kommt sie unsicher auf mich zu und spricht mich an.

»Kimberly?«

»Ja, das bin ich«, antworte ich und streiche unauffällig ein paar widerspenstige Locken zurück, die sich aus meinem streng zurückgekämmten Pferdeschwanz gelöst haben. Hoffentlich ist er unter der Kappe nicht zu sehr in Unordnung geraten.

Sie lächelt mich strahlend an. »Großartig. Ich bin Jane Marsh. Schön, Sie kennenzulernen.« Sie schüttelt meine Hand und winkt mir, ihr zum Tresen im Stil der 1970er Jahre zu folgen, auf dem Serviettenbehälter, rote Plastikflaschen mit Ketchup und selbst gebackener Apfelkuchen unter einer gläsernen Tortenhaube thronen.

Kurz darauf erscheint eine Frau aus der Küche. Bei Janes Anblick breitet sich auf ihrem Gesicht ein Lächeln aus. »Na, so was. Hey, Fremde. Wie geht's dir, Janey?«

»Gut, gut! Kann mich nicht beklagen. Und wie läuft das Diner-Geschäft, Dolores?«

»Könnte nicht besser sein. Was darf ich euch bringen? Das Übliche?«

»Für mich nur einen Kaffee, bitte. Schwarz.«

Dolores nickt und schaut mich an. »Und für deine Freundin?«

»Kaffee klingt toll«, erwidere ich.

»Kommt sofort«, sagt Dolores.

Nachdem ihr die Kellnerin zwei Becher mit dampfend heißem Kaffee über die Theke gereicht hat, führt mich Jane zu einem Tisch im rückwärtigen Bereich, an dem ein junger Hipster-Typ in einem engen T-Shirt, Jeans mit umgekrempeltem Hosensaum und mit einem grauen Fedora-Hut hinter einem silberfarbenen Laptop sitzt und hoch konzentriert tippt. Er schaut erst auf, als Jane die beiden Tassen abstellt.

»Kimberly, das ist mein Assistent, Co-Produzent, Kameramann, Cutter –«

»Lebensretter, Laufbursche, gelegentlicher Stuntman, Kameramann …«, fällt er ihr ins Wort und grinst sie schelmisch an. Er steht auf und schüttelt mir die Hand. »Eli, Koryphäe auf jedem Gebiet.«

Jane erwidert sein Grinsen und sieht dann mich an. »Er übertreibt. Ich habe immerhin das Drehbuch geschrieben.«

»Auch wieder wahr«, räumt Eli ein. »Es ist ein ziemlich geniales Script.«

»Danke«, sagt Jane zu ihm und wendet sich wieder mir zu. »Wenn er auf jedem Gebiet eine Koryphäe wäre, würden wir jetzt kein Vorstellungsgespräch mit Ihnen führen.«

»Dann habe ich ja Glück, dass Sie keine Ahnung von Make-up haben.« Ich lächle Eli an und nehme zwischen ihm und Jane Platz.

»Moment, ich habe nicht gesagt, dass er keine Ahnung von Make-up hat.« Jane grinst und trinkt einen Schluck Kaffee. »Letztes Halloween hat er eine sehr überzeugende Kim Kardashian abgegeben.«

Eli setzt sich wieder hin und heftet den Blick erneut auf den Laptop. »Wir waren uns doch einig, dass wir kein Wort mehr darüber verlieren«, sagt er mit ausdrucksloser Miene.

Jane zwinkert mir zu. »Stimmt. Sprechen wir also über wichtigere Dinge, als da wären: *Schnittreste*.«

»Das ist der Arbeitstitel für unseren Film«, erklärt mir Eli und fasst noch einmal kurz die Handlung für mich zusammen. »Wir wollten ihn zuerst *Director's Cut* nennen, aber dann dachten wir, damit wäre schon zu viel verraten.«

Ich presse unterm Tisch meine Hände zusammen, um sie am Zittern zu hindern. Entweder bin ich von dem extrastarken Kaffee so nervös, oder es ist der Gedanke an das Projekt, der mich total aufputscht. »Es ist also ein Slasher-Movie über ein Slasher-Movie, dessen Regisseur sich als Mörder entpuppt? Klingt nach einem echten Kultfilm!«

»Danke!«, sagt Jane. »Genau das sagen wir auch immer potenziellen Geldgebern. Leider scheint bislang niemand nachvollziehen zu können, warum wir zusätzliches Geld brauchen, um unbekannte Schauspieler zu zerstückeln.«

»Oh, aber ich verstehe das total«, versichere ich. »Schon nur das flüssige Latex oder die Spezial-Silkon-Mischung, das Narben-Wachs … für sich allein genommen ist nichts davon wahnsinnig teuer, aber es summiert sich und kann wirklich ganz schön ins Geld gehen.«

»Absolut. Wie würden Sie denn kleine finanzielle … nennen wir es mal ›Engpässe‹, umschiffen wollen, wenn wir Sie einstellen?«, fragt Jane.

»Sehr hübsch formuliert.« Eli grinst. »Ich würde uns total pleite nennen, aber lasst euch von mir nicht stören.« Seine Finger schweben über der Tastatur des Laptops, als warteten sie nur darauf, meine Antwort einzutippen.

Ich überlege kurz. »Na ja, es gibt immer eine preiswerte

Lösung, um Spezialeffekte zu erzielen. Wussten Sie zum Beispiel, dass es Tom Sevini nur mithilfe von ein paar Strohhalmen und etwas Silberlack geschafft hat, es so aussehen zu lassen, als würde ein Schraubenzieher aus dem Ohr eines Zombies herausragen? Und der erste *The-Evil-Dead*-Film hatte 1981 nur ein Budget von etwa vierhundert Dollar, aber Tom Sullivan hat die Special Effects trotzdem super hinbekommen. Ich bin sicher, wir könnten an einigen Ecken sparen. Der Supermarkt bei mir um die Ecke hat beispielsweise immer mal wieder Maissirup im Angebot, es wäre also schon mal kein Problem, ein paar Liter Kunstblut zusammenzumischen.«

Ich beobachte, wie Jane und Eli lächelnd einen langen Blick wechseln. Eli nickt kurz und hält den Daumen hoch. Jane sieht mich an und faltet vor sich auf dem Tisch die Hände ineinander. »Tja, Kimberly, nachdem mein hochverehrter Teilhaber und ich uns in aller Ausführlichkeit beraten haben …«

Angesichts meines verwirrten Blicks zeigt Eli mit gespreiztem Zeige- und Mittelfinger erst auf seine und anschließend auf Janes Augen.

»… sind wir beide zu dem Schluss gelangt, dass dieses Gespräch außerordentlich gut verlaufen ist, und möchten Ihnen gern in aller Form und mit sofortiger Wirkung die Leitung der Special Effects bei Slice Film anbieten. Was sagen Sie?«

Was soll ich sagen? Mal eben nebenbei zu einem Vorstellungsgespräch zu gehen, ist die eine Sache. Aber den Job tatsächlich angeboten zu bekommen, noch bevor ich meinen Kaffee ausgetrunken habe? Ich bin zu überwältigt, um etwas sagen zu können! »Na ja, das ist … Ich meine … Ich …« Ich kann ja noch nicht einmal den verdammten Satz zu Ende bringen! Die Sache hier bringt mich massiv aus dem Konzept. Was soll ich bloß tun? Will ich den Job überhaupt *wirklich?* Was ist mit *Late Night Live mit Larry Stone?* Und mit dem Kurs an der Akademie? Was erwarten die beiden von mir? Was mache ich nur? Ich dachte, sie würden mit dem üblichen »Denken Sie einen oder zwei Tage darüber nach«-Spruch aufwarten, woraufhin ich dann tatsächlich, na ja, erst mal darüber *nachdenken* würde. Stattdessen haben sie mich unter Zugzwang gebracht, was mich in eine stammelnde Idiotin verwandelt. Wie peinlich.

Aber Jane lacht nur und lächelt anschließend umso strahlender. »Ich deute Ihr Gestammel als ein Ja.«

»Ich –«

»Willkommen an Bord, Kimberly!« Eli hebt fröhlich seinen Kaffeebecher.

Jane schaut über meinen Kopf hinweg zur Theke. »Dolores! Eine Runde Apple Pie, bitte. Wir wollen unseren Neuzugang im Team feiern.«

Ich stoße einen Laut aus, der wie eine Mischung aus dem Schnattern eines Delfins und dem Fiepsen einer Maus klingt, was lautes Gelächter bei Jane, Eli und Dolores hervorruft, die bereits mit drei üppig mit Kuchen beladenen Tellern herbeieilt.

»Der Armen hat es die Sprache verschlagen«, erklärt Eli an Dolores gewandt. »Aber mal ganz im Ernst, Kimberly, in der Sekunde, in der Sie Tom Sevini erwähnten, wusste ich,

Sie haben den Job. Was für eine Erleichterung, dass Sie talentiert *und* bereit sind, für ein absurd niedriges Honorar zu arbeiten.«

»Ja, den Göttern Hollywoods sei Dank. Natürlich schadet es auch nicht, dass Sie unseren Hauptdarsteller schon kennen. Es ist immer gut, wenn ein Schauspieler seine Maskenbildnerin mag und sich in ihrer Gegenwart wohlfühlt, schließlich wird er sehr viel Zeit in Ihrem Sessel verbringen.« Sie bedankt sich bei Dolores, stürzt sich auf ihren Kuchen und verdreht genüsslich die Augen.

Endlich habe ich so viel von meiner Sprache wiedergefunden, dass ich ihr eine Frage stellen kann. »Was meinen Sie mit ›ich kenne Ihren Hauptdarsteller schon‹?«

Jane wirft mir einen fragenden Blick zu und kaut zu Ende. »Ach … Sie meinen, Brett hat Ihnen nichts gesagt?«

Ich bekomme einen Erstickungsanfall, als hätte ich mich an meinem Kuchen verschluckt, dabei habe ich noch keinen einzigen Bissen davon genommen. »Entschuldigung, wie bitte?«, krächze ich noch hustend hinter meiner vorgehaltenen Hand.

»Oh, ich weiß«, fährt Jane fort. »Wir konnten selbst kaum glauben, dass wir Brett unter Vertrag haben. Was für ein Gewinn! Zumal ich ja weiß, dass sein Agent ihn unter einer Million Dollar normalerweise nicht mal ans Telefon gehen lässt. Und unser Angebot lag bei … Was haben wir ihm noch mal geboten, Eli?«

»Den Gegenwert eines Grand-Slam-Frühstücks bei Denny's«, sagt Eli in sachlichem Tonfall.

»Das dürfte ungefähr hinkommen. Trotzdem erweist er

uns die Ehre, in unseren kleinen Film die Hauptrolle zu übernehmen. Er wird großartig sein. Wir sind über Skype kurz das Drehbuch durchgegangen und er hat uns dabei eine kleine Kostprobe seines Könnens gegeben. Wow! Sie können sich nicht vorstellen, wie überzeugend er als Serienmörder ist. Die schlechten Kritiken zu *Auf der Überholspur* sind quasi Schnee von gestern. Und die öffentliche Aufmerksamkeit für unseren Film wird enorm sein, schon allein deshalb, weil es so ein krasser Genre-Wechsel für ihn ist.«

Sie beginnt, über die Möglichkeit von Werbe-Aktionen bei Medienveranstaltungen und Filmfestivals zu sprechen, während ich innerlich abschalte und zu begreifen versuche, was hier eigentlich vor sich geht. Anscheinend ist Janes Drehbuch dasjenige, von dem mir Brett bei meinem Besuch vorgeschwärmt hat. Er sagte, er suche nach einem Filmprojekt, das ihm hilft, aus der Herzensbrecher-Rolle herauszukommen, und ich schätze, er hat es gefunden. So weit, so gut.

Nicht so gut finde ich allerdings, dass er Jane offenbar darum gebeten hat, mich einzustellen. Ich komme mir ziemlich bescheuert vor. In meiner Naivität habe ich tatsächlich geglaubt, ich hätte den Job aufgrund meiner bisherigen Arbeit bekommen – nach einem Vorstellungsgespräch von gefühlt fünf Sekunden. Dabei ist es keineswegs mein Können, von dem sie beeindruckt sind, sondern nur meine Freundschaft zum Megastar Brett Curtis – die ich plötzlich ernsthaft in Zweifel ziehe. Was hat er sich bloß dabei gedacht, frage ich mich mit glühenden Wangen. Habe ich ihm nicht klar und deutlich gesagt, dass ich mir meinen Erfolg *verdienen* möchte?

Wahrscheinlich hält er es für einen Freundschaftsdienst, aber das ist es nicht. Es ist das, was ein eingebildeter Hollywoodtyp für jedes dumme Möchtegern-Filmsternchen tun würde, das er gerade seine Freundin nennt. Es war gar kein Vorstellungsgespräch. Ich hatte den Job schon in der Tasche, bevor ich das Café überhaupt betreten habe.

»Ms Marsh –«

»Ich bin Jane. Wir sind doch jetzt Kollegen.«

»Sag mir bitte die Wahrheit, Jane. Du warst gar nicht wirklich von meiner Arbeit bei *Late Night* beeindruckt, oder? Dieses Gespräch findet nur statt, weil dich Brett darum gebeten hat, stimmt's? Nur deshalb wollt ihr mir die Stelle geben.«

Eli und Jane tauschen einen langen Blick, schließlich schaut Eli betreten zur Seite.

Nach einer Weile sieht mir Jane offen in die Augen. Sie blinzelt zweimal. »Ja. Er *hat* mich darum gebeten. Aber ich habe mir deine Arbeit angesehen, und wir hätten dir den Job nicht angeboten, wenn wir dich nicht für geeignet halten würden.«

Wer hätte gedacht, dass Produzentinnen/Regisseurinnen so gute Schauspielerinnen sein können?

»Vielen Dank«, sage ich. »Aber ich verzichte.« Meine Lektion über Dinge, die einem zu leicht in den Schoß fallen, habe ich gelernt, und ich will nicht noch einmal in die Falle tappen.

Stattdessen werde ich ein oder zwei ernste Worte mit Brett Curtis reden müssen. Oder fünf.

16

Was fällt dir ein!«, herrsche ich Brett an, sobald er sich am Telefon meldet.

»Wer ist da?«, fragt er. Als ob er das nicht genau wüsste.

»Jetzt tu doch nicht so, du … du Filmstar!« Wow! Was für eine grobe Beleidigung! Aber ich meine es ganz ernst. Bisher hat Brett noch nie den Promi heraushängen lassen, aber jetzt plustert er sich plötzlich zum Gönner auf, und das gefällt mir nicht. »Du weißt genau, dass ich nie einen Job nur über Beziehungen oder aus Mitleid haben wollte. Hast du eine Ahnung, wie gedemütigt ich mich gefühlt habe, als ich dahintergekommen bin, dass mich Jane Marsh nur einstellen wollte, weil du sie darum gebeten hast?«

Brett schweigt einen Moment lang. »Es tut mir leid. Ich dachte … ich dachte, du würdest dich freuen. Du hast gesagt, es sei genau die Art von Film, bei dem du gern dabei sein möchtest«, sagt er leise.

»Ist es auch!«, stoße ich zwischen zusammengepressten Zähnen hervor. »Aber ich habe dir auch gesagt, dass ich es aus eigener Kraft schaffen und durch mein Können überzeugen will. Oder hast du den Teil nicht mitbekommen? Dank dir wird jetzt jeder denken, dass ich mich nach oben schlafe!«

Erneutes Schweigen. Schließlich lässt er ein nervöses

Lachen hören. »Da muss mir tatsächlich was entgangen sein. Ich wusste gar nicht, dass wir –«

»Ach komm, hör auf«, falle ich ihm ins Wort. »Du weißt, was ich meine.«

»Ja. Weiß ich«, sagt er, und seine Stimme wird leise und flach. »Und ich finde, du übertreibst. Lass die Leute doch denken, was sie wollen. Am Ende kommt immer die Wahrheit ans Licht. Gerüchte spielen da keine Rolle.«

Ich kann nur bitter lachen. »Entschuldige mal, bist du neu in Hollywood?«

»Warum sagst du nicht einfach, was du sagen willst?«, sagt Brett seufzend.

»Na schön. Tu doch nicht so naiv. Du weißt genauso gut wie ich, dass sich Klatsch in dieser Stadt verselbstständigt. Ich bekomme schon Todesdrohungen von deinen Fans. Neue Gerüchte werden es nicht besser machen. Außerdem geht es gar nicht nur um dich. Ich will nicht, dass irgendjemand – weder Verwandter noch Freund – seine Beziehungen für mich spielen lässt und mir zu etwas verhilft, das ich mir nicht selbst erarbeitet habe.«

Brett gibt ein abschätziges Schnauben von sich und klingt zum ersten Mal wütend. »Wer ist hier naiv?«

Oha. Ich glaube nicht, dass er mich schon einmal so anblafft hat. »Wie bitte?«

»Glaubst du im Ernst, dass in dieser Stadt jeder durch eigene Kraft an seinen Job gekommen ist? Ich bitte dich! Neunzig Prozent der Erfolgsgeschichten hier – ob vor oder hinter der Kamera – sind nur über Beziehungen entstanden. Die Leute säßen längst wieder im Bus nach Iowa oder

Nebraska, oder woher sie sonst kommen, wenn sie nicht jemanden kennen würden, der jemanden kennt. Im Übrigen ist es nur ein kleiner Independent-Film, von dem kaum jemand etwas gehört haben, geschweige denn sich ansehen wird. Und selbst wenn die Leute denken sollten, dass du und ich … du weißt schon … könnte niemand behaupten, du hättest dich nach oben geschlafen. Du würdest dich höchstens in die unterste Mitte geschlafen haben.«

Ich muss unwillkürlich prusten. »Hör auf, dich lustig zu machen, Brett. Das ist nicht komisch.«

»Ich weiß nicht. Der Gedanke, dass du und ich etwas miteinander haben, ist schon ziemlich komisch … findest du nicht?«

Etwas an der Art, wie er es sagt, gibt mir das Gefühl, dass es überhaupt nicht komisch wäre. Ich räuspere mich unbehaglich. »Na ja. Vielleicht. Aber du solltest so etwas nicht sagen. Nicht mal im Scherz. Es war schon schwer genug, meinem Freund zu erklären, wieso ich mich neulich aus deinem Haus geschlichen habe.«

»Deinem Freund?«, sagt Brett leise. Ich kann hören, dass er das Telefon von einer Hand in die andere wechselt. »Ich wusste nicht, dass du einen Freund hast.«

»Oh. Na ja. Hab ich aber. Und er ist sowieso schon verunsichert, weil ich mit dir abhänge.«

»Ach ja? Wieso das denn?«, fragt Brett. »Vertraut er dir nicht?«

Ich sehe Robs Gesichtsausdruck vor mir, als ich aus Bretts Limousine ausgestiegen bin. Und wie wütend er wurde, als er dachte, ich hätte im Treppenhaus von diesem

Club mit Frankie geknutscht. »Klar vertraut er mir«, sage ich.

Keine Ahnung, wieso ich plötzlich mit Brett über Rob spreche, aber ich will das Thema jetzt nicht noch vertiefen. »Er weiß natürlich, dass du und ich bloß gute Kumpel sind. Aber diese dämlichen Paparazzi lassen es ständig so aussehen, als wären du und ich zusammen, und das ist das Letzte, was ich will. Also gieß bitte nicht noch Öl ins Feuer, okay? Hilf mir lieber, es auszutreten.«

»Austreten«, wiederholt Brett mit einem kaum hörbaren Flüstern. »Alles klar. Hör zu, tu, was du für richtig hältst, was den Film anbelangt. Ich werde mich aus der Sache raushalten und mich nie wieder in dein Leben einmischen, in Ordnung … Kumpel?«

In seiner Stimme liegt ein gekränkter Unterton, und ich frage mich langsam, ob ich ihn nicht ein etwas zu harsch angegangen habe. »Brett, wieso bist du … es tut mir leid, dass ich dich angeschrien habe, ich finde nur … alles cool zwischen uns?«

»Klar, alles cool. Supercool. Hör mal, ich muss jetzt langsam los.« Er klingt abweisend und kühl. »Bis demnächst, Kim.«

»Oh. Okay, bis –«

Klick.

»– dann.«

Schon das zweite Mal diese Woche, dass ein weltberühmter Superstar im Gespräch mit mir einfach auflegt.

Als ich am Abend ins Studio komme, kämpfe ich immer noch mit den Tränen. Normalerweise bin ich gar nicht so eine Mimose wie einer meiner Brüder immer behauptet, aber ich habe das Gefühl, dass ich im Moment einfach alle wütend mache: mein großes Vorbild, meinen Freund, meinen Kumpel. Ich muss versuchen, das irgendwie wieder hinzubiegen. Außerdem könnte ich jetzt wirklich dringend eine Umarmung gebrauchen.

Es ist noch über eine Stunde, bis wir auf Sendung gehen. Die meisten aus der Crew sind glücklicherweise gerade unterwegs und mit anderen Dingen beschäftigt, als ich Rob auf der Bühne auf einem der Lautsprecher sitzen und seine Gitarre stimmen sehe. Ich nähere mich ihm auf leisen Sohlen und höre zu, wie er eine Saite nach der anderen anschlägt, innehält, um sie zu spannen, und erneut anschlägt, so lange, bis sie den richtigen Klang hat.

»Bei dir klingt sogar das Stimmen toll«, sage ich fast wie zu mir selbst.

Rob schaut auf. Als er mich sieht, wird sein Blick einen Moment lang sanft. Dann beugt er sich wieder über seine Gitarre und tut so, als wäre sie das einzig Wichtige im Raum. »Hi, Kim«, begrüßt er mich.

»Hör mal, ich weiß, ich bin derzeit nicht gerade dein Lieblingsmensch«, sage ich. »Aber ich hatte heute einen echt beschissenen Tag und könnte jetzt wirklich eine Umarmung gebrauchen. Meinst du, wir könnten unseren Streit so lange beilegen?«

Vielleicht weil meine Stimme bei den letzten Worten bricht und mir jetzt tatsächlich Tränen in den Augen stehen, schaut Rob auf, wirft die Gitarre beinahe von sich und kommt auf mich zugelaufen. Er nimmt mich in seine starken Arme, zieht mich an sich und küsst mich auf den Scheitel. Ich erbebe und stoße einen tiefen Seufzer aus.

»Was ist denn los?«, fragt er und streicht mir mit einer Hand über die Haare.

Ich lache bitter auf. »Wie viel Zeit hast du?«

»So viel du brauchst.«

»Zuallererst bin ich den Job bei Oshiro los«, gestehe ich. Es ist das zweite Mal, dass ich es ausspreche, und es tut genauso weh wie beim ersten Mal.

Er lockert seine Umarmung gerade so weit, dass er mir ins Gesicht sehen kann. »Das ist bitter, Kim. Tut mir leid. Was ist passiert?«

Ich verdrehe die Augen. »Ach, nichts Besonderes, nur dass ich die größte Idiotin aller Zeiten bin und ihn gefragt habe, ob er nicht vielleicht seinen Drehplan für mich verschieben kann.«

Rob schaut mich an und zieht die Augenbrauen fast bis zum Haaransatz hoch. »Im Ernst?«

»Ich weiß, ich weiß. Es klingt nach Star-Allüren! Aber so war das nicht gemeint. Ich habe ihn nur gefragt, ob ich nicht einen oder zwei Tage später bei ihm anfangen könnte, damit ich meine Abschlussprüfung machen kann, aber er hielt das nicht für eine tolle Idee – gelinde gesagt. Er hat mich quasi auf der Stelle gefeuert.«

»So ein Mistkerl.« Rob zieht mich erneut an seine Brust.

Das ist genau das, was ich hören will. »Danke, Rob.« Ich erwidere seine Umarmung. »Das Gleiche hat Brett auch gesagt, aber heute benimmt er sich plötzlich selbst ganz komisch …«

Fast augenblicklich versteift sich Rob. Er lässt mich los und tritt einen Schritt zurück, entzieht mir die Geborgenheit seiner Brust.

»Moment mal, wann ist die Sache mit Oshiro passiert?«

Ich zögere. Plötzlich komme ich mir vor wie in einer Folge von *Law & Order*, in der der ermittelnde Detective eine scheinbar unverfängliche Frage stellt, deren Beantwortung einen aber für den Rest des Lebens ins Gefängnis bringen kann. »Ähm, g-gestern«, stottere ich. »Warum?«

»Du … du hast also mit Brett gleich darüber gesprochen, aber ich erfahre jetzt erst von der Sache. Warum hast du mich nicht angerufen, Kim?«

Ich zucke ratlos mit den Schultern. Ich hätte die Sache gründlicher durchdenken sollen. »Keine Ahnung«, sage ich nach einer Weile. »Brett hat schon mit einigen schwierigen Regisseuren zusammengearbeitet. Ich dachte, er könnte mir vielleicht einen Tipp geben.« Das Detail, dass ich mich mit Brett in demselben Taco-Lokal getroffen habe, in das mich Rob zu unserem ersten Date eingeladen hat, verschweige ich lieber. Ich könnte mir vorstellen, dass das Rob nicht so besonders gefallen würde. Kein bisschen.

Rob nickt – sichtlich bemüht, Verständnis zu zeigen. Seine Kiefermuskeln entspannen sich. »Aha. Und konnte er?«

»Ja. Er sagte, ich solle vor Oshiro schleimen und zu Kreuze kriechen. Aber dann hat mich Jane Marsh angemailt und mir einen Job angeboten, und ich dachte, ich könnte vielleicht stattdessen für sie arbeiten.«

»Jane Marsh … Wieso kommt mir der Name so bekannt vor?«

»Sie ist Produzentin, Regisseurin und Drehbuchautorin«, springe ich hilfreich ein. »Sie dreht Independent-Horrorfilme.«

Rob wiegt anerkennend den Kopf. »Ja, richtig. Ich kenne sie! Ihre Filme sind ziemlich cool. Und sie hat sich einfach so aus heiterem Himmel bei dir gemeldet?«

»Das dachte ich jedenfalls.« Ich habe schon wieder einen Kloß im Hals. »Aber dann hat sich herausgestellt, dass sie mir den Job auf Bretts Empfehlung hin angeboten hat. Dabei habe ich ihm doch ausdrücklich gesagt, dass ich es allein schaffen will, ganz ohne Beziehungen. Darüber haben wir heute Nachmittag gesprochen, aber er war nicht der Meinung, irgendetwas falsch gemacht zu haben, und wurde auf einmal ganz komisch.«

»Aha«, sagt Rob und starrt auf seine Schuhe hinunter. Er hat sich mittlerweile so weit von mir entfernt, dass er mich nicht einmal mehr berührt, als er jetzt die Arme vor der Brust verschränkt.

Ich spüre die Veränderung, die in ihm vorgeht, und spreche die Dinge lieber gleich an, anstatt darum herumzueiern. »Was ist?«, platze ich heraus. »Irgendwas stört dich doch. Warum sagst du mir nicht einfach, was es ist?«

Rob schaut auf und sieht mich mit einem zutiefst gekränkten Blick an. »Das weißt du wirklich nicht? Dann lass es mich dir erklären: Brett hat ein kleines Tief und du läufst sofort zu ihm. Du vermasselst dir deinen Traumjob und er ist der erste Mensch, den du anrufst. Man bietet dir einen neuen Traumjob an, und er ist derjenige, der die Strippen dazu zieht. Erkennst du das Muster? Ich erkenne es nämlich verdammt noch mal glasklar.«

»Ach komm, Rob! Sind wir jetzt wirklich wieder an *dem* Punkt angelangt? Ich hab dir doch gesagt, er ist mein *Kumpel.*«

Rob nickt und lächelt traurig. »Ja. Ich weiß. Aber ich bin dein *Freund*, Kim. Ich möchte derjenige sein, den du als Erstes anrufst. Brett Curtis sollte weit abgeschlagen erst an zweiter Stelle stehen. Vielleicht sogar an dritter oder vierter – hinter Tia und Bruno.« Er lacht leise, aber ich bin sicher, er findet es überhaupt nicht lustig.

Ich weiß nicht, was ich sagen soll, und stehe nur stumm und mit hängenden Armen da. Nach einem weiteren Moment des beklommensten Schweigens aller Zeiten kommt Rob auf mich zu und nimmt mich in die Arme. Eine Sekunde lang denke ich, das Unbehagen zwischen uns wäre verflogen. Aber dann sagt er: »Tut mir wirklich leid, Kim. Aber ich glaube, wir sollten Schluss machen.«

Ich keuche erschrocken auf und schiebe mich von ihm weg. »*Was?* Das meinst du nicht ernst, oder? Komm schon, Rob. Es tut mir leid, dass ich dir die Sache mit Oshiro nicht zuerst erzählt habe, aber –«

»Stop«, sagt Rob sanft. Er ergreift meine Hand und streichelt sie mit dem Daumen, was mich sofort verstummen lässt. Es fühlt sich so gut an. Will er sich tatsächlich von mir trennen?

»Ist es, weil du mir nicht vertraust?« Ich bin nicht sicher, ob ich die Antwort wirklich hören will.

Er umschließt meine Hand und führt mich zu den Zuschauerrängen hinüber, wo er sich auf einen der Stühle setzt und mich auf den Platz neben sich zieht. Die Studiobeleuchtung ist heruntergedimmt, sodass ich mich anstrengen muss, um in dem schummrig gelblichen Licht der in den Wänden eingelassenen Lampen seinen Gesichtsausdruck zu sehen. »Keine Ahnung. Vielleicht tue ich das nicht«, sagt er. »Jedenfalls nicht uneingeschränkt. Es ist nicht so, dass ich wirklich glaube, du würdest mich betrügen oder so, aber ich spüre, dass deine Gefühle für mich nicht aus tiefstem Herzen kommen.«

»Doch, tun sie!«, protestiere ich und schiebe meine Beine näher an seine heran, sodass sich unsere Knie berühren. »Hast du unseren Tag am Strand vergessen? Unseren Kuss auf dem Riesenrad? Bedeutet das nichts?«

Rob nickt, schaut mir aber nicht richtig in die Augen. »Doch, tut es. Und ja, das war ein verdammt heißer Kuss. Zwischen dir und mir knistert es total. Gar kein Zweifel. Aber vielleicht ist das ja auch schon alles. Und das genügt nicht. Mir jedenfalls nicht. Letzten Endes solltest du mit jemandem zusammen sein, für den du immer zur Stelle bist, ohne Wenn und Aber, sogar wenn du dich dafür an einer Horde sensationsgeiler Paparazzi vorbeischleichen musst, bei denen du ganz oben auf der Abschussliste stehst. Mit jemandem, den du gleich als Erstes anrufst, wenn du einen echt beschissenen Tag hattest. Frag dich doch mal selbst: Bin dieser Mensch *ich?* Ich wünschte wirklich, es wäre so, Kim, aber es ist ziemlich offensichtlich, dass ich es nicht bin.«

Ich öffne den Mund, um ihm zu sagen, dass er das alles ganz falsch versteht und dass *er* dieser Mensch für mich ist. Aber je länger ich über seine Worte nachdenke, desto mehr wird mir klar, dass er recht hat. Nicht unbedingt, was Brett angeht, aber damit, wie es sich anfühlen sollte, wenn man mit dem Richtigen zusammen ist. Sosehr ich Rob auch mag und unseren Kuss genossen habe …

Ich muss zugeben, wenn meine Gefühle für ihn wirklich aus tiefstem Herzen kämen, wäre es seine Schulter gewesen, an der ich mich ausgeweint hätte, und nicht Bretts.

Ich schaue Rob verlegen und schuldbewusst an. »Es tut mir so leid. Ich wollte dir nicht wehtun.«

Zur Antwort führt Rob meine Hand an seine Lippen und platziert sanft einen Kuss mitten in meine Handfläche, was mich erneut erbeben lässt und kleine Schauer über meinen Körper jagt. Verdammt. Und ob es zwischen uns knistert – wenn schon sonst nichts.

»Ich weiß.« Er erwidert meinen Blick. In seinen Augen und daran, wie er die Armmuskeln anspannt, kann ich sehen, dass er nicht weiß, ob er mich trösten oder mich von der nächstbesten Klippe stoßen soll. »Schwamm drüber, okay?«, sagt er schließlich. »Ich will nur nicht ständig versuchen müssen, etwas für dich zu sein, das ich nicht bin.«

»Okay.« Ich stoße langsam den Atem aus. »Und was heißt das? Gehen wir uns ab jetzt immer aus dem Weg?«

Robert legt den Kopf schräg und überlegt einen Moment lang. »Blödsinn! Wir können doch weiterhin Freunde sein, oder? Nur, weil wir nicht mehr zusammen sind, bedeutet das nicht, dass ich dich nicht gernhabe. Du bist schließlich diejenige, die mir gegen jede Wahrscheinlichkeit eine G-Saite besorgt hat. Wenn uns das nicht zu Freunden fürs Leben macht, was dann?«

Ich beuge mich zu ihm vor und umarme ihn, so fest ich kann.

Als Rob geht, um nach dem Rest der Band zu schauen, bleibe ich noch eine Weile auf dem Zuschauerplatz in der ersten Reihe sitzen. Tief in mir drin weiß ich, dass Rob recht hat, aber das macht es nicht besser, ihn zu verlieren. Nicht genug damit, dass ich es mir mit Hector Oshiro verscherzt, den Job bei Jane Marsh nur aus Mitleid angeboten bekommen und mich mit Brett zerstritten habe, jetzt hat obendrein auch noch Rob mit mir Schluss gemacht. Noch ein Tiefschlag, den ich mir selbst zuzuschreiben habe. Zu allem Überfluss steht demnächst meine Abschlussprüfung an, die ich vermutlich ebenfalls vermasseln werde, nur weil ich zu cool war, zur Schule zu gehen.

»Verdammt!« Ich massiere meine Schläfen und versuche, die nahende Migräne abzuwenden. Ich treffe eine Fehlentscheidung nach der anderen. Vielleicht ist es ja ganz gut, dass mein Visum in ein paar Monaten ausläuft. Vermutlich sollte ich einfach nach Irland zurückkehren. Dort steht Mum schon in den Startlöchern, um mein Leben in die Hand zu nehmen. Wahrscheinlich wäre sie für diese Aufgabe weitaus besser geeignet als ich.

Meine trüben Gedanken werden vom Summen meines Handys in der Hosentasche unterbrochen. Ich ziehe es heraus und sehe den Namen Larry Stone auf dem Display aufleuchten. Komisch. Larry ruft mich sonst nie an, wenn wir am Set sind, sondern er schickt Rachel nach mir.

»Hi, Larry«, melde ich mich zögernd. »Was kann ich für Sie tun?«

»Ähm … hm … hallo, Kim. Isch hab einen Magen sondiert … ähm … einen Wagen organisiert, der dich abholt, wollte isch sagen. Er bringt dich zu mir nach Hause. Du musscht unbedingt herkommen. Pronto.«

Ich seufze. Er ist betrunken. Wieder mal. »Gott, Larry«, seufze ich unter Verzicht auf jegliche Höflichkeitsform, die man seinem Chef gegenüber eigentlich an den Tag legen sollte. »Alles in Ordnung?«

»Pah. Sicher. Alles bestens. Komm einfach so schnell wie möglich her. Ach ja, und … ähm … bring deinen Schminkkoffer mit.«

Keine Ahnung warum, aber ich tue genau das, was er sagt. Als ich schließlich an Larrys Villa in Bel Air ankomme, öffnet mir eine Haushälterin die Tür und lässt mich herein. Larry liegt ausgestreckt und mit nacktem Oberkörper auf der Wohnzimmercouch. Er hat einen Arm im Ärmel eines Hemds stecken und trägt eine Hose. Sie ist zugeknöpft und der Reißverschluss hochgezogen – man muss schon für die kleinen Dinge im Leben dankbar sein –, aber ansonsten sieht es so aus, als hätte ihn mitten im Versuch, sich anzuziehen, die Kraft verlassen. Er hält eine große Flasche Wasser in der Hand – jedenfalls hoffe ich, dass es Wasser ist – und hat einen Eisbeutel auf der Stirn, der fast sein halbes Gesicht bedeckt.

Mit einem erleichterten Aufatmen und einem Stein so

groß wie die Titanic, der mir vom Herzen fällt, erkenne ich, dass Larry nicht betrunken, sondern verkatert ist.

Als ihm die Haushälterin meine Ankunft verkündet, schaut er zu mir hoch. Das Weiß seiner stahlgrauen Augen ist von roten Äderchen durchzogen und sein Blick verschwommen.

Ich erwidere seinen Blick mit einem eiskalten Starren. »*Im Ernst*, Larry?«

Er wackelt mahnend mit dem Zeigefinger. »Keine Zeit für Vorträge, Kim. Hilf mir lieber.«

Ich glaube nicht, dass ich eine Wahl habe.

Nachdem ich ihn in eine sitzende Position gehievt und ihm in sein Hemd geholfen habe, wird mir klar, warum er mich herbeordert hat. Er will, dass ich ihn schminke, damit er einigermaßen vorzeigbar im Studio erscheint und niemand am Set merkt, was für einen höllischen Kater er hat. Das wird schwierig werden – er riecht nämlich, als hätte er in Wodka gebadet.

Ich bitte die Haushälterin, ihm eine Gallone Kaffee und noch eine Flasche Wasser zu bringen, und lasse die Verschlüsse meines Schminkkoffers aufschnappen, um das Unmögliche zu versuchen: Ihn aussehen zu lassen, als wäre er *nicht* die ganze Nacht auf Sauftour gewesen. Während ich sein Gesicht mit einem mit Toner getränkten Wattepad reinige, sehe ich ihn tadelnd an.

»Was ist?«, schnauzt er. »Rück schon raus mit der Sprache.«

»Okay, Larry. Ich musste Ihnen gerade dabei helfen, sich Ihr Hemd zuzuknöpfen. Ihnen ist hoffentlich klar, dass das ein neuer Tiefpunkt ist, oder? Und dass ich außerdem nicht Ihre Kammerdienerin bin?«

Larry schaut betreten zu Boden und nickt, ein paar Haarsträhnen hängen ihm in die Stirn. »Ich weiß. Aber es ist nur dieses eine Mal. Georgia und ich wollten bloß auf einen kleinen Absacker weg, aber dann war so tolle Stimmung in dem Laden, es gab Musik und Tanz und … Bitte, Kim. Ich will nicht, dass Nort und Rachel etwas merken und mir einen Haufen Fragen stellen. Wenn ich erst mal am Set bin, kriege ich das schon hin. Tu ich doch immer.«

Ich hole tief Luft und funkle ihn wütend an. »Bis jetzt hatten Sie Glück, Larry. Aber ich habe so ein Gefühl, das wird nicht mehr lange der Fall sein. Dieses eine Mal werde ich Ihnen noch helfen, aber Sie wissen, was Sie zu tun haben.«

»Anfangen, meinen Whisky auf Eis zu trinken, anstatt pur?«

»Sehr witzig.« Ich sage es ohne den Hauch eines Lächelns. »Nein. Sie müssen Ihre trinkfreudige Busenfreundin Georgia Nash in die Wüste schicken.«

»Was? Das kann ich nicht machen. Sie ist eine meiner ältesten und liebsten Freundinnen.«

»Ach ja? Ihre älteste und liebste Freundin bringt Sie noch so weit, dass Sie alles verlieren. Wer solche Freunde hat, braucht keine Feinde.«

Larry streicht sich die Haare aus der Stirn und grinst mich an. »Wieso bist du so intelligent?«

»Das ist keine Frage von Intelligenz«, antworte ich. »Um das zu merken, muss man kein Genie sein. Wir wissen beide, dass es kein gutes Ende nehmen wird, wenn Sie nicht in die Klinik zurückkehren und noch einmal einen Entzug machen.«

Larry fährt sich mit der Zunge über die aufgesprungenen trockenen Lippen und läuft tiefrot an. Als er die Schultern ein wenig sinken lässt, weiß ich, er hört endlich damit auf, sich etwas vorzumachen. »Du hast recht«, sagt er leise.

»Könnten wir vielleicht zukünftig generell von dieser Annahme ausgehen? Das würde uns eine Menge Zeit sparen.«

Larry bringt ein echtes Lächeln zustande. »Genug von deinem Chef geredet, dem alten Esel. Lass uns von was anderem sprechen. Was ist mit dir? Freust du dich schon auf die Arbeit an Oshiros Monsterfilm?«

Ich lasse fast das Schwämmchen fallen, mit dem ich Larrys Foundation auftrage, und sauge erschrocken die Luft ein. »Sie meinen … Sie wissen davon? Aber woher?« In Gedanken gehe ich schnell alle Leute durch, denen ich die Sache erzählt habe. Tia und Bruno würden mich niemals verraten. Brett? Nein. Er und Larry haben eigentlich nur dann Kontakt, wenn Brett in der Show auftritt. Wer bleibt dann noch? Moment – war nicht auch Miss Sandra dabei, als mir Oshiro den Job angeboten hat? Ich wette, *sie* hat Larry gegenüber etwas durchsickern lassen. Sie ist nicht unbedingt die größte Plaudertasche im Studio, aber durchaus bekannt dafür, dass ihr hin und wieder mal etwas »herausrutscht«.

»Na ja …« Larry legt die Fingerspitzen aneinander und sieht mich mit einem listigen Ausdruck an. Sogar total verkatert hat er nichts von seinem alten Larry-Stone-Charme eingebüßt. »Sagen wir einfach, ich hab so meine Quellen, die aber ungenannt bleiben sollen. Sei versichert, ich weiß alles.«

Jetzt bin ich diejenige, die knallrot anläuft. »Ich weiß nicht, was ich sagen soll, Larry.«

Aber Larry schüttelt den Kopf. »Das ist schon in Ordnung, Kim. Hast du gedacht, ich würde dich deswegen anschreien oder Ähnliches?«

Ich zucke mit einer Schulter und blinzle verlegen. »Na ja, ehrlich gesagt, schon. Sind Sie denn nicht sauer?«

Larry stößt ein dröhnendes Lachen à la Georgia Nash aus. »Warum sollte ich? In dieser Branche musst du ehrgeizig sein und Risiken eingehen, wenn du es schaffen willst, Kleine. Es stört dich doch nicht, wenn ich dich Kleine nenne, oder? Schon als ich dich eingestellt habe, war mir klar, dass du nicht vorhast, dein Berufsleben damit zu verbringen, Popstars zu schminken und Talkshow-Moderatoren kameratauglich zu machen, die ein bisschen zu tief ins Glas geschaut haben. Dich zieht es auf ein Filmset, wo du Aliens und Vampire und Elfen erschaffen kannst. Als ich deinen Creep gesehen habe, wusste ich, dass diese Art von Arbeit deine Bestimmung ist. Was glaubst du denn, wer Oshiro überhaupt erst auf dich aufmerksam gemacht hat?« Er zeigt auf sich.

Keine Ahnung, ob er so nett zu mir ist, weil er wirklich meint, was er sagt, oder ob er mir nur schmeicheln will, damit ich ihn wieder wie einen Menschen aussehen lasse und er zur Arbeit erscheinen kann. So oder so bin ich ihm dankbar. Eigenartigerweise kommen mir aber schon wieder die Tränen.

»Hey, hey, was ist denn los? Schluss jetzt.« Er reicht mir eins meiner Make-up-Schwämmchen, damit ich mir die Tränen abtupfe. »Hab ich etwas Falsches gesagt? Ist es, weil ich dich Kleine genannt habe? Tut mir leid. Ich weiß, die Zeiten, in denen ich die Frauen in meiner Crew ›Kleine‹ oder ›Süße‹ nennen durfte, sind vorbei, aber es rutscht mir manchmal noch heraus. Daran darfst du dich nicht stören.«

Ich winke ab. »Nein, das ist es nicht. Es ist wegen der Stelle bei Oshiro.« Ich schlucke. »Ich hab sie verloren.«

Und plötzlich bricht es alles aus mir heraus. Ich erzähle ihm von dem schrecklichen Telefongespräch mit Oshiro, dem Schleimen und zu Kreuze kriechen vor Ms Jacobson, damit sie mich wieder in ihren Kurs lässt ... Ich erzähle ihm sogar von Jane Marshs Stellenangebot. Ja, ich weiß, der letzte Mensch, dem man von einem verpatzten Vorstellungsgespräch erzählen sollte, ist dein derzeitiger Arbeitgeber, aber ich kann nicht anders. Außerdem hat mich Larry gerade selbst in eins seiner dunkelsten Geheimnisse eingeweiht, indem er mich zu sich nach Hause beordert hat. Waffengleichheit kann eine wunderbare Sache sein.

Als ich mit meiner Leidensgeschichte fertig bin, schüttelt Larry nur mit einem gequälten Lächeln den Kopf. »Beruflich in der Sackgasse zu stecken, ist ein Drama. Das Schlimmste überhaupt. Hab ich recht?«

Ich nicke nachdrücklich, wobei mir ein überraschtes

Lachen entschlüpft. Der große Larry Stone weiß, wie das ist? Ich dachte immer, für ihn wäre von Geburt an alles glattgelaufen.

»Ja«, erwidere ich. »Es ist echt das Schlimmste. Mir kommt es vor, als hätte ich überhaupt keinen Plan für mein Leben. Und hätte auch nie einen gehabt.« Wieder etwas, von dem es sich gemeinhin nicht empfiehlt, es seinem Arbeitgeber anzuvertrauen.

Aber Larry nickt mitfühlend. »Oh ja, das kenne ich nur zu gut«, sagt er. »So geht es mir manchmal immer noch.«

»Aber wie kann das sein?«, frage ich. »Sie sind praktisch eine Ikone.«

Larry lacht, was in der bereits aufgetragenen Foundation winzige Risse hervorruft. Ich werde sein Make-up noch einmal nachbessern müssen, sobald ich mich bei ihm ausgeweint habe. »War ich aber nicht immer«, räumt er ein. »Weißt du, was mein erster Job in L. A. war?«

Ich schüttle den Kopf.

Er breitet die Arme aus. »Du siehst einen der ersten Goofys vor dir, die durch Disneyland spaziert sind.«

Meine Augen weiten sich. »Nein!«

»Oh doch«, sagt er mit einem wehmütigen Lächeln. »Es war nicht unbedingt mein Traumjob, aber ich war mit Begeisterung dabei, weil ich die Leute damit unterhalten konnte – und das ist alles, was ich je wollte.«

»Aber wie haben Sie es von einer Comicfigur zum Starmoderator mit eigener Show geschafft?«

»Tja, es war nicht leicht. Ich bin viele verrückte Risiken eingegangen und habe eine Menge Fehlentscheidungen getroffen. Hab ich dir schon von meiner Zeit als Elvis-Imitator in Vegas erzählt?«

»Als was?«

Larry verzieht die Lippen wie Elvis Presley, kneift die Augen leicht zusammen und stimmt die erste Strophe von »Jailhouse Rock« an. Total skurril! Aber er ist gar nicht mal schlecht! Ich ertappe mich dabei, ihm zu applaudieren.

»Thank you. Thank you so much«, sagt er, noch ganz in seiner Rolle. Nachdem er aufgehört hat, über sich selbst zu lachen, grinst er und mustert mich mit einem weichen, aufrichtigen Blick aus seinen grauen Augen. »Der Punkt ist, ich habe es geliebt«, fährt er fort. »Manche der Jobs, die ich angenommen habe, waren ziemlich bizarr. Die Bezahlung bestand manchmal nur aus einer warmen Mahlzeit. In meiner Anfangszeit als Stand-up-Comedian musste ich erst einmal sechs Stunden lang in dem Club kellnern, bevor ich am Ende des Abends im Gegenzug für einen Drei-Minuten-Sketch auf die Bühne durfte. Meine Eltern hielten mich für verrückt. Aber das war mir egal. Ich wollte meinen Traum verwirklichen und wusste, jedes Missgeschick würde mich ihm ein Stück näher bringen. Mit jedem Job habe ich Neues dazugelernt, wie man die Leute zum Lachen bringt, und ein dickeres Fell entwickelt. Ich bereue keinen einzigen davon. Es geht darum, die Erfahrungen, die man macht, in die Arbeit einfließen zu lassen.«

Ich schweige einen Moment lang und denke über seine Worte nach. »Bedauern Sie manchmal, schon so lange *Late Night* zu machen? Hält Sie die Show nicht von anderen Dingen ab?«

»Lass dir eines gesagt sein, Kim«, sagt er ernst. »Niemand hält mich von irgendetwas ab, außer mir selbst – und gelegentlich Norton.«

Ich lächele.

»Aber«, fährt er fort, »*sollte* ich jemals den Wunsch verspüren, etwas anderes zu machen, werde ich alles stehen und liegen lassen und es in die Tat umsetzen.«

»Wie? Einfach so?«, frage ich ungläubig. Sollte es wirklich so leicht sein?

»Jemand, der seine Arbeit liebt, lässt sich nicht von seinem Ziel abbringen. Zum Glück gehörst du auch zu diesen Menschen, Kim. Du könntest die nächsten drei Jahre bei *Late Night* verbringen, ohne dir damit auch nur im Geringsten zu schaden oder dir deinen Einstieg in die Filmbranche zu versauen. Wann immer du beschließt, diesen Weg einzuschlagen, wird man dich dort mit offenen Armen empfangen, weil du ehrgeizig und begabt bist. Aber bleib nicht bei uns, wenn es dich nicht glücklich macht. Das wäre verhängnisvoll. Eine Katastrophe. Du musst nur herausfinden, was du willst, und es dann in die Tat umsetzen. Punkt.«

»Das, was ich will, in die Tat umsetzen …«, murmle ich. Bei ihm klingt es so leicht. Mir stellt sich dabei allerdings eine Frage. »Aber wie finde ich heraus, was ich will?«

Larry presst die Unterlippe gegen die Oberlippe, bis sein Mund wie ein umgekehrtes U aussieht und überlegt einen Moment lang. »Ich kann dir nur raten, deinem Bauchgefühl zu vertrauen. Außerdem fand ich das Ausschlussverfahren immer sehr hilfreich. Wenn du nicht genau weißt, was du willst, überlege dir, was du alles *nicht* willst und entscheide dich für das, was übrig bleibt. Die Kunst besteht darin, eine Entscheidung zu treffen, bevor das Leben sie für dich fällt.«

Als ich Larry fertig geschminkt habe und wir in die Limousine steigen, die draußen auf uns wartet, habe ich das Gefühl, ihn schon viel besser zu kennen. Schade nur, dass ich selbst mir immer noch ein Rätsel bin.

Was willst *du eigentlich, Kim Cassidy?*

17

Larrys Chauffeur ist ein guter Fahrer, aber es ist klar, dass es es nicht gewöhnt ist, zur Eile angetrieben zu werden. Der werte Larry Stone vertritt nämlich den Standpunkt, dass man, ungeachtet von Anlass und Dringlichkeit, auf sein Erscheinen zu warten hat – was auch der Grund dafür ist, dass wir mit etwas Verspätung im Studio auftauchen und die Crew bereits am Durchdrehen ist.

»Larry, endlich!«, begrüßt ihn Rachel, sobald er durch die Doppeltür schlendert, kaum merklich vor dem gleißenden Neonlicht zurückzuckend.

»Wurde aber auch Zeit, Larry«, herrscht ihn Norton an, der unruhig den Flur auf und ab tigert. »Schön, dass du da bist. Dann kannst *du* ja jetzt dem Publikum erklären, warum Georgia und Priscilla Nash nun doch nicht wie versprochen heute Abend in der Show auftreten werden.«

Larry ist die Ruhe selbst und runzelt nur leicht die Stirn. »Natürlich werden sie das. Entspann dich, Kumpel. Wie kommst du überhaupt darauf?«

Norton hört auf, den Flur auf- und abzuschreiten und verzieht die Lippen zu einem Lächeln, mit dem er deutlich machen will, welch ungeheure Anstrengung es ihn kostet, seinem Gegenüber nicht den Kopf abzureißen. »Tja, Kumpel … es ist noch keine von beiden aufgetaucht! Wir versuchen seit Stunden, sie zu erreichen, bisher vergeblich. Du solltest besser einen verdammt guten Plan B in petto haben.« Er wirft Larry noch einen finsteren Blick zu und stapft dann in Richtung seines Büros davon.

Rachel wendet sich jetzt von Larry ab und blickt sich suchend um. »Da bist du ja, Tia. Sorge bitte dafür, dass Kamera zwei fehlerfrei läuft! Mike sagte etwas von einem Videoanschlusskabel?« Sie eilt mit klackernden Absätzen den Flur entlang ans Set.

»Wird erledigt«, antwortet Tia, die mit einem angebissenen Apfel in der Hand aus dem Pausenraum kommt. Sie nickt mir kurz zu, bevor sie Rachel hinterherläuft.

»Entschuldigung. Wo bleiben denn die Handtücher für meine Klientin?« Eine verärgert wirkende Agentin, die nicht älter als fünfundzwanzig sein kann, tritt aus einer der Gäste-Garderoben heraus. »Meine Klientin wartet!«

»Hier. Hier kommen sie schon.« Daniel rauscht mit einem Tablett voller dampfender, blütenweißer Handtücher, die einen intensiven Duft nach Eukalyptus verströmen, an Larry und mir vorbei.

Alle laufen wie kopflose Hühner durchs Studio. Das heißt, alle außer Bruno und Jessie, die jetzt auf uns zugeschlendert kommen, als hätten sie jede Zeit der Welt. Bruno hat lässig den Arm um Jessies Schulter gelegt, und sie lächelt selig, und zwar auf eine Art, die ich ihr – der Coolness in Person – niemals zugetraut hätte. Ahhh …

»Guten Abend, Larry«, sagt Bruno, die Ruhe selbst.

»Du wirkst unglaublich gelassen«, weise ich ihn auf das Offensichtliche hin. »Wieso bist du so entspannt und alle anderen sehen aus, als stände das Gebäude in Flammen?«

Bruno lächelt kurz Jessie an und zuckt mit den Schultern. »Worüber sollte ich mir Sorgen machen? Ihr Anzug ist bereits aufgebügelt, Larry. Er hängt an Ihrer Garderobentür. Ich bin in fünf Minuten bei Ihnen, um Ihnen mit der Krawatte und den Manschettenknöpfen zu helfen.«

Larry nickt ihm anerkennend zu. »Danke, Bruno. Ich sollte dann wohl mal langsam los.« Aber bevor er geht, schaut er noch über die Schulter in meine Richtung und formt mit den Lippen ein stummes *Danke*.

Ich neige den Kopf und lächele zurück. »Bis gleich in der Maske, Larry.«

Dann renne ich auch schon los, um meinen Arbeitsplatz herzurichten. Ich stelle mich mental schon mal auf Liz' schnippisches »Wie schön, dass du uns die Ehre gibst« ein, als ich hinter mir aus der Garderobe ein erschrockenes Aufkeuchen höre. Ich drehe mich um und sehe Mistress Sandra herausstürmen. Sie schaut panisch in beide Richtungen den Flur entlang und erblickt Bruno.

»Bruno! Wir haben einen Notfall! Im Trockner sind zwei Hemden eingelaufen. Wir brauchen dringend Ersatz! Sofort!« Und damit verschwindet sie wieder in den Raum hinein. Das sind genau die Dinge, die Bruno normalerweise total stressen würden. Ehrlich, ich habe ihn schon einmal wegen einem eingerissenen Kleid fast kollabieren sehen, aber heute nickt er bloß, gibt Jessie einen Kuss auf die Wange und schlendert lächelnd in die Garderobe. Ich schätze, wenn man verliebt ist, kann einem selbst das Schlimmste nichts anhaben. Ich meine, es ist die absolut hektischste Zeit des Tages und die beiden schweben praktisch wie auf Wolken.

Ich wünschte wirklich, ich hätte jetzt auch jemanden an meiner Seite. Jemand, der mich Ruhe bewahren lässt und mir das Gefühl gibt, es gäbe keinen Grund zur Panik. Jemand, der mir Mut zuspricht. Ich dachte, dieser Jemand würde Rob sein, aber wie schon in etwa einer Million anderer Fälle habe ich mich geirrt.

Ich wende mich von dem Neid auslösenden Anblick ab und gehe in die Maske, wo ich sehe, dass Bruno getan hat, worum ich ihn vor ein paar Stunden gebeten habe: Unter meiner Arbeitsfläche steht ein offener Karton. Darin befindet sich das Creep Kostüm – gut verpackt in Plastikfolie eingeschlagen. Ich seufze. Der Creep ist – auch wenn es komisch klingt – mein Baby. Trotzdem – so schwer es mir auch fällt, mich von ihm zu trennen, ich weiß, dass es das Richtige ist. Ich werfe noch einen letzten Blick auf das Monster, setze mich in den Sessel, ziehe einen Notizblick aus meiner Tasche und schreibe eine kurze Notiz an Hector Oshiro.

Sehr geehrter Mr Oshiro,
es tut mir sehr leid, welche Wendung unser Telefongespräch genommen hat. Bitte haben Sie Verständnis dafür, dass ich meiner Ausbildung den Vorrang geben musste – auch wenn es eine ungeheuer große Ehre für mich gewesen wäre, in

Ihrem Team zu arbeiten. Ich hoffe, unsere Wege kreuzen sich wieder einmal. Aber auch wenn nicht, ich möchte Sie auf jeden Fall bitten, das beiliegende Friedensangebot anzunehmen. Ich finde, er gehört zu Ihnen. Bitte nehmen Sie mir meine Entscheidung nicht übel.
Für immer Ihr größter Fan,
Kim Cassidy

Na also. Das klingt doch total erwachsen. Ich reiße das Blatt Papier aus dem Block, falte es einmal zusammen und lege es liebevoll auf den Kopf des Creep. Morgen früh werde ich ihn gleich als Erstes zur Post bringen.

»Mach's gut«, murmle ich und verschließe den Karton mit einem langen Streifen Paketklebeband und kritzle noch schnell die Anschrift auf den Deckel.

»Redest du etwa mit einem Pappkarton, Kim? Gott, bist du schräg.« Mit einem verächtlichen Schnauben schiebt sich Liz auf dem Weg zu ihrem Sessel an mir vorbei. Ich wünschte, ich könnte *sie* in einen Karton packen und verschicken … ganz egal wohin, Hauptsache, weit weg. Beim Klang ihrer Stimme muss ich jedes Mal daran denken, was für ein hinterhältiges Duo meine Cousine und sie bilden.

Ich werde von Daniel aus meinen Rachegedanken gerissen, der atemlos in die Maske gerannt kommt. »Wir sollen … alle zu … Nort ins Büro«, keucht er. »Sofort.«

Liz verdreht sofort die Augen. »Geht *das* schon wieder los.«

Ich muss zugeben, ich habe tatsächlich ein kleines Déjàvu, als ich an Norton Stanleys Büro ankomme. Fast alle haben sich eingefunden – die Autoren, die Kamera-Crew und sogar Andy, der zweite Runner, der sich sonst so gut wie nie blicken lässt. Sofern überhaupt möglich, wirken die Leute von der Produktionsleitung sogar noch gestresster als beim letzten Mal. Rachel ruiniert ihre teure Gel-Maniküre, indem sie an ihren Nägeln knabbert, und Norton hat seine Krawatte so weit gelockert, dass sie eher einer Henkerschlinge gleicht. Anders als beim letzten Mal geselle ich mich nicht zu meinen Freunden. Höchstwahrscheinlich stehen Bruno und Jess mit Rob zusammen, und damit kann ich im Moment nicht umgehen.

Norton lässt kurz den Blick über die Versammelten schweifen, um sich zu vergewissern, ob sich der Großteil der Crew eingefunden hat, und hebt dann die Hände, zum Zeichen, dass wir still sein sollen. Das Gemurmel erstirbt augenblicklich. »Also, Leute, die Situation ist folgende: Georgia und Priscilla Nashs Agentinnen haben uns mitgeteilt, dass die beiden nun doch nicht heute Abend auftreten werden. Das heißt für die Autoren, sie müssen Larrys Monolog umschreiben und sich eine gute Ausrede für ihr Fernbleiben einfallen lassen.«

»Und welche?«, erkundigt sich Chefautor William O'Halloran ausdruckslos. Sogar er hat es eindeutig satt, sich noch länger mit den Nashs beschäftigen zu müssen.

»Ist mir völlig egal. Meinetwegen dichtet ihnen eine Grippe an oder etwas Ähnliches. Aber lasst es lustig klingen.«

»Ein extrem lustiger Schnupfen. Alles klar«, sagt William und wendet sich zur Tür.

»Das wird nicht nötig sein, Jungs«, ertönt eine Frauenstimme mit starkem Südstaatenakzent. Der Chefautor verdreht dramatisch die Augen und stolziert aus dem Büro.

Georgia Nash – dicht gefolgt von ihrer missmutig dreinblickenden Tochter – teilt die Menge wie Moses das Rote Meer. Nur, dass sie anstelle eines großen Holzstabes eine lange Kleiderhülle an einem Filzbügel vor sich herträgt. Ich kann zwar nicht erkennen, was darin ist, aber ich vermute mal, es hat Fransen. Georgia erspäht Bruno und stößt ihm die Hülle vor die breite Brust. »Seien Sie doch so lieb und bringen Sie das hier in Priscillas Garderobe, Süßer. Sie wird es heute Abend zu unserem großen Duett tragen.«

Bruno nimmt das Teil mit hochgezogenen Augenbrauen entgegen und wendet sich mit einem lang gezogenen »Oookaaay …« ab.

Norton ballt die Hände zu Fäusten und stemmt sie in die Hüften. »Ihr tretet also doch auf? Eure Agentinnen schienen zu glauben –«

»Willst du auf sie hören oder auf mich, Süßer?«, fällt ihm Georgia ins Wort. »Meine Kleine wünscht sich nichts sehnlicher, als heute Abend mit ihrer Mama zu singen. Hab ich nicht recht, Prissy?«

Ich schaue zu Prissy, deren ohnehin schon verlegen gerötetes Gesicht vor Wut feuerrot anläuft. Wenn man ganz genau hinschaut, kann man sogar Dampf aus ihren Ohren strömen sehen.

Tia schiebt sich hinter mich. »Schätze mal, ihre Kleine

wird noch vor der zweiten Werbepause explodieren wie ein Vulkan«, flüstert sie, als hätte sie meine Gedanken gelesen.

Ich nicke. Die Show heute Abend wird ein Desaster werden. Ich kann nur versuchen, mich auf das Schlimmste gefasst zu machen – und meine Kajalstifte verstecken.

Wie sich herausstellt, lag Tia mit ihrer Einschätzung leicht daneben. Priscilla wartet nicht bis zur zweiten Werbepause. Ehrgeizig wie sie ist, legt sie früher los – mitten in Larrys Monolog hinein.

Larry hat gerade seinen Begrüßungsauftritt. Er kommt vom Intro der Band begleitet aus dem Vorhang heraus auf die Bühne und klatscht dem begeistert applaudierenden Publikum zu, während Priscilla backstage die Kante eines Cateringtisches packt, ihn hochhievt und umstößt, als wäre sie King Kong.

Die gesamte Crew dreht sich nach ihr um und stiert sie völlig entgeistert an, und dann rennen die meisten blitzartig weg, weil ihnen plötzlich einfällt, was sie noch alles Wichtiges für den reibungslosen Ablauf der Show zu erledigen haben. Was bedeutet, sie müssen überall sein – nur nicht hier. *Es geht also los …* Seufzend eile ich mit ein paar anderen Unerschrockenen vor und bücke mich, um die ganzen Tabletts und Kaffeebecher, die jetzt auf dem Flur verstreut liegen, vom Boden aufzuklauben. »Warte, ich helfe dir«, murmle ich, als wäre die ganze Sache bloß ein großes Missgeschick gewesen.

»Lass es!«, schreit Priscilla. »Lasst mich bloß in Ruhe!«

Während wir ihr alle mit fassungslos offen stehendem

Mund nachstarren, stapft Priscilla den Flur hinunter und verschwindet türknallend in der Garderobe ihrer Mutter.

»Na ja, zumindest wissen wir, wo sich das tobsüchtige kleine Monster aufhält«, scherze ich. »Immer noch besser, als würde sie frei herumlaufen.«

Und eine Zeit lang ist es tatsächlich besser. Ruhiger zumindest. Larry absolviert seinen Monolog ohne weiteren Zwischenfall, und ich kehre in die Maske zurück, schaffe Ordnung und halte mich für die Gäste bereit. Lippenstifte, Rouges und Lidschatten schön nach Farben sortiert auf der Arbeitsfläche auszurichten, hat fast schon etwas Meditatives. Bis das Klirren von zerbrechendem Glas, gefolgt vom donnernden Hallen vorbeistürmender Schritte auf dem Gang, meine paradiesische Ruhe stört.

Liz, die noch nie eine war, die sich lieber um die eigenen Angelegenheiten kümmert, stürzt zur Türschwelle. »Was ist los?«, ruft sie auf den Flur hinaus.

Daniel, der gerade in die entgegengesetzte Richtung spurtet, bleibt atemlos vor Liz stehen. »Es ist Priscilla. Sie hat sich in der Garderobe ihrer Mutter eingeschlossen und zertrümmert den ganzen Vorrat an … ähm … Erfrischungen.«

Falls dein Georgia-Nash-Übersetzerprogramm defekt sein sollte: »Erfrischungen« bedeutet Whisky, Wodka, Rum … Hochprozentige alkoholische Getränke von bester Qualität und sehr leicht entflammbar. Die Flaschen sind in Georgia Nashs Minibar gelagert. Oder waren es jedenfalls, bis Priscilla angefangen hat, sie auf dem Boden zu zertrümmern. Während sich Liz an Georgias Garderobe heranpirscht, um besser lauschen zu können, husche ich in die entgegengesetzte Richtung zu Brunos Arbeitsplatz. Ich habe eine leise Ahnung, was Priscilla diesmal dazu gebracht haben könnte, derart auszuflippen. Ich würde gern einen Blick in die Kleiderhülle werfen.

Vorsichtig öffne ich die Tür und spähe hinein. Dort, gleich vorne am ersten Garderobengestell, hängt die ominöse Plastikhülle. Ich schaue mich um und vergewissere mich, dass nicht Mistress Sandra irgendwo lauert – sie kann es nämlich nicht leiden, wenn wir uns an den Kleidern zu schaffen machen –, dann schiebe ich mich in den Raum hinein auf die Hülle zu. Ich drehe sie zu mir um und ziehe den Reißverschluss herunter.

Beim Anblick von Priscillas Outfit für heute Abend entfährt mir unwillkürlich ein Aufschrei. Plötzlich habe ich vollstes Verständnis für ihren Tobsuchtsanfall. Das Teil ist echt gruselig. Nicht auf die coole Horrorfilm-Art, sondern auf eine pudrig blaue Brautjungfernkleid-Art – mit Rüschen, bauschigen Ärmeln und einer monströs großen Schleife. Wie ich vermutet habe, spielen auch Fransen eine ziemlich große Rolle. In dem Kleid würde ich nicht einmal beerdigt sein wollen. Und wenn, dann würde ich von den Toten auferstehen und alle, die mich da hineingesteckt haben, bis ans Ende ihrer Tage heimsuchen. Das Studio zu zertrümmern, war der völlig falsche Ansatz. Wenn sie schon unbedingt etwas zerstören musste, dann hätte Priscilla mit dem Kleid anfangen sollen.

Wie aufs Stichwort wird hinter mir die Tür aufgestoßen und Pris-zilla höchstpersönlich stürmt in in den Raum. Mit ihren wirr ins Gesicht hängenden blonden Haaren und wütend geblähten Nasenflügeln hat sie die Sache mit dem hübschen Feuer speienden Drachen schon ganz gut drauf. Aber als sie mich vor dem grässlichen Kleid entdeckt, halte ich sie tatsächlich für fähig, hilflos schreiende Dorfbewohner zu verspeisen. »Gib es mir«, sagt sie leise und hebt mit demonstrativer Langsamkeit ein Feuerzeug.

»Hey, Priscilla.« Ich weiß, sie ist erst dreizehn, aber die ruhige Eindringlichkeit ihres Tonfalls macht mir Angst. »Was hast du denn mit dem Feuerzeug vor?«

»Wonach sieht's denn aus? Ich will das Teil in Brand stecken!« Sie bewegt den Daumen und aus dem Feuerzeug springt eine kleine Flamme auf.

»Jetzt mal langsam.« Ich ziehe das unselige Ensemble vom Gestell und halte es von ihr weg. »Lass uns die Sache lieber noch mal überdenken und als Plan B im Hinterkopf halten. Ich glaube, deiner Mom würde die Idee nicht gefallen. Nicht wirklich.«

Ich räume ein, dass es ein Fehler gewesen sein könnte, ihre Mom zu erwähnen.

»Es ist mir total egal, was ihr gefällt!«, schreit Priscilla. Sie tritt auf mich zu, das brennende Feuerzeug kommt mir gefährlich nah.

»Hör auf!« Ich schiebe sie mit einem Arm von mir weg, während ich mit dem anderen das Kleid knapp außerhalb ihrer Reichweite halte.

Priscilla sieht mich mit ungläubig geweiteten Augen an. »Verdammt! Warum bist du so bescheuert?«, ruft sie. Sie nimmt den Daumen weg, sodass die Flamme erlischt, und schleudert das Feuerzeug mit aller Kraft durch den Raum.

»Ich bin nicht bescheuert. Du bist bescheuert.« Wenn man sich zu lange in Gesellschaft einer Dreizehnjährigen aufhält, kann es passieren, dass man sich nach einer Weile selbst in eine verwandelt. Verklag mich doch.

»Was soll ich denn sonst tun? Wenn ich es nicht unbrauchbar mache, zwingt mich Mom dazu, darin aufzutreten. Ich werde auf sämtlichen Listicles der am schlechtesten gekleideten Menschen landen und bis in alle Ewigkeit ganz oben stehen.«

»Ach komm, jetzt stell dich nicht an wie ein Baby.«

Sie verschränkt die Arme vor der Brust und schiebt die Unterlippe vor. Im Trotz-Modus lässt sie sich mit dem Rücken an die Wand fallen und auf den Boden gleiten. Sie zieht die Knie eng an den Oberkörper und vergräbt den Kopf in den Armen.

Ich seufze. Jedes Mal, wenn ich so weit bin, das Mädchen zu hassen, passiert etwas, das mich dazu bringt, Mitleid mit ihr zu haben. Mist. Rasch hänge ich die Kleiderhülle wieder wohlbehalten ins Gestell zurück, sorgfältig zwischen ein paar Hemden verborgen, damit der scheußliche Anblick Priscilla nicht gleich wieder in Rage bringt. Dann lasse ich mich neben sie auf den Boden rutschen.

»Hör zu, Priscilla. Du hast nicht unrecht mit dem Kleid, okay? Ich kann verstehen, dass du es am liebsten verbrennen würdest. Aber es geht auch anders und ohne dich strafbar zu machen.«

Priscilla späht über ihren Arm hinweg zu mir herüber und wartet.

»Überleg dir, was du willst, und dann mach es einfach.«

Priscilla runzelt die Stirn, als hätte ich in einer fremden Sprache gesprochen.

»Ich weiß, du bist stinkwütend. Aber Mikrofone zu zertreten und aus dem Studio Kleinholz zu machen, bringt dich nicht weiter. Damit sagst du deiner Mutter nicht, was du *wirklich* willst. Wenn du in einem anderen Outfit auftreten möchtest, dann tu es. Ich bin sicher, Bruno findet etwas Hammermäßiges für dich. Und ich werde dich genau so schminken, wie du es dir vorstellst – abgesehen von den Waschbäraugen natürlich. Irgendwo muss ich die Grenze ziehen. Ich hab schließlich einen Ruf zu verlieren.«

Sie starrt mich ein paar Sekunden schweigend mit zitternder Unterlippe an und bricht dann in Tränen aus. Bevor ich weiß, wie mir geschieht, fällt sie mir um den Hals und weint in meinen Nacken, während ich ihr den Rücken tätschle. »Das ist es ja gerade«, stößt sie schluchzend hervor. »Ich glaube, ich will nicht mehr.«

»Du meinst, heute Abend in der Show singen?«

»Ich meine das Singen überhaupt!« Sie schnieft. »Mom hat beschlossen, dass ich Sängerin werden soll, als ich noch ein Baby war. Sie hat mich nicht ein einziges Mal gefragt, ob ich das auch will. Sie lässt mich nie etwas selbst entscheiden. Du bist der erste Mensch, der mich fragt, was ich *anziehen* will.«

Wow. Wenn der erste Mensch, der ihr so etwas wie Verständnis entgegenbringt, eine Talkshow-Maskenbildnerin ist, die – wie ich zugeben muss – ziemlich abweisend zu ihr war, bedeutet das, dieses arme Mädchen hat buchstäblich *niemanden*. Jetzt verstehe ich die Sache mit dem Rauchen, dem Ladendiebstahl, sogar die rücksichtslose Zerstörung meiner armen Kajalstifte. Den Catering-Tisch umzuwerfen war vielleicht etwas übertrieben, aber, na ja … ich kann es nachvollziehen. Das war nicht bloß ein einfacher Hilferuf, sondern ein geradezu markerschütternder Schrei.

Leider ist in dieser Situation die Einzige, die Priscilla jetzt wirklich helfen kann, Priscilla selbst.

»Okay«, sage ich, als sie mich loslässt, um ihre Tränen zu trocknen. »Countrysängerin ist also nicht dein Ding. Was ist es dann?«

Prissy zögert und wendet den Blick ab. »Du wirst mich bloß auslachen.«

Ich löse mich von der Wand, sodass ich ihr ins Gesicht sehen kann. Eine Hand über dem Herzen haltend, hebe ich die andere wie zum Schwur. »Ich schwöre bei meinem Profi-Schminkkoffer, ich werde nicht lachen. Egal was es ist. Ich verspreche dir sogar, dass ich dir bei der Verwirklichung deines Traums helfen werde, wenn ich kann.«

»Ehrlich?« Sie starrt mich an, mit zaghafter Hoffnung im Blick, als befürchte sie, ich könne jeden Moment »War bloß ein Scherz!« sagen.

Andererseits ist es vielleicht keine so gute Idee, mich zu etwas bereit zu erklären, von dem ich nicht weiß, was es ist. »Versprochen«, schlüpft es mir trotzdem über die Lippen. »Raus damit. Was ist das für ein Traum und was steht der Sache im Weg?«

18

Dass Priscilla den gesamten Inhalt der sogenannten »Mini«-Bar ihrer Mum zertrümmert hat, dürfte das Beste gewesen sein, was Georgia Nash heute Abend passieren konnte. Als ich backstage ihr zum Solo mutiertes Duett beobachte, klingt ihre Stimme klar und sicher, was ich darauf zurückführe, dass sie nicht so betrunken ist wie sonst. Absurderweise könnte *ich* jetzt einen kleinen Schluck davon vertragen, um meine Nerven zu beruhigen.

Während sich das Studiopublikum lächelnd im Takt der Musik wiegt und hingerissen ihrem Auftritt lauscht, herrscht hinter dem Vorhang eine völlig andere Stimmung.

»Können wir nicht einfach Werbung einblenden, während sie den letzten Ton singt?«, flüstert Norton drängend.

»Könnten wir«, erwidert Rachel. »Aber dann müssten wir zum Ausgleich einen der anderen Auftritte in die Länge ziehen und die sind längst geschrieben.«

»Es interessiert mich nicht, was geschrieben ist und was nicht. Wenn Georgia nach ihrem Song zu einer Schimpftirade über ihre undankbare Tochter ansetzt, wäre das eine Katastrophe!« Norton absolviert das übliche wutentbrannte Auf- und Abschreiten und wendet sich dann dem Security-Mann neben Rachel zu. »Hol dir einen deiner Kollegen zu Hilfe, Jake, und haltet euch bereit. Notfalls holt ihr Georgia von der Bühne. Es war schon schwer genug, sie *auf* die Bühne zu bekommen, als ihr dämmerte, dass sich Priscilla aus dem Staub gemacht hat. Es würde mich nicht wundern, wenn es noch viel schwieriger wird, sie da wieder runterzubekommen.«

»Kein Problem, Mr Stanley. Wir kümmern uns darum.« Jake zückt sein Handsprechfunkgerät und eilt davon.

Mittlerweile scharen sich alle aus der Crew, die gerade nichts Dringenderes zu tun haben, um mich und drängen sich rempelnd und schubsend um die Plätze mit dem besten Blick zur Bühne. Es geschieht nicht oft, dass man vor einer drohenden Entgleisung rechtzeitig gewarnt wird.

Aber bis jetzt läuft Georgia gut in der Spur. Sie hat soeben die gefährliche Kurve des zweiten Refrains gemeistert und steuert auf die Überleitung zu, als die Drummerin der Band plötzlich ein Solo hinlegt, das eigentlich nicht vorgesehen war. Georgia entfährt ein überraschtes »Hey, hey«, aber sie fängt sich gleich wieder und singt weiter, als wäre es so geplant gewesen.

»Wow!«, sagt einer der Beleuchtungstechniker. »Jessie geht ganz schön ab heute Abend.«

»Ja, das kannst du laut sagen«, erwidert sein Kollege. »Aber was hat sie mit ihren Haaren angestellt?«

Ich lächele in mich hinein. Meine Lippen sind versiegelt. Schweigend beobachte ich, wie die Drummerin mit der ungezähmten schwarzen Lockenmähne abrockt und dabei die Hände in so schnellen rhythmischen Bewegungen über das Schlagzeug wirbeln lässt, dass sich die Konturen verwischen. Es ist einer der schwierigsten und kraftvollsten

Schlagzeugeinsätze, die ich auf der Bühne von *Late Night* bisher gehört habe. Bald feuert das Publikum sie johlend an und klatscht begeistert mit. Einen Moment lang befürchte ich, Georgia könnten die Sicherungen durchbrennen, weil ihr ein Paar Holzstöckchen die Show stehlen. Aber nicht einmal sie kann sich dem Groove entziehen. Sie bewegt im Rhythmus der Beats den Kopf, schnippt mit den Fingern dazu und wiegt ihre üppigen Hüften.

Als das Schlagzeugsolo schließlich zum Ende kommt, ist Georgia die Erste, die enthusiastisch applaudiert. Sie ist so hingerissen, dass sie beinahe ihren Einsatz verpasst. Erst, als ihr der Bandleader wild gestikulierend Zeichen gibt, weiterzusingen, fällt sie – gerade noch rechtzeitig – wieder in den Refrain mit ein. Während Georgia noch ihre letzten Noten in die Länge zieht, höre ich hinter mir das statische Knacken eines Walkie-Talkies. Jake ist mit einem zweiten Security-Mann zurückgekehrt, die beiden sind drauf und dran, ans Set zu stürmen. Aber Nort hält sie zurück.

»Wartet«, befiehlt er in gewohnt ruppigem Tonfall. »Schauen wir mal, wie sich die Sache entwickelt.«

Georgia ist noch bei ihrem großen Finale. Sie steht mit hoch erhobenem Arm auf der Bühne und schmettert den ewig langen hohen Schlusston ins Standmikrofon. Die Zuschauer spenden tosenden Applaus und Georgia macht eine tiefe Verneigung wie eine Südstaatenschönheit auf dem Debütantinnenball. Dann dreht sie sich zur Band um und gibt der Drummerin ein Zeichen, aufzustehen und sich ebenfalls zu verbeugen. Alle Blicke schwenken in ihre Richtung.

Als das Mädchen mit der ungezähmten schwarzen Lockenmähne und den tätowierten Armen langsam aufsteht und hinter dem Schlagzeug hervortritt, schaue ich zum Monitor und sehe die Kamera näher heranfahren und auf das Gesicht mit den runden Wangen und der markanten Nase zoomen. Sofort erhebt sich unter den umstehenden Crewmitgliedern fragendes Gemurmel.

»Hey, das ist nicht Jessie.«

»Wer dann?«

Aus dem irritierten Raunen wird ein entsetztes Aufkeuchen, als das Mädchen beginnt, sich die Haut vom Gesicht zu ziehen. Na ja, eigentlich weniger ihre Haut als vielmehr die Maskenteile aus Latex und Schaumstoff, die ich ihr keine zwanzig Minuten zuvor sorgsam appliziert habe. Den Göttern sei Dank für den schnell trocknenden SFX-Spezialkleber und die Prosthetiks in meinem Profi-Schminkkoffer. Ich hatte schon Sorge, das Material würde in der kurzen Zeit nicht schnell genug trocknen, um sich in großen Stücken leicht wieder ablösen zu lassen. Aber die falschen Wangenknochen und die prägnante Nase lassen sich ohne Probleme abziehen. Und als sie sich die schwarze Zottel-Perücke im Grunge-Stil vom Kopf reißt und die sonnengebleichten hellblonden Haare ausschüttelt, die ihr jetzt über die Schultern fallen, wird klar, dass sie mit dieser Verkleidung sogar ihre eigene Mutter an der Nase herumgeführt hat.

Nervensäge und Schlagzeugwunder Priscilla Nash steht auf der Bühne und grinst von einem Ohr zum anderen. Sogar ohne die Prosthetiks sieht sie aus wie ein völlig anderer Mensch. Bevor ich ihre Verkleidung zusammengestellt habe, haben wir endlich einmal darüber gesprochen, welchen Look sie sich eigentlich wirklich wünscht. Anhand einiger Beispiele aus den Modezeitschriften, die im Green Room für unsere Gäste zum Durchblättern ausliegen, habe ich einen Glam-Goth-Look zusammengestellt, der perfekt zu ihr passt. Anstelle von dick aufgetragener Wimperntusche und Waschbäraugen habe ich ihr hammermäßige Smokey Eyes geschminkt – in einem sehr dunklen Lilaton, der allmählich in Schwarz übergeht – und die Augenbrauen zu einem perfekten Bogen gezupft. Das Lila des Lidschattens wiederholt sich auf den Wangenknochen in einem kaum wahrnehmbaren Hauch von Lavendel. Der Look verlangt zwar durchaus etwas Farbe auf den Wangen, aber der Blickfang müssen die Augen bleiben. Das heißt, abgesehen von den Lippen natürlich, für die ich extra ein leuchtendes Rot mit einem Pflaumenton zusammengemischt habe.

Als Sahnehäubchen habe ich Liz eine kleine Notlüge aufgetischt und behauptet, Georgia Nash wünsche für ihre süße kleine Prissy eine völlig neue Frisur. Liz, die nie die Wünsche der Stars infrage stellt, tat ausnahmsweise einmal, worum ich sie gebeten habe, und zückte ihr Glätteisen, um Priscillas blonde Locken zu glätten, und ihre Schere, um ihr einen Pony zu schneiden, der schnurgrade direkt über den Augenbrauen verläuft. Das Resultat wirkt punkig und ein wenig streng, aber nicht so übertrieben, dass es verkleidet oder altbacken scheint. Unterm Strich sieht Prissy wunderschön und kultig zugleich aus.

Die Zuschauer drehen völlig durch. Rufend und klatschend springen sie von ihren Sitzen auf. Aber das Beste von allem ist Georgias Reaktion. Anstatt vor Wut an die Decke zu gehen, wie es zu erwarten gewesen wäre, läuft sie auf ihre Tochter zu und wirbelt sie in einer begeisterten Umarmung im Kreis herum. Das könnte Prissy in der Coolness-Note ein paar Punkte Abzug bringen, aber ihr strahlendes Lächeln sagt mir, dass ihr das total egal ist. Besonders, nachdem Georgia sie wieder auf den Boden herunterlässt, Priscillas Hand ergreift – in der sie noch die Drumsticks hält – und ihren Arm zur Siegerpose hochreißt. Wie aufs Stichwort stimmt die Band »We Are the Champions« von Queen an.

Ehrlich, jetzt fehlt nur noch, dass es Konfetti von der Decke regnet.

»Du bist ein verdammtes Genie.« Jessie hat sich durch die Versammlung der immer noch fassungslos starrenden Crewmitglieder gedrängt und stellt sich neben mich.

»Wer, ich?«, frage ich mit gespielter Unschuld. »Keine Ahnung, wovon du redest.« Ich lächele sie listig an und zwinkere ihr zu, so wie sie es sonst immer bei mir macht. Ich lerne eben von den Besten.

»Jetzt mal ganz im Ernst.« Sie schüttelt den Kopf. »Du hast ihr nicht nur einen total geilen Goth-Look verpasst, sondern auch noch eine Verkleidung, in der sie nicht einmal ihre eigene Mutter erkannt hat.«

Obwohl ich ziemlich stolz darauf bin, wie alles gekommen ist, zucke ich betont lässig mit den Schultern. »Ich mache nur meine Arbeit.«

Jessie gibt eine Art amüsiertes Schnauben von sich. »Ach ja? Seit wann bist du Make-up Artist und Familientherapeutin in einem? Ich meine, guck dir die beiden doch mal an.«

Auf der Bühne sehen sich Georgia und Priscilla immer noch strahlend in die Augen, Georgia achtet nicht einmal darauf, welche Kamera gerade auf sie gerichtet ist.

»Du wusstest, dass Priscilla ihrer Mom zeigen musste, was ihre wahre Leidenschaft ist, wenn sie zu ihr durchkommen wollte. Das war ziemlich klug von dir. Ich wünschte, du wärst auch zur Stelle gewesen, als ich mit dreizehn versucht habe, meine Eltern davon zu überzeugen, dass aus mir der nächste Keith Moon werden würde.«

Ich lege tröstend den Arm um Jessies Schultern. »Scheint, als wärst du auch allein gut klargekommen. Und was ist mit ihr?« Ich deute mit dem Kinn auf Priscilla. »Wie lautet dein fachliches Urteil? Hat sie das Zeug dazu?«

Jessie überlegt kurz und nickt. »Na ja, sie ist kein Keith Moon, aber sie ist nicht schlecht. Genau genommen ist sie sogar verdammt gut. Schaff sie bloß von hier weg, bevor ihr Nort noch meinen Job anbietet.«

Nachdem das Publikum das Studio verlassen hat, eilt die ganze Crew zur Bühne. Dieselben Leute, die Priscilla die gesamte letzte Woche verflucht haben, gratulieren ihr jetzt überschwänglich und wollen wissen, woher sie ihr Talent zum Hardrocker hat. Jessie schenkt ihr sogar ein Paar von ihren Drumsticks. Priscilla genießt die – zum ersten Mal – positiven Rückmeldungen und sonnt sich in ihrem Erfolg. Aber als sie mich erspäht, kämpft sie sich durch die Menge und bleibt mit strahlendem Lächeln vor mir stehen.

»Hast du mich spielen gesehen?«, fragt sie atemlos.

»Hab ich!« Ich halte die Hand hoch und wir klatschen uns ab. »Du warst toll!«

»Das sehe ich ganz genauso«, sagt Larry, der mit Georgia auf uns zukommt. »Hast du gewusst, dass deine Tochter so gut Schlagzeug spielt, Georgia?«

»Ich hatte keine Ahnung«, antwortet Georgia ehrlich. »Aber ich bin sehr froh, dass ich es jetzt weiß.« Sie streckt die Hand aus und streichelt Priscillas Wange. Es ist die liebevollste Geste, die ich in der ganzen Woche zwischen den beiden gesehen habe.

Und sie erinnert mich außerdem daran, dass Priscilla noch tonnenweise Make-up im Gesicht hat und vielleicht Hilfe dabei braucht, es wieder zu entfernen.

»Hey, wenn du willst, können wir jetzt nach hinten gehen, und ich schminke dich ab«, biete ich ihr an.

»Ja, bitte«, meldet sich Georgia sofort zu Wort. Sie schaut mich an und tätschelt meinen Arm. »Nehmen Sie es mir nicht übel, Süße, aber ich finde den Look für meine Prinzessin ein bisschen sehr dick aufgetragen. Ich würde gern wieder ihr wahres Gesicht sehen!«

Aber Priscilla weicht entsetzt vor uns zurück. »Soll das ein Scherz sein? Das Make-up bleibt drauf! Mir gefällt es genau so.«

Georgia seufzt. »Na schön. Lassen wir es so – für's Erste.

Aber was ist mit den Tattoos auf ihren Armen? Sind die etwa echt?«

Uups! Die hätte ich fast vergessen. »Nein!«, versichere ich ihr eilig. »So schnell arbeite ich nun auch wieder nicht.« Ich zupfe mit Daumen und Zeigefinger sanft an Priscillas Armen und ziehe ihr blitzschnell die Tattoos herunter. »Das sind Tattoo-Stulpen aus der Requisite.« Ich halte die schlaff herabbaumelnden Armstulpen hoch, die jetzt eher wie eine zusammengeschrumpfte Strumpfhose aussehen.

»Na Gott sei Dank«, ruft Georgia erleichtert. »Ich dachte schon, meine Kleine wäre über Nacht zur Rockerbraut mutiert.«

Alle lachen, aber Priscilla tritt mit ernster Miene noch einen Schritt näher auf mich zu. »Ich weiß, ich hab dir wenig Grund gegeben, nett zu mir zu sein, Kim, aber du warst es trotzdem. Mit denen hier«, sie hält Jessies Drumsticks hoch, »und damit«, sie zeigt auf ihr Gesicht, »habe ich endlich das Gefühl, das sein zu können, was ich sein will. Eine hammermäßige Drummerin!«

Während sie mir um den Hals fällt und »Danke, Kim«, murmelt, bemerke ich, dass es jetzt Georgia ist, die entsetzt dreinblickt.

»Drummerin? Du meinst … *auf Dauer?*«, fragt sie in klagendem Tonfall. Ich kann die Pop-Prinzessinnen-Träume, die sie für ihre Tochter hatte, fast wie Seifenblasen zerplatzen sehen. Es ist offensichtlich, dass »Drummerin« in keinem ihrer Pläne für Priscilla eine Rolle spielte, außer vielleicht in der Form, dass eine Drummerin ihre Tochter mit dem Schlagzeug begleiten würde, während diese einen von

Georgia sorgfältig ausgewählten Song vorträgt. Sie dreht sich mit Hilfe suchendem Blick zu Larry um. Aber der zuckt nur mit den Schultern und schüttelt den Kopf.

Larry hat mit Sicherheit immer noch einen schrecklichen Kater, aber ich bin froh, dass er nüchtern genug ist, um die Lage richtig einzuschätzen.

»Deine Tochter wird erwachsen, Georgia. Irgendwann musst du sie ihren eigenen Weg gehen lassen«, sagt er ruhig. »Mit etwas Glück trifft sie die richtigen Entscheidungen und wird so wie du.«

Georgia bricht in dröhnendes Lachen aus. »Gott steh uns allen bei!«

Als der Trubel auf der Bühne schließlich abebbt, mache ich mich unverzüglich auf den Weg in die Maske. In meiner Hektik, Priscilla zurechtzumachen, habe ich ein hurrikanartiges Chaos hinterlassen. Mindestens Stufe 5 wie Hurrikan Katrina. Das ist so gar nicht meine Art.

Ich bin gerade damit fertig geworden, alle meine Lippenstifte und Tiegel mit Foundation und Gesichtsreiniger zu verstauen, als Norton auf der Türschwelle der Maske erscheint. »Kommst du bitte mal kurz in mein Büro, Kim?«

Wie immer, wenn ich in Norton Stanleys Büro zitiert werde, frage ich mich, was ich falsch gemacht habe. War Georgia über Prissys neuen Look verärgerter, als sie sich hat anmerken lassen? Vielleicht ging die Sache mit dem Haarschnitt doch etwas zu weit. Ich habe meine Entschuldigung quasi schon vorformuliert, als ich mich Norton gegenüber auf den Besucherstuhl setze.

Aber er sieht nicht wütend aus. Tatsächlich grinst er, als er mir über den Schreibtisch einen zusammengehefteten Papierstoß zuschiebt. »Du hast uns heute Abend wieder mal den Hintern gerettet, Kim. Deshalb freut es mich umso mehr, dir diesen Vertrag überreichen zu können.«

»Oh.« Ich seufze erleichtert, als mir aufgeht, dass ich nicht in Schwierigkeiten stecke. Es handelt sich um den Vertrag, von dem Norton gesprochen hatte. Derjenige, der mich noch für weitere drei Jahre an *Late Night Live mit Larry Stone* binden und mir mein Arbeitsvisum sichern soll. Der, dem ich noch nicht wirklich zugestimmt habe.

»Ich weiß, ich habe gesagt, ich würde dir etwas Zeit zum Nachdenken lassen«, beeilt sich Norton hinzuzufügen, als er meinen verlegenen Gesichtsausdruck sieht. »Aber ich dachte, wenn du die Bedingungen schwarz auf weiß vor dir siehst, könnte dir das bei deiner Entscheidung helfen. Wir würden dich gern weiterhin im Team haben, Kim. Was sagst du?«

Eine Weile lang bin ich sprachlos. Was *sage* ich? Die Wahrheit ist, ich war so sehr mit Hector Oshiro, der SFX-Akademie, Jane Marsh und mit Rob und Brett beschäftigt, dass ich kaum Zeit hatte, über *Late Night Live mit Larry Stone* nachzudenken.

»Ich … ähm –«

»Ach, hier bist du, Kim«, ruft Larry, der plötzlich wie aus dem Nichts hinter mir aufgetaucht ist. Wie schafft er es nur, wie ein Flaschengeist immer genau zum richtigen Zeitpunkt zu erscheinen? »Ich habe hier etwas für dich.«

Er überreicht mir einen schmalen cremefarbenen Umschlag, auf dem in gestochen scharfer Handschrift mein Vorname in Druckbuchstaben steht. Ich öffne ihn und ziehe eine Karte heraus, auf der ein »O« eingraviert ist. »O« wie *Oprah?* Nein. Sie war noch nie Gast in der Show. Aber die Karte muss von einem Promi kommen, sonst würde mich Larry nicht anstarren wie ein stolzer Vater …

»Oshiro?« Ich schnappe nach Luft.

Larry lächelt. »Der Unvergleichliche.«

»Aber … wie? Er kann doch mein Paket unmöglich schon erhalten haben.« Das Bild von dem gerade erst verschlossenen Karton unter der Arbeitsfläche in der Maske blitzt vor meinem inneren Auge auf. Aber wenn ich jetzt so darüber nachdenke – als ich vorhin meinen Platz aufgeräumt habe, war der Karton nicht mehr da. Ich war nur viel zu beschäftigt, um es zu bemerken.

»Ich habe das Paket während der Show per Boten überbringen lassen«, klärt mich Larry auf. »Wie gesagt, ich weiß alles.« Er zeigt auf die Karte in meiner Hand. »Die hat Oshiro dem Boten als Antwort mitgegeben.«

Ich klappe sie auf.

Ms Cassidy,
herzlichen Dank für das Geschenk. Sie sind einmalig. Suchen Sie mich auf, wenn Sie ein paar Jahre Berufserfahrung gesammelt haben. Wir werden wunderbare Monster zusammen erschaffen.
H. Oshiro

Ich bin so perplex, eine Nachricht von Hector Oshiro erhalten zu haben, dass es eine Weile dauert, bis ich wieder in vollständigen Sätzen sprechen kann. »Ist die echt? Oder haben Sie Daniel gebeten, sie zu schreiben, damit ich mich besser fühle?«

Larry schüttelt schmunzelnd den Kopf. »Nein, die Karte stammt von Oshiro höchstpersönlich.«

»Oh mein Gott!«, rufe ich. »Das ist so krass. Das ist …« Ich verstumme. Plötzlich weiß ich, was ich tun will. Die Erkenntnis trifft mich mit der Wucht eines Güterzugs. Ich schaue auf den Vertrag hinunter, der vor mir auf dem Schreibtisch liegt, und wieder zu Larry hoch. Unsere Blicke treffen sich. Ohne dass ich ein Wort gesprochen habe, nickt Larry, als hätte ich alles gesagt. Ich bin fertig damit, Promis aufzuhübschen. Ich will die Magie des Films erleben. Ich will die Chance haben, so kreativ zu sein, dass ich über mich selbst staune.

»Du wirst uns verlassen, Kim, stimmt's?«

Ich beiße mir auf die Unterlippe und nicke langsam, ich fürchte, wenn ich jetzt etwas sage, wird sich der Klumpen in meinem Hals zu Tränenströmen auflösen. Und jeder kennt das ungeschriebene Gesetz, dass man in Norts Büro nicht weint.

Larry wirkt kein bisschen überrascht, aber über sein Gesicht huscht ein Anflug von Traurigkeit. »In dem Fall bist du gefeuert.«

»Moment mal. Wie bitte?« Norton erhebt sich aus seinem Sessel. »Larry, ich glaube nicht –«

»Verwirkliche deinen Traum, Kim«, fährt Larry fort,

ohne Nort zu beachten. »Du wirst immer zur *Late-Night*-Familie gehören. Aber jetzt musst du erst einmal frei sein und dein Ziel verfolgen.« Er beugt sich zu mir vor. »Und keine Sorge«, flüstert er. »Du wirst als Entschädigung für die Kündigung einen Scheck mit einer mehr als großzügig bemessenen Leistungsprämie erhalten. Das ist das Mindeste, das wir für die beste Maskenbildnerin tun können, die wir je hatten.«

Ich bin sicher, es ist äußerst unprofessionell, aber ich springe von meinem Stuhl auf und falle Larry Stone um den Hals. »Danke, Larry«, flüstere ich, die Nase an seine Schulter gedrückt. »Ich hätte nicht gedacht, dass entlassen zu werden so schön sein kann. Das werde ich Ihnen nie vergessen.«

»Ähem«, sagt Norton laut, er hat die Hände ausgebreitet und verwirrt die Stirn gerunzelt. »Würde mir einer von euch bitte mal erklären, was zum Teufel hier eigentlich vor sich geht?«

19

»Sie haben Ihr Ziel erreicht«, verkündet die roboterhafte Stimme.

Gut, dass ich eine Navigations-App auf meinem Handy habe. Sonst wäre ich nie darauf gekommen, dass die kleine Lagerhalle in Santa Monica, vor der ich jetzt bremse, das Gebäude ist, das ich suche. Ich wäre glatt daran vorbeigefahren. Es ist nicht gerade das imponierendste Filmstudio aller Zeiten. Der Außenanstrich war vermutlich früher einmal weiß, ist aber jetzt schmutzig grau, und die unscheinbare Glaseingangstür könnte ebenso gut zu einem Steuerberatungsbüro oder einer Kraftfahrzeugbehörde führen.

Nichts deutet darauf hin, dass ich hier richtig bin, außer der Tatsache, dass Eli vor dem Gebäude steht und mir zulächelt.

»Hast du gut hergefunden?«, begrüßt er mich, als ich aus meinem Wagen steige.

»Ja, hab ich, danke.« Ich schüttle seine ausgestreckte Hand. »Bin ich zu spät?«

»Nein, keine Sorge. Du kommst genau richtig. Jane ist gerade mit ihrem letzten Termin fertig. Komm, ich bringe dich in ihr Büro.«

Er hätte auch sagen können: »Ich bringe dich in deine

eigene Gedankenwelt.« Besser lässt sich das Gefühl nicht beschreiben, das mich beim Betreten von Jane Marshs Büro überkommt. Wo ich auch hinschaue, fällt mein Blick auf Erinnerungstücke an die besten Horrorfilme aller Zeiten: die abgetrennte Hand aus *Bloody Tuesday*, die zerbrochene Mardi-Gras-Maske aus *Bourbon Street Butcher* und sogar eine Büste des Creep! Meine Nervosität verfliegt auf der Stelle. Auch wenn es gerade mal einen Tag her ist, dass ich *Late Night Live mit Larry Stone* verlassen habe – ich weiß sofort: Hier gehöre ich hin.

»Schön, dich zu sehen, Kim«, begrüßt mich Jane freundlich und winkt mich näher zu sich.

»Ich freue mich auch«, erwidere ich aufrichtig. »Danke, dass du mir noch eine Chance gibst.«

Jane legt den Kopf schräg. »Gern. Aber ich habe eine gute und eine schlechte Neuigkeit für dich. Welche möchtest du zuerst hören?«

Ich zögere einen Moment lang. »Die gute. Ich könnte eine gebrauchen.«

»Okay. Die gute Nachricht ist: Dank der unermüdlich brodelnden Hollywoodgerüchteküche hat sich Bretts Mitwirkung an unserem Projekt bereits herumgesprochen. Das Telefon klingelt an einem Stück. Und es gibt ein paar ziemlich berühmte Namen, die mit einsteigen wollen.«

»Wir haben ein paar richtig große Geldgeber, die jetzt bereit sind, den Film zu unterstützen«, ergänzt Eli.

»Oh, aber das ist doch super!«, rufe ich. »Oder nicht?«, füge ich hinzu, als ich den betretenen Blick bemerke, den Jane und Eli wechseln.

»Tja, das bringt uns zu der schlechten Neuigkeit«, sagt Jane. »Nachdem du dich nicht mehr gemeldet hast, haben wir angefangen, Vorstellungsgespräche mit anderen Make-up Artists zu führen. Da wir ja jetzt reiche Gönner und mehr Geld zur Verfügung haben, interessieren sich plötzlich hoch qualifizierte Leute für die Stelle. Du bist natürlich auch noch im Rennen. Wie ich schon sagte, mir gefällt deine Arbeit, das habe ich ernst gemeint. Aber du bist jetzt nicht mehr unsere einzige Kandidatin.«

Ich muss unwillkürlich lachen. »Ist das die schlechte Nachricht? Aber das ist doch großartig!« Beim Anblick ihrer verdutzten Gesichter versuche ich es mit einer Erklärung. »Ich habe nichts gegen Wettbewerb. Ich wollte die Stelle auf keinen Fall nur deshalb bekommen, weil ich Brett kenne. Aber haben will ich sie unbedingt. Das Drehbuch ist echt genial. Hier, ich habe auch schon ein paar Ideen für die erste Szene.« Ich ziehe meinen Skizzenblock aus der Handtasche und blättere zu ein paar ziemlich gruseligen Zeichnungen, die mich in jeder anderen Umgebung als gemeingefährliche Irre ausweisen würden. »Ich weiß schon genau, wie ich die Szene echt aussehen lasse. Wenn ihr mich einstellt, beweise ich euch, was ich kann. Die Konkurrenz hat im Grunde keine Chance.«

Einen kurzen Moment lang herrscht angespanntes Schweigen, und ich frage mich nervös, ob ich die Grenze zwischen »selbstbewusst« und »unerträglich dreist« überschritten habe. Aber dann schauen sich Jane und Eli an … und lächeln.

Anderthalb Wochen später verbringe ich den Sonntagabend mit einem hübschen Typen, der eine gummiartige, orangefarbene Haut, kohlrabenschwarze Augen und keine Ohren hat. (Er hört durch seine Kiemen im Hals).

Im Moment nenne ich ihn noch George, aber bevor ich ihn als meine Projektarbeit für das Abschlussexamen abgebe, werde ich den Namen sicher noch in Xenorp oder so ähnlich ändern. Anfangs hatte ich ziemliche Probleme, ihn zu entwerfen – alle meine Versuche erinnerten entweder an *E.T.* oder einen *Avatar* –, aber derzeit habe ich einen guten Lauf und George nimmt zusehends Gestalt an. Es besteht zwar immer noch die Möglichkeit, dass ich den Theorie-Teil der Prüfung vermassle, und zwar so richtig, aber wer weiß? Wenn ich es hinbekomme, George wie einen lebendigen, liebenswerten Außerirdischen aussehen zu lassen, schaffe ich den Rest vielleicht auch.

»Sorry, George«, sage ich. »Es tut jetzt einmal kurz weh. Aber nur ganz kurz. Versprochen.« Vergnügt vor mich hin pfeifend nehme ich ihm die Mund-Nasen-Wangenpartie aus Latex ab und setze sie mir behutsam selbst auf. Keine Sorge, ich eifere niemandem aus *Schweigen der Lämmer* nach. Ich will mich nur im Spiegel vergewissern, ob sich die Maske bewegt, wenn ich das Gesicht verziehe. Elastizität und Mimik machen dreißig Prozent der Note dieser Projektarbeit aus, müssen also perfekt sein.

Gerade als ich mein bestes wutverzerrtes Gesicht erprobe, klingelt es an der Tür. Ich rufe nach Tia und Bruno, aber dann fällt mir ein, dass sie ja mit Amy und Jessie unterwegs sind. Ich werfe meinem Spiegelbild achselzuckend einen Blick zu. »Testen wir mal, ob der Anblick wirklich jemandem Angst einjagen kann.«

Ich trabe die Treppe hinunter und reiße die Tür auf, um den armen Pizzaboten oder wer auch immer das Pech hatte, sich hierher zu verirren, in Schrecken zu versetzen. Aber der Typ, der vor mir steht, ist gar kein Pizzabote. Es ist Brett, der in seinem perfekt sitzenden schwarzen Smoking geradezu absurd gut aussieht. Die aschblonden Haare stylish mit Gel zurückgekämmt und das Grübchen auf seiner Wange schelmischer denn je, grinst er mich über einen Strauß roter Rosen hinweg an. Seine Zähne sind so strahlend weiß, dass ich förmlich ein »Pling!« erklingen hören kann, als er sein Lächeln aufblitzen lässt. Hinter ihm am Straßenrand parkt eine lang gezogene schwarze Limousine, in der ich Jimmy am Steuer sitzen sehe, in Chauffeurs-Uniform und -Kappe ähnlich elegant herausgeputzt.

Und ich stehe hier mit falscher Nasen-Mund-und-Wangenpartie, ausgeleierter Jogginghose und einem T-Shirt voller orangener Farbkleckse. Tja. Unfassbar, aber wahr.

Brett bricht fast zusammen vor Lachen. Meine Wangen sind zwar unter mindestens zwei Schichten Latex verborgen, aber ich befürchte, die extreme Hitze, mit der ich prompt erröte, wird das Material jeden Moment zum Schmelzen bringen. »Kim? Bist du das?«, fragt Brett.

Ich würde die Prosthetiks ja abnehmen, aber ohne einen Spiegel, in dem ich sehen kann, was ich tue, erscheint mir das zu gefährlich. Ich könnte sie beschädigen. Das kommt also nicht infrage, deshalb beschließe ich, die Rolle des sonderbaren Fremden weiterzuspielen. »Ähm … nein«, antworte ich. »Hier gibt es keine Kim. Sie müssen sich in der Tür geirrt haben.«

»Wirklich?« Brett tritt einen Schritt vor. Gerade nah genug, dass ich einen Hauch seines wahnsinnig verführerischen Eau de Cologne, versetzt mit dem zarten Duft der Rosen, schnuppere. »Tja, schade. Denn wenn sie hier wäre, würde ich mich bei ihr dafür entschuldigen, dass ich meine Beziehungen habe spielen lassen, um ihr einen Job zu verschaffen. Sie hätte ihn sicher auch ohne mich bekommen, aber …« Er zuckt mit den Schultern. »Ich wollte ihr nur helfen. Na ja, das stimmt nicht so ganz … ich habe es auch aus selbstsüchtigen Gründen getan. Ich dachte, es könnte lustig sein, mit ihr zu arbeiten. Obwohl wir uns noch nicht lange kennen, ist sie schon eine meiner besten Freundinnen. Niemand bringt mich so zum Lachen wie sie, und ich wusste, mit ihr würde mir die Arbeit so viel Spaß machen wie schon lange nicht mehr.«

»Wow …«, stoße ich mühsam hervor. Entweder sitzt das Latex zu eng oder seine Ansprache hat mir gerade den Atem geraubt. »Ich werde es Kim ausrichten.«

»Okay. Verstehe.« Er lächelt ein wenig traurig. »Würden Sie mir einen Gefallen tun und ihr die Rosen geben?« Er reicht mir den umwerfend schönen Strauß. »Sie hat sie verdient.«

Er dreht sich um und will zur Limousine zurückkehren. *Spinnst du, Kim, willst du ihn etwa gehen lassen?*

»Moment!«

Brett bleibt wie angewurzelt stehen und schaut mich über die Schulter hinweg an.

»Ähm, wohin sind Sie denn in diesem festlichen Outfit eigentlich unterwegs? Also, nur für den Fall, dass sie fragen sollte.«

Brett verzieht das Gesicht erneut zu einem schelmischen Grübchen-Grinsen. »Zur Verleihung der Goldenen Himbeere.«

Ich muss mir auf die Prosthetik-Unterlippe beißen, um mir ein Kichern zu verkneifen.

»Ohne prahlen zu wollen, aber ich bin mir ziemlich sicher, dass ich unter anderem den Preis als schlechtester Schauspieler verliehen bekomme, und habe beschlossen, ihn persönlich entgegenzunehmen. Ich dachte, es wäre doch schön, eine gute Freundin an meiner Seite zu haben. Es gibt niemanden, mit dem ich lieber zu den Razzies gehen würde, als mit Kim Cassidy.«

Ich seufze und bemühe mich, nicht gleich hier auf der Türschwelle zu einer Pfütze dahinzuschmelzen. »Tja … das ist supersüß von Ihnen. Ich wette, sie würde liebend gern mitkommen.«

»Glauben Sie?« Brett tritt wieder auf mich zu, nur der Strauß Rosen steht noch zwischen uns. »Wirklich schade, dass sie nicht zu Hause ist. Die Verleihung beginnt in einer Stunde, sie müsste sich jetzt dringend fertig machen, und –«

»Wissen Sie was?«, unterbreche ich ihn und ziehe ihn am Arm herein. »Ich glaube, sie ist vielleicht doch oben. Warten Sie hier, ich hole sie.«

Zum Klang von Bretts Lachen renne ich die Treppe hoch. Ich fühle mich beschwingt, wie schon lange nicht mehr. Endlich scheint wieder alles ins Lot zu kommen. Oder vielleicht ist das auch nur die Wirkung, die Bretts Gegenwart auf mich hat. Ich kann es kaum erwarten, ihm von meinen guten Neuigkeiten zu erzählen. Aber jetzt muss ich erst mal die Verwandlung des Jahrhunderts zustande bringen. Die Zeit läuft.

In den nächsten zwanzig Minuten leiste ich ein paar wahrhaft beeindruckende Sanierungsarbeiten an mir selbst. Nachdem ich behutsam die kostbaren Prosthetiks entfernt habe, dusche ich mit einer affenartigen Geschwindigkeit und schrubbe mir gleichzeitig das restliche Make-up vom Gesicht. Als ich vor meinem Kleidergestell stehe, ist meine Haut noch feucht und meine Haare stecken klatschnass unter einem zum Turban hochgedrehten Handtuch. Was zieht man zur Verleihung der Razzies an? Wenn Bruno doch nur hier wäre. Er würde mir blitzschnell etwas zusammenstellen. *Denk nach, Kim, denk nach …*

Nach ein paar Minuten hektischen Durchforstens meiner Garderobe entscheide ich mich für ein smaragdgrünes knielanges süßes Partykleid, das neben Bretts schwarzem Smoking bestimmt toll aussehen wird. Es ist nicht direkt oscarreif, aber wir gehen ja auch nicht zu einer Oscar-Verleihung. Bei dem Gedanken entspanne ich mich etwas. Kein Grund zur Panik. Ich föhne rasch meine Haare trocken und zwirbele sie zu einem stylish-lässigen Knoten nach oben. Anschließend trage ich eine leichte Foundation und roten Lippenstift auf – der perfekte Kontrast zur Farbe des Kleids – und schlüpfe in ein Paar schwarze Kitten-Heels. Darin kann ich wenigstens laufen.

Eine Minute später steige ich die Treppe hinunter. Brett

starrt mich lächelnd an und steht vollkommen bewegungslos, als würde er den Atem anhalten. »Du bist ja doch da«, sagt er schließlich. »Ich … ähm … wie ich deinem – ähem – Kumpel, der mich vorhin reingelassen hat, schon sagte, wollte ich dich fragen, ob du vielleicht –«

Ich lege einen Finger an seine Lippen. »Wir haben keine Zeit«, unterbreche ich ihn. »Es gibt nichts, was ich lieber täte, als meinem lieben Freund und Kollegen Brett Curtis dabei zuzuschauen, wie er seine wohlverdiente Auszeichnung erhält.« Ich halte inne, um abzuwarten, ob er den versteckten Hinweis mitbekommen hat, den ich in meine Worte eingeflochten habe. Als ich das Lächeln sehe, das sich langsam auf seinem Gesicht ausbreitet, weiß ich, dass er ihm nicht entgangen ist.

»Kollege?«, fragt er. »Heißt das …?«

Ich nicke. »Ich war noch mal bei Slice Films. Diesmal zu einem echten Vorstellungsgespräch. Jane hat mich heute Morgen angerufen. Ich hab den Job! Du stehst vor der neuen leitenden SFX-Make-up-Designerin von *Schnittreste.*«

»Echt?«

»Hab ich doch gerade gesagt. Brauchst du es schriftlich? Moment, wo sind meine Post-its …« Ich tue so, als würde ich mich suchend danach umblicken, als mich Brett plötzlich in die Arme nimmt und hochhebt. Er umarmt mich so fest, dass wir einen Moment lang praktisch eine Person sind.

»Hey, etwas mehr Respekt bitte. Ich hab jetzt immerhin einen Chefposten«, sage ich tadelnd und gebe ihm einen

Klaps auf die Schulter. »Ich glaube nicht, dass dies die angemessene Umgangsform ist.«

Er weiß, dass ich einen Scherz mache, setzt mich aber trotzdem sofort wieder auf dem Boden ab, tritt einen Schritt zurück und räuspert sich mit bedeutungsvoller Miene. »Selbstverständlich, Ms Cassidy. Bitte verzeihen Sie. Es wird mir ein großes Vergnügen sein, mit Ihnen zusammenzuarbeiten.«

Nach einer oder zwei Sekunden Stille brechen wir in Prusten aus und klatschen uns ab.

»Dann haben wir heute Abend doppelt Anlass zu feiern«, fügt Brett hinzu. »Komm, lass uns fahren!«

Ich schließe die Tür ab und wir rennen zum Wagen (danke, Kitten-Heels). Brett wartet, bis ich eingestiegen bin, und schiebt sich dann neben mich auf den Rücksitz. »Wie liegen wir in der Zeit, Jimmy?«

Jimmy schaut auf seine Armbanduhr. »Es wird knapp. Aber keine Sorge, ich bringe euch schon noch rechtzeitig hin.«

Während Jimmy die Straßen von L. A. in Angriff nimmt, knüpfen Brett und ich nahtlos an unser Geplänkel von vorhin an.

»Ich muss sagen, Sie haben sich wirklich sehr hübsch herausgeputzt, Mr Curtis.«

»Oh, vielen Dank«, antwortet Brett. »Ich wollte erst in Football-Trikot und Jeans gehen, aber dann kamen mir Zweifel. Ich dachte, was, wenn jemand das gleiche Outfit trägt? Ich würde sterben!«

Ich stupse ihn kichernd mit der Schulter an. »Gute Entscheidung. Das Letzte, was du jetzt brauchst, ist ein Style-Duell nach dem Motto ›Wem steht's besser?‹.«

Brett lacht, und ich weiß wirklich nicht mehr, warum ich eigentlich sauer auf ihn war.

»Es gibt übrigens noch eine Neuigkeit«, sagt Brett. Er öffnet die Tür der in der Limousine eingebauten Mini-Bar, zieht eine Flasche Cider heraus und schenkt mir ein Glas von dem perlenden Getränk ein. »Jessabel hat mich gestern angerufen.«

Meine gute Laune bricht ab wie eine durch Scratchen zum Stillstand gebrachte Schallplatte. »Ach ja?«, sage ich argwöhnisch. Ich befürchte, er wird mir jetzt verkünden, dass sie wieder zusammen sind. Wobei es mir ja eigentlich egal sein kann.

»Wie es aussieht, hat Tommy sie schon betrogen. Sie hat am Telefon die ganze Zeit geweint. Die Nachricht verbreitet sich wie ein Lauffeuer im Internet.« Er grinst.

Ich verziehe keine Miene, kann mir aber eine gewisse Schadenfreunde nicht verkneifen. Nachdem sie Brett öffentlich diffamiert und fälschlicherweise behauptet hat, er wäre ihr untreu gewesen, wird Jessabel nun *tatsächlich* von ihrem neuen Freund betrogen. »Man darf das Schicksal eben nicht herausfordern«, sage ich ernst.

»Darauf sollten wir anstoßen.« Brett lässt sein Glas an meines klirren.

Trotz allem tut sie mir irgendwie leid. Tommy war definitiv keine gute Wahl, aber sie schien wirklich in ihn verliebt zu sein. Und wenn es jemanden gibt, der weiß, wie es sich anfühlt, vor den Augen der Öffentlichkeit betrogen und gedemütigt zu werden, dann bin ich das.

»Ich hoffe, du warst nett zu ihr«, sage ich. »Auch wenn sie es eigentlich nicht verdient hat. Ich weiß noch genau, wie schlimm es war, als ich Frankie mit einer anderen erwischt habe.«

»Ich war nett zu ihr«, versichert mir Brett. »Sie hat ein paar schlimme Fehler gemacht, aber wer nicht? Deshalb ist sie noch lange kein schlechter Mensch.« Er schweigt. »Und Frankie hat sich echt mies verhalten«, fügt er noch hinzu. »Nur gut, dass du jetzt Rob hast, was?«

Er wirft mir aus dem Augenwinkel kurz einen Blick zu und schaut schnell wieder weg.

Schätze, es ist schon eine Weile her, dass ich das letzte Mal mit Brett gesprochen habe. Es gibt da etwas, das er noch nicht weiß. »Tja, also …«, sage ich. »Rob und ich haben auch Schluss gemacht.«

Brett schaut mich besorgt an. »Er hat dich aber nicht mit einer anderen betrogen, oder?«

»Nein, das war nicht der Grund.« Ich will ihm nicht sagen, dass es mit Rob und mir unter anderem deshalb nicht geklappt hat, weil Rob davon überzeugt war, Brett und ich wären mehr als nur Kumpels – was natürlich völlig absurd ist. »Rob ist total nett und anständig. Es hat nur … nicht funktioniert.«

Brett schweigt einen Moment lang und starrt stumm auf die kleinen Lichter der Innenbeleuchtung am Boden der Limousine. Ich würde zu gern wissen, was er jetzt denkt, aber ich weiß, er wird es mir schon noch verraten, wenn er es für richtig hält. Jetzt schenkt er uns erst einmal einen Schluck Cider nach und prostet mir zu. »Andere Mütter haben auch schöne Töchter und Söhne. Auf dass wir beide den oder die Richtige finden.«

Diesmal hebe ich ebenfalls mein Glas und erwidere den Blick seiner smaragdgrünen Augen. »Darauf sollten wir anstoßen.«

Jegliche Sorge, ich könnte für die Razzies nicht angemessen gekleidet sein, löst sich in dem Moment in Luft auf, als Jimmy – drei Minuten vor Beginn – auf den Parkplatz biegt und ich die heruntergekommene Örtlichkeit sehe, in der die Veranstaltung stattfindet. Im Gegensatz zu der Sammy-Verleihung, die ich vor einiger Zeit mit Larry und ein paar anderen aus der Crew besucht habe, gibt es hier keinen roten Teppich und auch keine sich hinter Absperrgittern drängenden jubelnden Fans, die von einem Heer an Sicherheitspersonal in Schach gehalten werden müssen. Selbst die vielen Paparazzi – die sich doch sonst auf jedes lächerliche Ereignis in dieser Stadt stürzen – fehlen. Lediglich ein oder zwei vereinzelte Reporter lungern am Eingang herum und schießen halbherzig Fotos von Gästen, die ihre Autos eigenhändig auf den Parkplatz fahren und anschließend anspaziert kommen, als würden sie zum Bowling gehen, anstatt zu einer Verleihungs-Gala.

»Du dürftest recht haben«, raune ich Brett zu. »Irgendjemand wird hier heute Abend definitiv in Jeans und Football-Trikot auftauchen.«

»Ich bin nicht dumm«, antwortet er.

Nachdem Jimmy die Limousine eingeparkt hat und wir ausgestiegen sind, bietet mir Brett seinen Arm an. »Wollen wir?«

Ich hake mich bei ihm unter. »Bitte, gern.«

Als Brett und ich den Saal betreten, nehmen die meisten Leute bereits Platz und die Beleuchtung wird gedämpft. Wir schlüpfen in allerletzter Minute hinein und huschen zu einem unbesetzten Tisch ganz hinten im Raum. Es ist wahrscheinlich der unauffälligste und diskreteste öffentliche Auftritt, den Brett je in seinem Leben hatte, trotzdem dauert es nicht lange, bis seine Anwesenheit bemerkt wird. Schon nach wenigen Minuten geht ein aufgeregtes Flüstern durch die Menge und ein paar Leute zeigen in unsere Richtung und fotografieren ihn mit ihren Handys.

»Sie haben dich entdeckt«, raune ich Brett zu.

Er beugt sich vor und bringt seinen Mund nah an mein Ohr. »Ich sag's ja nur ungern, aber ich bin nicht der Einzige, den sie anstarren.« Er deutet mit dem Kinn zu ein paar Leuten links von mir, die eindeutig *mich* ablichten.

Ich seufze. Eine Sekunde lang hatte ich total vergessen, dass ich die berüchtigte *Rote Nixe* bin. Hier heute Abend an Bretts Arm aufzutauchen, dürfte meine unfreiwillige Berühmtheit noch einmal kurzzeitig verlängern. Aber das ist mir ausnahmsweise egal. Wenn mich die Entscheidung, Brett zu begleiten, zur Zielscheibe von Spekulationen und Gerüchten macht, dann ist das nicht zu ändern. Ich bereue eine Menge von dem, was ich in den vergangenen Wochen getan habe, aber meine Freundschaft mit Brett gehört nicht dazu.

Das zeigt sich noch einmal umso deutlicher, als plötzlich eine Frau am Nebentisch Brett auf die Schulter tippt. »Entschuldigen Sie, dürfte ich Sie vielleicht um ein Autogramm für uns bitten?« Sie zeigt erst auf sich und dann zu ihrem Begleiter, der neben ihr sitzt. »Mein Mann und ich sind große Fans.«

»Natürlich«, antwortet Brett ohne zu zögern und zückt seinen Schweizer Luxuskugelschreiber. Während er ein paar freundliche Worte auf eins der Programmblätter kritzelt, rücken zwei Fotografen an, um Brett für ein paar Nahaufnahmen abzulichten. Als er mit Schreiben fertig ist, wollen sie sich wieder entfernen, aber er hält sie zurück und beginnt, mit dem Ehepaar vom Nebentisch für Fotos zu posieren. Sie strahlen, als Brett jeweils einen Arm um sie legt und »Razzies!« ruft – statt »Cheese!«. Dann überredet er die Fotografen noch zu ein paar Bildern, auf denen er und das Paar lustige Gesichter schneiden, und einem, auf dem Brett der Frau auf dem Schoß sitzt. Schließlich steht er auf und schüttelt jedem von ihnen die Hand und verneigt sich, als säßen sie in der Jury für die Oscar-Verleihung. Als er wieder an unseren Tisch zurückkehrt, stecken die Fotografen und das Paar die Köpfe zusammen und kriegen sich beim Betrachten der Bilder auf den Kamera-Displays vor Lachen nicht mehr ein.

»Man muss das Beste draus machen. Warum soll ich nicht meinen Spaß dabei haben?«, erklärt er und setzt sich wieder neben mich.

Ohne Frage bin ich mit dem coolsten Typen im Saal hier.

Plötzlich geht ein Scheinwerfer an und beleuchtet ein in der Mitte der Bühne stehendes Holzpodium. Eine Frau in einem Abendkleid aus fließendem dunkelblauen Chiffon rauscht ins Rampenlicht. Sie ist weitaus kunstvoller hergerichtet als die Bühne, die lediglich eine klapprige Projektor-Leinwand schmückt und ein Hocker, auf dem ein aufgeklappter Laptop thront.

»Guten Abend!«, ruft sie gut gelaunt ins Mikrofon und löst prompt eine fiepende Rückkopplung aus. Ein ungepflegt aussehender Mann in einem Thor-T-Shirt kommt herbeigelaufen, richtet kurz etwas am Mikrofon und huscht wieder davon.

»Danke, Allen«, sagt die Frau. »Willkommen zur diesjährigen Verleihung der Goldenen Himbeere – besser bekannt unter der Koseform Razzie-Awards oder Razzies.«

Kurzer Applaus im Saal.

»Ich bin Morgana Linn und werde Sie durch den heutigen Abend führen.« Mehr Applaus. »Da ich selbst auch schon mit einem Razzie ausgezeichnete wurde, weiß ich, welche außerordentlich große Ehre es ist, einen so renommierten Preis überreicht zu bekommen – ein Zeugnis für mangelndes Talent und erbärmliche Leistung.« Sie tut so, als würde sie sich vor Rührung eine Träne aus dem Augenwinkel wischen. Das Publikum lacht leise. »Ich schlage vor, wir fangen ohne großes Tam-Tam einfach an.«

Während bei der Verleihung der *Oscar Awards* die Nominierten immer jeweils von einem anderen Prominenten verlesen werden, verkündet bei den Razzies heute den ganzen Abend allein Morgana die Namen. Da fast keiner der Nominierten erschienen ist, schreitet die Zeremonie ziemlich schnell voran und gerät nur ins Stocken, wenn Morgana von jedem Verlierer – oder Gewinner? – einen Filmausschnitt auf der wackligen Leinwand präsentiert, bevor sie dann den endgültigen Preisträger verkündet.

Jede Nennung erhält kurzen Beifall, gefolgt von Buhrufen, sobald klar wird, dass niemand erschienen ist, um die »Ehrung« entgegenzunehmen.

Schließlich wird die Nominierung von *Auf der Überholspur* für die schlechtesten Special Effects verlesen. »Die Kategorie existiert seit 1987 und wurde 1988 zum letzten Mal prämiert«, informiert Morgana das Publikum. »Aber in diesem Jahr gab es so viele herausragende Filme in dieser Sparte, dass wir den Preis ausnahmsweise noch einmal verleihen möchten. Und die Goldene Himbeere geht an …« Morgana lässt sich beim Öffnen des Umschlags Zeit. »*Auf der Überholspur*!« Diesmal tobt das Publikum, als Brett aufsteht, demütig Überraschung über die Verleihung vortäuscht und zur Bühne geht.

»Im Namen des gesamten Special-Effects-Teams möchte ich allen danken, die für unseren kleinen Film gestimmt haben«, sagt Brett liebenswürdig, nachdem er die kleine Trophäe in Form einer vergoldeten Himbeere auf einer Filmrolle von Morgana entgegengenommen hat. »Es ist wirklich eine Ehre. Schließlich ist es ein hartes Stück Arbeit, der Schlechteste zu sein. Wir freuen uns, Ihren Erwartungen nicht entsprochen zu haben. Vielen Dank Ihnen allen!«

Die Zuschauer lachen und applaudieren begeistert, nicht nur, weil ein Megastar tatsächlich zur Verleihung erschienen ist, sondern auch, weil er sich als ein so guter Verlierer erweist. Brett will sich schon abwenden, um die Bühne zu verlassen, doch dann hält er kurz inne. »Soll ich vielleicht gleich hierbleiben?«, murmelt er Morgana zu. Aber er steht nah genug am Mikrofon, dass es alle hören können. »Ich hab so das Gefühl, dass ich heute Abend noch ein paar Mal nach oben gerufen werde.« Wieder brechen die Leute in Lachen aus.

Morgana nutzt es als Steilvorlage für einen spontanen Comedy-Sketch. Sie winkt ab. »Ach was. Nein, Unsinn, Brett. Seien Sie nicht albern.« Dann wirft sie kurz einen Blick auf die nächste Karte in ihrer Hand. »Andererseits – vielleicht sollten Sie sich lieber etwas weiter nach vorn setzen.«

Sie schnippt mit den Fingern, woraufhin zwei Hilfskräfte herbeieilen und noch zwei zusätzliche Stühle an den Tisch direkt neben der Bühne tragen. Brett winkt mich zu sich und wir quetschen uns neben eine Gruppe strahlend lächelnder Menschen, die alle hocherfreut sind, dass wir uns zu ihnen gesellen.

Wie sich herausstellt, war das eine kluge Entscheidung, weil Brett nämlich in den nächsten zwanzig Minuten noch vier Mal auf die Bühne gerufen wird. *Auf der Überholspur* ist der große Gewinner in den Kategorien »Schlechtestes Leinwandpaar«, »Schlechtester Regisseur«, »Schlechtester Schauspieler« und »Schlechteste Schauspielerin«. Jedes Mal, wenn Brett auf die Bühne kommt, spricht er ein paar Dankesworte, die sowohl charmant als auch witzig sind. Und mit jedem seiner Auftritte wird sein Applaus lauter.

Schließlich ist es an der Zeit für die bedeutendste Auszeichnung heute Abend – »Schlechtester Film des Jahres«.

»Toi, toi, toi«, flüstere ich Brett zu und kreuze mit einem optimistischen Lächeln die Finger. Er drückt lachend meine Hand.

»Und die Auszeichnung in der Kategorie ›Schlechtester Film des Jahres‹ geht an ...«, sagt Morgana.

Brett steht schon mal auf und klopft sich ein paar imaginäre Staubkörnchen vom Smoking. Die Zuschauer brüllen vor Lachen.

»... *Auf der Überholspur*! Kommen Sie zu mir nach oben, Brett!«

Wer, ich?, formt Brett lautlos mit den Lippen, als könne er es nicht glauben. Erneut begibt er sich auf die Bühne. Als er diesmal die goldene Frucht entgegennimmt, drückt er der Trophäe einen Kuss auf. »Danke, vielen, vielen Dank, Ihnen allen«, ruft er mit einer tiefen Verbeugung, während die Zuschauer aufstehen und in einen lang anhaltenden tosenden Applaus ausbrechen. Nach einer oder zwei Minuten Standing Ovations bedeutet ihnen Brett mit einer Geste, sich wieder zu setzen, und wartet, bis Ruhe eingekehrt ist, bevor er erneut das Mikrofon übernimmt.

»Verehrte Jury-Mitglieder, verehrte Filmkritiker, liebe Kinogänger und Journalisten«, beginnt er. »Vielen herzlichen Dank Ihnen allen für diese äußerst zweifelhafte Ehre. Ich werde ohnehin ein paar zusätzliche Briefbeschwerer für die ganzen schauderhaften Drehbücher brauchen, die mir in Zukunft angeboten werden, und diese hier sind perfekt.«

Die Leute kichern mit mir, und jemand weiter hinten ruft: »Gern geschehen!«

»Aber jetzt mal ganz im Ernst«, fährt Brett fort. »Ich bin dankbar für den heutigen Abend. Mit so vielen Razzies überhäuft und damit in fast jeder Kategorie als der Schlechteste ausgezeichnet zu werden, ist eine Übung in Demut. Es erinnert mich daran, wie leicht man selbstgefällig wird und plötzlich vermeintliche Kassenknüller denjenigen Projekten vorzieht, die man wirklich gut findet. Ob Sie es glauben oder nicht, ich bin deshalb so gerne Schauspieler, weil man die Menschen mit Filmen begeistern, anregen, unterhalten, informieren und ihnen ein tieferes Weltverständnis vermitteln kann. Es ist also nur logisch, dass ich mich von einem Drehbuch über einen Rennfahrer angesprochen fühlte, der jede Menge Geld scheffelt.«

Das Publikum lacht.

Brett grinst ebenfalls, aber gleich darauf wird sein Blick nachdenklich und das Grinsen verschwindet. »Wissen Sie, es ist in dieser Branche nicht immer leicht, den Leuten eine Absage zu erteilen, die einen zu minderwertigen Filmen mit großem Budget drängen wollen. Die meisten Schauspieler – ich eingeschlossen – haben nicht den Mut, eine gut bezahlte Rolle abzulehnen. Risiken einzugehen und das zu tun, woran man glaubt, macht oft Angst. Aber ich hoffe, genau diesen Mut von nun an aufzubringen und nur noch solche Filme zu machen, von denen ich glaube, dass sie für uns alle ein Gewinn sein werden und nicht nur für mein Bankkonto.«

Erneut erheben sich die Zuschauer zu lang anhaltendem

Beifall, und diesmal tun sie es nicht, um sich über ihn lustig zu machen, sondern sie zollen ihm ihren Respekt – der fast so groß ist wie meiner.

Nur gut, dass im Rahmen der diesjährigen Razzie-Verleihung kein Geld für ein Orchester vorhanden war. Das würde nämlich sonst jetzt aufspielen – zum Zeichen, dass Brett von der Bühne abtreten soll. Aber da das nicht der Fall ist und er es außerdem als einziger Nominierter für nötig gehalten hat, heute Abend hier zu erscheinen, kann er ungehindert mit seiner Rede fortfahren. Er nutzt die Gelegenheit, um sich alles von der Seele zu reden, womit er in der Filmbranche zu kämpfen hat. Das Publikum setzt sich hingerissen wieder hin und klebt förmlich an seinen Lippen.

Während er spricht, beobachte ich die öffentliche Person Brett Curtis. Der millionenschwere Filmstar, der mit seinem Charme brilliert und vollkommen makellos wirkt. Aber ich kann hinter dieser Fassade den wahren Brett sehen – den Jungen, der aus einer Kleinstadt im Osten Amerikas stammt und der manchmal nicht weiß, was er sagen oder tun soll. Dieser Brett ist nicht immer wortgewandt oder perfekt gestylt. Hin und wieder ist er auch ein echter Chaot. Und er kann ängstlich und unsicher sein. Aber es gibt niemanden, mit dem ich meine Zeit lieber verbringe. Niemanden, mit dem ich mich lieber unterhalte. Keinen, der mich so zum Lachen bringt wie er, oder mit dem ich mich so wohlfühle …

Oh mein Gott.

Rob hatte recht. Er hat es schon die ganze Zeit gewusst, obwohl ich selbst nichts davon mitbekommen habe. Keine

Ahnung, warum es so lange gedauert hat, aber die Erkenntnis trifft mich plötzlich mit voller Wucht, und mir bleibt ganz kurz die Luft weg. Brett ist derjenige, mit dem ich zusammen sein will – und nicht bloß als Kumpel. Nachdem ich es erst einmal begriffen habe, wird mir auch klar, dass es schon so ist, seit wir uns das erste Mal begegnet sind.

Auf der Bühne spricht Brett immer noch, aber er hat jetzt den Blick auf mich gerichtet und starrt mich an, als könne er mir die Gedanken vom Gesicht ablesen.

»Wo ich schon mal hier oben stehe und geradezu selbstverletzend ehrlich bin …«, sagt er und lächelt mich an, »… es gibt noch eine Sache, mit der ich reinen Tisch machen möchte. Keine falschen Spielchen mehr.«

Ich sauge scharf die Luft ein. Im Publikum steigt nervöses Kichern auf. Das ist eindeutig die faszinierendste Razzie-Verleihung, die sie je besucht haben. Bevor Brett fortfährt, fange ich seinen Blick auf und ziehe die Brauen hoch. *Willst du das wirklich tun?*, fragen meine Augen. Er nickt mir zuversichtlich zu und spricht weiter.

»Sie alle haben sicher schon viele Geschichten über meine Beziehung mit Jessabel Anderson-Finch gehört. Nun, die Wahrheit ist, Jessabel und ich waren nie wirklich ein Paar. Wir haben unserer Karriere zuliebe nur so getan als ob.«

Ich beiße mir auf die Unterlippe. Im Saal ist von allen Seiten ein erstauntes Aufkeuchen zu hören. Die Fotografen beginnen, wie wild zu knipsen und diesen historischen Moment im Bild festzuhalten. Diejenigen Paparazzi, die sich nicht dazu herablassen konnten, der Veranstaltung beizuwohnen, werden es morgen früh bitter bereuen.

Brett räuspert sich kurz. »Keiner von uns hat also den anderen betrogen oder ihm das Herz gebrochen, weil wir nie ineinander verliebt waren. Und Kim, die junge Dame, mit der ich heute Abend hier bin und die Ihnen vielleicht unter dem Namen ›Rote Nixe‹ bekannt ist, war nie meine Partnerin. Aber sie ist eine liebe Kollegin und sehr gute Freundin. Die Medien haben es so aussehen lassen, als hätte sie sich zwischen mich und Jessabel gedrängt und unsere Beziehung zerstört. Aber sie hat nichts dergleichen getan. Sie ist vielmehr eine der mitfühlendsten, kreativsten, begabtesten und rücksichtsvollsten Personen, denen ich das Glück hatte, begegnen zu dürfen. Abgesehen von meiner Großmutter ist sie der großartigste Mensch, den ich kenne, und ich fühle mich geehrt, sie als Freundin zu haben.«

Zu meiner Bestürzung kommen mir die Tränen, als mich die Leute im Raum plötzlich mit neuem Respekt mustern. Die Hälfte von ihnen dreht sich sogar auf dem Stuhl um und klatscht mir zu. Ich schaue zur Bühne hoch und begegne Bretts Blick. Kann er es in meinen Augen sehen? Weiß er, was ich denke? Und – viel wichtiger – erwidert er meine Gefühle?

Brett holt tief Luft und fährt mit seiner Rede fort. »Für heute Abend habe ich genug von Ihrer Zeit in Anspruch genommen. Abschließend möchte ich Ihnen noch einmal dafür danken, dass Sie *Auf der Überholspur* als grottenschlechten Film ausgezeichnet haben. Ich bin stolz, der Schlechteste unter den Schlechtesten zu sein. Dies vorausgeschickt, hoffe ich allerdings, dass ich nie wieder eine Arbeit abliefern werde, die Anlass gibt, mich zu dieser Veranstaltung einzuladen. Ihnen allen herzlichen Dank und eine gute Nacht!« Er hält lächelnd und winkend die Trophäe über den Kopf, während jeder im Publikum – ich eingeschlossen – aufspringt und alle – ich ausgenommen – erneut in lang anhaltenden donnernden Applaus ausbrechen.

Die Leute johlen und klatschen immer noch, als Brett die Bühne verlässt und auf mich zusteuert. Eigentlich bin ich ja hier, um ihm den Rücken zu stärken, und sollte es ihnen gleichtun. Aber Tatsache ist, ich bin viel zu überwältigt von meiner plötzlichen Eingebung, um die Arme bewegen zu können, geschweige denn, das nötige Koordinationsvermögen aufzubringen, die Hände zueinanderzuführen. Mein Herz scheint der einzige Körperteil zu sein, der kein Problem damit hat, sich mit rasender Geschwindigkeit zu bewegen. Während Brett näher kommt, schlägt es immer schneller und schneller, bis es schließlich wie ein Rennpferd galoppiert. Kurz denke ich, die wenigen Reporter, die klug genug waren, heute Abend hier zu erscheinen, werden morgen mit einer weiteren Schlagzeile aufwarten können: *Rote Nixe erleidet Brett-Curtis-bedingten Herzinfarkt.*

Als Brett schließlich vor mir steht, nimmt er meine Hand und schaut mir besorgt in die Augen. »Alles okay?«, fragt er. »Du siehst aus, als würdest du jeden Moment zusammenklappen.«

»Ich will nicht deine Freundin sein«, platze ich heraus. Bei meinen Worten zieht ein gequälter Ausdruck über sein Gesicht wie eine Wolke. »Ich meine, ich will nicht *nur* eine gute Freundin sein«, füge ich bei ihrem Anblick hastig hinzu.

Da sich mein Hals danach ziemlich eng zuschnürt, hoffe ich, Brett kann so gut Gedanken lesen, wie ich es von ihm glaube, und wird sich den Rest selbst zusammenreimen. Die Wolke verflüchtigt sich und macht purem Erstaunen Platz. »Lass uns hier abhauen«, flüstert er.

Er steuert mich durch die immer noch applaudierende Menschenmenge hindurch in die kühle Nachtluft hinaus. Irgendwie finden wir zur Limousine zurück. Als wir davorstehen, zieht er mich wortlos an sich, legt seine Fingerspitzen unter mein Kinn und hebt es an und küsst mich. Der Moment ist endlos und trotzdem viel zu schnell vorbei.

Als sich Brett schließlich von mir löst, schaut er mir mit forschendem Blick in die Augen. Seine Wangen sind gerötet und er strahlt, aber das Grün seiner Iris ist dunkel vor Sorge. »Ist es okay für dich?«, fragt er.

»Klar ist es das.« Ich lege meine Hand an seine Wange.

»Bist du sicher? Ich wollte das schon so lange tun. Aber was ist mit dir? Willst du wirklich die Freundin von einem prominenten Schauspieler sein? Echt?«

Ich zögere und denke darüber nach. Bin ich bereit, ständig eine Zielscheibe der Paparazzi zu sein, nur weil mein Freund berühmt ist? Werde ich damit umgehen können, dass mir seine Fans Drohbriefe schreiben und irgendwelche Blogs und Magazine jedes meiner Outfits und jedes Gramm, das ich zu- oder abnehme, kommentieren? Will ich das wirklich? Die Antwort lautet eindeutig *Na klar!* Ich weiß, es wird nicht leicht werden, aber wen interessiert das, solange ich Brett an meiner Seite habe?

Als Antwort auf seine Frage schiebe ich nur wortlos

meine Hand von seiner Wange zu seinem Hinterkopf und ziehe sein Gesicht vor meins – zu einem weiteren langsamen und wunderbaren Kuss. Wenn es sich so anfühlt, schwierige Situationen zu meistern, dann bin ich dabei!

Epilog

Drei Wochen später.
»Möchten Sie ein heißes Handtuch, Ma'am?«, fragt die Stewardess und bleibt lächelnd neben meinem Sitz stehen.

»Gern.« Ich nehme mir eins von den kleinen vorgewärmten Tüchern von dem Silbertablett, das sie mir entgegenhält. Die Maschine ist noch nicht einmal in der Luft, und die Flugbegleiter überschlagen sich schon, damit wir uns wohlfühlen.

»Und Sie, Sir?«

Brett nimmt sich auch eins und dankt ihr mit einem Nicken.

»Damit ist es bewiesen«, raune ich ihm zu, als die Flugbegleiterin weitergeht. »Die andere Hälfte der Menschheit lebt besser. Definitiv. *Sehr viel* besser. Zweiter Klasse würde ich jetzt muffiges Salzgebäck knabbern, während mir ein weinendes Kleinkind in die Rückenlehne tritt und mein Sitznachbar mir die Armlehne streitig macht.«

»Willkommen in der First Class«, erwidert Brett mit verschmitztem Grübchen-Grinsen.

In meiner Hosentasche vibriert mein Handy. Ich ziehe es heraus und entdecke diverse Nachrichten von Tia, Bruno, Rob und Jessie – und sogar eine von Larry! Sie klingen alle ziemlich ähnlich, aber ich glaube, Tias bringt es am besten auf den Punkt:

`Europa wird der Hammer, Kimcita. GENIESS DAS LUXUSLEBEN!!! Und gib Brett einen Kuss von mir.`

Dabei könnte der Luxus noch viel größer sein – Brett hätte einen Privatjet mieten können, aber bodenständig, wie er ist, wollte er das Geld von Slice Films nicht für unnötigen Pomp verprassen. Jane und Eli haben allerdings darauf bestanden, uns First-Class-Tickets zu bezahlen, weil der Flug nach Prag so lang ist. Brett war einverstanden. Er weiß, dass ich bisher nur in der klaustrophobisch engen Touristenklasse geflogen bin, und wollte mir eine Freude machen. Wobei er geschworen hat, die First-Class-Tickets für unseren Flug nach Dublin, wenn wir an einem Wochenende meine Eltern besuchen, aus eigener Tasche zu bezahlen.

Auch dafür ein dreifaches Hurra! Ich könnte mich an den Luxus gewöhnen! Man kann diese Sitze nach hinten verstellen, bis man fast waagerecht liegt. Aber im Moment habe ich nicht die Absicht zu schlafen. Mir schwirren zu viele Ideen für den Film durch den Kopf. Die Dreharbeiten finden in einem der ältesten historischen Stadtviertel von Prag statt, das bedeutet, ich werde vor einer überwältigenden Kulisse von Bauwerken aus Gotik und Barock arbeiten und mit Materialien, die es nur in Europa gibt. Ich gebe der Stewardess das warme Handtuch zurück und zücke meinen Zeichenblock, blättere zu einer leeren Seite und beginne, noch ein paar Skizzen für die aufwendigen Mordszenen zu entwerfen.

»Dir ist aber schon klar, dass du dich jetzt eigentlich entspannen solltest, oder?«, raunt mir Brett leise ins Ohr. »Wir werden noch früh genug ohne Pause durcharbeiten.«

»Ich weiß«, flüstere ich zurück. »Aber ich möchte gut sein in meinem Job. Und ich will Jane – oder dich – nicht enttäuschen.«

Brett nimmt mir den Stift aus den Fingern und steckt ihn in seine Jackentasche. Dann ergreift er meine Hand und hält sie fest. »Du wirst großartig sein. Wart's nur ab! Wir werden einen magischen Film zusammen machen!«

In mir breitet sich eine Wärme aus, die nichts mit vorgeheizten Handtüchern zu tun hat. Ich beuge mich näher zu ihm vor, bis sich unsere Nasenspitzen fast berühren. »Vielleicht werden wir ja auch noch andere magische Dinge zusammen machen?«, flüstere ich.

»Darauf sollten wir anstoßen«, sagt er.

Als das Flugzeug butterweich vom Boden abhebt und sich seinen Weg durch die Wolken schneidet, bringen Brett und ich langsam unsere Gesichter nah aneinander, bis sich unsere Lippen zu einem Kuss treffen, der mich viel schneller und höher in den Himmel katapultiert, als ein Flugzeug es je könnte.

Das nenne ich magisch.

DIE AUTORIN

Dana Sheen arbeitete zehn Jahre lang im Fernsehgeschäft in Los Angeles, bevor sie sich vollständig dem Schreiben widmete. Ihre Beziehung zu Hollywoods Glamour ist ausgesprochen zwiespältig. Für alle Geschichten, die hinter den Kulissen und außerhalb des Rampenlichts stattfinden, begeistert sie sich leidenschaftlich. Dana lebt heute mit ihrem Mann Ben, einem College-Professor, und ihren zwei Windhunden Posy und Petrova in Claremont, Kalifornien. Momentan arbeitet sie am dritten Band der *Make-Up-Girl*-Serie.

Bei cbt ist von der Autorin bereits erschienen:

THE MAKE UP GIRL – Hinter den Kulissen (31023, Band 1)